Hans-Peter Ackermann

Hans-Peter Ackermann

Die Tote im Geiranger-Fjord

Kriminalroman
aus der Serie
„Nordlandgeschichten"

*Bibliografische Information der Deutschen Nationalbibliothek:
Die Deutsche Nationalbibliothek verzeichnet diese Publikation
in der Deutschen Nationalbibliografie; detaillierte bibliografische Daten sind im Internet über www.dnb.de abrufbar.*

© 2021 Hans-Peter Ackermann

Umschlaggestaltung: Karin Kipke / Werdau/Sa.

Cover-Foto: 703684_original_R_by_Manfred Ramm_pixelio.de

Herstellung und Verlag: BoD – Books on Demand, Norderstedt

ISBN 978-3-7534-2480-4

Anna Olsons Handy summte auf dem Nachttisch und machte Anstalten zu Boden fallen zu wollen. Sie suchte in der Dunkelheit nach dem Ruhestörer. Schlaftrunken nahm sie das Gespräch an.

„Oberkommissarin Anna Ohlson, was ich kann für Sie tun?" Auf der anderen Seite der Leitung war offenbar der Diensthabende des Polizeireviers von Alesund.

„Hallo, Frau Oberkommissarin! Tut mir leid, Sie um diese Zeit stören zu müssen, aber wir haben eine toto Frau oben am Fjord. Das Haus steht auf der kleinen Halbinsel neben der Fischräucherei. Es ist die Stargota 12. Die Tote liegt unten am Wasser. Die KTU ist schon da. Gefunden hat die Tote eine junge Frau, die da zum Joggen war."

Anna schwang die schlanken Beine aus dem Bett und fuhr gähnend in die Schaffellpantoffel. Vor sich hin schimpfend ging sie ins Bad und besah sich dort im Spiegel ihr mürrisches Konterfei. Die 38jährige schwarzhaarige Frau war gut 1,73m groß, und eine schwarze Haarpracht, die sie nur mühsam mit einem gelben Band zu einem Pferdeschwanz binden konnte.

Anna Ohlson hatte braune Augen und schöne starke schwarze Augenbrauen, dazu einem leicht bräunlichen Teint, das gab ihr das Aussehen einer Südländerin, die sie aber nicht war. Ihr Vater war ein israelischer Jude aus Haifa und ihre Mutter eine echte Norwegerin.

Den Vater hatte sie nie kennengelernt und ihre Mutter war Sängerin in an der Osloer Oper, und hatte nie Zeit für Anna gehabt. Und so hatte Anna die meiste Zeit bei ihrer Oma verbracht. Nach einer abgeschlossenen Ausbildung zur Rettungssanitäterin war sie durch Zufall bei der Polizei gelandet. Und mit Zähigkeit und Ausdauer hatte sie sich bewährt und war immer wieder befördert worden. In dieser Zeit hatte sie ihren damaligen Mann Björn kennengelernt, der ebenfalls Polizist gewesen war. dann aber eine Minderjährige verführt hatte, und aus dem Dienst entfernt worden war. Als sie davon erfahren hatte, war sie zum Anwalt gegangen und hatte die Scheidung beantrag. Dabei war sie damals auf dem besten Wege gewesen zu einer Spezialeinheit delegiert zu werden. Doch auf Grund der Verfehlungen ihres Gatten hatte man sie dann aus disziplinarischen Gründen abgelehnt und nicht berücksichtigt.

Seit einem Jahr leitete sie den Kriminaldienst in der Kreisstadt Alesund und hatte einen Mitarbeiter, den Kriminalkommissar Arvid Ragnarson. Dieser war ein gebürtiger Same aus dem Norden oberhalb des Polarkreises, hatte knallrote wilde Haare, und einen ebenso wildwachsenden roten Bart. Und eines war ihm eigen, er war unpünktlich und dazu auch noch starrköpfig wie ein Rentierbulle.

Als der Polizeichef Oberst Magnusson ihr eines Tages Arvid vorgestellt hatte, hätte Anna ihn am liebsten abgelehnt, so groß war anfangs ihre Abneigung. Doch mit der Zeit hatten sie sich beide arrangiert und inzwischen war daraus so etwas wie Freundschaft geworden. Wenn auch Arvid Ragnarson sie immer wieder ohne Erfolg anzubaggern versuchte.

Anna sah auf die Uhr in der Küche, griff wieder zum Telefon und wählte. Es dudelte eine Weile ein alter Schlager, dann knackte es, und eine total verschlafene Stimme brummte:

„Hier Ragnarson, wer will was von mir?" Anna musste sich das Lachen verkneifen. Sicher war ihr werter Kollege vergangene Nacht wieder in irgendeiner Kneipe versackt.

„Ich bin es, Anna! Schieb deinen Hintern aus dem Bett und komme schnell zur „Stargota 12", da liegt eine Leiche." Und als Antwort kam zurück:

„Ja, ja lasse sie liegen, die läuft nicht weg. Ich komme dann. Tschau!" Es machte Knack und das Gespräch war beendet.

Anna ließ sich einen Kaffee aus der Maschine und setzte sich kurz an den weißen Holz-Tisch mit den vier Stühlen. Und während sie ihren schwarzen Kaffee trank, dachte sie bei sich:

„Wozu brauche ich eigentlich vier Stühle, wo ich doch die ganze Zeit alleine bin?" Anna Ohlson zog sich die Pelzjacke über, nahm den Zündschlüssel vom Bord, und ging dann aus dem Haus hinaus zur Garage, wo ihr orangefarbener Ford „Eco" stand.

Zwanzig Minuten später fuhr sie vorsichtig den schmalen Weg aus dem Wald hinunter auf die kleine Halbinsel, auf der verstreut drei einzelne Häuser standen. „Stargota 12" war das Haus der Ärztin Alice Carlsson, einer Fünfundsechzigjährigen, grauhaarigen alte Dame, die hier in der Gegend beinahe bei jedem die Hausärztin war. So manchen hatte sie schon vom Säugling bis zum Erwachsenen ärztlich begleitet.

Anna wollte gerade das Gartentor öffnen, als es plötzlich hinter ihr laut wurde und ein „Jeep" herangebraust kam und scharf abbremste, so dass er noch einen Meter weiter auf dem Kiesweg rutschte. Das war ihr Kollege Ragnarson, wer sonst! Anna wartete bis er heran war und sie breit grinsend begrüßte.

„Hei, göttliche Chefin! Bist ja schon vor mir da! Du wirst mit jedem Tag hübscher!" Und schwupps, hatte er sie schon auf die rechte Wange geküsst. Den Kuss auf die andere Seite konnte sie gerade noch abwehren.

„Lasse dich bremsen, alter Schleimbeutel!", konterte Anna seine Anmache, und dann betraten sie gemeinsam die Diele. Auf der linken Seite stand ein Ortspolizist und zeigte ins Sprechzimmer.

„Eine blutige Schleifspur, Frau Oberkommissarin. Umgebracht wurde sie wahrscheinlich im Wohnzimmer wie man sieht." Anna sah die uniformierten Kollegen freundlich an.

„Ist das Ihre Meinung, oder die der KTU?", fragte sie ihn. Der Mann bekam einen roten Kopf.

„Nee, nee das sagt die KTU!", beeilte er sich zu versichern. Anna nickte ihm mit einem Lächeln zu, und berührte dabei seinen Arm.

„Schon gut, Smörre! War ja nur Spaß!", bemerkte sie, und der ältere Kollege lächelte zurück.

Als sie ins Sprechzimmer traten sah man schon anhand der Schleifspuren, die quer über den Flur verliefen und im Wohnzimmer begannen, und sich dann bis ins Behandlungszimmer hinzogen, und von dort zur Tür führte, die zum Garten hinaus ging. Von da aus musste sie der Täter bis hinunter zum Strand gezerrt haben. Eine Wahnsinnsarbeit, die der Kerl sich gemacht hat, aber warum eigentlich?

Auf der ganzen Strecke sah man in Abständen Blutstropfen. Alice Carlsson lag mit dem Rücken in einer Blutlache halb im Wasser. In der Herzgegend konnte man ein blutiges Einschussloch erkennen. Die Todesursache war in diesem Fall auch ohne KTU klar, Alice Carlsson war erschossen worden. Und womit?

Auf diese Frage von Kommissar Ragnarson meinte Edda Karlson in ihrem weißen Schutzoverall:

„Es muss eine großkalibrige Waffe gewesen sein, ich tippe auf ein Jagdgewehr. Die Kugel steckt noch in der Holz-Diele des

Fußbodens im Haus. Ein glatter Durchschuss! Tatzeit - etwa 2.00 Uhr heute Nacht!"

Arvid Ragnarson ging derweil zum Safe der offen stand und sah hinein. Aber der war bis auf eine Schachtel mit einem Ring leer. Plötzlich wurde es draußen an der Eingangstür laut, weil der Polizist eine Frau mit Hinweis auf einen Tatort nicht hereinlassen wollte. Arvid ging zur Tür und sah in den Flur wo eine pausbäckige dralle Blondine mit blonden Zöpfen stand.

„Wer sind Sie denn? Was wollen Sie hier?", fragte er die Frau. Die schob ihrerseits nun den Polizisten mit ihrem Umfang leicht zur Seite und meinte dann aufgeregt:

„Ich heiße Maria Eriksson, ich bin die Zugehfrau der Frau Doktor, und komme zweimal die Woche zum Saubermachen und zum Einkaufen gehen." Arvid bat sie näher zu treten.

„Sagen sie mal, Frau Eriksson, wissen sie zufällig was die Frau Doktor in dem Safe aufbewahrte?" Die Blondine schüttelte den Kopf.

„Nee eigentlich nicht. Aber vor zwei Tagen zeigte sie mir drei kleine Glasampullen und meinte, mit denen werde sie einige Leute aus dem Amt befördern. Und die legte sie dann in den Safe hinein. Außerdem legte sie auch einen gelben Hefter in den Safe zu den Ampullen. Aber sonst war da kaum was Wertvolles drinnen, außer ihrem Ehering, glaube ich." Arvid Ragnarson nickte.

„Gut, und wann haben Sie die Frau Doktor das letzte Mal lebend gesehen?" Die Blondine dachte kurz nach.

„Gestern Nachmittag, so gegen 17.00 Uhr. Da wollte sie noch mal in die Stadt rein zur Molkerei glaube ich." Anna schaltete sich wieder ein.

„Hat sie Ihnen gesagt warum?" Frau Eriksson schüttelte den Kopf.

„Ist mir nicht bekannt, Frau Kommissarin. Ich muss aber jetzt die Katze füttern und nach der Heizung sehen." Arvid dachte kurz nach und meinte dann:

„Also gut. Sie haben ja einen Schlüssel. Aber betreten sie auf keinen Fall das Sprechzimmer, die Diele und das Wohnzimmer! Die Katze füttern Sie das eine Mal draußen, und zur Heizung müssen sie ja in den Keller. Nicht, dass Sie hier oben Spuren hinterlassen und verdächtigt werden! Wir werden uns beeilen hier fertig zu werden. Aber noch eine letzte Frage. Hat die Frau Doktor noch irgendwelche Verwandte?" Edda Karlsson nickte.

„Ja, einen Bruder in Oslo, der ist Professor, kam aber ganz selten zu Besuch. Und dann noch den Enkel Lennart, aber das ist ein ganz schönes Früchtchen. Den hat sie vor ein paar Monaten rausgeschmissen, der kam nur, wenn er wieder Geld brauchte für seine Drogen. Ein ganz übler Bursche!", betonte sie und zog ein angeekeltes Gesicht dazu. Viel mehr war von ihr nicht zu erfahren. Doch was war in dieser Nacht wirklich geschehen?

Rückschau

Am Abend gegen 19.00 Uhr war die Ärztin Alice Carlsson noch einmal in die Stadt gefahren. Am Werkzaun der Molkerei hatte sie ihren Wagen abgestellt, und war dann einige Meter weiter, durch ein Loch im Zaun gestiegen. Eilig lief sie dick vermummt, die Schatten ausnutzend, bis zur Versandhalle. Dort trat sie durch eine kleine Tür ein. Zur linken Seite standen mehrere Paletten mit Joghurt, die für den Versand am nächsten Morgen bereitgestellt worden waren. Mit einer kleinen Taschenlampe leuchtete sie die oberen Kartons ab. Ihr Zeigefinger strich bei einer der oberen Chargen über ein winzig kleines Loch im Deckel. Hastig nahm sie diesen und einen weiteren Becher in der Mitte heraus und steckte beide in ihren kleinen Rucksack, um dann schnell wieder den Rückweg anzutreten. Unbeobachtet wie sie glaubte, eilte sie auf dem gleichen Weg zurück zu ihrem Wagen und fuhr nach Hause. Dort angekommen, ging sie in ihr kleines Labor und begann den Joghurt chemisch zu untersuchen. Das Ergebnis füllte sie dann in drei kleine Glasampullen. Den Hefter, in den sie alle Ergebnisse eingetragen hatte, legte sie mit den Ampullen in den Safe. Müde und gähnend ging sie gegen 1.00 Uhr eine Treppe höher in ihr Schlafzimmer.
Was Alice Carlsson aber leider nicht bemerkt hatte, war die Tatsache, dass ihr seit dem Molkereibesuch eine vermummte Gestalt gefolgt war, und auch ihre Laborversuche durch das erleuchtete Fenster beobachtet hatte. Der gleiche Mann griff dann zum Handy und telefonierte hastig. Offenbar war es eine wortreiche Auseinandersetzung, denn er ging dabei gestikulierend auf und ab, bis er dann das Gespräch beendete und wieder den schmalen Weg von der Halbinsel hinauf zum Waldrand lief, wo er seinen

Wagen geparkt hatte. Etwa eine halbe Stunde später kam erneut ein PKW und hielt am Waldrand an. Ein vermummter Mann stieg aus und ging hinunter zur Halbinsel mit dem Gehöft. Zielstrebig ging der Vermummte zur Hintertür welche in die Küche fuhrte. Rasch hatte er diese geöffnet und betrat nun zunächst die Küche.

Alice Carlsson schreckte aus einem unruhigen Schlaf auf. Hatte sie soeben etwas gehört oder war es nur eine Täuschung ihrer Sinne gewesen? Die schmale Hand der 65jährigen Frau glitt zum Lichtschalter der Nachttischlampe. Gelbwarmes Licht erhellte das Zimmer. Mühsam richtete sie sich auf, rutschte in eine bequeme Sitzposition, angelte mit den Füßen nach den Hausschuhen, und griff dann zum Morgenmantel, welcher nebenan auf dem Doppelbett lag. Mit leisem Ächzen stand sie auf und ging langsam schlurfend zur Tür des Schlafzimmers.

Die Erkältung, die sie seit Tagen plagte, hatte ihr einen unruhigen Schlaf beschert und sie fühlte sich matt und zerschlagen. Doch bevor sie die Zimmertür öffnete, drehte sie sich doch noch einmal um, öffnete die Tür des Kleiderschrankes, und entnahm diesem ein Jagdgewehr. Mit einem kurzen prüfenden Blick in die Patronenkammer vergewisserte sie sich, dass beide Patronen im Lauf waren. Vorsichtig und leise ließ sie das Schloss zurück gleiten und ging dann aus dem Schlafzimmer hinaus auf den dunklen Gang, den nur ein Notlicht erhellte.

Leise schlich sich die alte Dame Schritt für Schritt die Holztreppe hinab, die ins Erdgeschoss ihres kleinen Hauses führte. Dort wo auf der rechten Seite ihr Wohntrakt und auf der linken Seite der Warteraum und das Behandlungszimmer untergebracht waren.

Im Flur unten angekommen knipste sie das Licht an und rief halblaut:

„Hallo! Ist hier jemand?" Irgendwo hörte sie die Katze miauen, was sie sehr verwunderte, weil die zumeist in der Nacht draußen unterwegs war, und sie wusste sicher, dass sie das Tier am Abend rausgelassen hatte.

Als sich nichts rührte ging sie die beiden Fenster des Behandlungszimmers und des Wartezimmers inspizieren, aber die waren fest verschlossen. Leise aufatmend, das schwere Gewehr im Anschlag, ging die alte Frau hinüber ins Wohnzimmer, um dort ebenfalls die Fenster und den Wintergarten zu überprüfen. Ihre Hand griff zum Lichtschalter und knipste das Licht an.

Im gleichen Augenblick aber wurde sie von hinten brutal mit einem Arm am Hals umfasst, so dass sie Atemnot bekam und zu röcheln begann. Das Gewehr fiel ihr aus der Hand. Sie roch das Aftershave des Angreifers hinter sich, es war aufdringlich und herb. Und eine dumpfe Stimme, durch eine Sturmhaube verdeckt, raunte ihr plötzlich ins Ohr:

„So Alte, du öffnest mir jetzt sofort deinen Safe im Büro, ansonsten blase ich dir das Lebenslicht aus! Los!"
Alice Carlsson versuchte sich aus der Umklammerung zu befreien, doch gegen die brutale Kraft des Angreifers war sie machtlos. Sie keuchte:

„Niemals werde ich den Safe öffnen, hören Sie! Niemals!", antwortete sie schwer atmend.
Aber urplötzlich zog der Angreifer eine größere Blechschere aus der Seitentasche seiner Hose, mit der er der alten Frau heftig auf den Kopf schlug. Benommen sackte Alice Carlsson zu Boden. Und ehe sie sich versah, hatte die Blechschere ihr ein Glied des kleinen Fingers der rechten Hand abgetrennt! Blut spritzte und das Fingerglied fiel auf den sauberen Parkettboden. Alice Carlsson kam vor Schmerz wieder zu sich und stöhnte auf. Doch der Mann zerrte die auf dem Fußboden liegende Ärztin an beiden Handgelenken festhaltend quer über den Fußboden des Wohnzimmers in Richtung Behandlungszimmer, wo der Safe eingelassen war, und von einem Bild, welches die Mutter Maria darstellte, verdeckt wurde.
Ihrer Hand brannte wie Feuer und immer noch tropfte Blut aus der Wunde. Der Eindringling mit seiner schwarzen Sturmhaube stellte sich breitbeinig über sie und klapperte wieder mit der Blechschere.

„Also Miss Carlsson, den Nummerncode oder sie verlieren noch einen Finger! Los!" Seine Stimme klang dumpf und drohend. Alice Carlsson gab den Widerstand auf, zu sehr schmerzte sie die Wunde.

„Eins, Neun, Fünf, Fünf!", stöhnte sie halblaut. Der Mann lachte dumpf.

„Na geht doch! Klingt wie Ihr Geburtsdatum, hätten sie doch auch gleich sagen können."
Der Einbrecher ging zum Safe und drehte am Zahlenschloss, dann machte es leise „Klick", die Tür sprang auf. Hastig griff er

hinein und holte drei kleine Schachteln und einen Hefter heraus. Eine der Schachteln öffnete er sofort und blickte auf ein kleines Glasröhrchen. Zufrieden schob er die Schachtel wieder zu, er hatte gefunden wonach er gesucht und weshalb er hier eingebrochen war. Diese drei Schachteln enthielten alle Glasampullen mit einer rötlichen Flüssigkeit. Aber noch viel wichtiger für ihn war dieser Hefter. Er steckte alles zusammen in seine weiten Taschen eines wattierten schwarzen Anoraks und wandte sich wieder Miss Carlsson zu die immer nmoch am Boden lag. Und dann hob er ihr Gewehr vom Boden auf, spannte den Hahn, senkte langsam den Lauf in Richtung ihrer Brust und meinte:

„Na also Miss Carlsson, geht doch! War doch alles gar nicht so schwer, oder?"

Und dann krümmte sich sein Zeigefinger! Es gab einen dumpfen Knall und ein Feuerstrahl schoss aus dem Lauf der Flinte. Alice Carlsson war sofort tot! Er hatte ihr direkt ins Herz geschossen! Das Gewehr umgehängt, fasste er die alte Frau am Kragen ihres Morgenmantels und zerrte sie dann quer durch den Flur bis zum Hinterausgang in der Küche. Von dort aus schleifte er sie hinter sich herziehend bis zum Wasser und ließ sie dann einfach am Ufer fallen. So halb im Wasser liegend, würde die Leiche sicher bald davon geschwemmt.

Er sah sich noch einmal um, dann stapfte er wieder hinauf zum Haus, lief am Zaun entlang bis zu dem schmalen Zufahrtsweg, und ging dann die paar Schritte bis zu seinem Auto. Er legte das Gewehr und die Ampullen samt Hefter auf den Rücksitz und fuhr wenig später weg. Er hatte seinen Auftrag erfolgreich erfüllt.

Da das Anwesen der Ärztin Alice Carlsson weit außerhalb des Wohngebietes direkt am Fjord lag, hatte niemand etwas gehört oder gesehen in dieser mondlosen Nacht.

Das alles aber wussten die beiden Kriminalisten bis zu diesem Zeitpunkt am Vormittag noch nicht. Und Anna bewegte die Frage, was hatte die Ärztin am späten Abend noch in der Molkerei gewollt? Und was hatte sie in der Nacht noch in ihrem Labor untersucht?

Und dann erreichte die Kriminalabteilung zur Mittagszeit eine Nachricht, die alle stutzig machte. Im Krankenhaus in Alesund waren am Vormittag drei Personen eingeliefert worden. Alle drei Patienten hatten die gleichen Symptome, Durchfall, Erbrechen und beginnendes Nierenversagen. Dem Laborleiter Sven Nielsson standen die Haare zu Berge und er bat um einen Termin beim Ärztlichen Leiter des Krankenhauses Egmont Ericsson. Als der Laborleiter eintrat, bat ihn der Direktor Platz zu nehmen.

„Na mein lieber Nielsson, was kann ich denn für Sie tun?", fragte er jovial. Nielsson räusperte sich kurz.

„Unsere drei Patienten, die heute Morgen eingeliefert wurden, sind vergiftet worden, Herr Direktor!" Ericsson fuhr hoch wie von einer Tarantel gestochen.

„Das kann doch nicht wahr sein! Irren Sie sich da auch nicht?" Der Laborleiter schüttelte den Kopf.

„Leider kein Zweifel, es ist ein starkes, ausgefallenes Gift, um nicht zu sagen, ein Kampfstoff!" Ericssons Unterlippe schien zu beben.

„Bitte machen Sie diese Untersuchung nochmal! Und vorerst bitte keine Meldung an das Gesundheitsamt! Die Rechtsabteilung dieses „Sagnoc-Konzerns" macht uns die Hölle heiß, wenn das Gesundheitsamt bei denen anrückt. Wir müssen erst einhundert prozentig klären, ob das auch stimmt!"

Ragnarson und Anna Ohlson saßen gemeinsam am Schreibtisch und studierten die Arztberichte, die sie inzwischen erhalten hatten. Lennart Magnusson ihr Chef kam zur Tür herein und machte einen langen Hals.

„Und? Habt ihr schon erste Ergebnisse über den Tod dieser Ärztin?", war seine erste Frage. Ragnarson und Anna sahen sich einen Moment kurz in die Augen.

„Chef, fakt ist, die Frau ist umgebracht worden. Ein Raubmord war es aber auf keinen Fall, auch wenn der Safe offenstand. Nach Aussage der Zugehfrau waren da nur Papiere und drei kleine Glasflaschen drinnen. Sie muss etwas entdeckt haben, dass zu diesem Mord führte. Alle drei Toten hatten völlig erhöhte Werte mehrerer Toxine im Blut, die aber bei allen drei Patienten zum Tode durch Nierenversagen geführt haben." Oberst Magnusson sah beide Kommissare entgeistert an.

„Und was heißt das nun, Ragnarson? Das sie alle umgebracht worden sind, oder was? Oder wollt ihr mir etwa damit sagen, wirhaben es hier mit einer Art Epidemie zu tun? Das fehlte uns gerade noch in dieser wirtschaftlichen Lage!" Anna Ohlson schüttelte den Kopf.

„Nein Chef, aber alle drei Toten haben Joghurt der Molkerei „Sagnog" gegessen und wurden danach innerhalb von zwei Tagen krank. Magen-Darm-Beschwerden, Durchfall, hohes Fieber. Exitus!" Chef Lennert Magnusson hob die Augenbrauen an.

„Na wenn ich das höre, würde ich sagen Brechdurchfall, so würde zumindest mein Doc reagieren." Ragnarson der die ganze Zeit geschwiegen und zugehört hatte, drehte sich zu Magnusson herum.

„Chef, das Gesundheitsamt hat bis jetzt beim „Sagnog-Konzern" lediglich angefragt, ob es Probleme gegeben hätte. Blöder geht es nicht! Jetzt wissen die aber genau, dass etwas im Busch ist!"

Magnusson rieb sich sein graumeliertes kurz geschnittenes Haar und stöhnte leise vor sich hin.

„Wisst ihr beiden Helden überhaupt was das heißt, sich mit diesem Konzern anzulegen? Deren Rechtsabteilung schickt zehn Anwälte. Die Herren der obersten Leitungsebene speisen und feiern mit dem Landwirtschaftsminister. Geht ja vorsichtig vor, wenn ihr weiter ermittelt! Bis jetzt kann es doch auch eine harmlose Sache sein, oder?" Anna Ohlson lachte irritiert auf.

„Aber Chef, und dafür wird eine Ärztin umgebracht, weil es so harmlos ist? Das glauben Sie doch selber nicht." Magnusson sah man an in welcher Zwickmühle er steckte.

„Geht mir ja vorsichtig vor. Redet zunächst erst mal mit der Klinik, die behandelnden Ärzte werden auch eine Meinung haben. Klärt erst ab ob es tatsächlich alles mit diesem verdammten Joghurt zusammenhängt. Vielleicht war der ja auch nur überlagert oder Reinigungsmittel ist in den Joghurt gekommen, soll ja mal vorkommen! Schaut dann mal in die beiden Supermärkte hier auf der Insel. Ich möchte jeden Tag einen Bericht! Darf auch ruhig zunächst mündlich sein."

Er wandte sich abrupt um und verschwand wieder durch die Tür nach draußen. Ragnarson feixte und flüsterte.

„Der Alte hat Spundes! Er will sich seine anstehende Pensionierung nicht vermasseln." Anna sah auf ihre Uhr.

„Weißt du was, wir fahren jetzt in die Klinik und reden mit den Ärzten! Los komm hoch, alter Mann!" Ragnarson verdrehte die Augen.

„Willst du mal wieder einen Kuss, Chefin? Du bist so aufgeregt. Das beruhigt ungemein." Anna Ohlson blieb stehen, stemmte beide Arme in die Hüften und sah ihn von unten herauf an.

„Luftikus, versuch`s nochmal und dich trifft ein Dampfhammer! Diesmal kriegst du eine auf die Zwölf!"
Dann wandte sie sich schmunzelnd ab und lief vor ihrem Kollegen den Gang entlang. Und der meinte kurz hinter ihr gehend:

„Mein lieber Mann, du hast ein Arschgeweih, da könnte man tollwütig werden!" Anna blieb sofort abrupt vor ihm stehen, so das Ragnarsons um ein Haar auf sie aufgelaufen wäre. Ihre braunen Augen funkelten ihn böse an, und leise zischte sie:

„Wenn du nicht augenblicklich aufhörst mir auf den Geist zu gehen, lass ich dich zur Verkehrspolizei versetzen! Hast du das endlich kapiert? Ich mag solches Anmachen nicht im Dienst, und privat auch nicht! Capito!" Dann drehte sie sich wieder um und lief weiter zum Parkplatz. Sie warf Ragnarson die Zündschlüssel im hohen Bogen zu.

„Los, du fährst!" Eine halbe Stunde später standen sie an der Anmeldung der „Sanitetsjemmet-Klinik" in Alesund.
Dort bekamen sie die Auskunft, dass sie sich an den Oberarzt Dr. Eriksson im II. Stock wenden müssten. Ein Lift brachte sie nach oben und sie betraten einen endlos langen Flur, so wie sie eben in Krankenhäusern sind. Endlich fanden sie die Tür mit dem Schild „Oberarzt Egmont Eriksson" Ragnarson klopfte kräftig an. Von drinnen kam ein dünnes „Herein".
Er öffnet die Tür und stand vor einem Tresen, dahinter saß eine etwa fünfzig jährige Dame, ziemlich stark geschminkt mit schwarzer Hornbrille und einem Dutt.
Arvid Ragnarson musste sich ein Grinsen verkneifen als er diesen Zerberus sah. Typische Vorzimmerdame zum Abschrecken der Kundschaft, dacht er. Sie zeigten ihre Ausweise vor.

„Kriminalpolizei-Sonderabteilung, wir müssten dringen den Herrn Oberarzt sprechen." Die Dame sah sie verwirrt an, und fragte dann erstaunt:

„Haben Sie einen Termin?" Ragnarson verzog das Gesicht zu einer Miene, als wollte er sie jeden Moment beißen.

„Verehrte Dame! Wir sind von der Polizei und wir brauchen keinen Termin, Verehrteste!", bellt er plötzlich etwas lauter los. Plötzlich ging eine Tür hinter dem Tresen auf und ein Glatzkopf mit Brille sah mit bösem Blick zu ihnen heraus.

„Was gibt es denn Melissa, was ist das für ein Lärm hier bei Ihnen? Was wollen die Herrschaften?" Wieder hielten Ragnarson und Anna Ohlson ihre Dienstausweise hoch. Der Herr Oberarzt wurde mit einem Schlag freundlicher.

„Dann kommen Sie doch bitte herein". Mit einem vernichtenden Blick schob sich Ragnarson an der Vorzimmerdame vorbei und sie traten ein. Der Oberarzt bot ihnen Platz an. Dann sah er seine Besucher mit übereinander geschlagenen Beinen gespannt an. Anna übernahm das Gespräch.

„Herr Doktor, wir kommen wegen der drei Toten in Ihrer Klinik innerhalb von nur einem Tag. Und wir ermitteln in einem Mordfall." Bei diesem letzten Satz schien der Herr Doktor ein wenig zusammen zu zucken. Anna legte die Labor-Berichte auf den Tisch.

„Nach Auswertung unserer Gerichtsmediziner ist hier einfach zu viel Toxin im Spiel, um als Brechdurchfall durchzugehen", stellte sie fest, und schob die Berichte dem Doktor vor die Nase. Dieser las die drei Berichte kurz durch und nickte dann.

„In diesem Fall muss ich Ihnen Recht geben. Soweit ich aber informiert bin, konnte nicht geklärt werden wo diese Gifte herkamen. Außerdem sind diese Patienten an einer „Exsikkose" verstorben, das heißt an einem extremen Verlust von Flüssigkeit und Elektrolyten. Und es waren alle drei Immungeschwächte Patienten. Also keine guten Voraussetzungen, um sowas zu überleben." Er sah auf seine Fingernägel als ob dort der Schlüssel lag wie er diese unliebsamen Frager loswerden konnte. Doch Ragnarson bohrte weiter und lächelte den Arzt an.

„Sagen Sie Herr Oberarzt, könnte es nicht sein, dass diese Drei etwas gegessen haben und sich damit eine Infektion zugezogen haben könnten? Zum Beispiel so etwas wie Joghurt?"
Der Herr Oberarzt war einen Augenblick lang nicht in der Lage sein Erschrecken zu verbergen, wenn es auch nur kurz war, doch die beiden Kriminalisten hatten es bemerkt. Er atmete einmal tief durch, eh er antwortete.

„Eine solche Möglichkeit will ich generell nicht ausschließen Herr Kriminalkommissar", erwiderte er, und verzog das Gesicht ebenfalls leicht zu einem Lächeln. Anna nickte.

„Wenn dem so ist, Herr Oberarzt, wie könnten wir da schlauer werden? Wie gesagt, es geht um die Aufklärung eines Mordes." Oberarzt Eriksson griff zum Telefon und wählte, sprach kurz mit dem Mann auf der anderen Seite und legte dann wieder auf.

„So, ich habe soeben den Leiter unseres Labors, Herrn Nilsson informiert, dass Sie ihn gleich aufsuchen werden. Dort glaube ich, wird man Ihnen besser weiterhelfen."
Mit diesen Worten stand er auf und deutete damit an, dass dieses Gespräch beendet sei.

„Gehen Sie bitte zum Fahrstuhl und fahren Sie in den Keller, dort finden Sie Dr. Nilsson. Auf Wiedersehen!" Und schon standen beide wieder auf dem Flur und gingen Richtung Lift. Anna musste schmunzeln.

„Also manchmal kannst du ja sogar charmant sein, Ragnarson. Der Herr Oberarzt war etwas überrascht als du ihn gefragt hast wegen dem Joghurt. Hast du das bemerkt?"
Ragnarson grinste vor sich hin und drückte am Fahrstuhl angekommen den Knopf. Als sich die Tür öffnete ließ er Anna den Vortritt. Sie fuhren hinab in den Keller. Kaum öffnete sich die Fahrstuhltür wieder, standen sie auch schon einem großen massigen Mann um die Sechzig gegenüber, der sie durch seine Brille schauend anlächelte.

„Sie sind die beiden Kriminalisten?", fragte er sie kurz angebunden. Anna zeigte ihm ihren Dienstausweis. Dann folgten sie dem Mann in sein Büro. Es war ein ziemlich kleiner Raum, spartanisch eingerichtet und reichlich dunkel, so dass man Licht brauchte. Er sah seine beiden Besucher fragend an.

„So, was kann ich für Sie tun?" Anna und Ragnarson wechselten einen kurzen Blick.

„Wir haben einen Mord aufzuklären, geschehen vor drei Tagen in der Nähe von Alesund, an einer Ärztin.", eröffnete Anna das Gespräch. Doch noch ehe sie weiter reden konnte fuhr der Mann hinter seinem Schreibtisch plötzlich in die Höhe.

„Eine Ärztin? Hoffentlich doch nicht Frau Doktor Carlsson!"
Jetzt war es Anna die überrascht war.

„Sie kannten Frau Dr. Carlsson?" Nilsson nickte heftig und ließ sich wieder in seinen Sessel plumpsen.

„Ja natürlich, wir sind seit Jahren befreundet. Und sie hat mir vor einigen Tagen einige Proben zur Untersuchung geschickt, natürlich nur inoffiziell! Das war ihr sehr wichtig.", erwiderte er und rieb sich das Kinn. Ragnarson mische sich ein.

„Ging es bei diesen Proben um Joghurt, Herr Doktor?" Der Arzt nickte verwundert. „Ja, warum fragen Sie?"
Ragnarson wechselte mit Anna einen kurzen Blick, und sie nickte leicht. Also fuhr Ragnarson weiter fort.

„Nun Herr Doktor, wie es aussieht, könnte dieser Joghurt für die drei Todesfälle verantwortlich sein. Er hatte viel zu viele Toxine und eine Spur radioaktives Material in der Probe."
Man sah, dass der Arzt mühsam um Fassung rang. Und so dauerte es eine Weile bis er wieder sprechen konnte.

„Ja das stimmt, genau das hat Alice ebenfalls vermutet! Und sie war drauf und dran das Gesundheitsamt zu informieren. Aber unsere Klinik hat es, warum auch immer, bis gestern noch nicht getan! Auf eine Nachfrage hin wimmelte man mich in der Geschäftsleitung ab. Indirekt ließ man durchblicken, dass es besser wäre, wen ich zu diesem Thema schweigen würde." Den letzten Satz hatte er beinahe geflüstert. Anna machte sich Notizen und sah dann den Arzt an.

„Sind Sie auch der Meinung, dass der „Sagnog-Konzern" mit allen Mitteln eine Bekanntmachung dieser Todesfälle vermeiden möchte?" Nilsson sah Anna durch seine Brille ernst an, dann nickte er wortlos. Anna gab zu verstehen, dass sie verstanden hatte, warum er so zögerlich antwortete. Sie deutete hinaus auf den Gang und stand auf. Der Arzt folgte ihnen auf die Außenanlage. Draußen blieb Anna nach einigen Metern stehen.

„Vermuten Sie, dass man Sie abhört?", fragte sie den Arzt. Nilsson zuckte mit den Schultern und meinte halblaut:

„Wer kann das heutzutage schon genau wissen! Fest steht, ich glaube jetzt, man hat Alice umgebracht, weil sie einen eigenen Labortest gemacht hat. Und daraus entsprechende Schlüsse gezogen hat. Sie wollte unbedingt das Gesundheitsministerium und die Polizei einschalten, das hat sie mir noch am Telefon erzählt."

Anna nahm aus ihrer Tasche die drei Laborberichte der Toten und gab sie Nilsson zum Lesen. Der schaute kurz drauf und nickte.

„Ja, die sind aus unserem Haus! Aber wie ich sehe, die stimmen nicht! Bei allen drei Proben fehlen zwei Komponenten wie ich sehe. Hier hat jemand falsche Angaben an sie herausgegeben, Frau Kommissarin!" Anna sah Nilsson erstaunt an und der nickte bestätigend.

„Ja, was ich weitergegeben habe als der Laborbericht im Sekretariat geschrieben werden sollte, war umfangreicher in der Begründung. Die hier besteht aus fünf Sätzen. Der Rest fehlt völlig. Aber ich habe eine Kopie gemacht von allen drei Berichten."

„Könnten Sie mir Ihre Berichte an mein Büro schicken? Hier ist meine Karte mit meiner Mailadresse." Der Doktor nickte.

„Das erledige ich dann sofort, wenn ich wieder im Büro bin!" Anna bedankte sich bei Dr. Nilsson und sie verabschiedeten sich. Nachdenklich ging sie mit Ragnarson zurück zum Wagen. Und Arvid war ziemlich sauer und meinte:

„Was hältst du davon, wenn wir hochgehen in dieses Sekretariat und nachfragen?" Anna schüttelte den Kopf.

„Das bringt rein gar nix, die werden sich dumm stellen. Und von wem sollen wir wissen, dass da was fehlte. Doch nur von Nilsson, und den bringen wir dann vielleicht in eine dumme Lage. Wir müssen uns mit unserem Chef beraten, Arvid. Außerdem mailt er uns ja die Berichte, dann sehen wir weiter."

Auf der Fahrt zurück zum Kommissariat war Ragnarson einsilbig und Anna sah ihn während sie die Straße beobachtete mit einem kurzen Seitenblick an.

„Was ist mit dir? Du bist so schweigsam." Ragnarson verzog das Gesicht und kraulte seinen roten Dreitagebart.

„Ich fresse einen Besen, wenn hier nicht um jeden Preis was unter den Teppich gekehrt werden soll! Wem war diese Alice Carlsson zu nahegekommen und damit gefährlich geworden? Und warum informiert das Krankenhaus nicht das Gesundheitsamt, so wie es eigentlich Vorschrift ist? Das stinkt meilenweit nach einer abgekarteten Sache, sage ich dir!", brummte er wütend. Anna nickte nachdenklich. Sie hatten die Polizeistation erreicht. Im Büro erwartete sie schon eine neue Überraschung, denn ihr Chef Magnusson erwartete sie schon auf dem Flur.

„Kommen Sie bitte in mein Büro!", knurrte er verdrossen. Als sie eintraten bot er ihnen den Platz vor dem Schreibtisch an, und nicht in der Sitzecke, wie sonst. Das sah nach dienstlicher Standpauke aus.

„Sagen Sie mal sie beiden Elefanten, wie können sie denn den Ärztlichen Direktor unterstellen, er hätte was zu verbergen! Sowas ist doch unmöglich! Ich habe sie ausdrücklich gewarnt, Sie sollten vorsichtig vorgehen!", schnaufte er wütend. Anna grinste leicht zynisch, wie das manchmal so ihre Art war.

„Hat sich der Herr Professor schon beschwert, ja? Das ging ja schnell. Aber Chef, eins steht doch zumindest fest, das Krankenhaus hat nicht wie vorgeschrieben in einem solchen Fall, das Gesundheitsamt informiert. Warum nicht?" Sie sah Magnusson an wie ein Ermittlungsrichter. Und der schnaufte, weil er sich keinen Rat wusste, wie er diese immer wieder aufmüpfige Oberkommissarin Anna Ohlson zur Raison bringen konnte.

„Wir müssen absolut einhundert prozentig sicher sein, dass es eine Vergiftung war!", wagte er einzuwenden. Anna lachte verhalten.

„Chef, warum werden die Laborberichte gefälscht? Wer hat das angeordnet? Alles Fakten die darauf hindeuten, dass hier was unter den Teppich gekehrt werden soll. Wundert mich nur, dass bis jetzt noch keine Zeitung davon berichtet hat." Magnusson fuhr empor.

„Um Gottes Willen, Ohlson! Ja nur das nicht auch noch! Wir kommen in Teufels Küche, sag ich Ihnen."
Arvid fühlte sich berufen Anna nun beizuspringen, und er tat das mit aller Überzeugung.

„Chef, wir fahren nachher in die Molkerei und stellen einfach mal ein paar dämliche Fragen, mal sehen was dabei herauskommt! Was meinen Sie dazu?"
Magnusson atmete tief ein und aus, doch dann nickte er nur.

„Einverstanden, aber bitte mit Fingerspitzengefühl, wenn ich bitten darf!" Anna und Arvid grinsten beide wie vom Weihnachtsmann beschenkte Kinder.

„Chef, Sie können sich auf uns verlassen!" meinte Arvid und stand schnell auf, blinzelte Anna zu, und verließ das Büro des Chefs. Anna folgte ihm und überholte ihn auf dem Flur, um im Büro den Zündschlüssel zu holen.

„Was hältst du davon, wenn wir der Molkerei in Lund einen Besuch abstatten? Zum Beispiel dem Produktionsleiter, ohne uns vorher anzumelden?" Anna lächelte verhalten.

„Du bist mal wieder unbedingt auf Ärger aus, stimmt's?" Arvid grinste breit.

„Kennst mich doch lange genug! Klopfe auf ein Fass, und es wird immer was herausfallen, sagte schon mein Opa." Anna sah auf die Uhr.

„Gut, ich schlage vor, wir erledigen das morgen früh. Jetzt ist es schon zu spät. Ich habe heute Abend noch was vor, da bin ich eingeladen." Ragnarson sah sie von unten herauf an.

„Ein neuer Verehrer?" Lachend schüttelte Anna den Kopf.

„Nö, einfach nur Mädelsabend!" Arvid schien aufzuatmen und nickte nur. „Viel Spaß! Übertreibt es nicht!" Anna lachte ihn belustigt an.

„Ja, Papa!" Dann nahm sie ihren Mantel vom Haken, langte nach dem Zündschlüssel und hui war sie aus dem Zimmer. Als alleinstehende Frau mit 36 Jahren und ohne Kind, durfte man sich ja schließlich auch mal amüsieren.

Zehn Minuten nach Dienstbeginn am Morgen wurde die Tür des Büros aufgerissen und Anna Ohlson stürmte herein. Kommissar Arvid Ragnarson sah demonstrativ auf die Uhr und grinste seine Chefin breit an.

„Na, das war wohl doch feuchtfröhlicher als gedacht, liebe Chefin?", frozzelte er. Anna ließ sich in ihren Drehstuhl plumpsen und schaltete den Computer ein. Dann sah sie ihren Kollegen über den Schreibtisch hinweg ernst an und meinte:

„Wenn eine junge Frau mit 28 Jahren und im dritten Monat schwanger ihr erstes Kind verliert, und das in einer Bar, dann kannst du vielleicht ermessen wie lustig es war! Wir saßen zu fünft drei Stunden im Krankenhaus, so lustig war das! Und heute früh hab ich den Wecker einfach nicht gehört. So, alle Fragen beantwortet Euer Ehren?" Arvid war ernst geworden.

„Sorry, das tut mir leid, ehrlich!" Anna nickte.

„Schon gut, fahren wir jetzt in die Molkerei?" Ragnarson stand auf und nahm den Schlüssel vom Haken.

Auf dem Weg zur Molkerei unterhielten sie sich über das Für und Wider einer Schwangerschaft. Anna war irgendwie verunsichert und man merkte es ihr diesmal an.

„Wenn ich mir vorstelle ich will ein Kind, dann klappt es endlich auch, und man freut sich darauf. Und auf einmal ist alles vorbei. Das muss die Hölle für eine Frau sein." Arvid lenkte den Wagen an einem Müllwagen vorbei.

„Warum nur bei den Frauen? Glaubst du nicht, dass ihr Mann oder Freund sich nicht genauso darauf gefreut hat?" Doch Anna schüttelte den Kopf.

„Ich glaube nicht, dass ein Mann das nachempfinden kann, was eine Frau da mitmacht. Schließlich ist es ja in ihrem Körper gewachsen, sie hat es schon gefühlt." Arvid zuckte nachdenklich mit den Schultern und sah sie kurz von der Seite an.

„Du musst es ja wissen", war alles was er noch dazu sagte. Und Anna sah ihn einen Moment von der Seite an. Sollte sie sich in diesem Luftikus getäuscht haben? War er im Inneren tatsächlich viel feinfühliger als sie immer dachte.

Ihre Gedankengänge wurden jäh unterbrochen, weil Arvid abbremsen musste und jämmerlich fluchte. Ein Motorradfahrer hatte ihn zum Bremsen gezwungen, um einen Unfall zu vermeiden. Anna lächelte auf einmal.

„TUA 12-224! Du kannst ihn anzeigen! Das war die Nummer." Arvid winkte ab.

„Am Ende zahlt der lächelnd 25 Euro und das war`s."

Sie hatten die Molkerei erreicht. Der Pförtner am Schlagbaum beugte sich zum Fenster des Wagens herab.

„Guten Tag! Ihren Ausweis bitte! Zu wem wollen Sie denn?" Arvid hielt ihm den Dienstausweis vor die Nase und sah den Mann spöttisch an.

„Kriminalpolizei - Sonderkommission! Wir müssen zu Ihrem Boss!" Der Pförtner nickte und öffnete mit einem Knopfdruck den Schlagbaum.

„Erdgeschoß links Zimmer 13", rief er ihnen noch nach. Arvid runzelte die Stirn.

„Ach das auch noch, Zimmer 13, und das zum frühen Morgen!" Anna lachte.

„Seit wann bist du denn abergläubig, sag mal? Stell dir vor, der Mann muss den ganzen Tag, die ganze Woche, und das ganze Jahr darin arbeiten!" Arvid lachte und meinte:

„Dann würde ich kündigen!" Lachend betraten sie das Gebäude und wurden wieder aufgehalten. Diesmal von einer jungen Dame an einem Schalter.

„Zu wem möchten Sie bitte?", fragte sie höflich. Anna hielt ihr wieder den Dienstausweis hin.

„Kripo, wir wollen zum Boss des Unternehmens." Die junge Frau sah sie erst erstaunt an und dann fragte sie Anna leicht irritiert:

„Haben Sie einen Termin? Der Herr Svensson ist ein viel beschäftigter Mann." Da wurde Arvid Ragnarson wieder leicht unfreundlich und knurrte nun schon etwas deutlicher:

„Welches Zimmer? Wir haben auch keine Zeit, bei uns geht es um Mord! Also?" Leicht eingeschüchtert meinte die junge Dame:

„Zimmer 13, da hinten linker Hand!" Und zeigte mit der Hand die Richtung an. Ragnarson tippte an seine nicht vorhandene Hutkrempe und marschierte schnurstracks los, und Anna in seinem Schlepptau. Im Laufen tippte die ihrem Kollegen auf die Schulter. Arvid legte eine Vollbremsung hin, bei der Anna um ein Haar aufgelaufen wäre.

„Was ist denn schon wieder?" Anna grinste nur und ging an ihm vorbei.

„Ich bin hier der Boss, Arvid! Schon wieder vergessen? Ich gehe da zuerst rein!" Arvid breitete die Arme aus, zuckte mit den Schultern und schüttelte sein Haupt.

„Nun mach doch!" Anna klopfte kräftig und öffnete die Tür. Und wieder standen sie einer Vorzimmerdame gegenüber. Anna zeigte wieder ihren Dienstausweis vor.

„Wir müssen unbedingt Ihren Chef sprechen!" Die ältere Dame machte ein Gesicht, als wenn sie ihnen ihr Beileid bekunden wollte.

„Haben Sie denn einen Termin? So einfach geht das nicht ohne Anmeldung!", hauchte sie und rückte ihre Brille, die an einem Band hing, zurecht. Anna holte tief Luft und sprach plötzlich laut akzentuiert und deutlich:

„Haben Sie mich nicht verstanden? Wir sind von der Kripo! Und es ist dringend!" Die ältere Dame schluckte erschreckt. In diesem Augenblick ging die Tür auf und ein ziemlich großer breitschultriger Mann um die Fünfzig trat ein.

„Emilia, was gibt es denn?" Doch dann sah er die Besucher.

„Oh, Entschuldigung! Was möchten Sie?" Anna wiederholte ihren Text nachdrücklich. Herrn Svensson`s Gesicht wurde eine Nuance freundlicher.

„Oh die Polizei, na dann treten Sie doch ein! Emilia, bitte drei Kaffee!" Anna blinzelte Arvid kurz zu und grinste dabei. Alles nach dem Motto: „Siehst du, das kann ich auch!"

Sie saßen kaum, als schon der Kaffee kam und die Vorzimmerdame mit ihrem engen schwarzen Rock wieder hinaus trippelte und die Tür leise schloss. Direktor Svensson sah seine Besucher mit gefalteten Händen fragend an.

„Womit kann ich Ihnen helfen?" Anna zauberte aus ihrer Tasche einen leeren Joghurtbehälter und stellte ihn auf den Tisch.

„Ist es richtig, wenn ich behaupte, dieser Joghurt wird in Ihrer Firma hergestellt?", fragte sie Svensson freundlich. Der schaute den leeren Behälter kurz an und nickte.

„Ja, das stimmt, Frau Kommissarin Ohlson. Jeden Tag circa 12000 Stück", erwiderte er gelassen. Anna musterte ihn. Sein längliches Gesicht, mit der randlosen Brille, die große Glatze, er sah aus wie einer aus der Trickfilmserie von Bugs Bunny.

„Hatten Sie in letzter Zeit in der Produktion Hygieneprobleme?", war Annas nächste Frage. Der Herr Direktor richtete sich mit einem Mal kerzengerade in seinem Ledersessel auf, seine freundliche Miene war plötzlich wie eingefroren.

„Wie kommen Sie denn auf diese Frage, Frau Kommissarin?", war seine nächste Reaktion. Anna holte aus ihrer Tasche drei lose Blätter unter einer Folie heraus, und legte sie auf den Tisch. Svensson sah sie starr an. „Was ist das?" Anna schob sie ihm über den Tisch.

„Herr Svensson, das hier sind erst einmal drei Laborberichte aus ihrem Hause, und hier sind diese Berichte nochmal. Nur leider unterscheiden die sich ziemlich voneinander. Die drei ersten Exemplare sind also aus ihrem Krankenhaus, die anderen haben drei wir von der Gerichtsmedizin erhalten", log Anna ungerührt.

„Beide unterscheiden sich erheblich bei den Toxinwerten. Aber es hat drei Menschen das Leben gekostet! Aber es gibt von Ihnen weder wie üblich in einem solchen Fall einen Bericht an das Gesundheitsamt und auch keinen an die übergeordnete Behörde. Daher meine Frage, warum ist dies nicht geschehen?" Sie sah Svensson fragend an. Und der war zusehends bleicher geworden. Er schüttelte den Kopf.

„Mir ist von solchen Vorfällen nichts bekannt, ich schwöre es beim Leben meiner Mutter!" Anna wechselte mit Arvid einen kurzen Blick. Ragnarson hakte ein.

„Wer ist bei Ihnen der Produktionsleiter? Wo finden wir ihn?" Svensson schüttelte den Kopf.

„Der Herr Andersson hat sich vor drei Tagen krankgemeldet. Er müsste zu Hause sein. Meine Dame im Vorzimmer gibt Ihnen gerne die Adresse." Und dann wurde er lebhafter.

„Und diese drei Menschen sind alle nach dem Verzehr unseres Joghurt verstorben?", fragte er nochmals fassungslos. Anna nickte.

„Das ist definitiv eine bewiesene Tatsache, Herr Direktor. Heute früh schon der Vierte." Svensson schüttelte wieder fassungslos den Kopf.

„Ich verstehe das nicht! In so einem Fall ist innerhalb von 24 Stunden der Betrieb dicht, vom Gesundheitsamt geschlossen! Ich verstehe das nicht!", wiederholte er nochmals. Anna nickte verhalten, doch diesmal etwas mitfühlender, denn sie glaubte dem Mann auf einmal.

„Und da wir das auch nicht verstehen, zumal eine Ärztin ermordet worden ist im Zusammenhang mit eben diesem Joghurt, sind wir heute hier!" Svensson sah sie zu Tode erschrocken an.

„Was? Eine Ärztin wurde ermordet? Ja aber warum denn das um Gottes Willen auch noch?" Anna nickte.

Stimmt. Aber leider können wir Ihnen darüber keine Auskunft geben, Sie verstehen, ermittlungstechnisch!" Man sah Svensson an, dass er geschockt war. Anna wechselte mit Arvid einen Blick und stand auf.

„Könnten wir uns die Produktionsstätte mal anschauen?" Svensson nickte sofort und stand ebenfalls auf.

„Ich bringe Sie hin! Aber vorher müssen wir Sie erst einkleiden, Sie verstehen - die Hygienevorschriften!"
Nach zwanzig Minuten waren sie in der Produktionsstraße. Von der Herstellung bis zur Abfüllung konnten sie nun den Weg der

Becher verfolgen. Und es gab also einige Möglichkeiten hier Gift einzufügen, das stand am Ende fest. Einige der Mitarbeiter, besonders in der Abfüllung, kamen dem Produkt sehr nahe. Aber selbst in der Lagerung bestand diese Möglichkeit, hier vielleicht noch viel unbeobachteter. Sie waren am Ende angelangt. Anna zog das Netz, welches sie über den Haaren getragen hatte, herunter.

„Herr Svensson, ich hätte noch eine Bitte. Ich brauche eine Liste von allen Mitarbeitern der Abfüllanlage und der Lagerung, die sich in den letzten drei Tagen krankgemeldet haben. Hier haben Sie meine Karte, die Mailadresse steht unten links. Wir bedanken uns sehr herzlich, dass Sie sich die Zeit genommen haben. Wir werden und gegebenfalls noch einmal melden. Auf Wiedersehen!"

Als sie wieder im Wagen saßen schüttelte Arvid auf einmal den Kopf und sah seine Chefin von der Seite an.

„Anna, wir verrennen uns da gerade! Denn diese Becher können doch auch in einem der Läden oder sonst wo mit dem Gift versehen worden sein. Hast du da schon mal daran gedacht?" Anna Ohlson nickte betrübt.

„Das ist mir auch klar, Arvid! Aber wo wollen wir sonst ansetzen mit den Ermittlungen. Lass uns noch feststellen wo diese vier Leute eingekauft haben. Klopfen wir eben auch noch auf dieses Fass!" Arvid grinste.

„Gut gemerkt, Chefin. Fahren wir also zurück ins Büro?" Anna startete den Wagen und nickte.

„O.K. Machen wir, ich habe Lust auf einen Kaffee!" Als sie im Büro ankamen herrschte Chaos! Leute liefen umher, und Chef Magnusson, der sie vom Fenster aus gesehen hatte, kam heraus gestürmt auf den Gang. Schon von weitem schrie er:

„Wo waren Sie denn? Wir haben Sie gesucht und mehrmals angerufen, aber nicht erreicht! Kommen Sie sofort in mein Büro! Sofort bitte!" Und schon stürmte er mit großen Schritten wieder zurück in sein Zimmer. Arvid und Anna sahen sich perplex an. Arvid brummte:

„Was ist denn hier los? Haben wir einen Alarm verpasst? Mein Handy war tatsächlich aus, es ist leer!" Anna schlug sich gegen die Stirn und machte auf dem Absatz kehrt.

„Verdammt, meins liegt im Seitenfach der Wagentür." Und schon sauste sie zurück zum Auto, um ihr Handy zu holen. Als sie nachsah waren da sechs Anrufe, alle vom Chef. „Scheiße", brummte sie, und steckte es ein.

Die Tür zum Allerheiligsten, im Kollegenkreis auch oft als „Richtstätte" benannt, stand sperrangelweit offen. Anna klopfte an und die Sekretärin winkte sie mit verbissener Miene gleich weiter.

„Geht rein, er kocht wie ein Vulkan!", flüsterte sie Anna zu. Ragnarson ließ Anna bereitwillig den Vortritt als sie eintraten. Ihr Chef Magnusson saß mit hochrotem Kopf hinter seinem Schreibtisch. Seine Hände schienen zu zittern. Er deutete auf die beiden Stühle vor seinem ausladenden Schreibtisch. Dann sah er seine beiden Kommissare für einige Sekunden scharf an, um dann zu knurren:

„Mich hat vor einer Stunde eine Meldung vom Gesundheitsamt erreicht! Bei jedem unserer vier Toten sind inzwischen weitere Angehörige verstorben! Insgesamt sind es jetzt fünfzehn!"

Anna glaubte, dass sich jeden Augenblick der Boden unter ihr öffnen würde. Sie sah einige Sekunden zu Arvid, der neben ihr saß und schluckte, ehe sie sagte:

„Das heißt, dieser Joghurt hat einen Virus gehabt! Mutwillig zugefügt und er verbreitet sich weiter! Liege ich da richtig, Chef?" Magnusson nickte.

„So ist es! Andere Frage, was haben Sie heute in der Molkerei herausgefunden? Denn dort waren Sie doch, oder?" Anna nickte verhalten.

„Wir haben uns den Betrieb angeschaut. Von der Produktion bis zur Auslieferung. Der Produktionsleiter Anderson hat sich vor drei Tagen krankgemeldet, ist aber nicht auffindbar. Gleiches trifft auf den Verantwortlichen des Kühllagers Lönneberg zu. Ebenfalls krankgemeldet und ebenfalls nicht aufzufinden." Magnusson sah sie kurz an.

„Gut Anna, geben Sie eine Fahndung nach den beiden heraus! Wir müssen die beiden Kerle schnellstens schnappen." Zurück am Schreibtisch meinte Anna auf einmal zu Arvid:

„Wem war die Ärztin auf die Schliche gekommen? Waren es vielleicht diese beiden, Anderson und Lönnberg?"

Arvid wiegte den Kopf hin und her und sah seine Chefin an.

„Glaubst du im Ernst, die Beiden haben alleine gehandelt?"
Anna sah ihren Kollegen nachdenklich an und nickte dann.

„Du meinst, sie sind nur die Ausführenden? Aber wer käme dann als Auftraggeber in Frage?" Anna klemmte sich den Stift unter die Nase und hielt ihn mit der Oberlippe fest. Das tat sie immer, wenn sie intensiv nachdachte. Plötzlich fing sie den Stift mit der Hand auf.

„Arvid! Wir müssen unbedingt das Umfeld von den beiden umgraben. Und zwar gründlich!"

Die Zahl der Erkrankungen rund um Alesund hatte noch weiter zugenommen, die Zahl der Toten sich auf 28 erhöht. Der gesamte Kreis Alesund war zum Sperrgebiet erklärt worden. Dies war möglich, weil die Stadt auf einer Insel lag, die man abriegeln konnte. Den gesamten Fjord zu überwachen war jedoch unmöglich. An der Küstenstraße hatte man Kontrollpunkte der Armee eingerichtet, die jeden kontrollierten, der die Straße benutzen wollte. Doch von Anderson und Lönneberg war bisher nichts zu sehen.

Als Anna Ohlson zu Hause die Nachrichten im Fernsehen verfolgte, bekam sie eine leichte Beklemmung. Was jetzt auf sie zukam, hatte es noch nie gegeben. Jetzt waren die Polizei und die Armee gefordert! Sie rief Ragnarson an. Der war tatsächlich allein zu Hause.

„Hast du eben die Nachrichten gesehen?", fragte sie ihn. Er bejahte und war ziemlich außer sich.

„Die wollen doch tatsächlich den ganzen Landkreis lahmlegen, wegen ein paar Dosen Joghurt!", schimpfte er. Anna war erst einmal sprachlos.

„Sag mal spinnst du? Weißt du überhaupt was eine Pandemie ist? Mach dich mal lieber schlau! Morgen früh ist 8.00 Uhr Rapport beim Chef, vergiss das nicht! Gute Nacht!"
Sie legte kopfschüttelnd den Hörer wieder auf und machte sich erneut lang im Bett. Dabei dachte sie:

„Manchmal ist er wie ein Fünfzehnjähriger, dieser Same", und knurrte dann etwas missmutig in ihr Kissen. Um sich wenig später wieder in ihr Buch zu vertiefen, weil sie noch nicht schlafen konnte. Und Liebesromane waren da hilfreich.

Eine Stadt und ein Bezirk werden abgeriegelt

Als Anna am Morgen durch die beinahe menschenleeren Straßen zum Dienst fuhr, war ihr seltsam zumute. An der ersten Kreuzung, die sie passierte, stand eine Armeepatroulle und hielt sie an. Beide Soldaten hatten Atemmasken auf und Gummihandschuhe an den Händen. Einer der Soldaten stand leicht rechts vor ihrem Wagen, mit einer Maschinenpistole im Anschlag. Der andere kam an ihr Wagenfenster und grüßte vorschriftsmäßig.

„Guten Morgen, Ihre Papiere bitte! Und wo fahren Sie hin?", begann er das Gespräch. Anna reichte ihm ihren Dienstausweis hinaus. Der Soldat stutzte kurz, gab ihr den Ausweis zurück und grüßte wieder.

„Gute Fahrt!" Dabei kniff er kurz das rechte Auge zu, wohl als Ersatz für ein Lächeln. Anna blinzelte zurück und fuhr weiter. Diese kurze Episode zeige eindrucksvoll, was im Moment in und um Alesund herum los war. Im Präsidium angekommen stand Arvid schon auf dem Sprung. Anna trat ein und staunte.

„Du bist ja heute schon da!" Er streckte ihr kurz die Zunge heraus.

„Komm lieber alte Meckertante und mache hin, ab zur Richtstätte!" Und so trabten sie beide ins Büro von Magnusson. Als sie bei ihm eintraten telefonierte der gerade. Sie warteten geduldig und setzten sich einstweilen, weil er auf die beiden Stühle deutete. Als er fertig war und den Hörer aufgelegt hatte sah er seine beiden Kommissare einen Moment kritisch an.

„Hört mal ihr beiden Helden, ihr müsst heute noch schnellstens nach Brandal fahren. Ich habe vor einer Stunde die Meldung erhalten, dass Andersson und Lönneberg dort gesehen wurden. Ich habe unsere Kollegen vor Ort schon informiert das ihr kommt. Meldet euch bei Oberkommissar Jacobson und richtet euch auf ein paar Tage ein. Haltet aber die Spesen in Grenzen. Im Hotel „Sagan" habe ich bereits zwei Zimmer gebucht." Ragnarson verzog erst das Gesicht, dann grinste er.

„Och Chef, da hätte auch ein Zimmer mit Aufbettung doch gereicht!", frozzelte er. Anna streckte ihm die Zunge heraus und ihre Blicke schossen Giftpfeile ab, so dass Magnusson mit dem Kopf schüttelte und meinte:

„Also Herrschaften! Jetzt ist es aber gut! Ihr benehmt euch manchmal wie ein altes zänkisches Ehepaar. Reißt euch mal zusammen oder ich muss mir überlegen, ob diese Abteilung nicht jemand anders übernimmt. Wobei Sie Arvid, dann auch mitgehen müssten, nur das wir uns auch richtig verstehen. So, und jetzt schleicht euch! Ich möchte jeden Tag früh einen kurzen Bericht von euch. Raus mit euch!"

Dermaßen schon am Morgen gleich eins auf die Rübe zu kriegen, bewirkte nur, dass Arvid draußen auf dem Flur über den Chef moserte. Und weil Anna zwei Schritte vor ihm ging, er einen freien Blick auf ihr strammes, in einer braunen Lederhose steckendes Hinterteil hatte. Logischer Kommentar:

„Wau Chefin! Du siehst von hinten wirklich toll aus! Dein Heck lacht einen förmlich an." Dieser Satz hatte zur Folge, dass Anna blitzartig stehen blieb und Arvid um ein Haar sie umgerannt hätte. Sie drehte sich zornbebend zu ihm herum und ihre dunkelbraunen Augen schossen Blitze ab. Dicht vor ihm stehen bleibend, und ihn in die Augen schauend, zischte sie ihn an:

„Ragnarson! Mach nur so weiter, dann wirst du aber bald den Verkehr in Alesund regeln können! Weil ich dich brünftigen Elchbulle dann nämlich freistellen werde, hast du das mit deinem Elchgehirn kapiert oder muss ich dir erst mal wohin treten, wo es euch Dreibeinern weh tut?" Arvid grinste sie an, und sagte dann leise:

„Chefin, du bist wirklich zum Knutschen, wenn du dich so aufregst." Anna winkte resigniert ab und ging dann einfach weiter zurück in ihr gemeinsames Büro. Bereits angezogen, vereinbarte sie mit Arvid, ihn in einer Stunde abzuholen. Vorher wollte sie den BMW X5M noch volltanken. Denn es Arvid zu überlassen, erschien ihr zu unsicher, der vergaß ab und an mal was. So wie vor drei Wochen, als sie abends auf einsamer Straße stehen geblieben waren. Aber Arvid nahm es gelassen hin. Er war ein Same, daher die Ruhe in Person, und jede Arbeit, die man umgehen konnte, diente nur der eigenen Ruhe, nur ja keine Hektik.

Und so fuhren sie eine Stunde später auf der Schnellstraße 61 in Richtung Fähre von Suldesund nach Heried und Brandal, das waren gerade mal 38 km. Und sie hatten Glück, als sie ankamen war gerade eine Fähre eingelaufen, die dann nach 30 Minuten wieder zurückfahren würde.

Arvid kaufte am Stand eine Fahrkarte für das Auto und eine für Anna und sich selbst, während Anna den BMW inzwischen an das Ende der Warteschlange gestellt hatte.

Dreißig Minuten später waren sie schon auf See. Die Überfahrt dauerte wieder dreißig Minuten. Das Wetter war zum Glück nur leicht bedeckt, und in der Nacht hatte es kaum geschneit. Es war das typische Matschwetter mit grauem Himmel.

Sie kamen im Industriehafen von Hareid an und fuhren wieder vom Schiff. Nun hatten sie noch 12 km bis hinein nach Brandal. Am Hotel „Sagan" fuhren sie auf den Parkplatz und meldeten sich an der Rezeption. Es war so ein typisches kleines Hotel für Feriengäste mit Kindern. Alles ziemlich einfach, aber auch gemütlich. Nachdem sie ihre Zimmerschlüssel in Empfang genommen hatten, gingen sie hoch in ihre Zimmer und verabredeten sich in einer halben Stunde im Speiseraum des Hotels.

Oben angekommen, las Anna zuerst mal den Bericht, den ihr Magnusson in die Hand gedrückt hatte, und der wiederum schockierte sie einigermaßen.

Lönneberg wurde vor drei Jahren von der Abwehr beobachtet, und dieser Andersson war einst Verbindungsmann der „Tramanen", einer völkisch rechten Gruppe. Hielt sich auch zeitweilig in Deutschland auf und hielt auch Kontakt zu der Neonazigruppe „Bürger in Wut" in Bremen. Dazu musste er Kontakte zu Braivik gehabt haben. Und der Anderson war strammer Rechtsnationaler, mit Kontakten zu den Nazis in den USA. War dort in einem Ausbildungslager, später dann aber untergetaucht. Anna griff zum Handy und rief Arvid an.

„Arvid, ich ziehe mich kurz um, dann rufe ich diesen Jacobson an, und wir treffen uns erst mal hier im Hotel mit ihm und werden sehen wie es dann weitergeht." Sie sah sich kurz um. „Typisch Hotelzimmer", dachte sie. Tatsächlich war es auch so. Ein Bett, ein zweitüriger Schrank, eine Kommode, ein kleiner Schreibtisch mit Stuhl und ein kleiner Flachbildfernseher, welcher auf der Kommode stand neben einem Telefon. Das Bad ebenfalls einfach und ohne viel Esprit. Eher wie eine Jugendherberge.

Sie setzte sich auf das Bett und rief an. Jacobson meldete sich sofort und versprach in 15 Minuten im Hotel zu sein. Mit einem kurzen Blick in den Spiegel überprüfte sie noch einmal ihr Aussehen und wandte sich dann zum Gehen.

Im Speisesaal trafen sie wenig später auf Kommissar Jacobson. Nach kurzer Begrüßung legte der zwei Fotos auf den Tisch. Darauf waren unverkennbar der massige Lönnequist und der etwas schlaksige Adam Andersson zu sehen. Einmal saßen sie vor einem Cafe in der Sonne, einmal standen sie am Hafen am Fahrkartenschalter. Anna begann zu lächeln.

„Das also sind unsere Freunde! Und wo sind die jetzt?" Jacobson griff zum Telefon und wählte kurz. Sprach kurz, dann nickte er und beendete das Gespräch.

„Sie sind wieder unten am Hafen. Wir sollten zugreifen bevor sie uns abhauen. In einer Stunde geht eine Fähre nach Bergen ab." Anna schüttelte bedauernd den Kopf.

„Mit Zugreifen wird im Moment leider nichts! Wir sollen sie beobachten, um heraus zu finden, was die Beiden vorhaben. Erst dann greifen wir zu!" Jacobsson war enttäuscht. Er hatte geglaubt nun endlich mal zwei Gangster in seiner Polizeikarriere festnehmen zu können, und nun war damit wieder Essig. Er ärgerte sich insgeheim über die Oberkommissarin aus Alesund, die so selbstsicher auftrat, als wenn sie die Gottesmutter persönlich war.
Sie beschlossen zum Hafen zu fahren. Und so fuhren sie mit dem BMW, weil Jacobsons Fiat ein fest montiertes Blaulicht auf dem Dach hatte, welches im Moment eher hinderlich war, wenn man jemand beobachten wollte.
Zehn Minuten später kamen sie am Hafen an und sahen sich um. Ihre beiden Kandidaten lungerten tatsächlich am Kai herum und rauchten. Plötzlich kam ein dritter hinzu und begrüßte sie.
Arvid Ragnarson machte schnell ein Foto mit dem Handy. Doch im gleichen Augenblick als Arvid den Auslöser drückte, sah Adam Anderson zu ihnen herüber und starrte ihn an. Dann sagte er etwas zu seinen beiden Kumpanen. Unvermittelt sprangen alle drei in ein Boot mit zwei Außenbordmotoren und preschten wenig später vom Kai weg hinaus in den Fjord! Anna schimpfte leise mit Arvid. Jacobson hob die Schultern wie zur Entschuldigung.

„Ja, an ein Boot haben wir nicht gedacht. Wir hätten aber derzeit auch keins zur Verfolgung", bekannte er belämmert. Anna musste sich auf die Lippen beißen. Die hatten die beiden Gauner mit zwei Mann von der Schutzpolizei und mit einem Privatauto aus gut 200 m Entfernung beobachtet, aber sonst keinerlei Vorkehrungen getroffen. Aber wie kindisch war das denn! Das war in ihren Augen purer Dilettantismus in reinster Form. Anna nahm sich zusammen, um nicht ausfallend zu werden. Arvid blickte mit versteinerter Miene hinaus auf den Fjord. Anna schaute Jacobson grimmig an.

„Und wo haben die Beiden denn in den letzten Tagen logiert?" Der Kommissar aus Bradal zeigte hinüber zu den Speichern.

„Da drüben gibts eine Kneipe, der Wirt vermietet ab und zu." Anna nickte und marschierte einfach wortlos vor den beiden Männern her über den Platz. Und wieder schüttelte Jacobsson mit dem Kopf. „Was dachte sich diese Tussi eigentlich? Doch ihr Kollege schien das klaglos hinzunehmen, wie es aussah."
In der Kneipe war zu diesem Zeitpunkt nicht viel los, als sie eintraten. Anna sprach den Wirt an und zeigte ihm das Foto von den beiden Gaunern.

„Wohnen die beiden hier bei Ihnen?" Der Wirt grinste sie zunächst erst mal breit an.

„Wer will denn das wissen?", fragte er kess zurück und grinste Anna unverhohlen an. Die hielt ihm ihren Dienstausweis unter die Nase.

„Also? Wohnen die hier?", fragte sie erneut, diesmal etwas harsch. Der Wirt schluckte erst, dann nickt er.

„Ja, schon seit zwei Tagen. Bei Tag sind sie unterwegs, abends gegen Acht sind sie jedes Mal wieder da", erzählte er auf einmal bereitwillig.

„Wir möchten uns die Zimmer ansehen!", legte Anna nach. Der Wirt hob die Schultern.

„Ohne Durchsuchungsbefehl oder wie das heißt?" Anna hob die Augenbrauen, nickte leicht und meinte dann leise:

„Ohne, und jetzt sofort. Ansonsten schließen sie den Laden zu, kommen mit aufs Revier und wir reden dort weiter. Also?" Wortlos griff er zum Schlüsselbrett, nahm die zwei Schlüssel ab und drückte sie Anna wortlos in die Hand.
Jacobsson schien von jetzt ab von Annas Resolutheit beeindruckt zu sein. Aber es kam noch schlimmer. Arvid tippte ihn an.

„Sie bleiben hier unten mit einem Blick auf den Wirt und den Rest der Leute. Wir gehen mal schnell hoch. Klar!" Kommissar Jacobsson schluckte erst zweimal, ehe er wortlos nickte. Na die trauten sich was, behandelten ihn hier wie einen Dorfpolizisten. Er nahm sich vor, sich zu beschweren.

Oben angekommen, gab Anna Arvid einen Schlüssel. Der grinste und schloss ein Zimmer auf. Er hatte sich längst daran gewöhnt, dass er seine Befehle von einer Frau bekam. Und da er ihr innerlich zugetan war, nahm er es gelassen hin, genau wie den Anschiss vor wenigen Minuten am Kai.

Anna trat ein und machte Licht, dann sah sie sich um. Hier sah es wesentlich schlechter aus als wie bei ihnen im Hotel. Der Fernseher war noch aus früheren Jahren, die Möbel waren noch älter. Die Tapete mindestens 20 Jahre alt. Sie durchstöberte Schrank und Schreibtisch, fand aber nichts. Auf der Kommode stand eine Reisetasche. Als sie Anna öffnete pfiff sie durch die Zähne. Ein Päckchen, etwa 500 Gramm schwer, gut verpackt, eine Mauserpistole mit Ersatzmagazin und eine Schachtel Patronen. Und dann entdeckte sie ganz unten in der Tasche eine kleine Schachtel mit drei Ampullen aus Glas. Daneben ein Spritzenbesteck und eine Flasche mit einer Injektionslösung. Sie fotografierte alles fein säuberlich. Einen Moment überlegte sie, ob sie nicht doch eine der Glasampullen an sich nehmen sollte als Beweisstück. Doch dann verwarf sie diesen Gedanken wieder. Im Ernstfall konnten die sich rausreden, dass es nicht aus ihrem Besitz wäre. Und damit wäre es als Beweismittel unbrauchbar. Sie packte alles wieder an seinen Platz und verließ das Zimmer. Draußen stand schon Arvid und schüttelte den Kopf.

„Nix weiter, bis auf eine Prabellum Pistole. Sonst nix. Oder doch, noch eine Karte von weiter oben, von Alta!" Anna sah Arvid fragend an.

„Stammst du nicht von Alta?" Arvid nickte nur wortlos. Und Anna meinte dann:

„Ich schätze die Beiden werden wiederkommen. In der Tasche war Rauschgift, eine Waffe und eine Schachtel mit Glasröhrchen. Die werden sie nicht einfach hierlassen. Das Spritzenbesteck und die Flasche mit Injektionslösung könnten das Gift sein. Wir müssen sie aber auch beide unbedingt schnappen!"

Wieder in der Gaststube unten nahm sich Anna den Wirt beiseite.

„Hören Sie mir jetzt gut zu was ich Ihnen sage! Wenn die beiden wiederkommen, kein Wort, dass wir da waren! Ist das klar? Wenn nicht, werden Sie nie wieder in Norwegen eine Kneipe aufmachen können!", raunte sie ihm leise zu. Er nickte und wischte sich den Mund ab mit einem Wischtuch.

„Ich sage nichts, Sie können sich darauf verlassen. Sind das etwa Verbrecher?" Anna nickte. Ja, sie haben diese Seuche zu verantworten, die in Ahlesund grassiert! Also kein Wort, oder sie sind dran wegen Begünstigung eines Verbrechens! Und diese beiden sind nicht ungefährlich!" Der Wirt war zusehends bleich geworden. Und als die drei Polizisten ihn wieder verlassen hatten, musste er sich erst einmal einen Schnaps einschenken und sich setzen. Anna nahm sich Jacobson vor.

„Wieviel Leute haben Sie denn eigentlich hier in Brandal, Kommissar?" Der hob die Augenbrauen.

„Die im Außendienst sind drei, im Innendienst zwei." Anna nickte.

„Gut, machen Sie mir eine Liste wer die Leute sind. Zweitens teilen Sie die Leute rund um die Uhr zur Beobachtung der Kneipe ein. Und zwar mit allen Fluchtpunkten!", betonte sie noch einmal ausdrücklich. Denn Anna hatte sich entschlossen endgültig eigenständig zu handeln.

„Wir halten Kontakt über Sprechfunk und Handy. Sobald die Kerle wieder auftauchen nehmen wir sie hops. Notfalls auch mit der Waffe. Ist das verstanden?" Jacobson nickte beinahe ergeben. Diese Frau Oberkommissarin war ihm langsam unheimlich.
Anna rief Magnusson an und berichtete was sie vor Ort vorgefunden hatten und was sie angeordnet hatte. Die Flucht der beiden Gauner ließ sie vorerst unerwähnt. Sie wollte nicht, dass der Jacobson wegen ihnen disziplinarische Maßnahmen erdulden musste, jetzt wo sie jeden Mann brauchten.
Arvid war das aufgefallen, weil er alles mitgehört hatte. Aber so war sie halt, und genau das mochte er so sehr an ihr. Sie war einfach fair und kollegial, wenn auch manchmal hart wie ein Elchknochen.
Aber nun gab es eine Planänderung, und die hieß festnehmen und nicht mehr beobachten, da das Anna dann doch zu gefährlich geworden war. Und so hatte sie auch den Chef in Ahlesund davon

überzeugt, dass es besser war jetzt schon die beiden Gauner festzunehmen. Anna sah auf die Uhr.

„Arvid, wir zwei beiden Hübschen gehen jetzt erst mal zurück zum Hotel. Wenn sich was tut, können wir in fünf Minuten vor Ort sein." So verabschiedeten sie sich dann von Johansson und fuhren zurück in ihr Hotel.

Und so schlich die Zeit endlos langsam dahin und nichts geschah. Sollten die beiden Gauner tatsächlich abgehauen sein und nicht wieder zurückkommen? Anna dachte noch einmal über den Ablauf des Geschehens nach. Hatten sie was falsch gemacht? Gut, dass niemand darauf geachtet hatte, dass die beiden ein Boot haben könnten, das mussten sich alle anrechnen lassen, sie selber natürlich auch.

Es war etwa kurz vor 1.00 Uhr, Arvid und Anna hatten sich in ihr Zimmer zurückgezogen und lagen angezogen auf dem Bett, als plötzlich Annas Handy summte. Hastig richtete sie sich auf und nahm das Gespräch an. Johansson war am anderen Ende. Leise sprach er in sein Telefon.

„Frau Kommissarin, unsere Freunde sind vor zwei Minuten durch den Hintereingang rein gegangen!" Anna sprang auf.

„Wir sind gleich da! Noch kein Zugriff, es sei denn sie wollen wieder weg! Dann aber Vorsicht, die werden sofort schießen!"

Dann klopfte sie kräftig an die Wand zu Arvids Zimmer. Als sie auf dem Flur trat, kam Arvid verschlafen dreinschauend aus der Tür.

„Sie sind da! Komm los!" War alles was Anna sagte. Sie stürmten die Treppe hinab zum Auto. In rasender Fahrt trotz glatter Straße preschten sie zur Kneipe. Dort empfing sie Johansson am Parkplatz vor dem Eingang.

„Sie sind noch oben, Licht brennt noch!" Anna nickte und zog ihre Pistole aus dem Holster.

„Also gut, wir gehen zu dritt rein und sichern uns gegenseitig! Ihre Leute sperren alles ab." Sie sah den Kollegen Johansson kurz an.

„Habt ihr alle Schusswesten drunter?" Johansson schüttelt den Kopf. „Wir haben derzeit gar keine!" Anna stöhnte auf.

„Mein Gott, was habt ihr hier für einen Laden, Mensch!" Aber nun hatten sie keine Zeit mehr das Versäumnis auszubügeln. Sie betraten leise zu dritt das Gebäude. Der Wirt saß in der Küche auf einem Stuhl und deutete mit dem Zeigefinger zur Decke. Anna nickte nur. Auf Zehenspitzen stiegen sie die Treppe hinauf, die zum Glück eine Steintreppe war.

Sie hatten gerade die erste Etage erreicht und wollten in den Flur einbiegen, als sich vor ihnen im Gang eine Tür öffnete und eine Person den halbdunklen Flur betrat. Verdammt, wer war das jetzt? War das Lönnequist? Der Statur nach musste er es sein, doch im Schummerlicht des Flurs war das nicht genau auszumachen. Entschlossen schob sich Anna halb aus der Deckung, hob die Hand mit der Pistole hoch, und rief dann laut:

„Halt Stehenbleiben! Polizei!" Sie hatte den Satz kaum bis zu Ende ausgesprochen, als der Mann vor ihr im Flur sich umdrehte, den rechten Arm hochriss und es zweimal laut knallte. Beide Projektile schlugen neben Anna in die Wand ein und Putz spritzte! Anna duckte sich weg und drückte dabei ebenfalls zweimal ab. Der Kerl im Flur, gerade im Weglaufen begriffen, strauchelte und fiel der Länge nach hin, und blieb reglos liegen. Im gleichen Augenblick aber schob sich Arvid wie ein Aal an Anna vorbei und stürzte mit drei Sprüngen auf den liegenden Mann zu.

Aber der hob plötzlich wieder den rechten Arm hoch und schoss. Doch Arvid reagierte sofort. Er machte einen Sprung zur Seite an die Wand, und drückte dabei ebenfalls ab. Zwei Schüsse peitschten hintereinander durch den Flur. Anna, die Arvid gefolgt war, spürte einen kurzen Luftzug, der an ihrem Kopf vorbei zischte, und irgendwo am Ende des Flures in die Wand einschlug!

Arvid, leicht blass im Gesicht, sah wie Anna an ihm vorbeilief und sich neben die andere Zimmertür stellte, er selbst riss sie auf. Sich gegenseitig sichernd standen sie im Raum, kalte Luft zog durch das geöffnete Fenster herein. Adam Andersson war während des Schusswechsels offenbar aus dem Fenster gestiegen, die Tasche hatte er zurücklassen müssen.

„Verdammt!" fluchte Anna leise. Dann wandte sich dem doch etwas bleichen Johansson zu.

„Sind ihre Leute auch auf dem Posten da draußen?" Johansson nickte wortlos. Plötzlich hörten sie auf der Straße ebenfalls wieder Schüsse. Hastig rannten sie die Stufen hinab. An der Tür stand ein Polizist, hielt den blutenden Arm hoch und schrie dabei schreckensbleich:

„Dieses Schwein hat zurückgeschossen!". Plötzlich hörten sie lautes Motorengeräusch, welches immer leiser wurde und sich entfernte. Arvid stampfte mit dem Fuß auf wie ein wütendes Kind und fluchte laut.

„So eine Scheiße! Der Lump ist mit einem Schneemobil getürmt! Ich könnte wahnsinnig werden! Der Alte wird uns einen Einlauf verpassen, der sich gewaschen hat!" Anna sah ihn an und legte dann begütigend ihre Hand auf seinen Arm.

„Reg dich ab! Die Frage ist aber doch wohl, wie konnte der an den Kollegen ungesehen vorbeikommen? Denn dieses Schneemobil stand offenbar eine Querstraße weiter. Holen wir erstmal die KTU her und sperren die Kneipe ab."
Doch dann griff sie sich an den Kopf und sah ihren Kollegen an. Wo sollten sie hier die KTU herkriegen? Hier in diesem Kaff gab es sowas ja nicht einmal. Sie sah Arvid Ragnarson an.

„Wir müssen zurück und selber die Spuren sichern, falls es welche gibt." Und so war es dann auch. Als sie dann wenig später Andersons Zimmer betraten, stand dort noch die Reisetasche. Anna öffnete sie und sah hinein. Die Waffe war weg, das Rauschgift war weg und das Spritzenbesteck nebst Geld. Sie gab alles was noch auffindbar war Johansson zur Aufbewahrung. Nicht anders sah es in Lönnebergs Zimmer aus. Seine Tasche hatten sie ja draußen auf dem Flur gefunden, sonst gab es nichts, was sich lohnte mitzunehmen. Lönneberg selbst war tot. Wenig später rief Anna den Chef wieder an, um ihm vom Ausgang des Geschehens zu berichten. Lönneberg hatten sie erwischt, Anderson war weg.

Adam Andersson hatte alles zurücklassend die Flucht aus dem Fenster gewagt. Hatte am Schneefang entlang seinen Weg bis zur Dachrinne genommen, und war an dieser hinunter in den Hinterhof gerutscht, ohne von jemand bemerkt zu werden. Die Tasche hatte er zurücklassen müssen, da sie ihn bei seiner Flucht behindert hätte
Als die Schießerei im Flur angefangen hatte, war es ihm gelungen aus seiner Tasche noch zwei Pässe, Geld, seine Pistole sowie das Rauschgift zu entnehmen, dann war er durch das Fenster raus gestiegen.
Wie er die Polizei hier oben kannte, würden die eine Weile brauchen bis sie alles abgeriegelt hatten, und er die Insel nicht mehr

verlassen konnte. Diese kurze Zeitspanne musste er unbedingt ausnutzen! Und so jagte er mit Höchstgeschwindigkeit durch die Nacht, er musste unbedingt nach Norden. Dort wo sie ihre Zwischenbasis aufgebaut hatten. Ein alter Bunker der Deutschen aus dem Zweiten Weltkrieg. Dort hatten sie wochenlang gelebt und alles geplant bis ins Detail. Die Anstellung in dieser Milchfabrik war ein Gottesgeschenk gewesen und hatte alle ihre Pläne verkürzt. Sie hatten es geschafft mit zwanzig Bechern Joghurt eine Epidemie auszulösen, die jetzt um sich griff. Der radioaktive Stoff, gemischt mit Viren, war kaum aufzuhalten, wenn es sich verbreitete. Aber offenbar waren sie jemandem aufgefallen. Vielleicht hätte sein Freund Lönnequist die alte Ärztin nicht umbringen sollen. Diesen Safe hätten sie auch so aufgebracht. Aber nein, dieser Schwede war wie ein Stier vorgegangen. Aber nun hieß es die eigene Haut zu retten und erst einmal schleunigst zu verschwinden.

Oberst Magnusson hörte sich Annas Bericht geduldig an, nickte mehrmals zur Bestätigung, und war am Ende offenbar ganz zufrieden.

„Gut, soweit also zu eurer Aktion in Brandal. Wir werden Himmel und Hölle in Bewegung setzen, um den Mann zu finden. Ist ja schon mal gut, dass wir nun die Tasche in Verwahrung haben. Das Labor wird den Inhalt der Tasche und der drei Glasphyolen untersuchen. Aber nun hat sich die Tochter der Frau Carlsson bei mir gemeldet. Sie möchte unbedingt mir dir reden, Anna! Sie wird am Vormittag gegen 11. Uhr herkommen. Regelst du das?" Anna nickte.

„Mache ich Chef. Aber vorher muss ich erst mal ein paar Stunden schlafen. Wir fahren jetzt wieder zurück und melden uns dann morgen Vormittag bei Ihnen. Wie hoch ist denn eigentlich inzwischen die Zahl der Infizierten?" Magnusson schnaufte.

„Stand heute Nacht 875 Menschen davon 421 Kinder. Die Krankenhäuser hier auf der Insel sind nicht mehr in der Lage alle Patienten aufzunehmen. Die Armee ist derzeit dabei beheizte Quarantänezelte aufzubauen. Im Moment bezieht sich unsere Quarantäne der Bevölkerung nur auf Vestlandet, und hier besonders auf den Bezirk Romedal. Ist auch verständlich, die Produkte dieser Milchfabrik werden zum Glück nur regional vertrieben, also konzentrieren sich die Erkrankungen auch auf diesen Bezirk. Und da wir alles abgesperrt haben, und niemand rein und raus kommt, werden wir hoffentlich den Höhepunkt der Krise bald erreicht haben. Gott stehe uns bei, wenn das nicht so ist!", setzte er noch hinzu. Anna beendete das Gespräch und sah Arvid an.

„Und, fährst du auch nach Hause?", fragte sie Arvid. Der rothaarige Same sah sie etwas verschmitzt an.

„Da du mich ja nicht mit zu dir nimmst, was soll ich denn sonst machen?" Anna lachte.

„Was willst du bei mir? Etwa mir beim Schlafen zuschauen?" Arvid verzog das Gesicht zu einem Grinsen.

„Och, da würde mir schon was einfallen, Chefin!" Sie drohte ihm lächelnd mit dem Zeigefinger.

„Arvid, Arvid, dein loses Mundwerk bringt dich noch mal in Teufels Küche. Außerdem, wer sagt dir denn, dass du meinem Ansturm überhaupt gewachsen wärst, he?", erwiderte sie mit einem Grinsen und streckte ihm kurz die Zunge heraus.

„Tschüss, armer einsamer Rentierjäger! Bis zum Vormittag! Schlaf dich mal aus, und verausgabe dich nicht wieder bei irgend so einem jungen Weib." Anna stieg in den Wagen und winkte ihm nochmal zu als sie abfuhr.

Arvid sah ihr noch kurz hinterdrein und schüttelte den Kopf. Es war schon seltsam, die man wollte, wollten nicht. Die man nicht wollte, liefen einen die Bude ein oder riefen laufend an. Er sah sich kurz noch mal um, dann stieg er ebenfalls in seinen Wagen.

Als Anna Ohlson am Vormittag ausgeschlafen das Polizeipräsidium betrat, winkte sie der Diensthabende zu sich heran.

„Frau Ohlson, im Büro wartet eine Frau Doktor Lundquist auf sie." Anna nickte ihm erfreut zu, das ersparte ihr einen Weg.

„Ok, ich bin schon auf dem Weg." Als sie die Bürotür öffnete, stellte Arvid der Frau Doktor gerade einen Kaffee hin und blinzelte ihr beim Eintreten zu. Die Frau war ca. 45 Jahre alt, hatte blondes welliges Haar und trug schwarze enge Hosen mit Stiefeln bis zum Knieansatz. Eine Brille hing an einem langen Band um ihren Hals. Anna begrüßte sie und setzte sich auf ihren Platz. Die großen grünen Augen der Frau Doktor waren fragend auf Anna gerichtet.

„Frau Doktor Lundquist, zunächst unser herzliches Beileid zum Ableben Ihrer Mutter", begann Anna das Gespräch.

„Frau Doktor, im Zusammenhang mit dem leider gewaltsamen Ableben Ihrer Mutter ergeben sich für uns noch eine Reihe von Fragen, auf die wir uns keinen Reim machen können. Wissen Sie etwas über die Nachforschungen Ihrer Mutter, im Zusammenhang mit der Milchfabrik „Sagnon"? Hat sie Ihnen gegenüber mal etwas erwähnt?"

Brita Lundquist zog einen kurzen Augenblick die Augenbrauen hoch und räusperte sich dann.

„Also wenn Sie mich so fragen, ja sie hat es einmal erwähnt, dass mit dieser Firma irgendetwas nicht stimmte. Es ging darum, dass man überalterte Lebensmittel ausgeliefert hatte. Daraufhin wurde damals der Produktionsleiter entlassen. Meine Mutter hatte das Gesundheitsamt eingeschaltet." Anna sah ganz kurz zu Arvid hinüber, der sich Notizen machte, und hakte nach.

„Und in letzter Zeit, gab es da etwas in dieser Richtung?" Brita Lundquist dachte nach und nickte auf einmal, als sei ihr doch noch etwas eingefallen.

„Sie haben Recht, Frau Kommissarin! Es gab da wohl irgendein Geheimnis um den neuen Produktionsleiter. Meine Mutter war auf das höchste erregt vor gut vier Wochen. Sie meinte zu mir an einem Sonntag beim Kaffeetrinken, das seien alles ganz gefährliche Irre oder so ähnlich, und man müsse die Betriebsleitung informieren. Und sie meinte, es sei wohl angebracht, den Staatsschutz einzuschalten. Weiter darüber ausgelassen hat sie sich aber nicht. Sie hat aus Prinzip nicht gerne über ihre Arbeit gesprochen. Aber mehr weiß ich auch nicht." Anna Ohlson lehnte sich zurück.

„Können Sie sich irgendwie vorstellen, warum sie den Staatsschutz einschalten wollte? Der kommt ja immer dann zum Zuge, wenn Ausländer involviert sind." Doch Britta Lundquist schüttelte den Kopf.

„Nein, keine Ahnung Frau Kommissarin." Anna bedankte sich und beendete das Gespräch. Die Frau Doktor war schon an der Tür, als Anna sie noch einmal ansprach.

„Frau Doktor, könnte ihr Bruder irgendwelche Hinweise für uns haben?" Britta Lundquist lächelte etwas süffisant.

„Ach der, der hat sich schon seit Monaten nicht sehen lassen. Der kam immer nur wen er mal Geld brauchte, genau wie sein missratener Sohn Lennart." Anna nickte und bedankte sich für die Auskünfte, und begleitete Frau Lundquist bis zur Tür. Als sich die Tür hinter der Frau Doktor geschlossen hatte, sah Arvid belustigt zu Anna herrüber:

„Na, auch so eine feine Familie. Alle studiert, aber spinnefeind. Den Bruder einzuladen halte ich für vertane Zeit." Anna wiegte ihren Kopf hin und her.

„Ich glaube Arvid, wir sollten uns aber diesen Enkel Lennart mal genauer anschauen, was meinst du?" Arvid streckte den Daumen nach oben. Und so begannen sie sich mit Lennart Carlsson zu befassen, und was da zutage kam, war beachtlich. Von BTM Verstöße, Randaliererei, Diebstähle und ein Überfall auf eine Apotheke mit 16 Jahren, also das volle Programm. Arvid griff zum Telefon und gab den Auftrag weiter, den Jungen herzuholen.

Eine Streife erwischte den jungen Mann noch am gleichen Tag dann in einer alten Hütte am Fjord und führte ihn in Handschellen vor. Dabei hatte er sich ein ziemlich starkes Stück erlaubt, wie die Beamten schockiert zu berichten wussten.

Es begann damit, dass er sich zunächst geweigert hatte in den Streifenwagen einzusteigen. Der Polizist hatte ihn dann mit den Worten:

„Bitte treten sie mit dem Gesicht zum Fahrzeug vor den Wagen", aufgefordert sich vor den Streifenwagen hinzustellen, weil er ihn von hinten abtasten wollte. Doch Lennart hatte nur gegrinste und laut gerufen:

„Nur zum Mitschreiben Bulle, sie haben mich aufgefordert Staatseigentum zu beschädigen!" Und dann hatte er mit voller Wucht mit seinen Stiefeln gegen die Wagentür des Streifenwagens getreten und damit der Tür eine mächtige Beule beschert!

In seiner reichlich zerschlissenen Lederjacke, schäbigen Jeans und einer wilden Haarmähne, welche bis über die Schultern reichte, sah er aus wie ein typischer ungepflegter Gammler.

Als er ihnen vorgeführt wurde, stand an der Tür ein zusätzlicher Polizist, gut zwei Meter groß und mit der Figur eines Kleiderschrankes. Anna und Arvid saßen ihm am Tisch gegenüber. Anna forderte den Beamten auf, ihm die Handschellen abzunehmen, was der Jüngling mit den Worten: „Na, keine Angst, Schnecke?", begleitete. Anna lächelte aalglatt. Solche Typen wie der waren ihr Spezialgebiet, und sie blieb absolut ruhig.

„Name, Vorname, Adresse, bitte!" Diese Aufforderung quittierte der Jüngling wieder ziemlich unflätig.

„Warum? Willst du mich besuchen, und wir vögeln ein wenig?" Anna spitzte einen Moment die Lippen und nickte leicht.

„Sie sind also ein ganz Schlauer, was? Aber dazu wären sie mir erstens zu ungewaschen, und zweitens stinken sie bis hierher zu mir. Und jetzt ist der Spaß vorbei, mein Junge! Entweder wir können uns jetzt vernünftig unterhalten oder wir sperren dich erstmal 24 Stunden in unseren Knast hier, klar! Außerdem reden wir hier nicht über einen Apothekenüberfall, sondern über den Mord an Ihrer Großmutter! Hat sie Ihnen kein Geld mehr gegeben? Und haben Sie das Problem gelöst, in dem Sie die alte Frau einfach umgebracht haben?"

Diese letzten Sätze hatte Anna urplötzlich mit einer ziemlichen Lautstärke geäußert. Der Jüngling war zusehends bleich geworden. Anna hakte sofort einer inneren Eingebung folgend nach.

„Kennen sie den Produktionsleiter der Milchfabrik Lönnequist oder den Lagerverwalter Adam Anderson? Woher haben Sie die 500 Euro, die wir in Ihrer Tasche gefunden haben?"

Lennart Carlsson war sichtlich blass geworden, und seine provozierende Art war auf einmal wie weggeblasen.

„Ich, ich hab mit dem Tod meiner Großmutter nichts zu tun", stotterte er sichtlich eingeschüchtert.

„Und was ist mit den beiden Kerlen von der Milchfabrik?"

Lennart Carlsson schwieg erst, knetete seine Finger und meinte dann aber:

„Der Lönnequist kam vor ein paar Tagen plötzlich zu mir und frug mich, ob ich ein Schneemobil besorgen könnte. Dafür sollte ich 500 € kriegen. Was mich wunderte, die beiden kamen am späten Abend mit einem Boot bei mir an der Hütte an."

Arvid stand von seinem Stuhl auf und setzte sich so dicht neben den Jüngling wieder mit seinem Stuhl hin, als wenn er ihm auf den Schoß rutschen wollte. Dabei grinste er und hielt Lennart plötzlich an seinem großen Ohrring fest.

„Und was weißt du, was die beiden so getrieben haben?" fragte er ihn leise. Lennart Carlsson sah Arvid an als ob der die Pest hätte, konnte aber nicht wegrutschen, weil sein Ohrring wehtat.

„Ich weiß nicht was die getrieben haben, sie sagten mir sie hätten Urlaub und wollten in die Wildnis fahren." Arvid ließ wieder von dem Knaben ab und setzte sich auf seinen Platz. Als diese Befragung dann beendet war, meinte Arvid zu Anna:

„Chefin, ich bring den Jungen bis zur Tür, damit ihn niemand aufhält bei seinem Aussehen." Anna nickte nur.

Sie hatten die Tür kaum hinter sich und waren im Vorraum des Präsidiums als Arvid den Jungen am Arm festhielt und sich dicht vor ihm aufbaute und ihm tief in die Augen schaute, und dann raunte er ihm zu:

„Jetzt höre mir mal gut zu du Milchgesicht! Wenn du meine Chefin nochmal so angehst, trete ich dir so in die Eier, dass du dich nie mehr vermehren kannst. Ist das klar?"

Da der Jüngling nicht gleich antwortete, bekam er einen kurzen Stoß auf die Magenspitze. Nach Luft schnappend röchelte er etwas, und Arvid brachte ihn nach draußen vor die Tür und setzte ihn auf einen Sims.

„So, bleib mal hier schön sitzen und erhole dich erst, nicht dass du uns noch umfällst, du Kraftpaket, das gestandene Weiber vögeln will!" Dann ließ er Lennart Carlsson sitzen und ging wieder zurück ins Büro. Als er eintrat, sah Anna von ihrem Schreibtisch schmunzelnd auf.

„Na, lebt er noch?", fragte sie. Arvid nickte nur und vertiefte sich in seinen Bericht.

„Arvid! Bester Kollege und Beschützer!" Arvid sah erstaunt über diese Anrede seiner Chefin auf.

„Hör mal was mir gerade einfällt. Der Knabe hat ausgesagt, die beiden Gauner wollten weiter nach Norden hinauf. Jetzt, da sie einer weniger sind, und ihr Handwerkszeug nicht mehr haben, könnte Anderson doch nur zu irgendeinem Versteck auf dem Weg sein. Was meinst du dazu?" Ragnarson lehnte sich zurück und nickte.

„Das könnte hinkommen, zumal man inzwischen weiß, dass dieser Anderson beinahe ein Landsmann von mir ist - auch er ist Same und stammt aus Alta. Woher er diesen blöden Namen hat ist mir allerdings unverständlich." Anna lachte vor sich hin.

„Soweit ich weiß, leitet sich dieser jüdische Name ab aus dem Hebräischen für „Erstling" oder auch Adamah für Erdboden, aus dessen Staub, Gott den ersten Mensch gemacht hat." Arvid sah staunend seine Chefin an und lachte dann.

„Was du nicht alles weißt! Und dann kommt sowas wie dieser stinkende Gammler dabei raus! Armer Gott! Aber du könntest Recht haben. Er ist bestimmt auf dem Weg nach Norden, und da ich bereits gestern mit dem Chef geredet habe, läuft auch schon die Fahndung." Anna sah ihren Kollegen mit großen Augen an.

„Arvid! Du übertriffst dich geradewegs selbst", bemerkte sie spitzbübisch lächelnd. Er sah sie an, kniff dabei die Augen ein wenig zusammen und schob das rot behaarte Kinn vor. Wenn er sie so ansah, war Anna versucht ihm eine runterzuhauen. Das sah furchtbar aus. Wie ein alter Mann. Dabei war der Junge gerademal 38 Jahre alt, und ziemlich gut gebaut. Nicht zu groß, aber kräftige Schultern und Oberarme. Bei den Beinen hatte der liebe Gott ein wenig gespart was die Länge betraf. Kein Wunder, dass die jungen Weiber scharf auf ihn waren. Sicher war er ziemlich ausdauernd im Bett. Anna musste über ihre Gedanken selber lachen. Arvid sah vom Lesen auf.

„Ist was lustig?", fragte er unsicher. Anna schüttelte den Kopf und stand auf und ging aus dem Raum. Der Lachanfall dauerte eine ganze Weile. Auf dem Weg zurück zum Büro lief ihr dabei Magnusson über den Weg.

„Kollegin Ohlson, gut Sie zu sehen! Man hat Andersson heute früh oben in Levanger circa 20 km hinter Trondheim gesichtet. Er hat dort getankt. Er wird also noch weiter nordwärts wollen. Und Sie und Arvid haben damit einen neuen Auftrag! Folgen Sie ihm und brechen Sie am besten gleich auf. Fliegen Sie bis zum Flughafen Mosjoen, dort erhalten Sie einen Wagen und warten Sie dann auf Andersson. Folgen Sie ihm, um zu sehen wo er hin will! Das ist wichtig! Die beiden müssen da oben irgendwo einen Stützpunkt oder ein Versteck und vielleicht sogar ein Warenlager gehabt haben. Sie informieren mich bitte laufend. Alles klar?" Anna nickte nachdenklich und ging leise murrend zurück in das Büro. Als sie eintrat sah Arvid zu ihr auf.

„Na, hast du dich beruhigt?" Anna lächelte ihn an, ging zu ihm und legte ihm eine Hand auf die Schulter. Sie sahen sich einen ganz kurzen Moment in die Augen.

„Arvid! Die Jagd beginnt! Wir fliegen jetzt sofort hoch nach Mosjoen und sollen Andersson auf den Fersen bleiben. Das heißt, wir müssen auf ihn warten bis er kommt. Los komm, Junge! Vergiss aber deine Waffe nicht und ein Ersatzhemd!"

Arvid ging zu seinem Spind und holte eine gepackte Tasche heraus und stellte sie grinsend auf den Schreibtisch. Er hatte alles dabei, sogar einen dicken Ski-Anzug und eine Pelzmütze.

Der Fahrdienst brachte sie zu dem kleinen Flughafen von Alesund. Eine Stunde später waren sie bereits in der Luft. Die kleine zweimotorige Maschine flog in geringer Höhe über die verschneite einsame Landschaft. Unter ihnen zog sich das unendlich erscheinende Band der Europastraße 61 entlang. Anna suchte gerade die Kopfhörer für ihr Smartphone, welches sich in ihrer Tasche um einen Elektroschocker gewickelt hatte. Und so zog sie beides heraus. In diesem Moment schaute Arvid nach hinten zu ihr und lachte.

„He, willst du uns etwa außer Gefecht setzen und selber fliegen?", frozzelte er. Anna streckte ihm die Zunge etwas heraus. Arvid nahm sich vor diese vorwitzige Zunge eines Tages mal zwischen seinen Zähnen festzuhalten. Irgendwann würde es soweit sein. Der Pilot, der durch den Rückspiegel ebenfalls nach hinten zu ihr geschaut hatte, grinste nur wortlos.

Nach einer Stunde setzten sie zur Landung an. Der Flughafen von Mosjoen war erreicht. Als sie ausstiegen schlug ihnen eisig kalte Luft entgegen. Man merkte sofort, dass man weiter im Norden war. Rasch liefen sie zum Tower hinüber, in dem auch die Polizei des Ortes untergebracht war. Der Diensthabende, ein älterer gemütlicher Herr um die 55 Jahre empfing sie freundlich. Nach einem kurzen Gespräch übernahmen sie den Wagen. Jetzt hieß es warten. Anderson war inzwischen schon in Harran gesichtet worden. Er musste gefahren sein wie der Teufel. Doch dann hatten ihn seine Beobachter auf einmal aus den Augen verloren. Und das kam folgendermaßen.

Durchgefroren rieb sich Adam Andersson die Hände und betrat den Shop der Tankstelle. Er fragte sich nach dem Chef durch, den er noch aus früheren Zeiten kannte. Sie begrüßten sich. Oliver Iversen drückte erfreut dem Besucher die Hand.

„Mensch Adam, sieht man dich auch mal wieder! Komm in meine Werkstatt da ist es warm. Willst du einen Tee mit Zusatz zum Aufwärmen?" Andersson wollte natürlich, er war steif gefroren auf diesem verdammten Schneemobil. Und dann kam er langsam zu Sache.

„Hör mal Oliver, ich brauchte unbedingt einen Wagen möglichst mit Allrad. Das Schneemobil würde ich stehen lassen oder dir ganz überlassen." Iversen sah ihn kurz an.

„Kaufen oder leihen, Adam?" Andersson rieb sich die kalte Nase.

„Am liebsten wäre mir allerdings ich könnte einen kaufen. Hast du was Preiswertes da?"
Iversen deutete auf den blaugrauen Nissan X Trail in der Ecke der Halle.

„Der wäre jetzt genau das Richtige für dich." Adam stand auf und ging zu dem Wagen, Iversen folgte ihm. Der Nissan sah gepflegt aus.

„Was willst du noch dafür?", fragte er. Iversen wiegte den Kopf hin und her.

„Na weil du es bist 3.500 €, Adam!" Der Preis war für das Alter des Wagens angemessen, immerhin war die Karre schon zwölf Jahre alt. Hatte aber Allrad und die Reifen waren noch wie neu. Anderson nickte leicht.

„Gut, und was rückst du für mein Schneemobil raus?" Iversen verließ wortlos die Halle und beschaute sich draußen das Schneemobil. Er sah sofort, dass es neu war und so um die 2800 € gekostet hatte. Er ging wieder zurück.

„Ich gebe dir 1500 €, weil du es bist, alter Freund!" Zu seiner Überraschung nickte Andersson nur und holte seine Tasche. Aus dieser entnahm er ein Bündel Geldscheine und zählte 1300 € ab und drückte sie Iversen in die Hand.

„Aber noch volltanken, Kumpel!", ermahnte er den Schrauber. Der nickte, steckte das Geld ein und fuhr den Nissan aus der Halle zur Zapfsäule, um ihn vollzutanken. Wobei mit 30 Liter der Tank noch nicht voll war, aber die Anzeige stand sowieso immer auf VOLL. Dann ging er zurück in die Halle. Adam gähnte.

„Du, ich müsste mal eine Stunde schlafen. Geht das bei dir?" Iversen deutete auf die Rückbank eines Omnibusses, die auf der Seite der Halle neben der Heizung stand.

„Dort kannst du pennen solange du willst." Andersson bedankte sich erfreut mit einem Handschlag auf die Schulter des Freundes.

„Danke, alter Freund! Bis nachher!" Sprachs und wuchtete sich auf die weiche gepolsterte Bank. Zwei Minuten später schnarchte er schon wie ein Holzfäller.

Die Meldung, dass man Andersson aus den Augen verloren hatte, erreichte die beiden Kriminalisten noch während sie in der Polizeiwache ihren Kaffee tranken. Arvid raufte sich die Haare und schimpfte ungehalten. Die Zivilstreife stehe zwar auf einer Anhöhe, und beobachte wie der Tankwart das Schneemobil begutachtete, aber von Andersson sei weit und breit nichts zu sehen. Sie bekamen den Auftrag näher heranzufahren und weiter zu beobachten.

Zwei Stunden später öffneten sich plötzlich die beiden Torflügel der Werkstatt und ein blaugrauer Nissan X Trail älteren Baujahrs fuhr heraus auf die Straße. Die anwesende Zivilstreife bestand inzwischen aus zwei Fahrzeugen, die abwechselnd in einigem Abstand dem Nissan folgten. Einer der Beamten hatte bei der Abfahrt Andersson am Steuer erkannt oder besser gesagt, glaubte ihn erkannt zu haben.

Die letzte Meldung kam dann aus Snasa, etwa 25 km von Mosjoen entfernt. Jetzt wurde es langsam ernst. Arvid schimpfte über die Anordnung Magnussons, Andersson nicht gleich festzunehmen. Jetzt konnten sie, wenn es dumm kam, noch knappe 900 km hinterherfahren, falls Andersson tatsächlich nach Alta wollte. Sie standen an einer kleinen Kreuzung hinter Mosjoen, die von der E 6 in ein kleines Dorf führte und warteten auf den blau-grauen Nissan X Trail. Nach 30 Minuten tauchte der Nissan auf, inzwischen war es bereits 16.15 Uhr. Da es sowieso dunkel blieb und die Sonne nicht aufging, war die weitere Verfolgung auch weiterhin ein Problem. Sowie der Nissan vorbei war, fuhr Anna auf die Schnellstraße, und der zweite Verfolger bog kurz in die Abzweigung ein, wendete dort, und folgte nun den beiden Kriminalisten.

Arvid gähnte herzhaft und sah Anna von der Seite an. Sie hatte ihre schwarze Haarpracht zu einem Pferdeschwanz gebunden und kaute fleißig Kaugummi. Er betrachtete eine Weile ihre Silhouette in der Seitenansicht. Die leicht gebogene Nase, der schöne Mund, und das etwas vorgezogene Kinn, die Frau war ein Traum.

„Soll ich dich ablösen?", fragte er sie. Anna schüttelte den Kopf.

„Da kriegen wir zu viel Abstand, ich halte schon noch eine Weile durch." Und so fuhren sie weiter durch die Einöde, kaum ein Fahrzeug kam ihnen entgegen. Bis sie auf einmal ein Porsche Carrera mit Vollgas überholte und auch an Andersson vorbeischoss. Anna schüttelte den Kopf.

„Was ist das denn für ein Idiot! Der ist wohl lebensmüde!" Irgendwann erreichten sie Krokskanda. Vor einem „Café Roma" blieb Andersson stehen und stieg aus. Langsam ließ Anna den Wagen ausrollen und blieb ebenfalls etwa 100 Meter vor dem Café stehen. Sie hatten bis jetzt 1145 km zurückgelegt und das in einem Ritt. Natürlich inclusive 650 km Flug. Anna stieß Arvid an.

„Ich steige jetzt mal aus und gehe nachschauen, du kannst dich schon mal rüber setzen." Arvid verzog das Gesicht.

„Ich müsste erst mal für kleine Jungs!" Anna nickte lachend.

„Na los, geh du zuerst rein und schau mal nach ob du ihn sehen kannst." Arvid grinste.

„Hätte ich so und so gemacht, Chefin!" Anna stelzte los als sich ihr zweiter Wagen hinter sie stellte. Der Fahrer ließ die Scheibe herunter.

„Hier könnten wir eigentlich schon wieder wechseln, einverstanden?" Der junge Kerl hinter dem Steuer grinste.

„Mach wir doch glatt, schöne Frau", meinte er und zwinkerte ihr zu. Arvid kam zurück und Anna ging zu ihm.

„Ich gehe jetzt mal für kleine Mädchen, pass schön auf!" Anna ging in das Café hinein. Vom Vorraum aus sah sie Andersson am Fenster sitzen und Kaffee trinken. So ging sie rasch durch zur Toilette, und was war? Drei Frauen standen an und warteten ebenso wie sie. Kurz entschlossen zog sie ihren Dienstausweis aus der Tasche und hielt ihn hoch.

„Entschuldigen sie, Polizei. Ich bin im Einsatz, bitte lassen sie mich mal vor." Als die Tür sich öffnete und eine Frau herauskam, drängte sie sich an den drei Wartenden vorbei und verschwand trotz deren lauten Protesten in der Kabine. Aufatmend setzte sie sich nieder. Als sie die Kabine wieder verließ, stellte sie sich taub und grinste ihre aufgebrachten Artgenossinnen nur an. Wieder an der Glastür angekommen sah sie, dass Andersson nicht mehr da war. Rasch lief sie zur Außentür wo bereits Arvid auf sie wartete.

Sie sprang in den Wagen und Arvid raste mit durchdrehenden Reifen davon.

„Anna! Wie lange müsst ihre Weibsbilder denn eigentlich bullern?", schimpfte er wütend. Nach wenigen Kilometern tauchte der andere Wagen wieder vor ihnen auf. Anna rief ihren Chef Magnusson an und berichtete wie die Lage war. Magnusson erwog ihnen ein Sonderkommando folgen zu lassen, wenn feststand, wo Andersson hinwollte. Die sollten ihn dann festnehmen. Anna Ohlson war restlos bedient. Sie durften die Verfolgung realisieren und andere würden die Lorbeeren ernten. Als sie es Arvid erzählte, tippte der sich empört an die Stirn.

„Der spinnt wohl, der Alte! Wir nehmen den Kerl selber hops." Vor ihnen tauchte Roekland auf, eine Kleinstadt mit vier Kreisverkehren. Jetzt galt es aufmerksam zu sein. Doch alles ging glatt und Arvid gab Vollgas und überholten den Citroen C6 der Kollegen. Jetzt folgten sie Andersson wieder selbst im Abstand von 300 bis 400 Metern. Und so verrannen die Stunden. Arvid sah auf die Tankanzeige.

„Wir müssen bald tanken! Und dabei ist das auch noch ein Diesel", schimpfte er vor sich hin.

Plötzlich wie zur Bestätigung, tauchte Rognan auf und am Ortseingang stand eine große Tankstelle mit sechs Zapfsäulen. Anna wollte gerade ihren Verfolgern Bescheid geben, als Andersson ebenfalls blinkte und in die Tankstelle einfuhr. Anna atmete auf. Sie nahmen die erstbeste Zapfsäule für Diesel. Auch der zweite Wagen fuhr tanken.

Andersson stand drei Reihen weiter rechts von ihnen. Während Arvid ausstieg, um zu tanken, setzte sich Anna wieder hinter das Lenkrad und beobachtete Andersson. Arvid ging zahlen. Wenig später ging auch Andersson zur Kasse und gab seinen Bon ab, um zu zahlen. Auf dem Rückweg ging Arvid an ihm vorbei und nickte ihm kurz zu. So wie man sich eben an Tankstellen manchmal grüßt, ohne sich zu kennen. Doch Anna schimpfte sofort mit ihm. Als er einstieg legte sie auch schon los.

„Musste das sein? Wenn er dir jetzt ein zweites Mal begegnet, bist du aufgeflogen, wenn er ein gutes Gedächtnis hat! So einen Scheiß zu machen!" Arvid winkte ab.

„Reg dich doch ab. War doch nicht mal eine Sekunde." Er schüttelte den Kopf, diese Frau nervte ihn manchmal gehörig. Sie

ließen Andersson wieder rausfahren, dann folgten sie ihm im gebührenden Abstand. Ab und an überholte sie jemand und setzte
sich dazwischen, aber das war nur gut so. So fielen sie wenigstens nicht auf.

Fauske kam in Sicht. Ein Ort mit knapp sechstausend Einwohnern. Und plötzlich blinkte Andersson links und verließ die E 6,
um in Richtung Bodoe weiter zu fahren. Damit war ihre Theorie,
dass er nach Alta wollte, wohl definitiv gestorben.

Arvid rief sofort Magnusson an und beriet sich mit ihm. Zehn
Minuten später kam die Meldung, dass Andersson in Fauske eine
ältere Schwester hatte. Sie hieß Martha Gundarsson. War das
sein Ziel? Und tatsächlich, Andersson fuhr zunächst Richtung
Bahnhof, um dann abzubiegen und in einer Seitenstraße anzuhal-
ten. Anna ließ den Wagen langsam ausrollen und blieb neben einem großen Plakat stehen. Andersson stieg mit einer Tasche aus
und betrat das Haus. Arvid informierte Chef Magnusson. Dessen
Auftrag hieß - weiter beschatten! Arvid sah Anna von der Seite
an.

„Du siehst müde aus. Lass mich ans Steuer und leg dich hinten
etwas hin und schlafe eine Runde. Ich bin noch munter. Ich sag
aber erst unseren beiden Kollegen da hinten Bescheid. Sicher gibt
es eine Polizeistation hier." Arvid hatte noch nicht zu Ende gesprochen, als das Telefon klingelt. Magnusson war dran. Arvid
lauschte und nickte dann. Mit dem Satz:

„Ok, das machen wir so", beendete er das Gespräch und
grinste.

„Komm, ich fahr uns zum Präsidium hier, dort können wir mal
schlafen, essen und was trinken. Die beiden hinter uns werden
auch abgelöst." Sie tauschten die Plätze und Arvid fuhr los.
Kaum das sie gewendet hatten kam, ein grauer Ford Maverik und
hielt hinter ihnen mit kurzer Lichthupe an, es war die Ablösung.
Anna und Arvid unterhielten sich noch kurz mit dem Leiter der
Dienststelle. Sie vereinbarten zwei Stunden Schlaf solange sich
Andersson nicht bewegte. Dann lagen sie im Aufenthaltsraum
auf zwei Liegen und waren im Nu eingeschlafen.

Als Adam das Haus seiner Schwester erreicht hatte, sah er sich
kurz um. Keine Menschenseele war zu sehen. Er fuhr den Nissan
auf den Parkstreifen, stieg aus und sah kurz die Fensterfassade

hinauf. Er klingelte, über die Sprechfunkanalage meldete sich eine Frauenstimme. Im Hintergrund hörte man Kinder lärmen.

„Ja bitte?" Adam meldete sich.

„Ich bin es Adam, mach mal auf." Der Summer ertönte und die Tür sprang auf, Adam trat ein und stieg die zwei Treppen empor. Eine der Türen öffnete sich und seine Schwester stand da. In Kittelschürze, heruntergerollten Strümpfen und ungekämmt.

„Was treibt dich denn zu mir?", meinte sie und ließ ihn eintreten. Adam stand im Flur und sah sich um. Es sah aus wie immer, unaufgeräumt und auch nicht gerade sauber. Aber so war sie halt seine Schwester Gunda. Er setzte sich in der Küche an den Tisch und schob die Tassen vom Frühstück beiseite.

„Hör mal Gunda, dein Mann hatte doch ein Schneemobil. Könnte ich mir das mal für ein paar Tage ausleihen? Ich müsste mal hoch in meine alte Werkstatt fahren. Mit dem Auto ist das etwas schwierig jetzt um diese Jahreszeit." Gunda zuckte mit den Schultern.

„Das Ding steht unten im Hof in dem Schuppen. Aber ob noch Benzin drauf ist, weiß ich nicht. Du musst es aber zurückbringen, sonst tobt Ole." Anderson winkte ab und grinste.

„Der soll sich nicht so haben, ich bring es ja zurück." Wenig später verabschiedete er sich dann wieder von seiner Schwester.

Anna war inzwischen pünktlich wieder wach geworden und sah auf die Uhr. Tatsächlich, sie hatte genau zwei Stunden geschlafen. Sie dehnte und rekelte sich noch ein paar Minuten, dann erhob sie sich. Der Duft von Kaffee stieg ihr in die Nase. Eine junge Polizistin trat ein, nachdem sie angeklopft hatte. Sie brachte ein Tablett mit zwei Kaffee und zwei Weißbrotschnitten mit Käse. Anna bedankte sich herzlich bei ihr.

Plötzlich klingelte Annas Handy. Andersson hatte soeben das Haus verlassen, war zu einer nahen Garage gegangen und hatte dort ein Schneemobil herausgefahren. Die Reise ging also noch weiter, er hatte zwei Taschen dabeigehabt. Die Ablösung war ihm weiterhin auf der Spur. Anna sah Arvid an.

„Und weißt du wo wir jetzt hinfahren - zu dieser Schwester! Los gib Stoff, Junge!" Mit einem langen Zug Kaffee und einen großen Biss vom Brot rannten sie hinaus zu ihrem Wagen. Anna gab Gas, so dass der Wagen trotz Allrad auf der verschneiten Straße zu schlittern anfing.

„Nimm das Gas weg!", brüllte Arvid auf einmal, weil sie einem Chausseebaum verdächtig nahegekommen waren. Anna schmunzelte und sah ihn kurz an.

„Feigling!" Er winkte ab.

„Lieber noch lange gesund leben als an einem Baum sterben!" Anna musste lachen.

„Wo du doch mit den Bäumen redest, sie sind doch deine Freunde oder nicht?" Arvid sah sie mit undefinierbarem Blick von der Seite an.

„Trotzdem möchte ich nicht plattgedrückt an der Rinde kleben, Frau Ohlson!", erwiderte er mürrisch. Anna unterließ es, noch weiter Öl ins Feuer zu gießen, dazu kannte sie ihren Kollegen zu gut, um zu wissen, wie er reagieren konnte.

Sie erreichten die Straße wieder wo sie Andersson verlassen hatten und hielten vor dem Haus an. Arvid studierte die Namensschilder.

„Hier! Gunda Gundersson. Das ist sie." Die Haustür war offen. Sie gingen ins Haus. Es war dunkel und muffig. Von oben tönte Kindergebrüll herunter. Sie stiegen in die zweite Etage hinauf und fanden die gesuchte Wohnung. Hinter der Wohnungstür war Kindergeschrei zu hören und eine Frauenstimme, welche dieses Gebrüll noch zu übertönen versuchte. Arvid klingelte zweimal anhaltend. Plötzlich wurde die Tür aufgerissen und eine Frau meinte:

„Hast du noch was vergessen?" Dann stutzte sie als sie zwei Fremde sah. Im Flur tobten gerade drei Kinder so zwischen vier und sechs Jahren herum. Die Frau drehte sich um und brüllte:

„Haltet endlich mal die Fresse oder es gibt eins auf die Ohren!" Dabei hatte sie noch nicht mal die Zigarette aus dem Mund genommen. In ihrer Kittelschürze und den herunter gerollten Wollsocken sah sie etwas zerzaust aus.

Anna hielt ihr den Dienstausweis vor die Nase.

„Polente? Was wollen Sie denn von mir? Waren die Gören wiedermal zu laut? Und dann gleich die Kripo!" Ihr Doppelkinn wackelte bei jedem Wort. Anna schüttelte den Kopf.

„Können wir uns drinnen in Ruhe unterhalten?" Die Frau nickte und scheuchte die Gören in ein Zimmer und knallte die Tür hinter ihnen zu.

„So, in der Küche können wir jetzt in Ruhe reden." Sie bot ihnen Platz an. Anna sah sich mit einem Auge etwas um und bekam Gänsehaut. Die Ordnung schien bei Frau Gundersson nicht zu Hause zu sein. Sie sah ihre Gäste fragend an. Anna begann das Gespräch vorsichtig sich vortastend.

„Es geht um Ihren Bruder Frau Gundersson." Die Frau schaute erschrocken und stutzte.

„Hat er was ausgefressen?" Anna ging auf ihre Frage nicht ein.

„Wann haben Sie ihn das letzte Mal gesehen?", war ihre nächste Frage. Frau Gundersson zuckte mit den Schultern.

„Kann ich ihnen nicht sagen, muss schon lange zurückliegen. Wir haben keinen Kontakt mehr", antwortete sie zögernd. Anna beschloss die Sache abzukürzen, denn die Frau würde sonst noch weiter lügen.

„Frau Gundersson, Ihr Bruder hat das Haus vor knapp einer Stunde erst verlassen, wo wollte er hin? Und jetzt bitte keine Lügen mehr! Er wird wegen Mordes gesucht und wer ihm hilft macht sich strafbar! Also?" Die Frau war bleich geworden, ihre Unterlippe begann zu zittern.

„Was hat der gemacht?", fragte sie entsetzt. Anna nickte mit Nachdruck.

„Er hat mit einem Freund Gift in Umlauf gebracht und eine Epidemie ausgelöst. Sicher haben sie im Fernsehen schon davon gehört. Und wir suchen ihn, bevor er noch mehr Schaden anrichten kann. Also, nochmal die Frage, wo wollte er hin?" Die Frau hatte nun offenbar beschlossen die Wahrheit zu sagen.

„Er hat sich das Schneemobil meines Mannes ausgeliehen. Er will rauf in die Berge fahren. Dort muss er eine Hütte haben. Da wollte er hin, aber mehr weiß ich auch wirklich nicht." Anna nickte Arvid kurz zu, meinte dann aber noch:

„Wissen Sie wo das ungefähr sein kann?" und breitete eine Karte auf dem Küchentisch aus. Ihr Finger zeigte sofort auf Bodoe.

„Da hier, kurz vor Bodoe geht es in die Berge hoch. Er hat mal davon gesprochen, dass man den Khargo-Hafen von seiner Hütte aus sehen kann. Da oben sind auch noch alte Bunker aus der Zeit der Nazis. Als die Deutschen damals den Hafen besetzt hatten." Anna bedankte sich.

„Hören Sie gut zu, hier ist meine Karte. Wenn er sich bei Ihnen meldet oder verstecken will, geben Sie uns Bescheid. Sonst ist das die Begünstigung eines Mörders! Übrigens, kennen Sie einen Lönnequist?" Frau Gundersson schreckte auf.

„Waaas? Mit diesem Verbrecher zieht er umher?" Anna schüttelte den Kopf.

„Lönnequist ist tot!" Die Frau bekam große Augen und Arvid sah Anna an. Er schüttelte unmerklich den Kopf. Sicher, weil sie diese Tatsache nun preisgegeben hatte. Aber Anna hatte es mit Absicht getan. Denn nun erfuhren sie, dass dieser Lönnequist der eigentliche Akteur gewesen war, wenn es galt Geld zu erpressen oder ähnliches. Jedenfalls nach ihrer Meinung.

Als sie wieder im Auto saßen und Anna den Wagen startete, meinte Arvid:

„Ich habe mich zuerst gewundert, warum du ihr das von Lönnequist erzählt hast, aber so gesehen war es schon richtig. Jetzt wissen wir jedenfalls wo wir suchen müssen. Ich rufe gleich Magnusson wieder an. Er sah auf die Uhr.

„Oh, der wird noch schlafen. Es ist gerademal 5.00 Uhr."

Sie verließen Fauske in Richtung Bodoe und Anna trat das Gaspedal ziemlich durch, so dass Arvid sich kurz mit einem hüsteln bemerkbar machte. Sie lächelte und nahm die Geschwindigkeit zurück. Plötzlich tauchte hinter ihnen ein Polizeiwagen mit einem kurzen Heulton auf. Anna sah in den Rückspiegel und ging vom Gas. Der Streifenwagen überholte sie und blieb kurz vor ihnen stehen. Der Fahrer sprang aus dem Wagen und kam zu ihrem Wagen. Er grüßte kurz mit der Hand am Mützenschirm.

„Sind Sie die Frau Oberkommissarin Anna Ohlson?" Anna nickte. Der Streifenpolizist gab ihr ein versiegeltes Kuvert und verabschiedete sich wieder. Anna öffnete das Kuvert, es war von Magnussons Chef Peer Bengtsson. Sie begann laut zu lesen:

„ANWEISUNG! Für Frau Oberkommissarin Anna Ohlson per Kurier! Hiermit ordnet die Abt. Staatsschutz an, jede weitere Verfolgung des Adam Andersson einzustellen und in Ruhestellung zu bleiben bis andere Befehle erteilt werden. Ab sofort übernimmt eine Abteilung des Staatsschutzes die Verfolgung und die Festsetzung von Andersson. Gez. Bengtsson / Oberrat"

Anna gab Arvid das Schreiben und schnaufte wütend. Bis jetzt hatten sie ihn bis herauf verfolgt und nicht verloren und nun kamen diese Schlapphüte und wollten die Orden einheimsen! Sie kochte vor Wut. Arvid winkte ab.

„Fahr doch einfach weiter! Wir sind jetzt fast 1000 km hinter dem hergefahren, jetzt bleiben wir aber auch dran. Wir sollen uns zwar ruhig verhalten, aber dass wir ihn aus den Augen verlieren sollen stand da nicht drin." Anna lachte plötzlich.

„Ach wenn ich dich nicht hätte, alter Same!" Arvid nickte und grinste dann doch.

„Dann hättest du einen anderen den du in den Wahnsinn treiben würdest." Anna streichelte einer plötzlichen Regung folgend seine unrasierte Wange, und Arvid verdrehte die Augen. Vor ihnen lag Bodoe mit seinem Hafen. Vor der Ortseinfahrt ging eine schmale Straße nach rechts ab in die Berge hinauf. Kurz entschlossen lenkte Anna ein und fuhr den Berg hinauf. Die Straße schlängelte sich zwischen Felswänden dahin. Ab und an kam eine Ausweichbucht. Nach zwei Kilometern hatten sie ein kleines Plateau erreicht und blieben stehen. Wild und zerklüftet sah es hier oben aus. Anna deutete auf ein blaues Hinweisschild.

„Sieh mal, da geht es zu einem der Nazi-Bunker! Lass uns mal hingehen." Sie schlossen den Wagen ab und liefen los. Einem Pfad, sehr steinig und verschneit folgend, erreichten sie nach fünf Minuten ein halbrundes Betonungeheuer, welches in den Berg hinein gebaut worden war. Es gab zwar eine Stahl-Tür, aber die war verschlossen. In zwei Meter Höhe sah man eine breite und gut einen Meter hohe Schießscharte. Sie gingen wieder zurück zum Wagen, mit der Erkenntnis, dass sie sich hier noch einmal genau umsehen sollten. Von Anderson war weit und breit nichts zu sehen, irgendwo musste er einen anderen Weg heraufgenommen haben, nur sie hatten nichts davon bemerkt.

Die letzten fünfzig Meter hatte Adam Andersson das Schneemobil stehen lassen müssen und war zu Fuß gegangen. Als er sich langsam der Hütte näherte, ging plötzlich die Tür auf. Ein Zweimetermann, ohne Haare aber über und über tätowiert, in Lederklamotten mit einem silbernen Aufdruck eines Kreuzes, stand da und sah ihm grinsend entgegen.

„Na Alter, hast du es doch noch geschafft!" Andersson nickte erleichtert und trat in die Hütte ein. An den Wänden hingen zahlreiche alte Nazi Symbole, so auch das bekannte Wiking-Kreuz, und die Wolfsangel oder auch eine Reichskriegsflagge. Müde ließ Andersson seine beiden Taschen fallen und plumpste auf die Bettstatt. Er schnaufte erschöpft. Dann zog er seine Pistole aus dem Hosenbund und legte sie auf den Tisch. Er sah den Glatzkopf ernst an.

„Scheiße Lennart! Alles ganz große gequirlte Scheiße! Unser Kamerad Lönnequist ist bei unserer Flucht draufgegangen. Und das Material musste ich auch zurücklassen, sonst hätte man mich noch geschnappt." Der mit Lennart angesprochene Glatzkopf mit den Springerstiefeln schüttelte unsicher den Kopf.

„Bist du sicher, dass dir keiner gefolgt ist?", fragte er ihn misstrauisch. Andersson gähnte anhaltend.

„Mir ist niemand gefolgt, es kommen auf der 80 ja kaum Autos. Ich hätte es also bemerkt. Aber was machen wir nun?" Lennart der Glatzkopf setzte sich an den Tisch.

„Hör zu, Gunnar kommt nachher vorbei. Er trifft sich diesen Freitag mit seinem neuen Verbindungsmann Aljoscha, dessen Kumpel Oleg ist nämlich oben in Finnland von der Polente geschnappt worden, samt dem ganzen Material. Genauso ein Mist!" Adam Andersson lachte.

„Ist doch schon toll, was man mit einer einzigen kleinen Palette Joghurt anrichten kann. Das waren 20 Stück, und schau mal was jetzt los ist. Das gesamte Gebiet um Alesund ist abgeriegelt worden. Bis jetzt sind wohl 123 Leute drauf gegangen." Lennart nickte undefinierbar vor sich hin.

„Das stimmt, Adam. Aber wir müssen noch das richtige Opfer finden, dass dafür verantwortlich ist." Andersson sah seinen Kumpel an und grinste, dann meinte er lax:

„Haben wir doch schon, wir schieben es den Russen in die Schuhe, einen haben die Finnen doch bereits." Lennart schüttelte den Kopf.

„Dass Adam, ist nicht die Zielrichtung der Führung! Wir müssen die Bevölkerung unruhig machen und unsere Regierung in Verruf bringen. Diese Weicheier, die immer von diesem Einheitsbrei quatschen. Und wir müssen noch mehr Zulauf kriegen.

Dieser Idiot Breivik hat uns damals mehr geschadet als genützt!" Plötzlich sprang er auf.

„Komm, ich zeige dir mal was!", und lief zu einer kleinen Holzkiste, die am Ende des Raumes stand und klappte sie auf. Was zum Vorschein kam, waren drei nagelneue Maschinengewehre M16 mit Magazinen und Ersatzmunition. Er lachte.

„Damit in einen Supermarkt gehen oder zu einem Fußballspiel! Mein lieber Mann, da kannst du dich austoben!"
Andersson schüttelte den Kopf und sah Lennart entsetzt an. Er war sichtbar bleich geworden.

„Bist du verrückt, Lennart! Ich bin doch nicht lebensmüde! Und ich schieße auch nicht auf alte Leute und kleine Kinder!" Der Glatzkopf sah ihn an und meinte dann aber zynisch:

„Und was machst du mit deinem Joghurt? Genau das gleiche, nur lautlos!" Andersson ließ sich wortlos wieder auf das Bett fallen. Im Grunde hatte Lennart ja Recht. Anderson gähnte.

„Ich muss ein paar Stunden schlafen. Weck mich, wenn Gunnar kommt." Dann drehte er sich um und schloss die Augen, doch diese Maschinengewehre gingen ihm nicht mehr aus dem Sinn.

Oberkommissarin Ohlson und Kommissar Ragnarson stiegen wieder in den Wagen. Anna fröstelte.

„Noch weiter rauf kommen wir mit dem Auto nicht, glaube ich. Man müsste ein Schneemobil haben." Arvid grinste.

„Das war auch gerade mein Gedanke. Was meinst du, fahren wir nach Bodoe und sehen zu ob die Kollegen dort eines haben?" Anna reckte den Daumen hoch und startete den Wagen. Im gleichen Moment kam ein Schneemobil den Berg herauf. Der Mann hatte eine schwarze dicke Kombination und einen schwarzen Helm auf. Arvid meinte auf einmal: „Hoppla!" und sah Anna an. Sie sah ihn fragend an. „Was ist?" Er deutete in die Richtung in die das Schneemobil gefahren war.

„Na hast du es nicht gesehen? Er hatte auf seinem Helm das Zeichen der Wolfsangel! Rechtsradikal! Klingelt da was bei dir?" Anna wiegte den Kopf langsam hin und her, und Arvid prustete die Backen auf.

„Anna! Andersson und Lönnequist sind Mitglieder der Rechtsextremen Szene!" Sie hob ihre starken schwarzen Augenbrauen an.

„Und du meinst, wir könnten schon in der richtigen Richtung sein?" Arvid nickte zu Bestätigung.

„Na klar, Anna Oberkommissarin!" Sie lächelte leicht.

„Na gut Arvid, wir fahren zuerst nach Bodoe und rüsten uns aus. Dann fahren wir wieder hier herauf."

Und schon fuhren sie wieder den Berg hinab. Der Allrader blieb in der Spur wie eine Straßenbahn und sie konnte zügig fahren. Wieder auf der E 80 gab sie richtig Gas. Eine halbe Stunde später hatten sie den Polizeiposten von Bodoe erreicht.

Bjorn Hansson machte ein gequältes Gesicht als sie ihm ihr Anliegen vorbrachten. Er war der Polizeichef von Bodoe Ihm unterstanden ganze 6 Beamte und eine junge Praktikantin, die aber immer nur im Wege rumstand. Und nur weil sie die Enkelin des hiesigen Polizeichefs war, hatte er die Ehre das junge Ding die nächsten vier Wochen zu betreuen. Und da kam ihm auf einmal eine Idee. Doch zunächst versuchte er es erstmal auf die unwissende Tour.

„Wurden Sie nicht von dem Fall abgezogen?", war seine erste Frage, die Arvid sofort auf die Palme brachte.

„Nee, sind wir nicht! Wir sollen uns nur ruhig verhalten und in seiner Nähe bleiben! Also was ist nun? Habt ihr so ein Gefährt für uns?", polterte er. Hansson nickte griesgrämig.

„Na gut, machen wir einen Deal?", fragte er Arvid, der sichtlich überrascht reagierte. „Was für einen Deal, bitte?"

„Ja, ich habe ein gutes Schneemobil, das ist gestern aus der Werkstatt gekommen, frisch überholt. Sollte eigentlich unser Ersatz sein. Aber gut, ich gebe es Ihnen. Aber behandelt es mir ja pfleglich! Die Dinger sind bei uns so wertvoll als ein Reitpferd.", setzte er noch hinzu. Arvid schmunzelte und sah den etwa einen Kopf größeren Hansson fragend an.

„Und was wollen Sie dafür von uns?" Hansson kratzte sich am Kopf, doch dann rückte er mit seinem Vorschlag raus.

„Hören Sie zu, ich habe hier für die nächsten Wochen eine Neunzehnjährige Göre, sprich Praktikantin auf dem Hals, die mich gewaltig nervt. Ihr Großvater ist der Polizeipräsident unseres Abschnitts, und ich habe keinerlei Verwendung für diese schoddrige Klugscheißerin. Könntet ihr diese nicht mit in eure Beobachtungen einbeziehen, von mir aus auch mal spät nachts!", erwiderte Hansson grinsend. Um dann noch hinzuzusetzen:

„Sie kommt morgen früh auf Skiern zu euch rauf. Platz habt ihr ja da oben in der Hütte genug." Er sah seine beiden Besucher fragend an und grinste verhalten, so nach dem Motto: Schneemobil und Praktikantin oder gar nichts Freunde! Arvid und Anna sahen sich einen Moment kurz an. Anna hob die rechte Augenbraue, Arvid rieb sich die Nase. Anna nickte.

„Gut, schicken Sie die junge Dame morgen früh zu uns rauf!" Hansson war vollauf zufrieden und ging mit ihnen zur Kleiderkammer. Dort ergatterten sie zwei schwarze Watteanzüge, zwei Helme und zwei dicke Paar Stiefel. Als sie gerade die Wache verlassen wollten und schon auf dem Flur standen, kam plötzlich Hansson aus seinem Büro und drückte auf einmal Arvid eine kleine nagelneue Maschinenpistole UZZI und zwei Schachteln mit Munition in die Hand.

„Hier, als Zeichen meiner Wertschätzung, die Uzzi haben wir mal konfisziert, sie ist noch nicht registriert. Man weiß ja nie wozu ihr die gebrauchen könnt. Und hier ist noch eine Karte. Da wo das Kreuz ist, steht unsere Hütte für verdeckte Ermittlungen. Die schmale Straße da hinauf ist ein beliebter Schmugglerweg. Daher haben wir diese Blockhütte uns mal ausgesucht. Da oben gibt es fünf Stück davon, in einer dieser Hütten müsste dann euer Andersson stecken."

Arvid zutiefst erstaunt über die plötzliche Hilfsbereitschaft von Hansson, meinte noch:

„Und was ist mit den Nazi-Bunkern da oben?" Hansson zuckte mit den Schultern.

„Nichts, Genaues weiß man nicht, Ragnarson!" Damit war alles klar. Sie mussten sich in einer Grauzone da oben bewegen. Ragnarson schwang sich auf den Sitz des Schneemobils, Anna dahinter, und dann ging die Fahrt ab. Sie hatten für 100 km Sprit an Bord. Hansson hatte Arvid aber im Vertrauen gesagt, dass oben in der Hütte noch zwei Kanister mit je 20 Liter stehen würden. Die wichtigsten Sachen des täglichen Bedarfes hatten sie in einer Tasche hinten auf den Gepäckträger verstaut.

Langsam fuhren sie die schmale Serpentinenstraße hinauf. Die Temperatur lag bei minus 12 Grad Celsius, also geradewegs warm war für norwegische Verhältnisse. Eine halbe Stunde später hatten sie ihre Hütte erreicht. Das Schneemobil stellten sie in den Anbau, dort wo auch drei Paar Ski standen. Die Hütte war gemütlich bis karg eingerichtet. Hatte drei Liegen mit dicken Decken und Elchfellen, einem Herd, einem Tisch mit vier Stühlen, eine Petroleumlampe und ein großes Fernglas. Im Anbau lagerte eine Menge Holz zum Heizen. Arvid grinste.

„Ich wollte schon immer mal mit dir auf einer einsamen Hütte Urlaub machen, Chefin." Anna stand direkt vor ihm und sah ihn in seine graublauen Augen und meinte leicht pikiert:

„Denke nicht mal im Traum daran, dass du heute Nacht unter meine Decke kriechen darfst, wenn dir kalt wird. Klar?" Arvid grinste wieder voller Charme.

„Na, schauen wir mal wem es zuerst kalt wird, Chefin.", meinte er und holte dann Holz aus dem Schuppen. Anna sah auf die Uhr.

„Hör mal, was hältst du davon, wenn wir mit den Skiern noch einen kleinen Ausflug machen und uns umschauen?"
Arvid nickte erfreut.

„Machen wir aber sofort!" So stieg Anna wieder in die Stiefel. Hinter der Hütte stiegen sie auf die Schneeschuhe und dann ging es los. Nach einer halben Stunde kam Anna leicht ins Schwitzen.

„Arvid, ich weiß das du besser laufen kannst als ich! Du musst es mir nicht beweisen!", rief sie hinter ihm fahrend. Der Same ging langsamer und grinste in sich hinein. In einer Senke sahen sie die erste Hütte. Da aber kein Rauch aus dem Schornstein quoll, musste sie eigentlich leer sein.
Sie waren etwa eine Stunde unterwegs, als Arvid plötzlich stehen blieb und das Fernglas an die Augen hob. Anna stellte sich neben ihn. „Was ist los?" Er deutete mit dem rechten Arm in Richtung eines Canons.

„Ich habe da drüben für den Moment etwas aufblitzen gesehen. Muss eine Scheibe gewesen sein oder sowas. Also Glas!"
Anna sah auf die Uhr.

„Wollen wir noch rüber oder kehren wir um?" Sie entschieden sich näher heran zu fahren. Da es leicht abschüssig war kamen sie gut voran. Nach zwanzig Minuten hatten sie den Eingang zum Canon erreicht. Und wieder sah Arvid durch sein Fernglas, dann pfiff er durch die Zähne. Er gab es Anna und deutete auf eine stufenförmige Felswand in etwa vierhundert Meter Entfernung direkt vor ihnen.

„Schau mal da dahinauf!" Und tatsächlich, Anna versuchte das Glas schärfer zu stellen. Es sah aus, als ob da oben in gut 100

Meter Höhe eine schmale, etwa 4 m breite Glasfront eingebaut war. Da sich aber die Bergkonturen darin spiegelten konnte man nichts Genaueres erkennen. Und dann entdeckten sie einen schmalen Pfad, der sich durch die Geröllhalde schlängelt und hinter einem großen Felsen an einer Hütte zu enden schien. Anna dachte nach. Das Jagdfieber hatte sie gepackt. Doch Arvid schien ihre Gedanken gelesen zu haben, weil er auf einmal meinte:

„Von unserem Standpunkt hier können wir nicht da hinüber. Denn ist das da oben besetzt, würde man uns sehen. Das heißt, wir müssen morgen nochmal herkommen, und dann da drüben am Felshang entlangfahren. Dass da oben war garantiert früher mal eine Stellung der Nazis. Die Schießscharte haben sie jetzt zugemacht, und drinnen wird es gut geräumig sein. In sowas könnte man ein Erlebnishotel errichten." Anna lachte prustend.

„Na Danke, Winterurlaub in einem Betonbunker! Na du hast vielleicht Ideen." Und so entschlossen sie sich am nächsten Tag wieder zu kommen und kehrten um. Plötzlich blieb Arvid stehen, wartete bis Anna heran war, hielt sie plötzlich fest und umarmte sie so ungestüm, dass sie beide im Schnee landeten. Anna wollte schon heftig losschimpfen, als er ihr zu zischte:

„Halte die Klappe und tue wenigsten so! Wir werden beobachtet!" Und wie zur Bestätigung wälzte er sich über Anna und blieb auf ihr liegen. Sie sahen sich gegenseitig in die Augen, keine zehn Zentimeter voneinander entfernt, Nase an Nase. Und Arvid begann zu grinsen und raunte:

„Siehst du, jetzt wird jeder glauben wir sind ein Liebespaar." Dabei gab er ihr einen Patsch mit der flachen Hand auf den Hosenboden, der so schön prall war, weil sie die Beine angezogen hatte. Anna keuchte.

„Du Sauhund nutzt das aber auch weidlich aus! Na warte, wenn wir in der Hütte sind!" Langsam rollte sich Arvid wieder von Anna herunter und sie hatten Mühe ihre Skier nicht zu verhaken. Der Mann, der sie beobachtet hatte, aber war weiter gefahren Richtung Tal. Er musste aber von da hinten gekommen sein, wo der Pfad in den Canon führte.

An der großen Glaswand oben im Felsen stand zu dieser Zeit ein Mann in Uniform und hatte das Paar unten auf der kleinen Ebene mit dem Fernglas beobachtet. Er lachte leise vor sich hin, als er sah, wie der Kerl die Frau in den Schnee beförderte und sich auf sie wälzte.

„Na, die wollen doch nicht bei der Kälte anfangen und Sex machen", murmelte er vor sich hin. Sein Sprechfunkgerät fing an zu plärren.

„Das ist nur ein Liebespaar wie es scheint, sie haben aber schon abgedreht. Ich fahre jetzt runter ins Tal. Tschau!" Dann war das Gespräch zu Ende.

Oberstleutnant Kent Bengtson kehrte wieder an seinen Schreibtisch zurück. Dieser Stützpunkt war als „Geheim" eingestuft. Hier hatten nur wenige Militärs Zutritt. Nicht einmal die Regierung in Oslo wusste davon. Hier hatte der Geheimdienst das Sagen. Bis nach Finnland war es nicht weit, und bis zur russischen Grenze auch nicht viel mehr. Bis zur Grenze nach Kirgenes waren es 750 km Luftlinie. Einen weiteren Stützpunkt gab es im Altafjord. Ihre Leitzentrale war in Narvik also weiter unten in Richtung Alesund.

Im Momentan herrschte Aufregung und Alarmstufe Gelb. Von dem plötzlich auftretenden Virus, der innerhalb von einer Woche über 146 Tote gefordert hatte, hatte man noch keinen Ausgangspunkt. Wo kam er her? Warum trat er nur in der Region Alesund auf? Was war es für ein Virus? War den Forschungslaboren ein Erreger abgehauen und dann durch das Sicherheitsnetz geschlüpft? Alles Fragen, auf die es im Moment noch keine Antworten gab. Einziger Anhaltspunkt war das Milchwerk in Alesund, das man jetzt stillgelegt und abgeriegelt hatte. Und nun war man auf der Suche nach Adam Andersson, aber der schien spurlos verschwunden zu sein. Ihn und Lönnequist hatte man im Verdacht diese Epidemie ausgelöst zu haben. Aber wer waren ihre Hintermänner? Und so war die ganze Aktion von der Abwehr noch als „Geheim" eingestuft worden.

Aus Oberst Magnussons Schilderungen wussten allerdings Anna und Arvid inzwischen, dass es sich um einen gefährlichen Erreger handelte, der zudem noch verstrahlt war. Der Virologe mit dem Magnusson gesprochen hatte, war sich sicher, dass sie es hier um eine Virenbombe, die mit radioaktivem Material angereichert war, handelte. Gut verpackt in Joghurt. Wer sie in Umlauf gesetzt hatte, dessen war man sich inzwischen sicher, konnten nur Andersson und Lönnequist gewesen sein. Und offenbar war ihnen die Ärztin Carlsson auf die Schliche gekommen. Darum musste sie sterben. Blieb die Frage, wer stand hinter Andersson und Lönnequist? Und um diese Frage doch noch irgendwann beantworten zu können, hatte sich Magnussson widersetzt und sich entschlossen, die beiden Kriminalisten nicht von diesem Fall abzuziehen. Offiziell ja, aber inoffiziell arbeiteten sie weiter vor Ort an dem Fall und blieben dem Verbrecher Anderson auf der Spur.

Nachdem sie zwölf Stunden am Stück geschlafen und anschließend reichlich gefrühstückt hatten, machten sie sich bereit wieder raus in den Wald zu fahren. Plötzlich klopfte es zaghaft an der Tür. Arvid rief laut: „Herein, wenn es die Polizei ist!", und grinste Anna breit an. Gespannt sahen sie zur Tür, die sich langsam öffnete und eine junge Beamtin trat ein und grüßte scheu.

„He, Guten Morgen! Ich bin Pia Lundvik, ich sollte mich bei Ihnen melden." Dann ging sie auf beide zu und gab ihnen freundlich lächelnd die Hand.

„Herzlich willkommen, Pia! Ich bin Anna Ohlson und der hier mit der roten Mähne ist mein Kollege Arvid Anderson. Du kannst da drüben das leere Bett in Beschlag legen, wir schlafen hier alle in einem Raum und benutzen ein Bad, also wie im Jugendcamp. Wir freuen uns auf deine Verstärkung, die wir gut gebrauchen können. Wir wollen jetzt in den Wald rausfahren und uns mal den Bunker ansehen. Kennst du diesen Bunker?" Pia Lundvik nickte eifrig.

„Ja, da oben sitzt der Geheimdienst!" Anna sah die junge Frau erstaunt an.

„Woher weißt du das so genau? Das wusste doch selbst dein Chef nicht so genau?" Pia begann zu lachen und winkte amüsiert ab. Dabei blickten ihre großen blauen Augen unverwandt Arvid an.

„Ich weiß das von meinem Großvater, der war hier oben Polizeichef. Die hören alles ab was von hier bis zur Grenze im Äther los ist." Anna nickte wortlos und dachte sich ihren Teil. Trotzdem war sie gespannt, wie sich die junge Dame halten würde. Nur das sie Arvid so unverhohlen anhimmelte, das machte ihr heimlich Sorgen. Als sie alle drei abmarschbereit waren wechselte Anna mit Arvid einen kurzen Blick, und Annas Augenbraue zuckte einmal kurz. Arvid begann zu grinsen und erwiderte das Zeichen, also hatte er die Anmache der Kleinen auch schon bemerkt.

Die klare kalte Luft und der blauweiß verschleierte Himmel gaben dem Ganzen so etwas wie einen Ausflug. Die Temperatur lag bei minus 8 Grad. Und genau um zehn Uhr am Morgen erreichten sie wieder das Plateau unterhalb des sonderbaren Felsens. Diesmal hatten sie aber beizeiten die Skier abgeschnallt und stiegen nun zwischen dem Geröll an einer Felswand entlang.

Als Erster ging Arvid, dann kam Anna und dann Pia, die sich erstaunlich gut im Gelände bewegte. Immer wieder sah Arvid durch sein Fernrohr, welches er mit einem Gelbfilter gegen die Spiegelung geschützt hatte. Ähnliches hatte Anna mit ihrer Kamera gemacht, und sie trugen diesmal einen Schneeanzug. Vorsichtig umgingen sie gerade einen Felsen, als Arvid hastig sein Fernglas zu Hand nahm. Er gab es Anna und deutete in westliche Richtung, wo sich ein ziemlich ausgedehntes Waldgebiet hinzog. Und genau dort erkannte sie nun auch die acht Männer mit Skiern, die alle bewaffnet waren und ebenfalls Schneeanzüge trugen. Arvid setzte das Glas ab.

„Das ist eine Spezialeinheit! Da fresse ich doch einen Besen." Anna hockte sich neben ihn hin.

„Wenn die aber auch hier herauf wollen, brauchen sie noch mindestens eine Stunde, oder?" Arvid lachte auf einmal verhalten.

„Wenn sie so langsam sind wie du, ja auf jeden Fall. Aber sonst würde ich sagen eine halbe Stunde. Komm, lasst uns jetzt lieber hier verschwinden!" Pia deutete auf die andere Seite des Waldes wo ein schmaler Weg heraus kam.

„Wenn sie diesen Weg nehmen, dann sind Sie in zwanzig Minuten hier. Das ist eine Streife, die laufen das Gelände meist zweimal am Tag ab. Ab und zu erwischt man hier oben nämlich auch Schmuggler." Unsere zwei Kriminalisten sahen sich erstaunt an, dann aber meinte Arvid:

„Du bist richtig gut informiert, Pia! Das hilft uns auf jeden Fall weiter." Vom Lob errötend sah sie Arvid an, als wenn sie ihm gleich um den Hals fallen wollte. Doch Anna durchschaute ihren Kollegen, er nahm die Kleine auf den Arm, der alte Sauhund! Sie forderte, dass man nun weiter ging. Und nach gut zehn Minuten waren sie etwa 500 Meter weiter in den Canon vorgedrungen und sahen eine Hütte direkt an der Felswand stehen. Arvid drehte sich zu Anna und zu Pia um.

„Hört zu! Ich gehe jetzt darüber und schau mir das mal an, ihr bleibt aber lieber hier. Ist es eine Falle haben sie nur mich, aber ihr könnt noch reagieren und Magnusson informieren." Pia zappelte auf einmal.

„Kann ich nicht mitkommen, Arvid? Vier Augen sehen doch mehr als zwei!", meinte sie altklug.

Arvid sah sie mit einem Mal ziemlich unwirsch an und raunzte leise:

„Hör mal Pia Lundvik! Wir sind hier nicht mit dem Kindergarten auf Ausflug, klar! Wenn ich sage ich gehe, dann ist das so! Und wenn Anna als Chefin das sagt erst recht! Hier gelten Befehle, und die werden ausgeführt, klaro?" Erschrocken sah Pia den rotbärtigen Wüterich an, und Anna musste sich das Lachen verbeißen.

Zu Arvids Erstaunen nickte aber auch Anna diesmal gehorsam. Er hatte hier draußen automatisch das Kommando übernommen, das lag daran, dass er sich als Same in der Natur auskannte und reagieren konnte. Den Stadtmenschen lag das eben weniger.

Jede Deckung ausnutzend näherte sich Arvid eilig dem ziemlich großen Holzschuppen. Anna sah, wie er einen Blick durch eines der Fenster riskierte.

Während Arvid auf dem Weg zu der Hütte war meinte Anna leise zu Pia:

„Im Dienst ist mit Arvid nicht zu spaßen, Pia! Er mag ja privat ganz o.k. sein, aber dienstlich ist er ein harter Hund." Pia nickte mit zusammengebissenen Zähnen, denn sowas kannte die Enkelin des Polizeichefs nicht. So mit ihr zu reden traute sich hier oben niemand!

Als Arvid nach oben schaute, sah er, dass ihn eine Außenkamera offenbar noch nicht im Visier hatte. Entweder war sie außer Betrieb oder die Kerle da oben pennten. Blitzschnell tauchte er ab und verschwand wieder zwischen den Felsen. Nach zehn langen Minuten tauchte er keuchend wieder neben den beiden Frauen auf und meinte halblaut:

„Wie ich es mir schon dachte, in diesem Schuppen gibt es eine große Stahltür, daneben noch eine kleinere Tür. Das muss der

Zugang zu dieser Felsenfestung sein. Offenbar sogar mit einem Aufzug." Anna dachte kurz nach und meinte dann:

„Da kommen wir niemals ungesehen rein, wir können wieder umdrehen. Vor allem, hier wird sich der Andersson niemals aufhalten. Wir müssen weitersuchen. Kommt, lasst uns verschwinden."

Kaum hatte sie es ausgesprochen, hörten sie plötzlich Stimmen. Die acht Skifahrer waren bereits da und betraten nacheinander den Holzschuppen. Sie waren schneller gewesen als gedacht. Und Arvid nickte erleichtert und flüsterte Anna dann ins Ohr:

„Jetzt wissen wir wohl, wer da oben residiert!" Als wieder Ruhe eingekehrt war, entfernten sie sich und nahmen Kurs auf einen Weg, der in Richtung Meer führen musste, also nach Westen. Pia kannte die Hütten, und wies ihnen den richtigen Weg durch den Wald.

Sie erreichten einen Waldrand. Tief verschneite Tannen und Föhren säumten den schmalen Weg. Plötzlich hörten sie in der Ferne eine Stimme und zwei Hunde bellten! Durch den vielen Schnee klang alles wie in einer Glocke, dumpf und beinahe unheimlich. Und dann sahen sie auch schon die beiden Hunde. Es waren zwei Elchhunde, der eine war grau und der andere schwarz. Bellend kamen sie näher heran und setzten sich etwa fünf Meter vor ihnen in den Schnee. Den Kopf leicht geneigt sahen sie die beiden Fremden an. Anna schlug das Herz etwas schneller, als sie die beiden kräftigen Tiere dasitzen sah. Pia hatte sich flugs hinter eine dicke Föhre gestellt. Dann aber kam der Jäger schon auf Skiern heran und rief sie zu sich.

„He! Ich grüße euch! Was macht ihr denn hier?", fragte er sie ungeniert. Anna ließ ihren Charme spielen.

„Ich bin Anna, und das ist mein Mann Arvid und meine Tochter Pia. Wir machen hier oben Urlaub seit drei Tagen in einer der Hütten. Gibt's in der Richtung noch mehr dieser Hütten?" Sie deutete in die Richtung, in die sie weiterwollten und aus der er gekommen war. Der Mann nickte.

„Ja hei, ich bin Ulf, ich bin hier der Förster. Bis auf zwei Hütten gehören die alle mir hier oben. Eine ist von einer Behörde, die andere haben irgendwelche Skins besetzt. Also müsstet ihr von der sein, die der Behörde gehört", meinte er augenzwinkernd. Anna grinste vielsagend und der Förster grinste zurück.

„Na dann lasst euch mal nicht von denen oben in der Festung erwischen!", meinte er noch und grinste wieder. Arvid hakte sofort nach.

„Was machen die eigentlich da oben?" Der Förster zuckte mit den Schultern, verzog das Gesicht und meinte:

„Besser man hat nichts mit ihnen zu tun." Dann pfiff er seine Hunde heran, und meinte zu Anna:

„Die Graue dort ist die Bestla und der Schwarze ist Borr. Beides sind Namen von unseren Ur-Göttern hier oben."

Anna holte eine Weißbrotschnitte mit Wurst aus dem Rucksack. Sie sah den Förster an. „Dürfen sie was nehmen?" Ulf grinste.

„Versuch es doch einfach!" Anna kniete sich nieder und hielt die Hälfte der Schnitte hin. Beide Hunde sahen sie mit ihren großen Augen an, legten den Kopf leicht zu Seite, saßen aber da wie festgefroren. Ulf sagte etwas zu ihnen was Anna aber nicht verstand, doch Arvid lächelte verstehend. Da kam die Bestla heran und nahm das Brot ganz vorsichtig von Annas flacher Hand, entfernte sich wieder ein Stück, setzte sich hin und sah ihren Herrn an. Erst als Ulf nickte, fraß sie ihre Beute. Das gleiche Spiel begann nun mit Borr. Er schien Frauen besonders zugeneigt zu sein. Denn er leckte ihnen erst die Hand, und nahm dann erst das Brot. Anna stand wieder auf.

„Sie sind toll! Sehr schöne und treue Hunde." Ulf nickte und sah Anna direkt in die Augen. Einen Moment hielt sie seinem Blick stand, doch dann sah sie zur Seite. Ulf verabschiedete sich, und Borr und Bestla strichen kurz um Annas Beine, als wenn sie sich besonders verabschieden wollten. Aber da wusste Anna auch noch nicht, dass sie sich noch einmal wiedersehen würden. Nachdem sie sich vom Förster Ulf verabschiedet hatten, liefen sie weiter in der Spur, die der Förster durch den tiefen Schnee gezogen hatte. Es war wunderbar, diese Ruhe, die klare kalte Luft und der Sonnenschein. Nur eine quasselte andauernd und lachte, und das war Pia. Anna bereute es schon im Geheimen sich auf diesen Deal eingelassen zu haben. Aber nun war es zu spät. Andererseits zeigte ihnen Pia einen kleinen Seitenweg, der sie ungesehen an die Hütte heranbrachte. Sie kannte sich halt hier oben aus.

Sie waren ungefähr eine halbe Stunde in gleichem Takt der Stöcke dahin gelaufen, als vor ihnen zwischen den Tannen eine Blockhütte auftauchte.

Vorsichtig näherten sie sich und verhielten sich erst einmal leise und lauschten. Doch nichts war zu hören, die Blockhütte musste leer stehen. Arvid schlich sich seitlich an eines der Fenster und schaute kurz hinein. Dann winkte er ab und schüttelte den Kopf. Die Hütte war leer.

Also liefen sie weiter, immer diesen Waldweg folgend, als plötzlich eine Herde Elche aus dem Wald auftauchte. Arvid bedeutete den Frauen, sie sollten stehen bleiben und hielt den Finger auf den Mund. Das Leittier äugte kurz zu ihnen herüber, kümmerte sich aber nicht weiter um sie. In diesem Augenblick trat Pia auf einen dicken trockenen Ast und es knackte laut durch den Wald. Im Nu war die Herde im tief verschneiten Wald verschwunden, und Arvid musste sich beherrschen, um nicht wieder loszuschimpfen. Doch Anna hatte leicht mit dem Kopf geschüttelt und ihn angesehen.

Ab jetzt lief Anna auf einmal neben Arvid, weil der Schnee auf dem Weg weniger geworden war, und eine tiefe Spur von Traktorenrädern zu sehen war. Pia musste notgedrungen hinterherlaufen. Und Anna schwärmte überschwänglich:

„Ist das nicht herrlich hier, Kollege Ragnarson?", fragte sie ihn. Arvid grinste und nickte.

„Ja, es ist schön hier draußen in der Natur. Schöner als in der Stadt, das steht fest." Nur Pia sah die beiden Kommissare misstrauisch an. Trog sie ihr Gefühl oder hatten die beiden was miteinander?

Auf einmal hörten sie laute grölende Stimmen von mehreren Männern in einiger Entfernung. Sie sangen irgendein Nazilied, vom Untergang des Abendlandes. Arvid schüttelte missmutig den Kopf.

„Solche Idioten haben uns gerade noch gefehlt, wir sollten sie umgehen." Anna tastete nach ihrer Pistole unter der Achsel. Und gerade als sie umkehren wollten, hatte sie einer dieser Glatzköpfe doch noch entdeckt. Er torkelte ein wenig und rief seinen Leuten laut zu:

„He Leute! Wir haben Besuch! Und zwei geile Weiber sind auch dabei, kommt her Leute!" Anna und Pia standen gut vier

Meter von Arvid entfernt, der leicht nach hinten versetzt dastand. Trotzdem verständigten sie sich ganz kurz mit Blicken.

Arvid öffnete seine Wattekombi, unter der die Uzzi an einem Gurt um seinen Hals hing. Aber noch nahm er sie nicht heraus, sondern entsicherte sie nur. Es waren drei Männer, die ihnen auf dem Weg gegenüberstanden. Der Längste von ihnen, gut zwei Meter groß, glatzköpfig, am Hals tätowiert, starrte Anna und Pia an. Er schaute kurz seine beiden Kumpane an und rief dann grinsend:

„Leute, könnt ihr mir mal den Rotbart und die Kleine da vom Hals halten? Ich möchte die Mutti mal kurz mit in die Hütte nehmen! Ich habe gerade richtig Lust zum Vögeln." Langsam kam er siegessicher auf die beiden Frauen zu und grinste sie breit an. Anna hörte, wie Pia heftig atmete und spürte wie sie am Arm hilfesuchend angefasst wurde. Das wiederum behinderte Anna in ihren Reaktionen, weil Pia ihr beinahe auf den Füßen stand.

Der lange Lulatsch kam noch zwei Schritte näher, und meinte dann grinsend:

„Na komm schon Mutti, wir machen ein wenig Spaß auf meiner Liege, dann kannst du wieder gehen. Deine Tochter kommt dann nach dir auch noch dran! Meine Kumpels wollen ja auch ihren Spaß haben!"

Er lallte mit ziemlich schwerer Zunge. In diesem Moment reichte es Anna dann wohl endgültig. Blitzschnell hatte sie ihre Pistole in der Hand, lud durch und hob den Arm. Die Waffe zeigte genau auf den Kopf des Langen.

„Bleib da stehen wo du gerade stehst du Idiot oder ich knall dir die Birne weg!", erwiderte sie kalt und kniff ein Auge zu als ob sie auf seinen Kopf zielte. Und im gleichen Augenblick hörte sie, wie Arvid neben ihr die Uzzi aus der Jacke zog.

Die drei Kahlköpfe standen wie vom Blitz getroffen mit offenem Mund da und glotzten sie ungläubig an. Der Lange meinte plötzlich: „Upps! Was sind denn das für welche?" Anna lächelte leicht.

„Das möchtest du gar nicht wissen, Freund! Es könnte dir nämlich ein paar Jährchen Knast einbringen! Also haut ab und geht eurer Wege. Aber lauft uns nicht nochmal über den Weg! Die nächste Begegnung wird sonst schmerzhaft für euch!"

Die drei Kahlköpfe traten den Rückzug an. Einer nach dem anderen drehte sich um und ging langsam weg. Plötzlich gab Anna einen Schuss in die Luft ab! Da rannten die drei was das Zeug hielt durch den tiefen Schnee davon.

Pia stand neben Anna und hielt sich mit den Fingern beide Ohren zu, sie war kreidebleich und zitterte wie Espenlaub. Anna sah sie lächelnd an, und nahm sie kurz in den Arm.

„Ich glaube Pia, das ist kein Job für dich, glaubst du nicht auch?" Sie sah die junge Frau freundlich an und die schüttelte auf einmal den Kopf.

„Nee Anna, das ist beileibe nichts für mich, du hast Recht. Ich fahre heute Abend wieder runter in die Stadt und melde mich morgen früh bei meinem Chef. Mein Großvater muss sich was anderes für mich einfallen lassen. Das ist ja mehr als furchtbar, was ihr so erlebt." Arvid sah auf die Uhr und mischte sich ein.

„Lass uns umkehren, Anna. Das könnten eventuell die Kumpel von Andersson sein. Das ist natürlich blöde, dann wüsste er, dass wir auf seiner Spur sind. Denn es kann sein, dass er uns inzwischen schon kennt. Und der Schuss war auch höchst überflüssig, wenn ich das mal sagen darf." Anna nickte.

„Stimmt Arvid, aber er hat mich so gereizt, da musste ich einfach mal abdrücken. Dieses Gesindel, stelle dir mal vor, hier kommt ein ahnungsloses Pärchen vorbei, was da jetzt passiert wäre." Arvid Ragnarson sah seine Kollegin nachdenklich an und nickte dann zustimmend.

„Ja, so gesehen hast du natürlich Recht, nur taktisch war es eben nicht gerade sinnvoll, oder?" Und da musste Anna zustimmend nicken. Sie waren sich tatsächlich wieder einmal einig. Na es ging doch. Pia aber hatte sich bereits mit den Stöcken abgeschoben und glitt vor ihnen her durch den Schnee davon. Arvid grinste Anna an. „Ich glaube, die junge Dame hat genug!" Anna nickte.

„Stimmt, sie will heute wieder runterfahren in die Stadt. Du könntest sie mit dem Schneemobil runterfahren, damit sie nicht allein durch die Gegend rennen muss." Arvid nickte.

„Mach ich Chefin!" Und so geschah es dann auch. Kaum zur Hütte zurückgekehrt, packte Pia ihre Sachen und Arvid brachte sie mit dem Schneemobil zurück in die Stadt.

Adam Andersson stand zu dieser Zeit am Fenster der Blockhütte. Ein Schuss im Wald hatte ihn aufgeweckt, und er war vom Sofa gesprungen. Er sah durch die Bäume hindurch seine drei Kumpels rennen. Was hatten diese Blödies nun wieder angestellt! Es war Zeit sie loszuwerden. Die drei stürmten zu Tür herein. Igor griff zur Flasche Wodka, die auf dem Tisch stand und nahm einen langen Schluck. Dann meinte er zu dem Langen:

„Hast du gesehen was die Alte für eine Oberweite hatte, und wie geil die Tochter aussah?" Der Lange nickte missmutig.

„Und hast du gesehen, was die Alte für eine Wumme in der Hand hatte? Und ihr Alter hatte sogar eine Uzzi dabei! Das waren keine normalen Wanderer, ich rieche sowas förmlich!"
Adam Andersson hatte die ganze Zeit still zugehört. Eine Frau und ein Mann bewaffnet, das roch nach Ungemach. Er sah den Langen an.

„Das könnten auch nur welche von der Festung oben sein. Mit denen legt euch lieber nicht an. Außerdem Leute, können wir hier keinen Zoff gebrauchen, begreift ihr das!" Er hatte etwas lauter gesprochen.

„Oleg, wann kommt denn dein Freund Aljoscha endlich? Wir müssen weiter aktiv bleiben. Die Stiege Joghurt war offenbar zu wenig." Lasse, der Zwei Meter Mann grinste, und zeigte dabei sein schadhaftes Gebiss.

„Und wie wäre es diesmal mit dem Trinkwasser, Freunde?" Adam sah ihn erstaunt an und nickte auf einmal begeistert.

„Klar Mensch, das wäre was! Aber dazu brauchten wir mindestens einen Fünfliter Kanister mit dem Zeug. Wir müssen nur rauskriegen wo die Wasserversorgung herkommt, wo sie sich teilt, und wer alles daran hängt. Ab morgen früh gehen wir auf Erkundung, Jungs!"

Anna hatte gerade ihren Kaffeebecher geholt und sich auf die Bank vor der Hütte gesetzt, als sie plötzlich ein Summen in der Luft hörte. Als sie nach oben in den wolkenverhangenen Himmel sah, entdeckte sie eine ziemlich große Drohne, die über das Plateau und den angrenzenden Wald flog. Sie lief in die Hütte, holte das Fernglas und nahm die Drohne ins Visier. Es war eine mit sechs Antriebsarmen, ihr Durchmesser war geschätzte gute 80cm. Das war kein Spielzeug, das stand fest. Aber wer war es, der mit einer Kamera alles in diesem Areal aufnahm? Die oben vom Bunker, die Polizei von Bodoe oder wer sonst? Arvid trat gähnend aus der Tür. Anna deutete zum Himmel.

„Schau mal! Na da drüben zwischen den beiden dunklen Wolken. Da rechts." Arvid hatte die Drohne gefunden.

„Das ist kein Spielzeug!", war sein kurzer Kommentar. Und dann nach einer Weile:

„Das ist aber auch kein Modell, das ich kenne. Und ich kenne einige. Bei uns ist sowas nicht auf dem Markt." Anna stand auf und reckte sich.

„Wir sollten erst mit dem Chef reden und dann nochmal da rüber fahren wo wir diese Glatzköpfe getroffen haben. Ich habe das Gefühl mit denen stimmt etwas nicht."

Arvid nickte zustimmend und voller Tatendrang. Anna selbst bekam langsam das Gefühl, dass ihre gemeinsame Zeit hier in der Wildnis einiges in Arvids Verhalten zum Guten geändert hatte. Sie holte ihr Handy und rief Magnusson an. Der war wie immer von der Situation genervt.

„Ja und, was haben Sie nun rausgefunden? Wir brauchen Ergebnisse, sonst kann ich Ihren Ausflug nicht mehr lange decken." Anna erzählte ihm von den Glatzköpfen, der Drohne und ihrer Vermutung. Letztlich stimmt er einem weiteren Verbleib zu. Und Arvid sah sie fragend an.

„Und, was hat der alte Zausel gemeint?", fragte er ungeniert. Anna sah ihn ernst an.

„Also Erstens, du sollt nicht immer so vorlaut sein, und dann Zweitens - wir sollen weitersuchen!" Arvid hob den Daumen der rechten Hand hoch.

„Also, auf geht's schöne Frau!" Anna streckte ihm die Zunge heraus und stieg gerade in die Bindung ihrer Skier, als sie ein Schneeball am Kopf traf. Im Nu war ein Feuergefecht im Gange, bis Arvid aufgab, weil Anna versuchte ihn einzuseifen. Und urplötzlich hielt Arvid sie an der Hüfte fest umschlungen und sein Kopf näherte sich dem ihren. Er blies ihr einige vorwitzige Haarsträhnen aus dem Gesicht. Unaufhaltsam näherte sich sein Gesicht dem ihren und er flüsterte:

„Wer diese roten Lippen küssend darf, muss ein glücklicher Mensch sein." Erst lachte Anna los, dann auf einmal sagte sie halblaut zu ihm:

„Arvid Ragnarson, lass es so wie es ist! Alles andere gibt nur über kurz oder lang Ärger." Plötzlich ernüchtert trat er einen Schritt zurück und murmelte:

„Entschuldige Anna! Du hast recht." Sie strich ihm einer inneren Regung folgend mit dem Handrücken über seine behaarte Wange.

„Ist schon gut, lass uns losfahren." Dann gab sie sich mit beiden Stöcken einen kräftigen Schub und Arvid folgte ihr. Sein Blick lag auf ihrem runden Hinterteil, dass durch die Wattehose noch etwas runder war als im Original. Und er musste sich eingestehen, dass er für diese Frau vor ihm inzwischen schon viel mehr als nur kollegiale Freundschaft empfand. Geriet er denn immer an die Falsche? Wenn sie nicht seine Chefin gewesen wäre, dann hätte daraus vielleicht was werden können.

Dermaßen in Gedanken versunken wäre er um ein Haar auf Anna aufgelaufen. Sie blickte erstaunt zu ihm zurück. „Was ist mit dir?" Arvid schüttelte den Kopf.

„Nix, habe nur gerade woanders hingeschaut", redete er sich heraus. Anna deutete auf die Hütte, vor der sie die Glatzköpfe letztens gesehen hatten. Diesmal schien keiner da zu sein.

Vorsichtig schlichen sie sich näher heran. Der alte Bau hatte noch ein Nebengelass. Als Anna durch das trübe Fenster schaute, konnte sie ein Schneemobil erkennen. Also doch! Währenddessen hatte Arvid durch eines der Fenster in der Hütte geschaut und grinste zufrieden. Als Anna zu ihm trat deutete er zum Fenster.

„Da drinnen auf dem Tisch liegt ein großer Karton und Stereopur, die Verpackung einer Drohne. Was wollen die mit diesem Ding hier oben, frage ich dich?"

Anna sah sich noch eine Weile um, und starrte auf die Spur, die ihre Ski hinterlassen hatten. Wenn die Leute zurückkämen, dann würden sie die Skispuren sehen, die sie hinterlassen würden. Und so nahmen sie einige Reißig Büschel und verwischten ihre Spuren bis zum Weg zurück. Aber auch Petrus schien mit ihnen im Bunde zu sein, denn es begann auf einmal große Flocken zu schneien. Anna drängte zum Aufbruch. Und so folgten sie dem Weg durch den Wald immer weiter, bis sie auf einmal in einer ziemlich wilden Felsregion ankamen. Arvid schüttelte den Kopf.

„Bei den Witterungsverhältnissen da reinzusteigen ist lebensgefährlich. Wir sollten es lieber lassen!"

Anna vertraute auf Arvids Gespür, er war schließlich hier oben aufgewachsen. Und so kehrten sie schließlich wieder um.

Am nächsten Morgen war Anna schon sehr zeitig munter. Arvid dagegen schnarchte noch leise vor sich hin. Sie stand auf und sah aus dem Fenster. Plötzlich hatte sie das Bedürfnis mal eine Weile alleine durch die Natur zu laufen. Hastig zog sie sich leise an, und legte Arvid einen Zettel auf den Tisch: „Bin mal kurz raus in den Wald, bleibe nicht lange." Und dann ging sie raus in die frische klare Luft.

Tief einatmend marschierte sie los, begann eine Weile gleichmäßig zu laufen, um dann wieder im Schritttempo in den Wald einzutauchen. Gleichmäßig ein und ausatmend lief sie dahin, umkurvte gerade ein Gebüsch und sackte auf einmal in die Tiefe. Die Arme ausgebreitet hing sie bis zur Brust im Waldboden und kam nicht mehr heraus. Je mehr sie sich abmühte, umso mehr rutschte alles um sie herum ebenfalls tiefer. Anna bekam es mit der Angst zu tun und rief laut: „Hilfe! Hilfe!" Sie hörte wie sich ihr Ruf im Wald wiederholte. Und wieder rief sie laut: „Hilfe! Hilfe!" Doch nichts geschah. Wie sollte sie da alleine wieder rauskommen? Verzweiflung überkam sie, und sie sehnte plötzlich Arvid herbei. Doch sie wusste genau, wenn der schlief, dann schlief er. Plötzlich hörte sie es etwas entfernt rascheln. Wieder rief sie laut: „Hilfe! Hört mich denn niemand?"

Und dann stand auf einmal Borr, der Wildhund vor ihr! Sie rief ihn beim Namen. Der Hund stutzte kurz, dann bellte er freudig, kam aber nicht näher heran. Wenig später tauchte der Förster auf. Er sah in welcher Klemme Anna da steckte.

„Halten sie um Gottes Willen still, und strampeln sie nicht! Ich ziehe sie gleich heraus!" Er nahm ein Seil vom Rücken, machte eine Schlaufe und warf es Anna zu.

„So, und jetzt kriechen sie so hinein, dass es unter ihren Armen eng anliegt!", befahl er ihr. Anna tat es und dann begann der Förster das Seil langsam anzuziehen. Gerade als er sich richtig ins Zeug legte, stand plötzlich Arvid schwer atmend hinter ihm, und sah Anna in der Erde stecken. Und nun zogen die beiden Männer gemeinsam Anna Stück für Stück aus dem Waldboden. Als sie endlich wieder auf beiden Füßen stand, lachte der Förster.

„Sie haben vielleicht ein Glück. Solche Löcher gibt es nur ganz vereinzelt. Da ist der Untergrund aufgetaut, und wenn man darauf tritt sackt man sofort ein. So ähnlich wie bei Treibsand. Aber hier beginnt der Torfboden aufzutauen. Eine Folge der Klimaerwärmung." Anna bedankte sich herzlich und lud den Förster ein doch einen Kaffee bei ihnen zu trinken. Doch mit einem sehr tiefen Blick in Annas Augen und einem Schmunzeln verabschiedete er sich mit der Ausrede, er hätte noch viel zu tun. Anna war völlig fertig. Nachdenklich meinte sie:

Wenn er nicht gekommen wäre, dann wäre ich irgendwann auf Nimmerwiedersehen im Wald verschwunden und du hättest mich suchen können solange bis man es aufgegeben hätte. Einfach: „Verschollen im Wald!" Arvid knurrte vor sich hin.

„Mach nur noch Witze! Hier hätte dich eine Hundertschaft nie wiedergefunden! Ich erkenne solche Stellen, aber du latschst halt einfach rein, verdammt noch mal! Gehe ja nicht nochmal allein in den Wald hier oben!", polterte er plötzlich lauter werdend los. Anna sah ihn eigentümlich an und dachte dann auf einmal:

„Der Kerl macht sich doch tatsächlich Sorgen um mich," Kurz entschlossen gab sie Arvid einen Kuss und hauchte dazu:

„Danke, mein lieber Retter!" Arvid wurde ganz verlegen und sah sie an. Plötzlich klingelte ihr Handy. Sie zerrte es aus ihrer Innentasche der Jacke heraus und nahm das Gespräch an. Es war Magnusson.

„Hören sie zu, Ohlson! Andersson ist vor einer Stunde oben in Bodoe gesehen worden! Es besteht kein Zweifel, das Gespräch ist aus Versehen bei mir gelandet, anstatt bei den Herren vom Staatsschutz! Macht euch auf den Weg, im Präsidium gebt ihr euer Schneemobil wieder ab und nehmt den Wagen. Es sind ja nur ein paar Kilometer bis Bodoe. Berichten sie mir heute Abend!"

Anna stieß Arvid an und machte ihn mit der Neuigkeit bekannt. Er grinste sie an.

„Na dann aber los, zurück in die Zivilisation!" Und schon liefen sie los. Eine halbe Stunde später saßen sie schon wieder auf dem Schneemobil und fuhren runter in die Stadt.

Als sie eintraten war Revierleiter Hansson gerade dabei zu telefonieren. Er winkte ihnen zu, sie sollten sich setzen. Als er das Gespräch beendet hatte, kam er zu ihnen.

„Hei, na wie geht's euch? Wie war es da oben im Urlaub? Gut, na dann. Also es stimmt wohl, ein Streifenpolizist will Andersson heute früh vor einem Café gesehen haben. Jeder derzeit verfügbare Polizist sucht nach ihm. Für euch habe ich hier im Ort ein Quartier. In der Stoerme 17 hat meine verstorbene Tante ein kleines Haus, das ich geerbt habe. Hier sind die Schlüssel, es steht zurzeit leer und ist voll möbliert. Ich wollte es mal an Urlauber vermieten, aber da muss ich erst noch was machen lassen. Aber für ein paar Tage reicht es schon. Es ist sehr gemütlich und auch warm dort. Natürlich müsst ihr erst mal richtig einheizen. Ihr nehmt am besten wieder den Nissan, das Schneemobil stellen wir bei uns unter." Arvid strahlte wie ein Honigkuchenpferd, doch Anna dachte im Stillen:

„Jetzt fehlt da nur noch ein Ehebett, dann wird es aber richtig lustig." Sie sagte aber keinen Ton und so verabschiedeten sie sich. Mit einem Bild von Andersson in der Hand verließen sie das Revier. Mit dem Nissan fuhren sie quer durch die Stadt und fanden die Stoerme 17 auf Anhieb. Es war ein kleines Holzhäuschen wie die meisten hier oben. Mit einem Vorgarten und einer Garage. Als sie eintraten und sich umsahen, stellten sie beide fest, dass dieses Häuschen eine gewisse Gemütlichkeit ausstrahlte. Und es gab ein Schlafzimmer und ein Gästezimmer. Anna atmete sichtlich auf und zog die Gardinen beiseite. Arvid brachte sofort die Heizung in Gang, und bald war es überall schön warm. Natürlich war der Kühlschrank leer.

„Gib mir mal den Zündschlüssel Arvid, ich gehe einkaufen." Der grinste. „Ja, Liebling mache das, ich hole noch Holz herein." Anna zeigte ihm lachend einen Vogel und verschwand durch die Tür. Arvid stand einen Moment am Fenster und sah ihr schmunzelnd nach wie sie wieder aus dem Tor herausfuhr und in die Straße einbog. Und im Stillen dachte er: „Na ja, vielleicht wird's ja doch noch was mit uns beiden!"

Nach dem Kaffee rafften sie sich erneut auf und fuhren wieder in die Stadt, diesmal bis zum Fährhafen. Dort studierten sie die Abfahrtszeiten und Ankunftszeiten der Fähren, und sahen sich um. Wo aber zum Teufel waren denn die vielen Streifenpolizisten von denen Hansson gesprochen hatte? Bis jetzt hatten sie nicht einen einzigen getroffen. Anna rief ihn kurz entschlossen an. Hansson redete sich raus, von Wegen sie hätten Auftrag sich nicht so zur Schau zu stellen. Anna fragte ihn wo sich die rechte Szene in der Stadt treffen würde. „Am Bahnhof", war seine kurze Auskunft. Also fuhren sie zum Bahnhof. Das zweistöckige lang-gezogene Gebäude mit dem Turm, an dem zwei Große Uhren angebracht waren, sah gepflegt aus. Mehrere Gleisanlagen waren zu sehen. Auf dem Parkplatz stellen sie ihren Wagen ab.

Zu Fuß schlenderten sie bis in die Halle hinein, wo nur wenige Fahrgäste anwesend waren. Von den Glatzköpfen sahen sie aber niemand.

Einigermaßen ratlos fuhren sie kurz entschlossen zurück zum Präsidium der Polizei. Dort trafen sie noch auf zwei Beamte, an-sonsten war alles menschenleer. Anna fragte einen von ihnen wo die anderen wären. Der lachte etwas verlegen.

„Na ja, heute ist Freitag, da machen die meisten eher Schluss und bummeln ihre Überstunden ab. Anna nickte ernst.

„So, so, Überstunden. Na gut, aber sagen sie mal, habt ihr kei-nen Alarm wegen dem Andersson, der gesucht wird?" Der junge Polizist schüttelte verwundert den Kopf.

„Was für einen Andersson, Kommissarin?" Anna sah Arvid an, der schüttelte leicht den Kopf. Doch Anna war in schlechter Laune und damit auch streitsüchtig, wie die meisten Frauen in einer solchen Situation.

„Also hören sie mal! Wir suchen seit Tagen einen Andersson aus Alesund der dort ein Gift in Umlauf gebracht hat! Schon mal was davon gehört?" Dem jungen Polizisten schien plötzlich ein Licht aufzugehen.

„Ach der, ja den sucht man wohl. Aber wir haben kein Bild von ihm und sonst nur eine vage Beschreibung." Jetzt reichte es Anna. „Habt ihr wenigstens einen Kopierer hier?", fauchte sie den jungen Kollegen an. Der zeigte zum Ende des Büros.

„Da hinten steht einer. Papier ist bestimmt noch drinnen."

Anna machte kehrt und lief zu dem Gerät, er funktionierte sogar und machte fünf Abzüge von ihrem Bild. Davon legte sie vier den jungen Kollegen auf dem Schreibtisch.

„Hier, und schön an deine Jungs verteilen, klar?" Er nickte ver-wundert über den harschen Ton und besah sich die Bilder. Anna und Arvid verließen wieder das Präsidium. Draußen lachte Arvid plötzlich und blieb stehen.

„Ich lach mich schlapp! Es ist Freitag und die Fahndung ruht bis zum Montag." Anna nickte.

„Aber weißt du was der größte Gag ist? Wir können diesen Schlafmützen nicht mal einen Einlauf verpassen, weil wir ja sozusagen Undercover hier oben sind." Arvid winkte ab.

„Weißt du was, wir holen uns jetzt ein schönes Elchsteak und ein paar Bier und machen es uns ebenfalls schön gemütlich." Anna verdrehte die Augen.

„Du kennst auch nur Fressen und Saufen!" Arvid nickte schmunzelnd.

„Stimmt, zusätzlich fiele mir noch Sex ein, aber das willst du ja auch nicht! Ich frage mich manchmal wirklich wofür lebst du eigentlich?"

Annas Blick war mehr als vernichtend, und so ging sie wortlos zum Wagen. Im Stillen musste sie Arvid Ragnarson aber eigentlich zustimmen. Außer ihren Dienst gab es sonst nichts, was ihr Ablenkung verschaffte. Im Auto angekommen sah sie Arvid an.

„Sag mal Same, würdest du heute mal die Sauna anheizen?" Erstaunt sah sie der Kollege an.

„Gehen wir getrennt rein, oder beide?", war seine nächste Frage. Anna musste lachen.

„Kindskopf, natürlich beide!" Arvid nickte. „Gut, und danach nackig raus und in den Schnee! Machst du mit?"

Anna schmunzelte verhalten. „Mal sehen", war alles was sie dazu sagte, denn sie dachte schon wieder an die eventuellen Folgen dieser Aktion. Arvid fuhr vorsichtig, weil es ziemlich stark zu regnen angefangen hatte. Dicke Tropfen fielen vom Himmel, das Halbdunkel des anbrechenden Abends wurde noch dunkler und es wurde glatter auf dem Schnee. In den Polarnächten wurde es zwar hier oben kaum hell, aber inzwischen näherten sich ja dem Polartag mit jedem Tag etwas mehr. Und so regnete es auch mehr als es schneite. Noch zwei Wochen und sie würden am Mittsommertag angekommen. Dann würde es aber auch nachts nicht mehr dunkel werden. Die Übergangszeit jetzt war eine ganz besondere, romantische Zeit hier oben am Polarkreis.

Anna erinnerte sich an ihren letzten Urlaub auf La Palma, da war es jetzt schön warm und die Sonne schien.

Im prasselnden Regen erreichten sie wieder ihr kleines Haus. Und Arvid ging sofort daran die Saune zu heizen, während Anna sich um die Steaks kümmerte und Weißbrot schnitt. Sie öffnete eines der Biere und nahm einen langen Schluck. Zum ersten Mal überkam sie so ein leichtes Wohlgefühl. Sie setzte sich in den alten Sessel und sah sich um. Was hatten die Leute früher abends nur ohne Fernsehen gemacht?

Zum Essen setzten sie sich in den Wintergarten, auch hier war es schön warm. Anna trug kurze Shorts und ein knappes Top, Arvid war ebenfalls in kurzen Sporthosen und einem T-Shirt. Die Steaks schmeckten hervorragend und Arvid lobte sie überschwänglich, so dass Anna lachen musste.

„Kannst du jemals ernst sein, Arvid?", fragte sie ihn zwischen zwei Schluck Bier." Arvid nickte und wurde plötzlich ziemlich ernst. Dann nickte er nochmal.

„Als vor zwei Jahren kurz hintereinander mein Opa und meine Oma starben, war ich lange Zeit ziemlich ernst", meinte er und sah Anna an. Anna legte ihre Hand auf die seine, die beide auf dem Tisch lagen.

„Entschuldige Arvid, ich weiß, ich bin manchmal kratzbürstig. Es ist aber meine Art von Abwehr, ich will nicht nochmal verletzt werden." Und dann erzählte sie plötzlich wie noch nie zuvor was sie erlebt hatte.

„Ich war schon mal verheiratet, drei Jahre lang. Er war Kollege also auch Polizist. Nach zwei Jahren fing er an fremd zu gehen. Meistens waren die Mädels so um die 16 oder 17 Jahre, und meistens auch noch aus seinem Bezirk in Oslo. Irgendwann zeigte ihn ein Vater an und er wurde suspendiert. Von da an fing er an zu saufen und schlug mich bei jeder Gelegenheit, meistens wenn er besoffen nach Hause kam und dann Sex wollte. Eines Tages hatte er wieder getrunken, und es kam zu Hause zu einer Rangelei. Plötzlich hatte er meine Dienstpistole in der Hand und legte auf mich an. Ich habe ihn entwaffnet, denn ich war zu dieser Zeit aktiver Judoka. Dabei löste sich aber ein Schuss, und der traf ihn in den linken Oberschenkel. Da flog die ganze private Scheiße auf und man sperrte ihn ein Jahr ein. Ich ließ mich scheiden und zog aus Oslo weg nach Alesund, also möglichst weit weg. Ja, und seitdem halte ich mir die Männer vom Hals, und vor allem wenn sie Polizisten sind! Verstehst du mich jetzt?"

Arvid hatte still zugehört und nickte. Seine Hand ergriff die ihre.

„Sorry Anna, das habe ich ja alles nicht gewusst. Also entschuldige, wenn ich dir manchmal zu nahe auf die Pelle gerückt bin wie mit dem Kuss in Alesund." Anna lachte, nahm die leeren Teller und ging in die Küche. Als sie zurück kam blieb sie hinter seinem Stuhl stehen.

„Arvid, stehe doch bitte mal auf.", bat sie ihn. Er sah zu ihr auf und stand auf. Sie sahen sich kurz in die Augen, dann meinte Anna ganz unverfänglich:

„Also, ich gebe dir jetzt diesen Kuss zurück, und die eine Backpfeife nehme ich mit Bedauern zurück. Dann sind wir quitt."
Und schon hatte sie dem verwirrten Arvid einen Kuss auf den Mund gegeben, setzte sich wieder hin, und lächelte ihn an.

„Du bist ein feiner Kerl, und ein guter Polizist, Arvid. Ich bin wirklich froh, dass dich Magnusson in meine Abteilung gegeben hat. Gehen wir jetzt in die Sauna?" Arvid nickte wortlos und ging seine Handtücher holen. Irgendwann würde er ihr wohl sagen, dass er sich in sie verguckt hatte. Aber nicht heute.
In der Sauna machten sie zwei Durchgänge, und jedes Mal danach raus in den Regen. Die Badehandtücher blieben am Körper dabei. So wie man das in den Öffentlichen machte.
Es war gegen 23.00 Uhr als sie zu Bett gingen. Auf dem Flur hielt Anna ihren Kollegen auf einmal zurück. Und warum auch immer, meinte sie zu ihm:

„Arvid, würdest du mit zu mir kommen, mich wärmen? Aber nur wärmen, klar?" Arvid schmunzelte und nickte.

„Für dich tue ich doch fast alles, Chefin!", meinte er und folgte ihr ins Schlafzimmer. In seinen Armen liegend schlief Anna zufrieden und wieder einmal glücklich ein.
Als sie aufwachte, duftete es nach Kaffee. Anna stand auf, zog sich was über, und ging in die Küche. Dort werkelte Arvid bereits pfeifend am Frühstück und stellte zwei Eier auf den Tisch. Er schmunzelte.

„Ich hoffe, du isst gekochte Eier!" Anna nickte und setzte sich frohgelaunt an den Tisch. Gemeinsam frühstückten sie in Ruhe. Er sah sie über den Tisch mehrmals wortlos an, bis es ihr auffiel und sie ihn fragte.

„Was ist Arvid? Du schaust mich die ganze Zeit so komisch an." Er räusperte sich, legte die Serviette zurück auf den Tisch und sah ihr diesmal in die Augen. Einen Moment zögerte er noch.

„Du hast Recht Anna, es muss langsam mal raus!" Sie sah ihn erstaunt an. „Was muss raus? Was meinst du?" Arvid holte tief Luft. Und dann öffnet er sein Herz.

„Also, seit ich dich zum allerersten Mal gesehen habe, also damals im Präsidium beim Chef, habe ich mich in dich verknallt! Du bist hübsch, du bist klug und eine tolle Kollegin. Aber für mich bist du etwas mehr als eben nur Kollegin! Das ist es was endlich mal raus musste, sonst wäre ich über kurz oder lang mal explodiert. Ich kenne aber auch die Vorshriften."
Er sah wie sie dasaß, mit halboffenem Mund, ungläubig schauend und beinahe regungslos. Sie hielt mit beiden Händen ihren Kaffeebecher fest. Und plötzlich hatte sie Tränen in den Augen. Sich mühsam beherrschend, und durch kurzes Nasehochziehen unterbrochen, meinte sie leise stockend:

„Du bist verrückt Arvid Ragnason! Total bescheuert! Warum sagst du sowas?" Arvid sah auf seine Finger.

„Soll ich es dir nochmal wiederholen, Chefin? Es ist so wie ich es dir sage! Es gibt doch nicht nur Lumpen unter den Männern, verdammt nochmal! Es gibt auch welche, die meinen, das was sie sagen, und so einer bin ich, auch ernst. Oder bin ich dir zu blöde weil ich Same bin?"
In diesem Augenblick brach Anna`s Widerstand wie ein Kartenhaus in sich zusammen und sie begann zu lächeln.

„Und wie soll das dann im Dienst mit uns weiter gehen, Herr Ragnarson?" Er zuckte mit den Schultern.

„Na wie immer, du bestimmst wo es lang geht, denn du bist die Chefin! Oder ich lasse mich versetzen. Wo ist das Problem?"
Sie stand auf und ging zur anderen Tischseite wo er saß und nun ebenfalls aufstand. Sie sahen sich in die Augen.

„Und was passiert, wenn wir mal in eine gefährliche Situation geraten?", fragte sie ihn ernst. Er verzog leicht das Gesicht.

„Dann halte ich dich zurück und drängle mich vor dich! Das würde ich übrigens bei jeder Frau machen! Klar?"
Sie nickte kurz. „Das dachte ich mir schon." Anna umarmte ihn auf einmal ungestüm und sah ihn in die Augen.

„Arvid Ragnarson, eines sage ich dir aber jetzt, wenn du mich jemals betrügst, entmanne ich dich! Meine Rache wird fürchterlich sein! Hast du das kapiert, Same?"

Er nickte noch, doch da küsste sie ihn leidenschaftlich. Und wie sie beide so innig versunken dastanden, klopfte es doch plötzlich an die Haustür! Erschreckt fuhren sie auseinander. Arvid ging zur Tür, um nachzuschauen.

Anna, die gerade den Tisch abräumen wollte, hörte erst einen kurzen Wortwechsel, dann hörte sie Arvid etwas rufen, dann gab es einen gewaltigen Knall, der das ganze Haus erzittern ließ. Schreckensbleich stürmte Anna nach vorn in den Flur, wo die Sicht durch eine dichte Staubwolke nahezu verdeckt war.

„Arvid! Arvid!", schrie sie verzweifelt. Aber von Arvid war nichts zu sehen oder zu hören. Sie stieg hastig über die Trümmer des Eingangsportals ins Freie und sah sich um. Und da sah sie ihn neben einem Busch im Matsch liegen! Mit wenigen Schritten war sie an seiner Seite und kniete sich neben ihn hin. Vorsichtig versuchte sie seinen Kopf zu sich herum zu drehen. Über der rechten Augenbraue klaffte ein Riss, der blutete. Doch plötzlich schlug Arvid die Augen auf, grinste sie mühsam an und stöhnte leise:

„Beim Wotan, hast du lauter solche göttlichen Beschützer, die mich gleich umnieten, wenn ich dir mal zu nahekomme?", und versuchte dabei wieder zu grinsen, was ihm aber schmählich misslang. Anna schüttelte den Kopf und versuchte ihm beim Aufstehen zu stützen. Sie sah ihn ernst an.

„Was redest du denn da für einen Stuss! Sag mir lieber was passiert ist!" Mühsam humpelte Arvid mit ihr bis zur demolierten Haustür. Sie half ihm sich vorsichtig dabei sich auf das alte Sofa zu legen.

„Soll ich einen Arzt rufen?" Er grinste wieder mühsam.

„Quatsch, ich brauche doch keinen Arzt! Rufe lieber unseren Chef an und sag ihm Bescheid." Sie sah ihn verzweifelt an.

„Arvid, was soll ich ihm denn berichten? Du sagst doch nichts!" Er nickte vorsichtig und verzog dabei schmerzhaft das Gesicht.

„Ok, als es klingelte stand einer von der Post vor mir und hatte ein ziemlich großes Paket. Das stellte er mir direkt vor die Füße, drehte sich um, und lief plötzlich einfach davon! Ich rief ihm nach ob ich noch was unterschreiben müsse. Doch der winkte nur ab und rannte plötzlich wie eine Rakete los! Deshalb lief ich ihm bis zum Gartentor hinterher. Und dann gab es hinter mir einen gewaltigen Knall. Der Druck fegte mich von den Beinen, und ich war erstmal weg. Und dann kamst du! So, das war alles. Die waren zu zweit und sind mit einem Schneemobil abgehauen!"

Anna sah erst auf die Uhr, und danach zur fehlenden Haustür und den Trümmern von dem Überbau. Hastig rief sie Hansson an und erzählte ihm was passiert war. Außerdem brauchten sie zumindest sofort eine neue Haustür. Hansson versprach ihr schnell einen Handwerker zu schicken.

Während Arvid sich auf dem Sofa liegend erst noch etwas erholte, räumte Anna die Trümmerteile der Holzkonstruktion von der Haustür beiseite. Dann kamen auch schon die Handwerker, suchten aus drei Haustüren in ihrem Bus die passende heraus, und begannen mit dem Einbau.

„Was ist ihnen denn da passiert?", fragte der Meister Anna. Die zuckte mit den Schultern, meinte aber mehr aus Spaß denn im Ernst:

„Ein paar böse Buben wollten unser Haus in die Luft sprengen, das ging aber schief." Worauf der Handwerker sie entsetzt ansah und meinte:

„Wer macht denn so was? Geht das hier auch schon los! Na gut, ich baue ihnen heute noch die Tür wieder ein, und morgen früh kommen wir und machen den Vorbau wieder so wie er war. Einverstanden?"

Anna nickte und bedankte sich herzlich bei ihm mit einem Trinkgeld. Zwei Stunden später war das Haus wieder verschließbar. Gegen Mittag kam Hansson vorbei. Er schüttelte den Kopf und sah sich um.

„Wer wollte ihnen denn da an den Kragen, Frau Oberkommissarin? Das gibt's doch gar nicht!" Anna stellte ihm eine Tasse Kaffee auf den Küchentisch.

„Es waren zwei Männer mit einem Schneemobil. Nun raten sie mal nach wem wir suchen! Und was sagt uns das?" Hansson verzog das Gesicht und rubbelte sein graues kurz geschnittenes Haar.

„Ich überlege schon die ganze Zeit ob ich das weiter melde. Tue ich es, fliegt ihre Tarnung auf." Arvid setzte sich wieder am Tisch gegenüber hin und sah Hansson mit seinen kleinen blauen Augen an.

„Am besten sie lassen es! Helfen sie uns lieber diese Glatzköpfe ausfindig zu machen. Ich wette, da finden wir auch die beiden Bombenleger." Hansson sah Arvid schmunzelnd an.

„Sie erschüttert auch nichts so schnell, oder? Genau wie ihre Chefin hier. Ich wäre froh, wenn ich zwei solche Leute wie sie hier in meinem Team hätte." Arvid lachte.

„Wollen sie uns abwerben? Können sie gar nicht bezahlen, so teuer wie wir sind!" Hansson lachte belustigt.

„Dachte ich mir schon. Aber gut, dann morgen Vormittag, sagen wir so gegen 9.00 Uhr, schicke ich zwei Mann von meinem Team vorbei. Die begleiten sie raus zum alten Gaswerk. Aber bitte Vorsicht, die Gegend ist berüchtigt. Sollte die Lage eskalieren, steht eine Einheit der Spezialpolizei zu unserer Verfügung. Ein Anruf genügt und in gut zwanzig Minuten sind die vor Ort! Alles klar?"

Anna, die in der ganzen Zeit geschwiegen hatte wirkte etwas erstaunt, über Hanssons plötzliche Entschlossenheit. Als er weg war, redete sie mit Arvid darüber, bzw. wollte mit ihm reden.

„Arvid! Arvid! Hallo! Hörst du schlecht?" Sie stieß ihn an, und Arvid zuckte zusammen. „Was schreist du denn so?" Anna lachte.

„Ich habe dich zweimal angesprochen, und du hast nicht reagiert. Was ist los?" Arvid zuckte mit den Schultern.

„Ich höre seit dem Knall auf dem linken Ohr so gut wie nichts. Das vergeht bestimmt wieder." Anna verdrehte die Augen.

„Ach herrje, nee auch das noch! Wie soll ich mich denn mit dir im Einsatz austauschen?" Doch Arvid winkte nur ab.

„Das geht schon, rechts höre ich ja noch normal. Und was den Hanusson betrifft, sei doch froh, dass er endlich aus der Hose kommt. Vielleicht hat er nun begriffen wie ernst die Lage ist."

Am nächsten Morgen ging Anna sich anziehen, während Arvid den Wagen aus der Garage fuhr. Inzwischen war auch schon die KTU vor Ort. Anna sah auf die Uhr. Einen vollen Tag hatten die gebraucht, von der Stadt heraus zu ihnen. Einen Weg von kaum 15 Minuten mit dem Auto! Sie stieg leise schimpfend in ihre halb langen Stiefel. Arvid kam herein und legte ihre schusssichere Weste auf den Tisch.

„Hier, bitte anziehen!", meinte er zu ihr. Nach der vergangenen Nacht eine Spur zu dienstlich, nach ihrer Meinung. Es war zwar nichts passiert, sie hatten ja auch nur zusammen in einem Bett geschlafen. Sie musste plötzlich lachen. Wenn sie das ihrer Freundin Astrid Persson erzählen würde, die würde sich wahrscheinlich halb totlachen. Und ausgerechnet noch mit dem guten Arvid, den Astrid immer anhimmelte, wenn sie ihn sah. Arvid ging hinter ihr vorbei, und patschte ihr leicht mit der Rückhand gegen den stramm in der schwarzen Lederhose sitzenden Hintern. Anna fuhr herum.

„Arvid! Das mach bitte nicht nochmal, sowas kann ich nicht leiden!", herrschte sie ihn an. Arvid hob erschreckt beide Hände hoch und starrte sie an.

„Entschuldige, das wusste ich doch nicht! Warum reagierst du da gleich so bösartig?" Anna verzog das Gesicht. Genau das war es aber, was sie bisher daran hinderte mit einem Kollegen was anzufangen. Man musste jedes Mal erklären warum man dieses oder jenes nicht wollte, bis man sich gut genug kannte. Sie sah ihn erneut, aber diesmal wesentlich freundlicher an.

„Lieber Arvid, bei mir heißt es - Dienst ist Dienst, und Schnaps ist Schnaps. Halten wir uns daran?" Er hob die Augenbrauen an.

„Ok Boss, hab`s verstanden!" Dabei lächelte er sie schmunzelnd an und meinte dann halblaut:

„Du siehst zum Anbeißen aus, wenn du so wütend bist, Chefin!"

Sie winkte nur ab und zog ihre Weste über. An der Tür stehen bleibend meinte sie schmunzelnd:

„Na komm schon du Casanova! Die Kollegen werden gleich kommen, es ist schon zehn nach Neun." Wie zur Bestätigung hupte es draußen, sie waren da die Kollegen.

Nach einer kurzen Begrüßung und Einweisung durch den Polizeikommissar Lenneberg fuhren sie mit zwei Wagen raus zum Gaswerk. Die beiden begleitenden Polizisten hatten beide eine Maschinenpistole bei sich. Arvid hatte sein Uzzi ebenfalls mitgenommen. Anna war zwar die Dienstälteste und Ranghöchste als Oberkommissarin, aber sie hielt sich ebenfalls an den Kollegen Lenneberg. Im Abstand von drei Metern gingen sie zu zweit nebeneinander. Das alte Gaswerk war nur noch eine Ruine, hatte mehrere Gebäude, vier große verrostete Gastanks und hunderte

Meter ebenso verrostete Rohre. Sie gingen gerade an einer der großen Eingangstür eines Gebäudes vorbei, als es drinnen laut schepperte. Lennart hob den Arm.

Sie gingen die drei Stufen hinauf und traten vorsichtig sichernd in das Gebäude ein. Ein großer Quergang, zwei Längsgänge zu beiden Seiten des Gebäudes, und zahllose Türen. Das konnte ja heiter werden. Wenn die hier mit ihnen Hase und Igel spielen wollten, würde das ewig dauern. Wie sich herausstellte, vereinigten sich die beiden Längsgänge am Ende des Hauses wieder zu einer Querverbindung. Am Ende hatten sie niemand getroffen. Sie berieten sich kurz halblaut. Doch Anna hatte einen Plan!

„Hört zu, zwei gehen jetzt wieder gut hörbar raus. Der Kollege Lennart und ich bleiben eine Weile hier drinnen und verhalten uns ganz leise. Mal sehen ob jemand nachschauen kommt."

Und so geschah es auch. Arvid ging mit einem jungen Kollegen wieder nach draußen. Die Tür klappte und sie gingen eng an die Wand gedrückt ein Stück von der Tür weg und warteten an die Hauswand gelehnt.

Es dauerte keine fünf Minuten als sich sehr leise die Eingangstür aufschob und drei junge Kerle mit Kapuzenshirts und Springerstiefeln heraus sahen. In den Händen hatten jeder ein handliches Stück Eisenrohr. Als sie aber Arvid und den jungen Kollegen da stehen sahen, traten sie heraus und einer grinste sie breit an. Er schien der Anführer des Trios zu sein.

„Na ihr Hosenscheißer, was sucht ihr denn hier bei uns? He?"
Arvid glaubte den Kerl aus dem Wald zu erkennen. Sie taten zunächst harmlos. Der junge Kollege hatte seine Maschinenpistole hinter dem Rücken. Arvids Uzzi hing unter der Jacke auf seiner Brust.

Und so kamen die Drei ziemlich siegessicher näher und blieben breitbeinig stehen. Der Anführer wandte sich an seine Kumpels.

„Jungs, wollen wir ihnen mal eine richtige Abreibung verpassen, weil sie sich hier in unserem Gelände herumtreiben?", tönte er lauthals und siegessicher.

Sie waren von ihrem martialischen Auftritt so gefangen, dass sie nicht bemerkt hatten, dass plötzlich Lennart und Anna hinter sie getreten waren. Gerade als der Dicke das Zeichen gab diesen ungebetenen Gästen nun auf den Leib zu rücken, erschall Lennarts Stimme, laut und vernehmlich;

„Jungs! Eisenrohre wegwerfen und Hände hochheben, hier spricht die Polizei!" Entsetzt fuhren die drei herum, und starrten die beiden da hinter ihnen an. In diesem Augenblick hatten Arvid und der junge Kollege ihre Waffen hervorgeholt. Die Pleite war perfekt! Die drei legten ihre Eisenrohre auf den Boden.

Anna erkannte nun ebenfalls einen von ihnen aus dem Wald wieder, und er sie offenbar auch. Minuten später trugen alle drei Handschellen. Und wenige Minuten später kam ein Mercedes-Bus der Polizei, lud die drei Gestalten ein, und brachte sie zum Präsidium.

Das Verhör führten dann Anna und Arvid, der offenbar wieder zu hören schien. Am Ende des Verhöres stand fest, die Gruppe bestand aus 15-20 Leuten. Von den drei Festgenommenen war einer der Fahrer des Schneemobils, der auf den Bombenleger gewartet hatte. Ihn nahmen sie nun ins Visier ihrer Ermittlungen, obwohl feststand, dass der nicht mehr gehen durfte.

Nach zwei Stunden abwechselnden Verhör wussten sie dann, dass Andersson der Auftraggeber des Bombenattentats war! Er hatte sie beide in der Stadt aus dem Präsidium kommen sehen und war ihnen gefolgt. Und er wusste, dass sie am Blockhaus gewesen waren als er nicht da gewesen war. Also konnte er sich zusammenreimen, dass man ihm auf den Fersen war. Über die Pläne der Gruppe schwiegen alle drei eisern. Nur dass die Gruppe unterwegs war bestätigten sie, mehr nicht. Sofort fuhr ein Team raus in den Wald zum Blockhaus, aber auch das war leer. Was sie allerdings fanden, war eine Skizzen vom Wasserwerk Narvik mit den Rohrverbindungen zu anderen Orten.

Hansson, Arvid und Anna saßen nach dem Verhör beisammen. Die Frage die alle bewegte, war einzig und allein, was wollten die mit dem Plan des Wasserwerkes in Narvik? Anna schlug sich plötzlich vor die Stirn!

„Na was denn wohl Leute, das gleiche wie in Alesund, doch diesmal nicht mit Johgurt! Ich glaube, ab jetzt müssen wir den Staatsschutz einschalten, das wird für uns eine Nummer zu groß. Was meint ihr?" Ragnarson nickte sofort, und Hansson schob Anna sein Schreibtischtelefon zu. Sie wählte und rief den Chef an. Magnusson schien zu Tode erschreckt, er wirkte jedenfalls so. Er war wohl für solche Sachen inzwischen zu alt, und sollte ja auch in einem halben Jahr in Pension gehen. Er versprach sofort alles Notwendige zu veranlassen.

„Anna, tut mir leid, aber ich kann euch noch nicht von diesem Fall abziehen. Ihr kennt euch inzwischen zu gut aus. Also fahrt morgen früh nach Narvik und meldet euch dort im Präsidium. Ruft mich an, wenn ihr oben seid! Und seid vorsichtig!" Anna sah Hansson an.

„Wie lange fährt man bis nach Narvik hoch?" Hansson wiegte den Kopf hin und her.

„Bei guten Wetter wie heute sind die 300km locker in vier Stunden zu schaffen. Wenn sie bummeln eben etwas mehr, aber so wie sie fahren…" Er grinste Anna an. Und so verabschiedeten sie sich wieder. Arvid sah zur Uhr.

„Was hältst du davon, wenn wir heute Abend mal Abendbrotessen gehen? So richtig mit allem Drum und Dran! Morgen früh fahren wir beizeiten los." Anna nickte erfreut.

„Ja komm, dass machen wir jetzt!" Und so suchten sie nach einem schönen gemütlichen Lokal in der Altstadt.
Währenddessen liefen die Drähte zwischen Alesund und Narvik heiß. Eine Sondereinheit sollte in den frühen Morgenstunden per Hubschrauber nach Narvik starten.

Auf den Weg nach Narvik

Am nächsten Morgen verabschiedeten sie sich in der Präfektur von Hansson und Pia. Doch zuvor hatte Anna noch ein kurzes Gespräch mit dem Leiter der Polizeipräfektur Hansson geführt. Und dabei war es um die Polizeischülerin Pia Lundvik gegangen. Hansson sah Anna ernst an und rieb sich mit der Hand das Kinn.

„Sie sind also der Meinung, dass die Lundvik nicht für den Polizeidienst geeignet ist. Das habe ich mir beinahe gedacht, und so wie sie es mir geschildert haben, glaube ich das ihnen auch. Nur das Problem ist wie gesagt nicht sie selber, sondern ihr Großvater der Herr Polizeipräsident. Er will sie unbedingt in seinen Fußstapfen sehen." Anna nickte verstehend.

„Also im Außendienst hat sie keine großen Chancen, es sei denn, sie finden eine Aufgabe im Innendienst für sie. Aber sie weiß das selber, und schätzt es auch so ein." Wieder nickte Hansson nachdenklich.

„Na gut, ich bedanke mich aber für ihre Unterstützung, so gibt es schon mal eine Meinung von einem Außenstehenden. Und ich wünsche ihnen viel Glück in Narvik, hoffentlich finden sie diesen Anderson bald."

Währenddessen war der alte Volvo 940 GL mit den vier Glatzköpfen schon seit der Nacht unterwegs nach Narvik. Die Witterungsverhältnisse waren für diese Zeit ungewöhnlich rau, und sie mussten die meiste Zeit mit Licht und langsam fahren. Außerdem war ihnen die Karre schon zweimal einfach stehen geblieben. Nach zehn Minuten Wartezeit sprang er dann wieder an und sie konnten jedes Mal weiterfahren. Ole Gunnar, der den Wagen organisiert hatte und selbst fuhr, machte an einer Tankstelle halt. Sie hatten noch knapp einhundert Kilometer vor sich. Während Gunnar den Wagen wieder auftankte, vertraten sich die anderen die Beine und gingen in den Shop und kauften Bier und Kekse. Adam Andersson bezahlte alles, er war inzwischen sowas wie der Boss des Trupps.
Der Tankwart hinter der Kasse legte schon mal vorsorglich seine kleine Pistole griffbereit. Leute wie die Glatzköpfe sah man hier oben höchst ungern, sie bedeuteten meist nur Ärger. Vorsorglich hatte er seine Tochter in die Werkstatt geschickt als er den Wagen hatte kommen sehen. Dort werkelte sein Gehilfe Adrian an einem defekten Wagen. Sie sollte Adrian schnell nach vorn zu ihm schicken, aus reiner Vorsicht. Und der kam mit einem Jagdgewehr, welches er hinter die Tür zum Laden stellte, und trat ein. Mit einem kurzen Blick verständigten sich Chef und Gehilfe.
Doch die vier Glatzköpfe zahlten ordnungsgemäß ihre Rechnung und fuhren wieder ab. Die Besatzung der Tankstelle atmete auf.
Keine zwei Stunden später rollten Anna und Arvid genau an die gleiche Tankstelle, um aufzutanken, und Anna musste unbedingt mal für kleine Mädchen. Arvid zahlte inzwischen. Dabei kam ihm eine Idee. Er nahm das Bild von Andersson aus der Tasche und zeigte es dem Tankwart.

„Hei, haben sie den hier schon mal gesehen, jetzt in letzter Zeit?", fragte aufs Geradewohl. Zu seinem Erstaunen nickte der Tankwart.

„Na klar, die waren zu viert, und der da auf dem Bild war auch dabei. Sie waren am Vormittag hier. Es gab aber keinen Ärger.

Ist was mit denen?", fragte er zurück. Arvid bedankte sich freundlich, und meinte beinahe nebenbei:

„Die werden gesucht, sind alles Gauner! Hier haben sie meine Karte, wenn die wieder auftauchen sollten, rufen sie mich doch bitte an." Der Tankwart nickte und sie verabschiedeten sich voneinander. Anna wartete am Wagen auf Arvid. Der lachte schon von weitem. Sie wunderte sich.

„Warum bist du so lustig?", fragte sie ihn. Arvid strahlte sie an. „Der Kreis zieht sich zusammen! Sie haben zu viert mit einem alten Volvo vor ein paar Stunden hier getankt! Der Tankwart hat Andersson wiedererkannt!" Anna nickte erfreut.

„Sauber, Kollege Ragnarson! Dann gib mal Gas!" Das ließ sich Arvid nicht zweimal sagen, er gab Gas! Ihr SUV schoss aus der Tankstelle hinaus auf die Hauptstraße. Der Tankwart sah ihnen hinterher und schüttelte den Kopf. Er rief nach Lina, seiner Tochter.

„Lina! Komm mal bitte zu mir in den Laden!" Wenig später trat eine sechzehnjährige gut gebaute Blondine mit langen Zöpfen ein. „Was ist Papa?" Der gab ihr Anderssons Bild.

„Hier, mit dem Bild gehst du zu Ole und sagst ihm, der da und drei weitere Glatzköpfe werden gesucht. Er soll den anderen Bescheid sagen. Bring das Bild aber wieder mit, Ole soll sich ein paar Kopien machen."
Wenig später machte sich Lina auf den Weg ins Dorf, um dort den Dorfpolizisten aufzusuchen. Und so machte das Bild von Adam Andersson langsam die Runde durch alle Anwesen der Umgegend. Hier oben in der Einsamkeit des Nordens war man es gewohnt sich gegenseitig zu helfen und zu informieren.

Eine Stunde später erreichten Kriminaloberkommissarin Anna Ohlson und Kommissar Ragnarson den Ortseingang von Narvik und bremsten den Wagen ab. Es war eine tolle Fahrt gewesen. Anna schwärmte noch von der Fahrt über die lange Brücke über den Beisfjord. Als sie genau auf der Brücke waren, war die Sonne durch die Wolken gebrochen. Anna schwärmte am Abend noch davon. Vor allem weil es nun wieder heller und wärmer wurde, und der Polarwinter dem Ende zuging.

Arvid und Anna suchten zunächst wieder das Polizeipräsidium. Das Navi lotse sie bis vor die Tür. Es war ein kleiner Flachbau in der Nähe des Hauptmarktes.

Empfangen wurden sie von Officer Bergelund, einem etwa 50jährigen Mann von stattlicher Figur und gut 1,80m Größe. Er führte sie in sein Büro und bat sie sich zusetzen. Hinter seinem Schreibtisch Platz nehmend nahm er ein Schreiben zur Hand, überflog es nochmals kurz und wandte sich an seine Besucher.

„Ja Frau Oberkommissarin, sie und ihr Mitarbeiter sind uns bereits avisiert worden. Was ich nicht ganz verstehe, warum man sie dazu beauftragt hat, wenn doch schon der Staatsschutz sich eingeschaltet hat." Er sah Anna fragend an. Anna hatte diese Frage beinahe erwartet.

„Nun Herr Bergelund, wir sind sozusagen die Vorhut, wir haben Andersson und seine Getreuen schon seit Alesund auf dem Radar und sind ihnen bis hierher nach Narvik gefolgt. Wir hatten teilweise sogar beinahe direkten Kontakt, und er hat versucht uns in Bodoe mit einer Bombe zu erledigen. Vom Staatsschutz haben wir bisher nichts gesehen und gehört, warum auch immer. Und nun vermuten wir, dass diese Bande hier in Narvik ein ähnliches Verbrechen plant wie in Alesund. Dort sind inzwischen über 154 Menschen an den Folgen der Freisetzung eines Virus gestorben. Wir vermuten auf Grund bestimmter Erkenntnisse, dass man hier die Wasserverteilung oder das Wasserwerk selbst in Mitleidenschaft ziehen will. Gelingt das, wird es hier nicht bei 154 Toten bleiben! Und deshalb brauchen wir jegliche Unterstützung von ihnen, und das bitte ab sofort."

Bergelund war zunehmend bleicher geworden je länger Anna sprach. Diesen Umfang einer Gefahr hatte er bisher nicht in die Augen gefasst. Er nickte mit einem Mal ziemlich entschlossen.

„Wenn das so aussieht wie sie es schildern, dann haben sie meine volle Unterstützung! Dann müssen wir auch schnellstens handeln, die Frage bleibt aber wie?" Anna und Arvid verständigten sich mit einem kurzen Blick.

„Also, zunächst bräuchten wir beide eine Unterkunft mit direkter Verbindung zu ihnen. Als nächste Maßnahme schlage ich eine Abriegelung des gesamten Geländes des Wasserwerkes und jeden Zugang zur Wasserversorgung vor. Als drittes, würde ich alle systemrelevanten Betriebe, die vor allem mit der Versorgung der Bevölkerung zu tun haben, überwachen. Bis heute Abend muss dieses Überwachungssystem stehen!" Bergelund machte sich Notizen. Auch Arvid hatte noch eine Idee.

„Haben sie in der Stadt irgendwelche stationäre Kameras? Zum Beispiel auf dem Markt usw.?" Bergelund schüttelte bedauernd den Kopf.

„Das hatten wir einmal angeregt, aber die Stadtverwaltung hat es abgelehnt. Man wollte die Bevölkerung nicht überwachen. Na ja, sie wissen ja…" Er hob bedauernd die Schultern an. Doch dann bat Bergelund sie zum Stadtplan an der Wand.

„So, dass hier ist unsere Polizeischule. In dieser haben wir mehrere Wohnungen frei für Kollegen, die von weiter her zu unseren Seminaren kommen. Dort bringen wir sie unter, und von dort gibt es auch Direktleitung hierher zu uns. D.h. direkt in mein Vorzimmer. Ich würde ihnen für ihre Aufgabe, sagen wir, fünf Polizeischüler zur Verfügung stellen. Die haben alle schon praktische Erfahrungen sammeln können, und sind sehr zuverlässig. Sagen wir, sie treffen diese Fünf in einer Stunde drüben in der Schule. Einverstanden?" Anna nickte zufrieden.

„Sehr gut, Herr Bergelund. Wir werden sie kurz einweisen, um danach die Abriegelung des Wasserwerkes zu überwachen. Aber bitte alles lautlos, ohne Blaulicht und großen Aufwand der sofort sichtbar wäre." Bergelund versprach sich um alles zu kümmern. Wieder im Wagen sitzend gähnte Arvid laut, und Anna musste lachen. „Was ist los, du bist doch nicht etwa müde, jetzt wo es spannend wird." Er sah sie ernst von der Seite an. „Du wirst wohl niemals müde, oder?" Anna lächelte.

„Wenn wir mal Rente kriegen Arvid, können wir noch lange genug schlafen." Arvid lachte. „Ja, wenn! Aber ich schätze mal selbst dann hättest du noch Bienen im Hintern!"
Anna sah ihn kurz an und kniff ein Auge zu. Inzwischen hatten sie die Polizeischule erreicht. Es war das übliche. Ein Haupthaus, drei Baracken, ein Schießstand und ein Sportplatz. Sie wurden bereits von einer Polizeischülerin erwartet, und Arvid machte große Augen. Die junge Kollegin war einer Venus ähnlich und sah auch hübsch aus. Anna knuffte Arvid auf dem Flur zu ihrer Wohnung in die Seite, und flüsterte: „Pass auf, dass dir die Augen nicht rausfallen!" Er schüttelte erbost den Kopf, sagte aber nichts.

Ihre Unterkunft bestand aus zwei Zimmern, einer Küche und ein Bad. Alles sehr zweckmäßig, aber gemütlich eingerichtet. Als sie alleine waren setzte sich Anna hin und rief ihren Chef Magnusson an. Sie schilderte ihm kurz die Lage und die Maßnahmen, die sie festgelegt hatten. Magnusson lobte sie überschwänglich, was sonst ja nicht seine Art war.

Dabei erfuhren sie auch, dass man die Verbreitung des Virus wohl gestoppt hatte. Es gab aber weit über 3000 Infizierte. Die Zahl er Toten war aber in den letzten drei Tagen nicht mehr gestiegen. Der Virus, den man inzwischen genau untersucht hatte, war ein noch unbekannter Stamm, den man vor Jahren einmal in Brasilien im Regenwald gefunden hatte. Das Forscherteam hatte damals aus Wissenschaftlern aus Brasilien, Russland, China und den USA bestanden. Man hatte es aber als ziemlich ungefährlich eingestuft. Erst zwei Jahre später war ein Stamm von Indios im Regenwald von Manaus fast vollständig ausgestorben, und ausgerechnet an diesem inzwischen gefährlich gewordenen Virus aus den Schlammgebieten. Gestorben waren die Indios an Nierenversagen. Auch damals waren zahlreiche Wissenschaftler dort gewesen. Wie und auf welchem Weg dieser Virus aber nun nach Alesund gekommen war, lag noch im Dunkeln. Fest stand aber auch, man hatte ihm Bleiacetat beigemischt, also ein reines Gift!

Ab 17.00 Uhr war Narvik mit einem Überwachungssystem überzogen. Ob Bahnhof, Busbahnhof, Hafen, Krankenhaus, überall sah man Zivilstreifen und Streifenpolizisten. Als Anna mit Arvid und ihrer jungen Begleiterin Stella Nielsson zum Wasserwerk fuhren wurden sie zweimal angehalten und kontrolliert, weil sie ein Autokennzeichen hatten, welches natürlich nicht aus Narvik stammte.

Im Wasserwerk selbst wurden sie dann von Direktor Kai Jöhsson in Empfang genommen, der sie erst einmal herumführte und ihnen alle Stellen zeigte, die besonders geschützt werden mussten.

Als sie dann am Abend in ihre Unterkunft zurück fuhren war Anna ziemlich am Ende. Aber sie hatten alles getan, was nur möglich war, um die Wasserversorgung Narviks zu schützen. Und wieder einmal war Magnusson voll des Lobes über seine beiden Kommissare. Später saßen sie, jeder mit einem Tablett auf den Knien, vor dem Fernseher und sahen sich die Nachrichten an, und Anna musste plötzlich lachen. Arvid sah zu Anna herüber, die auf der anderen Seite des Sofas saß.

„Warum lachst du?" Anna nahm einen Schluck Rotwein ehe sie schmunzelnd antwortete.

„Wir sitzen hier wie ein altes Ehepaar, wortlos mit einem Glas Wein und starren in die Glotze.", erwiderte sie belustigt. Arvid dehnte sich in seiner Sofaecke, kniff ein Auge zu und meinte dann lächelnd:

„Ach, mir würde schon noch was einfallen, wenn du so fragst!" Anna nickte wieder schmunzelnd.

„Ich frage dich ja aber nicht, du Sexmonster!" Arvid begehrte auf. „Aber jetzt mach mal halblang! Wer sagt denn, dass ich dabei an Sex gedacht habe? Wir könnten ja Halma spielen, und wer verliert muss was ausziehen!" Anna brach in eine Lachsalve aus. Und als sie sich wieder beruhig hatte, meinte sie:

„Na ich sag es doch, jeder zweite Gedanke bei dir dreht sich um Sex! Wie du die Stella heute angeschaut hast, war schon sehr bemerkenswert. Du, die ist erst 19 Jahre alt! Und du Alter, he? Sie könnte deine Tochter sein!" Arvid grinste breit.

„Ach Anna, deshalb hab ich mich ja in dich verschossen, und du bist immerhin zweimal so alt wie Stella!", erwiderte er ungerührt. Daraufhin warf Anna ein Sofakissen nach ihren Kollegen, welches er geschickt auffing und dann wieder zurückwarf. Dabei fegte es allerding das Rotweinglas vom Tisch, welches auf dem Teppich zersprang. Und einen Fleck gab es extra noch.
Arvid sprang auf und holte warmes Seifenwasser und einen Schwamm. Anna sah zu wie er vor ihr am Sofa kniete und versuchte den Fleck zu entfernen. Als er zu ihr aufsah, gab sie ihm intuitiv einen Schmatz, und Arvid war selig. Männer sind doch manchmal so einfach zu belohnen! Gegen 22.30 Uhr gingen sie zu Bett. Anna rutschte freiwillig in Arvids Einmann-Bett. Eng aneinander gekuschelt schliefen sie keusch ein.
Gegen vier Uhr in der Früh weckte sie aber Annas Handy. Der Wachhabende war am anderen Ende. Sie hatten im Wasserwerk zwei Jugendliche aufgegriffen. Anna versprach schnell zu kommen und schubste Arvid in Eile beinahe aus dem Bett. Brummelnd zog er sich an und folgte ihr zum Auto. Es war wieder kälter geworden, und die Scheiben waren zugefroren. Anna

schimpfte beim Kratzen, und vor allem, weil sie nicht daran gedacht hatten einen Schutz über die Scheibe zu legen.

Nach 30 Minuten Fahrt erreichten sie das Wasserwerk. Am Schlagbaum standen zwei Polizisten und kontrollierten sie. Später trafen sie in der Kantine auf den Wachhabenden, der sie angerufen hatte.

„He! Wir haben die beiden ins Kühlhaus der Küche gesperrt" erklärt er kurz, dabei deutete er auf eine Holzkiste mit Farb-Spraydosen. „Diese Dosen hatten sie bei sich."

Man führte die beiden Übeltäter vor. Inzwischen hatte Anna schnell einen Tisch mit zwei Stühlen parat gestellt, und dazu zwei Stühle einen Meter entfernt vom Tisch, damit das Ganze nicht zu gemütlich aussah. Arvid begann die Vernehmung.

„Was habt ihr in der Nacht hier im Wasserwerk zu suchen?", war seine erste Frage, dabei sah er beide streng von unten herauf an. Und wie aus der Pistole geschossen kam die Antwort.

„Wir wollten ein paar Bilder sprayen! Eben nur so aus Spaß!" Anna zog die Augenbrauen hoch. Sowas ähnliches hatte sie schon erwartet. Sie sah den jüngeren der beiden an.

„Weißt du was, wir gehen jetzt mal raus, und du zeigst mir, was du schönes machen wolltest. Ok?" Die beiden sahen sich einen Moment ziemlich bedeppert an, doch der Kleine nickte tatsächlich. Sie ging mit dem Jungen raus in den Hof. Bei einem alten Kesselwagen blieb sie stehen.

„So mein Freund, nun zeig mir mal was du drauf hast! Ich würde sagen, Batman wäre ganz gut. Also los, fang an." Der junge Mann schien kurz nachzudenken, dann begann er. Mit beiden zugedrückten Augen konnte man nach zehn Minuten einen Hampelmann erkennen, der aber eher wie Rumpelstilzchen aussah. Anna hieß ihm aufzuhören.

„Hör auf und komme wieder runter. Du hast von diesem Metier so viel Ahnung wie ich von Fußball! Also sage mir lieber die Wahrheit, sonst kriegst du wirklich Ärger!" Der Junge stand da und sah zu Boden. Anna versuchte es auf die mütterliche Art und das schien zu fruchten.

„Also mein lieber Hendrik, wenn du ein Sprayer bist, bin ich eine weltberühmte Kunstmalerin. Erzähl mir lieber die Wahrheit, wir kriegen es so oder so heraus. Was wolltet ihr beide hier? Wer hat euch geschickt?" Bei der letzten Frage schien Hendrik ein wenig zu erschrecken. Doch er zögerte noch zu antworten. Aber dann schien er sich ein Herz gefasst zu haben und begann doch noch zu reden.

„Die haben uns am Kino angesprochen. Es waren zwei Kerle. Zwei solche mit Glatzkopf, Springerstiefeln und Bomberjacke. Wir sollten hier eindringen und testen wie hier kontrolliert wird. Dafür haben sie uns 50 Euro gegeben und die Kiste mit den Farbdosen. Wir sollen sie heute Mittag wieder am Kino treffen und berichten." Anna nickte kurz.

„Gut, wir gehen wieder rein, nehmen eure Personalien auf und dann könnt ihr wieder nach Hause gehen. Aber – wir machen einen Deal! Ihr trefft euch mit denen, und sagt, ihr seid problemlos rein- und wieder rausgekommen. Und dafür suchen wir noch einen geeigneten Platz. Wenn das alles klappt, bekommt ihr keinen Ärger mit der Polizei, das verspreche ich euch. Und, bist du einverstanden?"

Hendrik nickte sichtlich erleichtert. Und so geschah es auch, denn der andere Jugendfreund Björn willigte ebenfalls ein. Sichtlich erleichtert ohne Strafe davon zu kommen, verschwanden die beiden 16jährigen nach Hause. Eine Stelle wo man den Zaun überwinden konnte, hatte man schnell gefunden.

Als sie wieder nach Hause fuhren kratzte sich Arvid am Kopf und sah Anna dabei an als ob er Zahnschmerzen hätte.

„Du hör mal, deine Geschichte kann für die beiden Jungs aber ganz schön blöde ausgehen!" Anna nickte.

„Da habe ich gerade auch schon dran gedacht. Wir müssen sie im Auge behalten, wenn sie sich mit denen am Kino treffen um 13.00 Uhr. Ab da stehen sie ja unter Aufsicht!" Arvid nickte missmutig

„Das wird eine umfangreiche Observation. Die beiden Jungs, und dazu diese Banditen. Ich bin gespannt!" Anna sah auf die Uhr. „Was machen wir jetzt? Legen wir uns noch eine Stunde aufs Ohr?" Arvid nickte zufrieden. „Super Idee, Chefin!"

Kurz vor 13.00 Uhr postierten sie sich mit guter Sicht auf den Eingang des Kinos und warteten. Als erstes kamen die beiden Jugendlichen. Keine zehn Minuten später hielt plötzlich ein alter Volvo vor ihnen und verdeckte ihnen die Sicht. Plötzlich fuhr der

Volvo wieder ab, aber die beiden Jugendlichen waren spurlos verschwunden! Arvid fluchte lauthals.

„Verdammter Mist! Sie haben die beiden einkassiert und mitgenommen. Wir müssen die Fahndung rausgeben!" Anna winkte ab und griff zum Handy. Sie gab das Kennzeichen des Volvos durch. Als sie damit fertig war sah sie Arvid an.

„Tja, erstens kommt es anders, zweitens als man denkt, heißt das Sprichwort wohl. Sie sind bestimmt auf den Weg zum alten Wasserwerk. Los, ab zum Wagen!" Und schon rannte sie los und Arvid musste ihr folgen. Mit Tempo jagten sie dem Volvo hinterher. Unterwegs meldete sich Hansson, die Spezialeinheit der Polizei sei bereits vor Ort.

Als sie vor dem Gelände des alten Wasserwerkes ankamen, stand plötzlich ein Mann der Spezialeinheit, schwer bewaffnet, mitten auf dem Zufahrtsweg und hielt sie an.

„Sie können hier nicht durch, eine polizeiliche Maßnahme!", meinte er ernst. Anna zeigte ihm ihren Dienstausweis. Der Beamte entschuldigte sich, und bat sie mit zu Einsatzzentrale zu kommen. Den Wagen sollten sie am Pförtnerhaus stehen lassen. Er führte sie durch das Werktor in ein ehemaliges Lagerhaus. Dort trafen sie wieder auf Hansson.

„Ja, der Volvo steht drinnen auf dem Hof. Die fühlen sich wohl offenbar sicher. Die beiden Jugendlichen hatten sie bei sich. Wie es aussah, sind die aber nicht freiwillig mitgegangen. Wie gehen wir jetzt vor?" Anna sah den Einsatzleiter der Spezialeinheit fragend an.

„Also, Punkt Eins – wir müssen die beiden Jungs da unbeschadet rausholen. Punkt zwei - wir müssen die vier Glatzköpfe nach Möglichkeit unbeschadet einkassieren. Punkt drei - wir müssen deren Handwerkszeug unbedingt sicherstellen! Was meinen sie, wie wollen sie vorgehen?"

Arvid bewunderte wiedermal Annas Umsicht, und die Tatsache, dass sie der Spezialeinheit den Vortritt ließ. Und damit jegliche Art von Kompetenzgerangel von vornherein ausschaltete. Der Einsatzleiter schien das ebenso zu sehen und nickte sichtlich erfreut. Er schien nachzudenken.

„Gut, wir müssen jedes Gebäude durchkämmen, und das mit 22 Mann, eigentlich viel zu wenig. Aber so wie es aussieht, sind

sie zurzeit im Hauptgebäude, das riegeln wir ab und gehen rein."
Anna nickte. „Viel Glück, Herr Hauptmann!" Der nickte nur und
gab seine Befehle. Die Aktion begann.

Geduckt, sich gegenseitig sichernd, gingen die Polizisten vorwärts. Anna informierte Magnusson zu Hause in Alesund. Er bat
sie wie immer vorsichtig zu sein. Anna musste lächeln, manchmal kam ihr der Chef vor wie ihr Vater. Plötzlich schreckte sie
auf! Schüsse hallten aus dem Gebäude! Eine Maschinenpistole
ratterte ein paar Mal mit kurzen Feuerstößen. Arvid rieb sich das
Kinn und sah Anna ernst an.

„Das ist keine Polizeiwaffe! Klingt wie eine Kalaschnikow!"
Anna sah ihren Kollegen entsetzt an.

„Die sind so gut bewaffnet? Scheiße, die armen Jungs!"
Sprachs und wollte los, doch Arvid hielt sie zurück.

„Bleib hier Anna, du kannst jetzt auch nichts tun! Plötzlich
schien sich die Schießerei nach draußen verlagert zu haben. Es
gab eine Explosion und ein Rauchpilz stieg auf. Arvid stand da
und sah aus dem Fenster.

„Das klang nach einer Panzerfaust! Die Idioten wollen hier
wohl Krieg spielen, verdammt nochmal!" Er setzte sich wieder
hin. Es brachte nichts, jetzt auch da draußen herum zu laufen. Die
Spezialeinheit war auf solche Einsätze trainiert, sie nicht. Nach
einer halben Stunde aber trat plötzlich Ruhe ein.

Anna sah Arvid an und machte eine Kopfbewegung, die bedeuten sollte, dass sie jetzt rausgehen würde. Notgedrungen folgte er
ihr. Die schusssichere Weste hinderte ihn schneller zu laufen.
Plötzlich kamen zwei Polizisten mit den beiden Jungs um die
Ecke. Anna atmete tief durch, und Arvid blinzelte ihr zu. Die beiden Jungs waren reichlich bleich und zitterten noch. Anna nahm
sie in Empfang.

„Na ihr Helden, haben sie euch gekidnappt?", fragte sie und
lächelte dabei. Die Jungs nickten betreten. Der Jüngere der beiden taute plötzlich auf.

„Ich sag`s ihnen, die Idioten sind krass, he! Die haben uns ge-
schnappt, in den Kombi gezerrt und ab ging es. Hier haben sie
uns in den Keller eingesperrt. Sie meinten, wenn sie fertig wären
würden sie uns wieder rauslassen." Der ältere Junge nickte.

„Stimmt! Ich hab aber auch gehört, wie der eine Glatzkopf zu
dem anderen sagte, sie könnten uns nicht zurück lassen, weil wir

sie sonst identifizieren könnten. Die wollten uns abmurksen!"
Anna nahm plötzlich beide kurz in die Arme.

„Jungs entschuldigt bitte, dass wir euch dieser Gefahr ausgesetzt haben. Ihr kommt jetzt nochmal mit zur Wache, da nehmen wir alles auf, und dann könnt ihr nach Hause gehen." Der Jüngere sah Anna misstrauisch an.

„Und unsere Anzeige?" Anna winkte ab. „Die vergessen wir mal! Aber ihr baut auch keinen Scheiß mehr, verstanden?" Die beiden grinsten und nickten erleichtert.

„Verstanden, Frau Kommissarin!" Anna wartete auf den Einsatzleiter, der wenige Minuten später kam. Sie sah ihn an. „Und, wo sind unsere Ganoven?" Der Einsatzleiter hob die Schultern und sah sie mit betretener Miene an.

„Wir hatten sie beinahe da hinten im Hof, und dann waren sie mit einem mal spurlos verschwunden. Einer von ihnen ist aber tot! Es ist aber nicht dieser Andersson. Die Lumpen hatten zwei MPi`s und eine Panzerfaust dabei. Wir haben aber zum Glück keine Verluste." Anna bedankte sich und eilte zum Pförtnerhaus zurück.

„Hansson, Ringfahndung nach drei bewaffneten Glatzköpfen! Schnell! Jede Minute zählt! Bahnhof und Hafen abriegeln! Jeder der rein oder raus will wird kontrolliert!" Hansson sah sie entsetzt an. „Was? Wo soll ich die Leute hernehmen?" Anna winkte ab und ließ ihn einfach stehen. Gemeinsam mit Arvid rannte sie zum Auto zurück. „Wir fahren zu Hafen! Gib Gummi, Same!" Mit Blaulicht rasten sie los.

Anderson, Gunnarson, und der Russe Igor war also die Flucht gelungen, ihren Freund Aljoscha hatte es erwischt. Er war auf der Flucht aus dem alten Wasserwerk kurz vor dem Tunnel getroffen worden. Den Tunnel selber hatten sie am Vortag entdeckt. Er zog sich bis außerhalb des Werkzaunes dahin und endete in einer alten baufälligen Straßenwärterhütte.
Inzwischen hatten sie bereits den Erzhafen erreicht. Igor hielt Ausschau nach einem kleinen Trawler, den er für den Notfall organisiert hatte. Zum Glück hatten sie ihren gefährlichen chemischen Stoff mitnehmen können, und hatten entschieden weiter nach Norden zu gehen. Hier in Narvik war es inzwischen viel zu riskant geworden. Sie hatten immerhin ihren Kumpel Aljoscha

bei dem Feuergefecht mit der Polizei verloren. Andersson war unzufrieden und wütend. Er schnarrte den Russen an.

„Verdammt Igor, wo ist denn nun dein Kahn? Wir müssen hier weg, ehe sie den Hafen abriegeln! Verdammt nochmal!" Doch der Gesichtsausdruck des jungen Russen war undurchsichtig. Endlich, nach einer halben Stunde tuckerte der Trawler langsam an den Anleger. In diesem riesigen Industriegebiet fielen sie überhaupt nicht auf. Große Pötte die Ladung aufnahmen, lange Zugreihen mit Waggons aus Kiruna, gefüllt mit Erzen, es war ein unübersichtliches Treiben.

Genau das mussten Anna und Arvid ebenfalls feststellen, als auch sie am Erzhafen ankamen. Wie sollten sie hier diese Banditen ausfindig machen. Zumal sie immer noch auf sich allein gestellt waren und die Staatspolizei ihr eigenes Ding machte. Dies wiederun brachte Arvid auf die Palme.

Die Nachrichten aus Alesund und Umgebung waren inzwischen beruhigender. Die Zahl der Toten war nicht mehr gewachsen.

Im Auto sitzend dachte Anna angestrengt nach und trommelte mit den Fingern auf das Lenkrad. Sie sah Arvid an.

„Wohin würdest du nach dieser Pleite, die sie erlitten haben, jetzt abziehen?", fragte sie Arvid. Der zog die Stirn kraus.

„Nach meiner Meinung können sie eigentlich nur nach Norden. Doch die Straßen sind abgeriegelt, also wäre ein Schiff eine gute Lösung. Lass uns also zum Hafenmeister fahren. Wenn einer weiß welcher Pott den Hafen verlässt, dann bestimmt er. Und so war es auch. Nur leider waren sie mal wieder zu spät dran.

Gegen 15.30 Uhr hatte ein russischer Trawler mit den Namen „Beluga" den Hafen in Richtung Norden verlassen. Wenn sie weiter hoch wollten, könnten sie in Bjerkvik an Land gehen oder auf der Straße weiter in Richtung Fossbakken fahren. Auf jeden Fall können sie die noch einholen, wenn sie gleich losfahren."

Eine halbe Stunde später waren alle Polizeistationen, die nordwärts lagen, verständigt. Anna und Arvid machten sich erneut auf den Weg, um ihnen zu folgen. So wie die Sache aussah, würden sie nicht eher wieder zurück nach Alesund kommen, bis sie diesen Anderson erwischt hatten. Und als Arvid das laut aussprach, verdrehte Anna zunächst die Augen und stöhnte leise vor sich hin. Dabei schnupperte sie an ihrer Kleidung herum und schüttelte den Kopf. Eine Wäsche schein angebracht zu sein.

Ihr Ziel war zunächst der Hafen von Bjerkik. Die Polizei dort oben war verständigt. Und weil es nur 19 km waren ließen sie sich diesmal Zeit. Anna stöhnte leise verzweifelt.

„Weißt du, eigentlich müsste ich wiedermal nach Hause und nach meiner Wohnung schauen. Zum Glück versorgt meine Nachbarin die Blumen." Arvid sah sie von der Seite an, als wenn er gerade aufgewacht war.

„Ja da hast du Recht, ich bräuchte auch mal andere Klamotten. Wir ziehen jetzt schon fast zwei Wochen hier durch die Gegend wie die Zigeuner. Ob Magnusson das auch mal bemerkt?" Anna lachte verhalten und winkte ab.

„Der Alte, der sieht nur noch seine Pension in sechs Monaten! Und er hat jeden Tag Schiss er könnte was falsch machen. Das ist leider mal Tatsache. Für den sind wir nur Rädchen, die funktionieren müssen." Arvid sah Anna erstaunt an.

„He, gerade um dich ist er doch pausenlos besorgt, was soll ich da sagen. Ich kann doch froh sein, wenn er mich mal erwähnt." Anna sah ihren Kollegen in diesem Moment etwas mehr als nur kollegial an. Ihr Bild von Arvid Ragnarson hatte sich in den letzten Tagen stark zum Guten verändert. Er war fürsorglich, aufmerksam und immer bei der Sache. Und daher hatte sie etwas zugelassen, was sie vor Wochen noch für unmöglich gehalten hätte. Sie sah hinaus auf den Fjord. Die E6 führte unmittelbar am Ufer entlang.

Nach zwanzig Minuten hatten sie Bjerkvik erreicht. Ein kleines Nest unmittelbar am Ende des Fjords. Ringsum eine tolle Berglandschaft, und die Wiesen waren gerade dabei grün zu werden. Sie fuhren wieder zum Hafen und postierten sich in unmittelbarer Nähe der drei Anlegestellen. So konnten sie jedes Schiff sehen, welches vom Fjord hereinkam.

Anna dehnte sich hinter dem Lenkrad und schraubte die Thermoskanne mit heißem Kaffee auf. Sie sah Arvid fragend an, doch der verzog das Gesicht. Kaffee war nicht sein Ding, Arvid trank lieber Tee oder natürlich Aquavit. Beim Essen war er noch mehr Urnorweger. Entweder Kjoettkaker, also Frikadellen, oder Farikal, das war Hammelfleisch mit Kohl. Also griff sie nochmal in ihre Tasche auf der Bank hinten, und brachte eine zweite Thermoskanne zum Vorschein., die sie nun Arvid vor die Nase hielt.

„Hier, dein so heißgeliebter Moostee, alter Same!", lachte sie. Arvid sah sie erstaunt an.

„Oh Danke, dass du dran gedacht hast. Du bist wie eine Mutter zu mir", fügte er noch schalkhaft lächelnd hinzu. Anna sah ihn an und streckte ihm die Zunge heraus. Arvid drohte ihr mit dem Zeigefinger, da meinte er aber plötzlich:

„Also vorausgesetzt sie gehen tatsächlich hier an Land, wieviel Zeit werden sie von Narvik bis hierher brauchen?" Anna zuckte mit den Schultern.

„Das fragst du Naturbusche mich Stadtmamsell! Weiß ich doch nicht. Andere Frage ist, warum nehmen wir sie nicht einfach fest, wenn sie kommen sollten?" Arvid lachte schallend.

„Ooch ja! Wir beide alleine? Und vielleicht noch mit zwei Landpolizisten von hier, meinst du das? Hast du vergessen, dass die sich mit dem Staatsschutz ein Feuergefecht geliefert haben? Ich bin doch nicht lebensmüde!" Anna verdrehte die Augen und meinte gerade: „Weichei!", als Arvids Zeigefinger nach vorn schoss!

„Da! Sieh hin! Ein Trawler läuft gerade ein! Das sind sie garantiert!" Und schon hatte er den Gurt geöffnet und die Autotür einen Spalt offen. Anna versuchte rasch die hiesige Polizeistation zu erreichen, doch niemand meldete sich. Also rief sie mal wieder Oberst Magnusson an.

„Chef, es sieht so aus, als ob unsere Freunde gerade einlaufen. Ja, der Trawler heißt „Beluga". Gut machen wir! Tschüss!" Sie sah Arvid an.

„Beobachten und nicht auffallen, meint der Chef. Alles klar?" Ragnarson nickte mit verbissenem Gesichtsausdruck.

„Na dann komm schon, Muttchen!", feixte er und stieg aus. Mit dem Ergebnis, dass er Annas Knie am Hintern spürte als er loslief und darüber herzhaft lachte.

Vorsichtig schlichen sie sich zwischen alten Schiffsruinen und sonstigen Schrott näher an den Anleger heran. Plötzlich tauchte ein Toyota RAV4 auf und hielt am Anleger an. Arvid konnte trotz Fernglas das Nummernschild nicht erkennen. Und dann stiegen vier junge Männer, alle mit Rucksäcken auf dem Rücken, und große Taschen für eine Angelausrüstung von Bord, und gingen auf den PKW zu, so sie vom Fahrer herzlich begrüßt worden. Anna knirschte mit den Zähnen und Arvid sah sie an.

„Na sieh dir das an! Die hatten gar keine heillose Flucht aus Narvik! Das sieht mir eher nach einer gut organisierten Aktion aus. Und sie haben offenbar auch hier oben genügend Sympathisanten, Mann o Mann wo sind wir da reingeraten!"

Die vier verstauten unten ihr Gepäck im Kofferraum des SUV und stiegen ein. Arvid stieß Anna an.

„Na komm, auf geht's! Wir müssen dranbleiben!" Und so stolperten sie hastig durch das Gestrüpp wieder zurück zum Wagen und stellten sich in einem kleinen Nebenweg, auf dem der SUV vorbei musste. Und der kam wenig später auch schon um die Kurve und zog Gas gebend vorbei. Anna kuppelte, fuhr auf die Straße raus und folgte ihnen in angemessenen Abstand.

„Man müsste irgendwo an die Karre rankommen und ihnen einen Sender unters Bleck hängen!", bemerkte Arvid gerade. Anna sah ihn mit großen Augen an und strahlte plötzlich.

„Ruf den Alten an und sag ihm das. Wir brauchen jetzt unbedingt einen Sender. Los, ruf an!" Und Arvid tat wie ihm geheißen. Immerhin war sie ja seine Chefin. Wieder fuhren sie auf der E6 nordwärts. Das Wetter hatte sich in den letzten Stunden urplötzlich geändert, es war auf einmal wärmer geworden. Es war immerhin Mai, und ab dem 20. Juni begann der Sommer hier oben, und die Sonne schien 24 Stunden lang. Das war die Zeit der Mittsommernacht wo es nie richtig dunkel wurde. Für Anna die schönste Zeit, wo man ganze Nächte durchfeiern konnte, wenn man nicht gerade Polizistin war wie sie. Das Verbrechen schlief ja leider nie!

Nach einer Stunde und fünfundvierzig Minuten erreichten sie die Kleinstadt Njordkosbotn und bogen dort auf die E8 ab, die über eine lange Brücke über den Sund führte. Und wieder führte die Schnellstraße am Fjord entlang. Anna sah auf die Uhr.

„Arvid!" Der schreckte auf, weil er eingenickt war. Die Sonne draußen und die Wärme im Wagen hatten ihn müde gemacht. Anna öffnet hinten ein Fenster.

„Ich möchte nur wissen, wo die hinwollen?", fragte Arvid gerade, als plötzlich ein Verkehrsschild auftauchte mit einem

Kreisverkehr darauf, geradeaus ging es nach Tromsoe. Anna verzog den Mund.

„Um was wetten wir, dass die nach Tromsoe wollen?" Doch Arvid winkte ab. „Du wettest doch nur, wenn du weißt, dass du Recht hast!" Und so war es auch. Einmal halb um den Kreisverkehr, und dann ging es wieder raus auf die E8. Anna grinste vor sich hin und gab etwas mehr Gas, doch Arvid warnte sie sofort.

„Fahr doch nicht so dicht auf, wenn sie uns sehen war alles für umsonst. Und wenn du Pech hast holen die ihre MPi heraus und ballern auf uns. Ich frage mich sowieso wo diese Heinis vom Staatsschutz bleiben! Seit einer Woche jagen wir hinter diesem Andersson her, und wo ist der Staatsschutz? Die spinnen doch!" Arvid war sichtlich aufgebracht. Im Grunde hatte er ja auch Recht.

Das erste Hinweisschild auf Tromsoe tauchte auf, und kurz danach der erste Kreisverkehr. Der Nissan vor ihnen fuhr in den Kreisel hinein, einmal dreiviertel herum, und wieder heraus. Aber nun kamen sie in die Stadt hinein und mussten höllisch aufpassen ihre Gauner nicht zu verlieren. Sie fuhren längst am Sund entlang. Am Martial-Arts-Center bogen sie plötzlich in eine Einfahrt ab und fuhren auf den großen Hof. Alle vier stiegen aus und gingen in das Gebäude hinein. Arvid machte schnell ein Foto mit dem Handy und schickte es Chef Magnusson. Zwanzig Minuten später rief der zurück.

„Hallo! Hallo! Hören sie zu Ohlson! Den Ole Gunarsson haben wir identifiziert. Er wohnt und arbeitet dort in diesem Sportscenter. Sie fahren jetzt sofort zum dortigen Polizeirevier, melden sich bei einer Hedda Svensson. Die ist die Chefin dort. Von ihr erhalten sie eine Unterkunft, einen Peilsender und vor allem einen neuen Wagen, der mit allem ausgerüstet ist, was ihr braucht. Richtet euch darauf ein, dass wir zunächst möglichst noch alle Verbindungen dieser Truppe aufdecken wollen, ehe wir sie hopp nehmen. Das ist die Anweisung vom Minister direkt! Ihr seid also wieder im offiziell im Geschäft! Und wenn die festgenommen worden sind kommt ihr umgehend zurück! Wobei das Leben hier zurzeit nicht gerade Freude bereitet. Wir haben das Virus zwar im Griff, aber seit zwei Wochen ist das gesamte Gebiet rund um Alesund hermetisch abgeriegelt. Wir leben faktisch im Sperrgebiet, raus darf nur wer arbeiten geht, einkaufen geht, oder zum

Arzt muss. Also freut euch schön eurer Freiheit da oben! Bis bald!" Arvid sah Anna mit einem Gesicht an, als ob er jeden Moment anfangen wollte zu weinen.

„Weißt du was das heißt? He?" Anna nickte mit leicht bekümmerter Miene.

„Na klar weiß ich das! Ich muss noch länger mit dir durch die Wildnis des Nordens ziehen! Und ich muss unbedingt mir schnellstens neue Schlüpfer und BH`s kaufen gehen!"
Arvid, unsicher ob sie das nur aus Spaß gesagt hatte, sah seine Chefin von der Seite fragend an, und sich dabei auf die Unterlippe beißend meinte er schalkhaft: „Und wenn du ohne gehst?"
Anna gab ihm eine leichte Kopfnuss.

„Das geht nicht, das hängt zu sehr, weil sie zu groß sind!" Arvid nickte ernst.

„Oha, Elchkuh aus Alesund!" Das brachte ihm noch einen blauen Fleck auf dem Oberarm ein. Und Anna lamentierte.

„Mein Gott, was haben wir nur angestellt, dass man uns so straft! Und ich wette mit dir, die wollen hier oben das Gleiche veranstalten wie in Alesund! Und wir beiden von Anfang an immer dazwischen. Ob das so eine Art Strafe vom lieben Gott ist? Ich habe aber doch nix ausgefressen, bei dir bin ich mir da allerdings nicht so sicher!" Anna hatte sich in Rage geredet und war ganz rot im Gesicht. Arvid streichelte plötzlich ihre Wange.

„Reg dich ab Chefin, es nutzt nichts sich verrückt zu machen. Komm, lass uns zum Revier fahren. Wenn die hier ihren Stützpunkt aufgemacht haben wissen wir ja wo wir sie finden." Anna verdrehte die Augen.

„Und wenn sie hier nur eine Nacht verbringen? Lass uns den Peilsender holen. Dann haben wir mehre Ruhe."
Und schon gab sie Gas und wendete den Wagen. Im Navi hatten sie die Adresse des Kommissariats von Tromsoe. Es war tatsächlich nur fünf Querstraßen weiter. Bewundernd schauten sie auf die große Eisemeerkathetrale mit ihrem hohen spitzen Dach.
Und so meldeten sie sich bei der Chefin der Polizei von Tromsoe.
Hedda Svensson war etwa so alt wie Anna, nur etwas korpulenter und mit einem dicken blonden Zopf ausgestattet. Sie bot ihnen einen Tee an und sie besprachen wie sie weiter fortfahren wollten. Doch Anna war unruhig. Ihre Unterkunft war im Haus unter dem Dach in einem Appartement. Hedda Svensson atmete auf,

als sie hörte, dass die Kommissare aus Alesund kein Problem hatten beide dort oben zu wohnen. Sie bekamen den Peilsender, und dann führte sie Hedda auf den Hof des Präsidiums zu ihrem neuen Wagen. Sie deutete auf die andere Seite des Hofes.

„So, da steht euer neuer Wagen! Unser Polizeipräsident hat ihn auf Anweisung des Minsters persönlich extra für euch heute Morgen besorgt!"
Arvid und Anna schauten sich erst einmal beide ungläubig an. Und Arvid bekam kurz Schnappatmung, er kannte sich immerhin mit Autos ganz gut aus. Denn was da stand, war ein BMW X6 M Sport mit 600 PS! Arvid strahlte, als wenn er den Weihnachtsmann getroffen hätte, und Anna schüttelte nur den Kopf. Männer und ihre Autos, das war ihr alles unverständlich! Und so setzte sich Arvid sofort hinter das Steuer und sie fuhren los. Er strahlte als er ein wenig Gas gab und der Koloss mühelos in Fahrt kam. Zehn Minuten später waren sie wieder an der Kampfsportschule. Arvid sah Anna an.

„Ich fahre jetzt rein und stell mich so hin, dass unser Wagen den Nissan verdeckt. Du steigst aus und hängst den Sender am besten hinten am Heck unter der Stoßstange an. Anna verzog das Gesicht. „Kannst du das nicht machen?" Arvid nickte.

„Gut, dann wechseln wir halt jetzt und du fährst rein. Aber sei vorsichtig beim Gas geben", warnte er sie noch. Und so startete Anna den Wagen. Der Motor blubberte leise, und als sie den Fuß auf das Gaspedal auflegte, rollte er schon los. Sie staunte mit welcher Leichtigkeit sich der Wagen fahren ließ. Anna bremste vor dem Nissan ab, Arvid sprang hinaus und verschwand. Sekunden später war er wieder da und ließ sich in den Sitz fallen. Anna wendete und fuhr wieder aus dem Hof heraus.
Während dieser kurzen Aktion im Hof der Sportschule hatte aber Anderson oben im ersten Stock am Fenster gelehnt und auf Gunnarson gewartet. Der holte gerade die Schlüssel für ihre Zimmer.
Mit einem Seitenblick sah er einen silbernen BMW X6 unten im Hof wenden und wieder hinausfahren. Dann aber kam Freund Gunnarson bereits mit den Schlüsseln. Und sie beschlossen sich erst einmal aufs Ohr zu legen, um später einen Schlachtplan zu entwerfen. Auch diesmal hatten sie es auf die Wasserversorgung dieser 70.000 Einwohnerstadt abgesehen. Und diesmal mussten

sie Erfolg haben, wenn sie ihrer Führung beweisen wollten, dass sie den Aufgaben gewachsen waren. Noch eine Pleite konnten sie sich nicht leisten.

Wie Anna und Arvid von der Polizeichefin erfahren hatten, galt der Kampfsport-Club als Sammelpunkt für Rechtsradikale, die dort ihrem Kampfsport frönten. Da sie sich aber bislang ruhig verhalten hatten und es keine Vorkommnisse gegeben hatte, sah man seitens der Stadtverwaltung und der Polizei auch keinen Grund zum Eingreifen. Nach vorsichtigen Schätzungen sollte es sich um ca. 15-20 Jugendliche und einige ältere Erwachsene handeln. Seit dem Eintreffen von Anna und Arvid wurden das Objekt und seine Nutzer von der Polizei überwacht. Dabei fiel auf, dass insgesamt sechs Jugendliche dort auch übernachteten, einer von ihnen war Adam Anderson. Er schien so etwas wie eine Führungsrolle inne zu haben in diesem Konstrukt.

Am zweiten Tag nach ihrer Ankunft rief sie schon ganz früh Hedda Svensson an und bat sie ins Präsidium zu kommen, es gäbe Neuigkeiten. Als sie ankamen platzten sie gerade in eine Dienstbesprechung der Chefin. Hedda Svensson stellte die beiden Kollegen aus Alesund ihren Kollegen vor.

„So, nachdem wir uns nun bekannt gemacht haben, will ich auf einen Umstand aufmerksam machen, der uns heute Nacht aufgefallen ist.", begann sie ihre Ausführungen.

„Heute Nacht gegen 1.30 Uhr beobachteten unsere Kollegen vor Ort einen PKW-Kombi mit ukrainischen Kennzeichen, der auf das Gelände fuhr und offenbar erwartet worden war. Dem Fahrzeug entstiegen zwei Personen, die einige Kartons ausluden und ins Haus brachten. Diese Ausländer müssen zur Stunde noch dort sein, da auch der PKW noch auf dem Hof steht."

Anna meldete sich kurz entschlossen. Hedda nickte ihr freundlich zu. Wie es schien hatten die beiden Frauen schnell Freundschaft geschlossen. „Anna, bitte!"

„Ich würde vorschlagen, um festzustellen wer diese Leute sind, sollte man nachprüfen wie sie sich dort einquartiert haben. Ihr seid ja berechtigt fremde Staatsbürger zu kontrollieren, wenn die sich nicht ordnungsgemäß anmelden. Das ist bei Ausländern nicht unüblich und wird keinen Argwohn erwecken."

Gemurmel kam auf. Einige waren dafür, andere wiederum dagegen. Und dabei fiel die Floskel vom Eingriff in die Persönlichkeitsrechte. Das brachte Arvid auf den Plan und er meldete sich zu Wort. Dabei sah zu den beiden Kollegen auf der anderen Tischseite hinüber, welche diesen Einwand vorgebracht hatten. Und etwas lauter als eigentlich nötig, meinte er:

„Ich möchte ausdrücklich darauf aufmerksam machen, dass wir es hier offenbar mit einer gefährlichen Terrorzelle zu tun haben! Das heißt, wenn Leben und Gesundheit der Allgemeinheit auf dem Spiel steht, muss der Einzelne sich solche Maßnahmen gefallen lassen. Also halte ich diesen Einwand für nicht unzulässig, weil er gefährlich ist! Nichtstun und abwarten kann tödlich sein in unserem Fall!"

Arvid hatte das so eindringlich dargelegt, dass die beiden Beamten, die den Einwand gemacht hatten, betreten zu Boden sahen. Und wieder wurde gemurmelt. Anna und Arvid sahen sich einen Moment über den Tisch hinweg in die Augen. Dieser Augenkontakt beinhaltete die Frage, in wie weit die Polizei hier vom rechtsradikalen Gedankengut etwa schon beeinflusst war.

Hedda Svensson beendete die Zusammenkunft, nachdem sie festgelegt hatte, dass diese beiden Ukrainer bei Abfahrt kontrolliert werden sollten, und anschließend sie weiter beobachtet werden sollten. Danach bat sie Arvid und Anna in ihr Büro. Sie setzte sich hinter ihren Schreibtisch nachdem sie den beiden Gästen Platz angeboten hatte. Ihre Miene drückte Unzufriedenheit aus als sie beide ansah. Sie holte tief Luft.

„Ja, ich muss eingestehen, dass wir so langsam an die Grenzen unseres Personaleinsatzes kommen. Ich sehe aber absolut ein, dass wir hier im Moment wohl in der Verantwortung für unser Land stehen." Sie machte eine kurze Pause und Anna hakte ein.

„Aber?", sie sah Hedda Svensson lächelnd an, und die wiederum lächelte zurück.

„Aber ich weiß nicht so recht, ob unsere Maßnahmen richtig sind. Ich wundere mich, wo zum Beispiel der Staatsschutz in dieser Sache bleibt?" Anna nickte ihr zustimmend zu.

„Das fragen wir uns schon seit Tagen? Warum nimmt man die ganze Band nicht fest? Wir haben inzwischen mehrere Standorte festgestellt. Aber keiner gibt den Befehl, die ganze Bande endlich auszuschalten. Worauf wartet man eigentlich noch nach dem letzten Feuergefecht mit dem Staatsschutz?"

„Weil wir bis jetzt außer diesem Feuergefecht vor zwei Tagen noch keine genauen Erkenntnisse haben was die vorhaben!", ertönte plötzlich eine Stimme von der Tür her. Alle drehten sich um. In der Tür stand ein vielleicht 45jähriger schlanker Mann im Kampfanzug, und schloss die Tür hinter sich. Er stellte er sich vor.

„Raik Larson, Staatsschutz Oslo! Guten Tag alle zusammen!" Er gab allen die Hand und setzte sich einfach. Dabei lächelte er Anna an.

„Sie sind Frau Oberkommissarin Ohlson, stimmst? Ich habe schon einiges von ihnen und ihrem Kollegen hier gehört." Dabei nickte er auch Arvid zu.

„Sie haben mit den Banditen schon einige Erfahrungen sammeln können. Wie schätzen sie die Gefährlichkeit der Lage ein?" Arvid blinzelte Anna aufmunternd zu.

„Nachdem was in Alesund passiert ist, glauben wir, dass diese Leute um Adam Anderson hier oben das Gleiche vorhaben. Und da sie in Bodoe am Wasserwerk Interesse hatten, schließen wir darauf, dass sie hier das gleiche Interesse haben. Das heißt für uns beide, sie planen einen Anschlag auf das Trinkwasserverteilungsnetz der nördlichen Region." Da hob Raik Larson für einen Moment die Augenbrauen.

„Buhh, das müssen wir unbedingt verhindern!" Arvid fragte nach. „Die Frage ist, was die beiden Ukrainer für eine Rolle spielen?" Larson nickte. „Das müssen wir rauskriegen!" Er gab ihnen jeden eine Visitenkarte.

„Hier, damit sie mich jederzeit erreichen können. Ich schlage vor, da sie beide hier unbekannt sind, schauen sie sich doch mal in diesem Kampfsport-Club um. Sozusagen als Interessenten." Arvid schüttelte den Kopf.

„Das geht leider nicht, Andersson und seine beiden Kumpanen kennen uns. Wir sind schon mal aufeinandergetroffen." Und er erzählte kurz die Begebenheit damals im Wald und die Sache mit dem Paket. Larson verzog das Gesicht.

„Schade, dann geht das nicht. Da werde ich selber mal hingehen", meinte er plötzlich und grinste. Hedda Svensson dehnte sich in ihrem Sessel, so dass der beachtlich knarrte.

„Und wie geht's jetzt weiter?" Larson zog die Augenbrauen hoch. „Im Moment müssen wir einfach nur warten, und sehen was die den lieben langen Tag so treiben. Übrigens, ich soll sie herzlich von ihrem Chef Magnusson grüßen!", meinte er plötzlich und sah Arvid und Anna freundlich an.

„Er scheint große Stücke auf sie beide zu halten, man hört selten so viel Lob von einem Chef." Dabei sah er Anna für eine Sekunde in die Augen. Die zeigte sofort ihre männerabwehrende Mimik und meinte daher schnell:

„Ich denke, wir sollten uns das Wasserwerk und die Verteilerstellen schnellstens ansehen, noch heute." Larson nickte.

„Gute Idee, machen sie das! Und die Russen bekommen auch einen Peilsender an ihre Karre!", war alles was er noch sagte, um sich dann zu verabschieden. Und wieder sah er ihr einen Moment lang in ihre braunen Augen, doch Anna ließ es von sich abprallen. Solche Eroberer kannte sie zur Genüge. Als sie auf dem Parkplatz standen, meinte Arvid plötzlich:

„Irre ich mich, oder hat der Staatsschutz-Heini tatsächlich mit dir geflirtet?" Anna lachte.

„Was du nicht alles siehst! Komm, fahr dein Spielzeug!", und warf ihm den Zündschlüssel zu.

Als sie wieder den massigen Klotz des Police Department verließen lotste sie das Navi durch die Stadt hindurch bis hinaus vor die Stadtgrenze.

Als sie ankamen waren der Schlagbaum offen, und das Pförtnerhäuschen unbesetzt. Anna schüttelt entsetzt den Kopf.

„Das kann doch nicht wahr sein!" Arvid fuhr hindurch und blieb wieder stehen. Dann stieg er mit den Worten: „Ich komme gleich wieder, lauf nicht weg!", aus dem Wagen und ging um das Pförtnerhaus heru, Wenig später kam er mit einen kleinen Schloß am Zeigefinger wieder zurück. Anna sah im Rückspiegel wie er mit viel Mühe den Schlagbaum herunter zerrte und ihn mit einem Schloss sicherte. Den Schlüssel steckte er ein. Sie fuhren weiter bis zum Verwaltungsgebäude. Ein paar Arbeiter liefen herum, niemand kümmerte sich um sie. Also gingen sie zunächst auf Erkundung. Stöberten in den Hallen herum, begegneten wieder einigen Leuten mit gelben Helmen auf dem Kopf. Niemand interessierte sich für sie. Und so liefen sie eine halbe Stunde lang kreuz und quer, machten Fotos und erreichten die Aufbereitungsanlage, schlenderten an zwei Wasserschlössern vorbei, die dem Druckausgleich dienen und hörten plötzlich heftiges Hupen und Geschrei am Tor. Eines der Fahrzeuge wollte raus, ein anderes wollte rein. Die zwei Fahrer standen dort und diskutierten, bis einer zum Handy griff. Aber währenddessen hatten sich die beiden Kommissare lachend bis ins Sekretariat durchgefragt und traten ein.

„Hei, wir möchten den Chef sprechen!" Arvid hielt seinen Dienstausweis hoch. Die Sekretärin eine noch sehr junge, und ziemlich bunt angemalte Blondine mit Ponnyschnitt sah ihn entgeistert an.

„Haben sie einen Termin? Der Chef hat jetzt keine Zeit. Rufen sie an und machen sie einen Termin aus!", wollte sie die Besucher abfertigen. Das war wieder etwas für Arvid Ragnarson und seine Art sich beliebt zu machen. Und so laut, dass man es auf dem Flur hören musste, fauchte er:

„Haben sie was auf den Ohren! Wir sind von der Polizei und müssen sofort den Chef sprechen! Es brennt bei ihnen!" Erschreckt von der Lautstärke legte die Blondine den Hörer zurück auf ihren Schreibtisch und verschwand leicht verstört hinter einer Tür. Wenig später kam sie wieder heraus und meinte kleinlaut:

„Sie möchten bitte reinkommen, der Chef erwartet sie!" Sie traten ein. Hinter dem Schreibtisch hockte ein Zweizentner-Mann und telefonierte aufgebracht, währenddessen deutete er auf die beiden Stühle vor seinem Schreibtisch. Dann warf er den Hörer zurück auf die Station, schnaufte und schüttelte wütend den Kopf.

„Ich möchte wissen welcher Idiot den Schlagbaum mit einem Schloss blockiert hat!", schimpfte er erbost. Arvid griff in die Tasche und legte den kleinen Schlüssel behutsam auf die Schreibtischplatte. Der Direktor starrte erst ihn und dann den Schlüssel an. Erst allmählich schien er zu begreifen und wollte schon aufbrausen.

„Wie kommen sie dazu...", Arvid hielt ihm seinen Dienstausweis vor die Augen. „Wie war ihr Name?", fragte Arvid etwas genervt. Der Dicke, sichtlich erschrocken vor diesem bärtigen Ungeheuer vor seinem Schreibtisch, stammelte:

„Ich heiße Walter Bengtson, und bin der Direktor hier." Arvid nickte ihm außerordentlich freundlich zu, und legte dann los.

„Gut, Herr Direktor Bengtson. Wir beide, meine Kollegin und ich, sind eine halbe Stunde durch ihren Betrieb gelaufen, ohne von jemand aufgehalten noch kontrolliert worden zu werden. Ihr Schlagbaum stand offen als wir ankamen. Das bedeutet, wir hätten hier einige Sprengsätze anbringen und ihren ganzen Betrieb in die Luft sprengen können. Daher habe ich vorsorglich mal abgeschlossen!"
Der Mann war sichtlich erschüttert und schwitzte auf einmal ziemlich. Dann versuchte er das Vorkommnis zu erklären.

„Der Pförtner hat sich krank gemeldet und wir haben bis jetzt keinen Ersatz auftreiben können", versuchte er sich zu entschuldigen. Um sogleich zu fragen: „Was wollen sie eigentlich hier?" Jetzt sprang Anna ein. Das war ihr beliebtes Spiel – böser Bulle, guter Bulle.

„Ja, Herr Bengtson, haben sie denn keine Nachrichten gehört was da unten in Alesund passiert ist?" Direktor Bengtson sah sie ungläubig an.

„Doch, aber was hat das mit uns zu tun?" Anna lächelte ihr bezauberndstes Lächeln.

„Diese Leute Herr Bengtson, die das in Alesund zu verantworten haben sind jetzt hier in Tromsoe. Und die haben es wie wir vermuten auf ihr Wasserwerk abgesehen. Verstehen sie jetzt?" Bengtson war mit einem Schlag bleich geworden.

„Um Gottes Willen, was soll ich da machen?", stammelte er. Anna beruhigte ihn.

„Sie müssen nur für die Sicherheit innerhalb ihres Betriebes sorgen, und das beginnt am Schlagbaum. Teilen sie ihre Leute im Schichtsystem so ein, dass immer ein paar Verantwortliche zur Stelle sind. Jeden Fremden sofort an uns melden, aber bitte nicht selbst zugreifen! Die Leute sind bewaffnet." Bengtson hatte sich gefangen und sah auf die Uhr.

„Gut, ich werde jetzt meine Abteilungsleiter und Meister zusammenrufen. Wenn sie wollen, können sie dabei sein."
Nach einem kurzen Besuch in der Kantine trafen sie auf die versammelten Männer und Frauen. Sechs an der Zahl, davon drei Frauen. Bengston stellte die Kriminalisten vor, und Arvid übernahm es eine kurze Einleitung zu geben.

„Liebe Mitarbeiter und Mitarbeiterinnen, mein Name ist Arvid Ragnarson von der Polizei in Alesund und dies hier ist die reizende Kollegin Anna Ohlson, meine Chefin. Wir sind seit über zwei Wochen einer Bande auf den Fersen, die in Alesund einen Virus in Joghurt in Umlauf gebracht haben. Derzeit sind circa 2800 Menschen infiziert, und 185 sind inzwischen verstorben. Sie werden das schon im Fernsehen gesehen haben. Nun ist diese Bande hier in Tromsoe! Aller Wahrscheinlichkeit nach haben sie es auf ihr Wasserwerk abgesehen, weil sie damit natürlich einen noch größeren Schaden anrichten könnten als in Alesund"

Arvid machte eine Pause und blinzelte Anna zu, sie sollte nun weiterreden. Anna erhob sich, stellte sich hinter ihren Stuhl, und umfasste die Lehne mit beiden Händen.

„Wir haben gemeinsam mit dem Staatsschutz alle Vorkehrungen getroffen diese Leute nicht aus den Augen zu verlieren. Wenn sie mich fragen warum wir nicht jetzt sofort zugreifen, so muss ich ihnen sagen, dass es nur einen von denen gibt, dem wir ein strafwürdiges Vergehen nachweisen können. Wir wissen aber noch nicht wie groß die Unterstützerszene dieses Mannes ist, daher überwachen wir sie nur. Erst wenn wir sie dabei erwischen, wenn sie straffällig werden wollen, erst dann können wir sie festnehmen. So sind nun mal unsere Gesetze", fügte sie noch hinzu. Eine schlanke ältere Frau meldete sich.

„Und was sollen wir dabei tun?" Anna lächelte der Frau zu und nickte.

„Eine gute Frage! Wir möchten, dass sie in ihren Arbeitsbereichen gut aufpassen, also noch intensiver als sonst. Und alles, egal was es ist und was ihnen ungewöhnlich vorkommt, uns melden, bzw. ihrem Direktor hier."

Nach einer halben Stunde war die kleine Zusammenkunft zu Ende. Anna bat Bengtson ihnen jemand zur Verfügung zu stellen, der sie mit allen Gefährdungsstellen vertraut machen sollte. Bengtson entschloss sich kurzer Hand, das selbst zu übernehmen und marschierte mit ihnen los. Zunächst fuhren sie raus zu drei Tiefbrunnen.

„Unsere Brunnen sind von 90 bis 160m tief und fördern bis zu 1600 m³ Wasser je Stunde, welches aus den Bergen kommt. Außerdem nehmen wir auch Fließwasser auf, aus den Bächen, die aus den Bergen herunterkommen." Als nächstes besichtigten sie die Belüftungsanlage.

„Hier wird dem Wasser Sauerstoff zugesetzt, welches von da in die Reaktionsbecken fließt. Dort setzen wir dem Wasser Eisen und Mangan zu, welches die Schmutzteilchen binden. Das dauert ungefähr eine Stunde." Mit schnellen Schritten führte er die Polizisten zu zwei großen betonierten Schnellfilteranlagen.

„So. ab hier fließt das Wasser durch eine zwei Meter dicke Schicht aus Kies, welcher die vom Eisen und Mangan gebundenen Schwebeteilchen entfernt und das Wasser klärt." Mit dem Wagen fuhren sie weiter zu drei Reinwasserbehältern und stiegen wieder aus.

„Was sie hier sehen sind die Reinwasserbehälter, sie sind Speicher und Ausgleichsbehälter gleichermaßen. Und da drüben das Gebäude ist das Maschinenhaus. Darin befinden sich Wasserpumpen falls mal der Strom ausfällt. Von dort aus geht unser Wasser in ein weit verzweigtes Rohrsystem mit einer zentralen Verteilerstelle. So, das wäre eigentlich alles."
Er sah beide Kriminalisten an, die diesen Schnellkurs erst einmal verdauen mussten und brachte einen Plan zum Vorschein, den er auf die Motorhaube des Volvos legte und ausbreitete. Anna nickte zufrieden.

„Gut, wenn sie jetzt der Boss dieser Bande wären, wo würden sie zuschlagen, um ihr Werk nachhaltig zu schädigen? Oder wo sehen sie Stellen die sie besonders schützen müssen?" Bengtson schnaufte ein wenig und kratzte sich am Kopf.

„Am besten käme man am Reinwasserbehälter zum Zuge. Denn vorher könnten die Filter vielleicht die Gefahr zumindest abschwächen. Von da aus geht das Wasser raus in die Stadt. Man könnte natürlich auch das Pumpenhaus in die Luft jagen, aber da hätte die gesamte Stadt ja kein Wasser und die ganze Aktion wäre wirkungslos, ist also Unfug." Arvid und Anna sahen sich an und nickten.

„Gut Herr Bengtson, könnten wir uns diesen Plan hier mal bis morgen ausborgen?" Der Direktor nickte und faltete den Plan wieder zusammen. Sie verabredeten sich für den nächsten Vormittag. Im Auto sitzend sahen sich beide an.

„Wir müssen uns unbedingt mit Larson treffen. Er muss heute noch seine Leute einweisen." Anna nickte und startete den BMW X6M, der ihr inzwischen schon ganz gut gefiel.

Zwei Stunden später verabschiedeten sie sich von Larson und fuhren zu ihrer Unterkunft. Anna war fix und alle und legte sich sofort hin. Arvid telefonierte mit Magnusson und berichtete, was sie inzwischen veranlasst hatten. Das Wasserwerk wurde ab sofort vom Staatsschutz überwacht!

Adam Andersson, Igor Nemtschew, Petre Winjuk und Ole Gunnarson saßen derweil im Kampfsport-Club beisammen und aßen alle vier Frikal, das war Hammelfleisch mit Kohl. Sie hatten es aus dem nahen Schnellimbiss geholt. Nemtschew schmatzte erst, dann puhlte mit einem Zündholz anschließend zwischen den Zähnen herum. Andersson sah ihm angeekelt dabei zu. Er hasste solche Menschen, die keine Manieren hatten.

Aber bei Nemtschew musste man aufpassen, der war extrem gewalttätig. Beim Streit um eine Cola hatte er in einer Kneipe einen Jugendlichen mal halb totgeprügelt. Andersson sah seine Kumpanen der Reihe nach an.

„Also Freunde, wir gehen morgen früh auf Erkundung rund um das Wasserwerk", stellte er fest. Worauf natürlich Nemtschew meinte:

„So, bist du jetzt hier der Boss?" Und Andersson nickte und sah den Russen an.

„Stimmt, Igor! Ich bin hier der Boss, oder hast du was dagegen?" Nemtschew grinste hinterhältig, sagte aber kein Wort. Für Adam Andersson stand fest, dass er diesen Mann irgendwann loswerden musste. Aber erst nach dieser Aktion. Er sah seinen Männern in die Augen, ehe er zu sprechen begann.

„Gut Leute, wir gehen diesmal aber getrennt, je zwei Mann. Igor du gehst mit Petre, ich gehe mit Ole. Macht Fotos, wenn es möglich ist, damit wir einen Überblick kriegen. Und passt auf, ob es um das Werk herum Wachen gibt. Wir müssen einen möglichst gefahrlosen Weg rein und wieder rausfinden. Schaut euch nach Schächten, Unterführungen oder Tunnel um. Wir müssen es schaffen, innerhalb von wenigen Minuten reinzukommen, unser Zeug loszuwerden, und dann wieder abtauchen. Wer sich uns in den Weg stellt, wird umgelegt! Und damit ihr Bescheid wisst, ich hoffe morgen Vormittag auf Verstärkung! Es sollen noch zwei oder drei Kameraden von der Gruppe „Blood and Honour" (Blut und Ehre) dazukommen. Einer von denen ist Emil Bakke von der „Fortschrittspartei". Also alles treue Kameraden, die endlich auch Ordnung in dieses versiffte Land bringen wollen. Unsere Aktion soll die Leute aufrütteln, denn wir werden jeden Anschlag den Islamistischen Zuwanderern in die Schuhe schieben."

Erstaunt reagierten die anderen auf den plötzlichen Redefluss von Anderson. Gunarsson feixte breit.

„Adam, du könntest Politiker werden, so wie du quatschen kannst!" Die anderen lachten, nur Igor schaute gelangweilt drein. Anderson sah es und dachte sich seinen Teil. Er würde dieses Problem morgen mit Brakke bereden.

Anna hatte in dieser Nacht endlich einmal wieder gut und fest geschlafen, und am Morgen zum ersten Mal wieder einen Lauf gemacht. Eine halbe Stunde war sie am Sund entlanggelaufen, gleichmäßig und ohne Hast. Als sie wieder in der Unterkunft zurückkam, hatte Arvid schon ihr beider Frühstück aufs Zimmer geholt. Sie staunte einen Augenblick.

„Warum machst du dir solche Mühe? Wir hätten doch unten in der Kantine frühstücken können." Arvid grinste etwas verlegen.

„Ich habe heute Geburtstag, Anna. Ich bin 38 geworden. Zu Hause hätten wir heute richtig die Sau rausgelassen. So will ich wenigsten mit der Frau frühstücken, die ich am liebsten mag." Anna war für den Moment gerührt von seinen warmen Worten. Plötzlich und kurz entschlossen umarmte sie ihren Kollegen und küsste ihn herzhaft und ein wenig zu lange und zu zärtlich. Aber es war nun einmal so, der Same hatte mit seiner Beharrlichkeit nun doch ihr Herz erobert und die Barrieren eingerissen, die sie errichtet hatte. Auch wenn sie sich immer noch ein wenig in ihrem Innersten gegen diesen Gedanken sträubte.

„Alles Gute Arvid! Bleib so wie du bist, und bleib vor allem gesund." Sie sah wie sich in seinen Augen Wasser gebildet hatte, und er sich schnell zu Seite drehte und die Kaffeekanne holte. Anna wurde nachdenklich. Dieser harte Hund, der er sonst war, hatte also auch eine ganz weiche Seite. Lag vielleicht daran, dass er offenbar nie eine schöne Kindheit kennengelernt hatte. Und so frühstückten sie gemütlich zusammen wie ein altes Ehepaar.

Doch Arvid war an diesem Morgen nachdenklich. Er sah Anna über den Tisch hinweg einen Moment lang an.

„Sag mal Anna, warum hast du eigentlich nie wieder geheiratet?", fragte er sie. Anna hielt beim Kauen inne.

„Hm, ja warum eigentlich nicht? Ich glaube, weil ich nie einen kennengelernt habe, der mein Herz auf Anhieb erobert hat. Die meisten die ich kenne, wollten nur mal schnell mit mir in die Kiste steigen, aber nie irgendwie Verantwortung übernehmen. Und dann dazu noch mein Beruf. Nachts aus dem Bett springen und losrennen. Na ja, du kennst das ja auch." Arvid nahm einen Schluck Kaffee, drehte die Tasse zwischen den Händen, und meinte:

„Tja, auch bei mir gab es eine, die mein Herz sofort erobert hat. Eine einfache Frau aus einer Kleinstadt. Sie hatte keinen Beruf und hat geputzt. Aber sie war sehr fleißig und sauber, und ich hab ihr jeden Wunsch erfüllt. Das einzige Problem war ihre Familie, vor allem aber ihre Mutter. Eines Tages hatte sie ihre Tochter gefragt, was sie denn „mit einem dummen Polizisten" wollte. Die Bullen waren in ihren Augen alle nur faule Taugenichtse. Sie selber aber ist fremdgegangen als sie noch verheiratet war. Es war immer ein Problem mit dieser Familie klar zu kommen. Ich habe mich nie wohl gefühlt, wenn ich zu Besuch war. Trotzdem habe ich sie dann eines Tages sogar geheiratet. Wir hatten aber keine Kinder zusammen. Wir sind verreist und waren im Urlaub, uns ging es eigentlich gut. Bis sie dann eines Tages völlig aus heiterem Himmel mir eröffnete, dass sie sich von mir trennen wollte. Meine Frage warum, hat sie mir nie beantwortet. Sie hat mich einfach von heute auf Morgen wie ein paar alte Stiefel vor die Tür gestellt und ich durfte gehen. Du kannst dir nicht vorstellen wie tief das Loch war, in das ich gefallen bin. Und damals hab ich mir geschworen, dass mir das nie wieder passiert. Na ja, und den Rest kennst du ja." Anna nickte. Das mit der Frau hatte sie ja nicht gewusst.

„Hast du noch Kontakt zu deiner Ex?", fragte sie ihn vorsichtig. Arvid schüttelte den Kopf.

„Nee. Es ist besser, wenn sie mir nicht noch mal über den Weg läuft. Ich habe ihr gezeigt was eine gute Ehe ist, und sie gibt mir einen Tritt. Aber wie gesagt, schon ihre Mutter hatte ein gespaltenes Verhältnis zu mir. Die Alte war ein Giftzwerg, hat laufend gegen mich gemosert, war selber aber auch kein großes Licht unter dem Himmel. Da gäbe es noch manches zu erzählen, aber man soll alte Sachen lieber ruhen lassen, es macht das Ergebnis nicht besser. Man sollte lieber nicht zurückschauen."

Anna nickte verhalten. Das war also Arvids Geschichte, und jetzt verstand sie auch manches besser als vorher. Sie sah auf ihre Uhr.

„Was meinst du, fahren wir mal raus zum Wasserwerk, ist doch besser als hier zu hocken und zu warten." Arvid wollte den Tisch abräumen, doch Anna nahm ihn die Teller aus der Hand.

„Du hast hergeräumt, ich räume ab. Außerdem hast du ja heute Geburtstag." Arvid schmunzelte.

„Ok, dann mache ich das Auto fertig. Übrigens, wie hast du geschlafen? Wenn es nicht dunkel wird, hab ich immer so meine Probleme." Anna sah ihn ungläubig an.

„Was? Du als Naturbursche! Ein alter Same und hat Probleme mit der Mitsommernacht? Nee, glaube ich nicht!"

Arvid wollte gerade antworten als Anna Handy zu bimmeln anfing. Anna nahm es vom Tisch und meldete sich, lauschte einen Moment, nickte und meinte kurz: „Wir kommen sofort!" Sie schaute Arvid an.

„Lass alles stehen und liegen, draußen im Wasserwerk gibt es einen Toten, komm!" Und schon stürmte sie beide los. Mit Vollgas und Blaulicht rasten sie zum Tatort. Der Polizist am Tor rief ihnen noch zu: „Am Reaktionsbecken!", da gab Anna schon wieder Gas und er BMW schoss davon. Als sie am Tatort ankamen, waren der Mann vom Staatsschutz, der Direktor und die Leute vom Erkennungsdienst schon vor Ort und hatten gerade ihre Arbeit begonnen. Anna und Arvid begrüßten sie, und Raik Larson gab ihnen eine erste Information.

„Sieht zunächst auf Anhieb so aus, als ob der Mann oben an der Kante des Beckens ausgeglitten ist. Dann wahrscheinlich beim herunter stürzen mit dem Kopf auf der Stahltreppe aufgeschlagen ist. Er liegt da drüben unterhalb der Treppe."

Arvid stiefelte sofort los und Anna folgte ihm. Die Frau von der KTU war gerade dabei den Toten zu untersuchen. Sie sah auf, als die beiden Kriminalisten hinzutraten. Anna begrüßte sie.

„Und wie sieht es aus?" Die Kollegin stand auf und sah Anna und Arvid ernst an.

„Ich fressen einen Besen mit Stiel, wenn der da runtergefallen ist! Er hat eine Genickfraktur, eine Kopfwunde, einen riesigen blauen Fleck mitten auf dem Bauch, und zwei ausgeschlagene Zähne. Das war nie die Treppe, das war rohe Gewalt. Aber genaueres kann ich ihnen erst nach der Obduktion sagen."

Anna und Arvid verabschiedeten sich, und Arvid machte noch schnell ein Foto von dem Toten. Er sah Anna an.

„Lass uns mal noch in Erfahrung bringen wer der Tote überhaupt ist." Und so war es geschehen…

In den frühen Morgenstunden, gegen 3.30 Uhr schlichen drei Personen am Zaun des Wasserwerkes auf der Seeseite entlang. Alle drei waren bewaffnet, einer mit einem Baseball-Schläger, einer mit einer Kalaschnikow – MPi, und einer mit Pistole. Die drei Männer hatten schwarze Umhänge über und trugen Springerstiefel. An einer Felsnische fanden sie einen Durchschlupf durch den Drahtzaun und schlüpften hindurch, wobei der mit der MPi sich am Draht den schwarzen Mantel zerriss, und leise vor sich hin fluchte. Der Vorderste war der Mann mit der Pistole, er deutete auf die zwei großen Becken, die ungefähr Fünf Meter hoch und 50m lang waren, und über eine Stahlleiter erstiegen werden konnten. Schnell erreichten sie die Leiter, und während der mit der Maschinenpistole unten sicherte, stiegen die beiden anderen nach oben.

Genau zu diesem Zeitpunkt machte der Kollege vom Wachschutz seine Runde, und war wenige Minuten vorher ebenfalls nach oben gestiegen, um dort oben seine Stechuhr zu betätigen. Damit war gesichert, dass er um 3:50 Uhr hier kontrolliert hatte.

Gerade als er wieder zur Treppe zurückgehen wollte, um hinab zu steigen, hörte er plötzlich leise Stimmen, und jemand stieg die Treppe herauf. Verwundert ging er nach vorn und stand plötzlich zwei dunklen Gestalten gegenüber.

Automatisch lag eine Hand auf der Pistolentasche, mit der anderen griff er zur Taschenlampe damit er besser sehen konnte im Halbdunkel.

„Wer sind sie, und was machen sie hier oben? Das ist Sperrgebiet!" Er war gerade im Begriff seine Pistole herauszunehmen, als er noch schemenhaft mitbekam, wie der Mann, der ihm am nächsten stand, plötzlich ausholte. Und dann bekam er einen Schlag ab, so dass ihm die Sinne schwanden und es dunkel um ihn wurde. Dazu einen Tritt vor den Bauch und einen zweiten Schlag, den er schon nicht mehr spürte. Und so verlor er das Gleichgewicht und stürzte sich zweimal überschlagend die Treppe hinunter und blieb reglos liegen, direkt vor die Füße des Mannes der unten Wache gestanden hatte. Der sah nach oben und zischte wütend:

„Seid ihr denn von allen guten Geistern verlassen! Jetzt wird es hier bald von Polizei wimmeln, verdammt nochmal! Lasst uns abhauen, los! Wir haben keine Zeit mehr!"

Denn der das rief, hörte Schritte auf dem Kiesweg, und so machten sie sich blitzschnell aus dem Staub. Und so liefen sie zu dritt unverrichteter Dinge wieder in Richtung Zaun.

Der Mann, der da gekommen war, suchte seinen Kollegen Sören Johnson, und war eigentlich dessen Ablösung. Doch da Johnson nicht wieder zurückgekommen war, hatte er sich auf die Suche nach ihm gemacht. Er war es auch, der den Toten gefunden, und sofort die Polizei verständigt hatte. Von den Übeltätern fehlte aber jede Spur.

Nach der Kriminaltechnischen Untersuchung stand fest, Sören Johnson war einfach erschlagen worden. Und für Anna Ohlson und Arvid Ragnarson stand fest, dass es wohl der erste Anschlag dieser Bande auf das Wasserwerk war. Doch Johnson hatte sie offenbar gestört und sie waren wieder untergetaucht. Aber sie würden es garantiert nochmal versuchen, dessen waren sich die beiden Kriminalisten sicher.

Und darüber gab es dann im Polizeipräsidium zwischen der Chefin Hedda Hansson, dem Chef der Staatspolizei Raik Larson und den beiden Kriminalisten eine heftige Auseinandersetzung. Hedda warf dem Herrn vom Staatsschutz zornig vor, hier nur im Verborgenen zu agieren und der Polizei die Arbeit zu überlassen. Unterstützung bekam sie von Anna und Arvid. Dabei war Arvid ebenso aufgebracht und brachte das diesmal auch zum Ausdruck.

„Ich frage mich schon seit einiger Zeit warum man diese Bande an einer so langen Leine hält! Wir hätten sie schon zweimal erwischen können, wenn alle an einem Strang gezogen hätten. Doch wo sind denn ihre Leute, Larson? Nicht ein einziger war bei dem Anschlag vor Ort! Dann halten sie sich doch gleich ganz raus und überlassen sie uns die gesamte Aktion! Oder wird hier irgendeine Sauerei gedeckt? Mir reicht es jedenfalls langsam!"

Raik Larson hatte mit steinerner Miene zugehört und den Kopf geschüttelt. „Das geht leider nicht! Hier sind höhere Mächte im Spiel", bemerkte er mit eisiger Miene. Hedda Svensson lachte lauthals und schüttelte ihre blonde Mähne. Und dann war es mit einem mal still im Raum und alle sahen Larson an. Der lehnte sich in seinem Stuhl zurück und musterte Anna unverhohlen.

„Es geht wirklich nicht, Leute! Der Geheimdienst hat uns beauftragt diese Aktion im Auge zu behalten!" Alle sahen sich einen Moment gegenseitig an. Larson stützte seine Unterarme auf den Tisch und sah sie der Reihe nach an. Leise sagte er:

„Diese Leute handeln im Auftrag einer ausländischen Macht! Wir müssen zuerst die Hintermänner aufdecken, und erst dann können wir zuschlagen." Arvid sah Anna an und nickte verstehend. So war das also!

Andersson und Lönnequist waren also Terroristen, oder zumindest Handlanger von Terroristen! Jetzt bekam die ganze Angelegenheit eine andere Priorität, das stand fest. Die Frage war aber nun, was wusste ihr Chef Magnusson? Anna entschloss sich ihn sofort anzurufen, stand auf und ging wortlos nach draußen. Sie wählte seinen Anschluss. Es tutete eine Weile, und es meldete sich ihr Boss. Anna ging schnurstracks auf ihr Ziel los. Sie fühlte sich hintergangen und war wütend.

„Chef, wir sind eben informiert worden, dass Andersson und Lönnequist Terroristen sind, die im Auftrag einer ausländischen Macht handeln. Wussten sie davon als sie uns vor zwei Wochen losgeschickt haben?" Magnusson schien zutiefst erschrocken. Sie kannte ihn schon einige Jahre und wusste, wenn er flunkerte. Diesmal wusste er wahrscheinlich nichts davon.

„Anna, ich hätte euch doch nie losgeschickt, wenn ich das gewusst hätte! Das müssen sie mir glauben! Ich höre jetzt auch das erste Wort davon. In meinen Augen sind Anderson und Lönnequist Kleinkriminelle mit rechter Gesinnung, und werden eventuell von Leuten hier im Land gesteuert. Da fällt mir auf Anhieb diese „Fortschrittspartei" ein! Ein gewisser Bakke ist da der wohl führende Kopf. Und ob da noch Ausländer beteiligt sind, dafür gibt es keinen Beweis. Aber ich werde den Minister anrufen, dann wissen wir es genau. Ich rufe sie wieder an. Bis dahin halten sie die Füße still. Wenn das so ist, hole ich sie sofort zurück, hier gibt`s genug Arbeit. Die Leute werden unruhig und rotten sich zusammen obwohl es verboten ist. Wir steuern auf eine Revolte zu, und das in Norwegen! Ich rufe sie an, bis bald."

Das Gespräch war beendet. Gut 1200 km weiter südlich griff Oberst Magnusson erneut zum Telefon und wählte eine Durchwahlnummer. Es tutete kurz, dann meldete sich eine dunkle Männerstimme.

„Jacobson, Sie wünschen bitte?" „Morton, hier ist Björne Magnusson aus Alesund. Ich hätte eine Frage an dich." Der Mann auf der anderen Seite der Leitung lachte verhalten.

„Was ist los Björne? Sind Aliens bei dir gelandet, weil du unsere Geheimnummer wählst?" Magnusson war gerade nicht zum Scherzen zumute.

„Schlimmer Morton, viel Schlimmer! Wir haben eine sich ausbreitende Seuche hier im Gebiet von Alesund. Hervorgerufen durch verseuchten Joghurt. Und das noch im Auftrag einer ausländischen Macht wie ich gerade erfahren habe. Was weißt du davon?" Einen Augenblick war es ganz still am anderen Ende der Leitung. Dann meldete sich Jacobson wieder.

„Hör zu Morton, die Sache ist mit äußerster Geheimhaltung zu behandeln. Der Geheimdienst und der Staatsschutz arbeiten mit Hochdruck an der Aufdeckung der Hintermänner. Die Leute müssen eine Zentrale haben, von der aus das alles koordiniert wird. Wir vermuten in der Gegend von Alta. Diese Leute arbeiten niemals über einen langen Zeitraum selbstständig. Was meinst du? Diese beiden Leute von dir sind doch nach deinen eigenen Worten die Besten die du hast. Lasse sie es beweisen, dass sie die besten sind. Wenn sie Erfolg haben, steigen sie sie in der Karriereleiter weit hinauf! Versprochen!"

Magnusson atmete tief durch. Das war praktisch ein Befehl, dem er sich nicht widersetzen konnte, wenn er nicht Gefahr laufen wollte bis zur Rente in irgendeiner Registratur zu verschwinden. Und die Rente kam bald! Also sagte er dem Minister zu.

Kaum hatte Magnusson aufgelegt, wählte er erneut und rief Anna Ohlson an und informierte sie über den Stand der Dinge.

Die Diskussion im Büro der Polizeichefin von Tromsoe war bis jetzt ohne Ergebnis geblieben. Sie würden die vier Kerle weiter im Auge behalten, mehr nicht. Auf einmal klingelte auch schon Anna s Handy. Verlegen mit den Schultern zuckend nahm sie das Gespräch an. Lauschte eine Weile, nickte mehrmals, und lehnte

123

sich mit betretener Miene in ihrem Stuhl zurück. Zum Schluss meinte sie: „Ist gut Chef, ich sage es Arvid." Dann war das Gespräch beendet. Sie musste schmunzeln, weil sie alle gespannt ansahen. Also gab sie den Entschluss ihres Chefs weiter.

„Wir werden ab morgen abgezogen und versetzt. Ein Befehl von ganz oben!", erklärte sie vielsagend und sah dabei Arvid an. Der wiederum sah, wie sie die rechte Augenbraue kurz anhob. Das war ihr Geheimzeichen, wenn etwas Wichtiges anstand. Anna wandte sie sich Hedda Svensson zu.

„Hedda, sagst du uns bitte sofort Bescheid, wenn unsere Freunde Besuch von außerhalb bekommen!" Die Polizeichefin nickte lächelnd. „Mach ich Anna!" Sie wusste genau, dass Anna sie nicht im Beisein von Larson informieren würde worum es bei dem Gespräch gegangen war. Und Raik Larson sah ziemlich dumm drein, denn er spürte, dass hier etwas vorging, von dem er nichts wissen sollte. Soviel Erfahrung mit Frauen hatte er nun auch schon.

Später auf dem Hof am Auto stehend, klärte dann Anna zunächst Arvid auf, was Magnusson angeordnet hatte. Der lächelte sogar, denn nun ging es in seine alte Heimat. Sie warteten noch den Dienstschluss von Hedda Svensson ab, und trafen mit ihr dann auf dem Parkplatz zusammen.

„He, ihr wartet doch wohl nicht auf mich?", fragte die immer lustige mollige Blondine. Anna nickte ihr zu.

„Doch Hedda, denn wir müssen davon ausgehen, dass wir vom Staatsschutz abgehört werden." Und dann erklärte sie ihr was los war. Heddas rundes hübsches Gesicht wurde zusehends länger und sie machte eine bedauernde Geste.

„Schade, dass ihr weg müsst. Hatte mich gerade an euch zwei gewöhnt. Gut, ich sag euch Bescheid, wenn die vier Besuch kriegen. Wir werden aber versuchen ihren Wagen zu präparieren, dass erleichtert euch zumindest die Arbeit."

Sie verabschiedeten sich sehr herzlich voneinander. Und dabei achtete niemand auf einen grünen VW-Bus, der gegenüber dem Präsidium stand und in dem zwei Insassen saßen, die das Treffen auf dem Parkplatz beobachtet hatten. Einer davon war Raik Larson. Er schnaufte hörbar.

„Was haben die drei vor, das möchte ich doch zu gerne jetzt wissen!" Der Fahrer des VW-Bus winkte ab.

„Ach, das war bestimmt nur ein zufälliges Treffen, mehr nicht. Wir fahren ihnen einfach nach!" Und so folgte der grüne VW – Bus dem BMW. Als der vor dem Sportcenter anhielt, fuhr der VW-Bus schnell vorbei und verschwand hinter der nächsten Kurve, um dort zu warten. Doch der BMW war verschwunden. Anna und Arvid bereiteten sich auf eine schnelle Abreise vor, für den Fall, dass Hedda Svensson anrief. Dafür hatten sie sich eine bergtaugliche winterfeste Ausrüstung besorgt. Und vor allem war Anna noch schnell in der Stadt in einen Shop gegangen, um sich neue Unterwäsche zu kaufen. Aber auch Arvid hatte sich Socken und Slips gekauft.

Und der Moment, auf den sie gewartet hatten, kam schneller als gedacht. Noch in der gleichen Nacht ging eine Meldung ein, dass ein Mann und eine Frau im Kampfsport-Club vorgefahren und im Haus verschwunden waren. Der Beobachtungsposten reagierte sofort. Zehn Minuten später hatte der Nissan Trail eine Funkwanze unter der Stoßstange. So konnte man ihm problemlos folgen. Und jetzt erwies sich ihr BMW mal wieder als ein wahres technisches Wunderwerk, denn der Peilsender hatte die Wanze sofort aufgespürt, und das über gut 6km hinweg, von einem Ende der Stadt zum anderen Ende. Jetzt hieß es nur noch warten.

Das Wetter war ruhig, die verwaschene Helligkeit ließ schon eine gute Sicht zu. Früh um 6.00 Uhr bekamen die beiden Kriminalisten eine kurze Mitteilung, der Nissan Trail war soeben von sechs Personen bestiegen worden war. Auf dem Display im Wagen sahen sie welche Straße der Nissan nahm und brachten sich rasch in Position. Diesmal fuhr Arvid als erster. Er hatte diesen Wagen inzwischen ins Herz geschlossen. Anna bemerkte es und schmunzelte darüber – Männer und ihre Autos – das war einmalig. Sie lehnte sich bequem in die Polsterung zurück. Sie hatten falls es tatsächlich nach Alta ging, runde 600km vor sich, das hieß gute acht Stunden Fahrt. Dafür hatte Anna vier Thermoskannen eingepackt, zwei mit Kaffee und zwei mit Tee für Arvid.

Sie folgten dem Nissan aus der Stadt heraus auf die Europastraße sechs in Richtung Olsborg. Ringsum lag alles noch in matter Helligkeit. Ein Licht, welches das Fahren nicht gerade einfach machte, zumal man gezwungen war trotzdem noch mit Licht zu fahren. Sie hielten ausreichend Abstand, ließen sich öfters von anderen Fahrzeugen überholen, und folgten dem Kontakt auf dem Display. Nach einer Stunde und zehn Minuten erreichten sie Olsborg, und ihre Schützlinge suchten eine Tankstelle mit Shop auf. Offenbar mussten sie tanken.

Anna stieg auf den Fahrersitz dieses, nach ihrer Meinung monströsen Schiffes auf vier Rädern, und wartete bis die vier an der Tankstelle endlich fertig waren und weiterfuhren. Schon nach wenigen Kilometern fühlte sie sich jedoch pudelwohl hinter dem Lenkrad. Dieses Auto hatte etwas, im Gegensatz zu ihren acht Jahre alten Volvo Kombi. Der BMW steuerte sich phänomenal, die Bremsen arbeiteten seidenweich. Sie sah wie Arvid grinste und musste nun selbst lachen.

„Ja, er fährt sich wie ein Traumschiff Arvid, du hast Recht gehabt.", gab sie zu.

Der kleine Ort Birtavarre tauchte auf und eine Geschwindigkeitsbegrenzung auf 60 km/h. Sie hatten kaum das Ortsende erreicht, als der Nissan Trail plötzlich stark beschleunigte und davon preschte. Anna verzog das Gesicht und sah Arvid kurz an.

„Entweder sie haben uns entdeckt oder sie wollen nur wissen, ob wir ihnen folgen. Ich werde noch mehr Abstand halten." Kaum hatte sie es ausgesprochen, als sie auf dem Display sahen wie der Nissan in einen kleinen Seitenweg einbog und stehen blieb. Also war ihnen der BMW aufgefallen und sie wollten wissen, ob sie sich irrten oder ob man ihnen folgte. Anna entschloss sich vorbei zu fahren. Im nächsten Ort kam wieder eine Tankstelle und Anna blieb gedeckt hinter einer Zapfsäule stehen. Sie warteten keine fünf Minuten da fuhr der Nissan wieder an ihnen vorbei. Das Spiel begann von neuem! Nur Anna ließ diesmal noch etwas mehr Abstand.

Die E6 führte nun schon über 200 km immer oberhalb des Fjords entlang. Der Ort Storsandnes verschaffte ihnen die Möglichkeit sich einen schönen Bratfisch an einem Kiosk zu kaufen, während ihre Freunde gegenüber vor einem Store standen und wohl offenbar Bier eingekauft hatten. Keine halbe Stunde später ging die Fahrt weiter, immer am Fjord entlang, immer die schimmernde Wasserfläche, die in der Sonne wie Silber glänzte. Anna genoss es förmlich, zumal nun auch noch die Sonne herauskam, und man sich schon wärmen konnte. Der Golfstrom schaffte hier oben über dem Polarkreis solche sonderbaren Verhältnisse.

Nach knapp sieben Stunden erreichten sie Hjemmeluft, ein Ort mit vielleicht 300 Einwohnern, jetzt waren es nur noch wenige Kilometer bis Alta und Arvid sah sich interessiert um, und wurde zusehends unruhig. Immerhin war er hier oben aufgewachsen, drüben in dem kleinen Ort Rafsbotn wenige Kilometer hinter Alta. Und Arvid machte sich seine Gedanken wo die sechs Leute da vor ihnen hinwollten. Das Gebiet rund um Alta bot unzählige Möglichkeiten unterzutauchen. Angefangen von der alten Kupfermiene bis zu den Bergen, die bis 1000 Meter hoch aufstiegen und zahlreiche Hütten aufwiesen.

Endlich kam das Ortsschild „WILKKOMMEN IN ALTA". Anna atmete erleichtert auf. Dann mussten sie gleich drei Kreisverkehre passieren und höllisch aufpassen den Nissan nicht zu verlieren. Da der Verkehr jetzt dichter geworden war, war es einfacher dem Nissan zu folgen. Am Ende bog dieser in eine schmale baumbestandene Waldzone ein.

Ab da fuhr Anna nur noch im Schritttempo. Sie passierten einen Zugang zum Fjord mit einem alten Holzgebäude auf einem freien Platz. Und ab da ging es plötzlich einen Weg durch Geröll und Felsen bergauf. Hier bewährte sich der Allradantrieb des BMW. Mühelos passierte der schwere Wagen die Steigung, und der Wald lichtete sich wieder. Obwohl sie den Nissan nicht mehr im Blick hatten, sahen sie auf dem Display wie er immer weiter bergauf fuhr, dann aber mit einem mal stehen blieb. Anna fand einen kleinen Weg, in den sie hineinfahren konnte, nachdem ihn Arvid überprüft hatte. Sie fuhr ein paar Meter am Weg vorbei, bremste ab, und ließ ihn dann rückwärts ein Stück hinein rollen. So waren sie gut gedeckt.

Sie stiegen sie aus. Das Bild vom Display und den Standort des Wagens hatten sie jetzt auf dem Handy. Vorsichtig gingen sie nun weiter zu Fuß bergauf. Nach etwa 300 Meter sahen sie durch die Bäume den Nissan stehen, direkt vor einem mächtigen Betonbunker. Doch das gesamte Gelände aber war eingezäunt. Und Arvid machte ein paar Bilder mit dem Handy und schickte sie Magnusson.

Plötzlich hörten sie Hunde bellen und ein Mann in einer Art Tarnuniform und einer MPi auf dem Rücken erschien und rief

127

die Hunde zu sich, um sie zu füttern. Es waren insgesamt drei Huskys. Offenbar hatten sie tatsächlich so etwas wie die Zentrale der Attentäter gefunden. Anna und Arvid berieten kurz was sie als nächstes tun wollten.

„Ich denke wir sollten zurückfahren und uns beim Polizeichef melden, und dann müssten wir bald mal eine Runde schlafen", bemerkte Anna und gähnte verhalten. Arvid musste wieder einmal feststellen, dass Anna tatsächlich eine sehr hübsche Frau war. Ihr vollen langen tiefschwarzen Haare, zu einem Pferdeschwanz gebunden, der dichte schwarze fein gezogene Brauenbogen, der bräunliche Hautton, die vollen roten Lippen, das alles ergab das Bild einer hübschen jungen Frau, und die sah überhaupt nicht wie eine Norwegerin aus, die sie aber war. Obwohl ihre Großeltern wohl aus Israel stammen sollten. Die waren nach 1944 nach Norwegen ausgewandert, und ihr Vater hatte eine Norwegerin geheiratet. Aus dieser Verbindung stammte die reizende Anna. Arvid hatte mal Jugendbilder von ihr gesehen, schon darauf war sie eine wahre Schönheit. Jetzt mit 38 Jahren hatte sich das nicht geändert. Plötzlich stupste sie Arvid an und lachte.

„He Hallo, ich rede hier mit dir, und du läufst wie ein Träumer neben mir her und sagst kein Wort! Wo warst du gerade mit deinen Gedanken? Bei einer deiner vielen Freundinnen?"
Arvid blieb abrupt stehen und hielt sie an beiden Armen fest. Er sah sie mit seinen hellblauen Augen ernst an. Und leise meinte er dann:

„Anna Ohlson, ich sage es dir jetzt zum allerletzten Mal, ich habe mit dem Kapitel abgeschlossen! Und wenn ich tatsächlich noch eine heiraten wollte, dann höchstens dich! Hast du das nun endlich mal kapiert?" Dabei sah ihr tief in die Augen.
Anna schluckte erst zwei, dreimal, ehe sie etwas sagen konnte. Mitten im Wald stehend, hatte sie gerade eine Liebeserklärung bekommen. Und das ausgerechnet von dem als Windhund und Weiberheld im Referat bekannten Arvid Ragnarson. Sie konnte es nicht fassen, und dieser Kerl starrte sie immer noch fragend an! Sie rang sich zu einem Lächeln durch.

„Arvid, nur weil wir mal eine Nacht gekuschelt haben, musst du mich doch nicht gleich heiraten!" Und dabei wusste sie es genau, dieses Kuscheln im Haus in Bodoe wäre um ein Haar aus

dem Ruder gelaufen. Arvid nickte und zog den Mund spitz, ehe er meinte: „Anna, ich gebe nicht auf, mein Wort drauf!"
Wortlos nahm sie seine Hand und zog ihn dann einfach weiter in Richtung Wagen. Aber plötzlich hörten sie einen Wagen den Berg heraufkommen. Blitzschnell hatte Anna ihren Kollegen am Revers der Jacke gepackt, ihn an sich gezogen, und so getan als ob sie ihn küssen würde, solange bis die beiden in diesem Wagen vorbei waren. Arvid schmunzelte.

„Na ja, für den Anfang war das schon ganz gut, Chefin!" Sprach`s und öffnete ihr die Wagentür damit sie einsteigen konnte. Doch Anna war nachdenklich geworden.

„Hör mal, wenn das hier oben deren Zentrale sein soll, dann müsste das aber doch die Polizei in Alta wissen, oder nicht?"
Arvid bejahte nachdenklich ihren Gedankengang.

„Lass uns einfach hinfahren, mal sehen, was die Kollegen dazu meinen. Wir haben ja inzwischen einen Auftrag von höchster Stelle uns darum zu kümmern."
Die Police Station von Alta war ein Ziegelrohbau unmittelbar an einem Kreisverkehr gelegen. Das zweistöckige Gebäude sah so überhaupt nicht wie ein Polizeigebäude aus. Arvid fuhr in den Hof hinein und sie begaben sich zum Haupteingang. Auch dort keinerlei Kontrolle, und so suchten sie sich mit Fragen bis zum Polizei-Chef Anders Groenewold durch. Der saß im ersten Stock. Arvid klopfte kräftig an. „Herein!", erklang es von drinnen. Und Arvid ließ diesmal seiner Chefin den Vortritt. Groenewold in Polizeiuniform, erhob sich langsam aus seinem Schreibtischsessel und begrüßte seine Gäste.

„Ah, da sind sie ja! Ich habe sie schon erwartet. Für sie liegt hier ein Schreiben bei mir, welches ich ihnen aushändigen soll, das Kuvert ist verschlossen und versiegelt und trägt den Aufdruck „Geheim!" Bitte, hier ist es!"
Er übergab das A5 Kuvert Anna, und bat beide Platz zu nehmen. Anna stellte sich und Arvid erst einmal vor, um dann ihre Aufgabe zu schildern. Groenewold hörte aufmerksam zu. Bei Arvids Vorstellung stutzte er. „Ragnarson heißen sie?" Arvid nickte. Groenewold nickte verhalten. „Ich glaube, ich kenne ihren Vater! Er war vor zwanzig Jahren mein Ausbilder hier. Könnte das sein?" Arvid bejahte verhalten.

„Das ist gut möglich. Mein Vater war früher Polizeiausbilder hier in Alta. Wir wohnten ja drüben in Rafsbotn."
Groenewold lächelte.
„Und wie geht es ihrem Vater heute, er ist ja schon Rentner."
Arvid zuckte mit den Schultern.
„Das weiß ich nicht, wir haben seit fünf Jahren keinen Kontakt mehr. Meine Mutter meldet sich zumeist bei mir, er redet nicht mehr mit mir. Eine alte Geschichte!"
Groenewold war es sichtlich peinlich das Thema angeschnitten zu haben, und so half ihm Anna aus der Klemme.
„Herr Groenewold, was wissen sie über diesen Betonbunker der Nazis da oben auf dem Bergplateau über der Stadt?" Der Polizeichef nickte verhalten und schmunzelte etwas.
„Den kennen sie also schon. Na gut, wir wissen, dass da oben ein paar alte und neue Nazis ein „Begegnungszentrum" haben wie es heißt. Sie bekommen sogar aus den Fördertöpfen für Altertumspflege jedes Jahr eine Menge Geld. Da es bis jetzt noch keine Verstöße gab, sind uns da die Hände gebunden. Aber wir beobachten sie soweit es geht natürlich", setzte er noch hinzu.
Anna musste schmunzeln, und dachte:
„Wie diese Beobachtung aussieht kann man sich gut vorstellen." Doch sie entschloss sich die Karten auf den Tisch zu legen und schilderte Groenewold die Vorgänge der Wochen vorher. Und je länger sie sprach, umso sprachloser war der Polizeichef. Am Ende sah er Anna entsetzt und sichtlich ratlos an.
„Und was wollen sie jetzt tun?", fragte er zurück. Anna holte tief Luft. Jetzt war die Gelegenheit Vorkehrungen für die Festnahme der Leute zu schaffen!
„Ja, wir brauchen schnellstens eine rundum Überwachung dieses Bunkers da oben, und wir brauchen eine Sondereinheit, die jederzeit zugreifen kann. Aber bitte suchen sie nur die besten und zuverlässigsten Leute aus. Wir verlassen uns da in keiner Weise mehr auf den Staatsschutz, Her Groenewold! Da hier höhere Interessen im Spiel sind, haben wir einen direkten Auftrag vom Minister! Hier in diesem Brief! Ich werde ihn jetzt hier öffnen. Dann kennen den Inhalt nur sie, wir beide und der Minister! Also Top Sekret!" Anna riss das Kuvert auf und überflog kurz das Schreiben, dann gab sie es dem Chef der Polizei. Der las es ebenfalls kurz durch und gab es Arvid.

„Meine nächste Frage, wo können sie uns für einige Tage unterbringen?", fragte Anna und lächelte den Polizeichef an. Der dachte einen Moment nach.

„Ok, wir haben im „Hotel Scandia Alta" immer ein Doppelzimmer für Gäste, die uns besuchen. Dort könnten sie einstweilen unterkommen." Arvid und Anna sahen sich einen Moment an, Anna nickte.

„Gut, für ein paar Tage wird das schon gehen, mein Kollege und ich kennen uns ja schon ein paar Jahre und vertragen uns ganz gut." Sie verabredeten sich für den nächsten Morgen im Präsidium und verabschiedeten sich.

Im Auto fing Arvid plötzlich an lauthals zu lachen. Anna sah ihn erstaunt an.

„Lässt du mich mal teilhaben an deinem Heiterkeitsausbruch, lieber Kollege?", fragte sie ihn. Arvid schnäuzte sich erst.

„Merkst du denn nichts? Das ist jetzt die dritte Übernachtung, die wir gemeinsam auf uns nehmen, und jedes Mal schicken sie uns in ein Bett!" Anna protestierte sofort.

„Nö, nö, mein Lieber! In Bodoe hatten wir ein Haus!" Er nickte und grinste sie an.

„Und du kamst in mein Bett gekrochen, weil dir kalt war, schon vergessen?" Sie schüttelte schmunzelnd den Kopf und startete wortlos den Wagen. Langsam fuhren sie durch die Stadt. Es war Hauptverkehrszeit und sie musste gut aufpassen. Endlich hatte sie das Navi bis zum Hotel gebracht.

An der Rezeption ritt Anna der Teufel, und sie fragte den jungen Mann: „Guten Tag! Hätten sie zwei Einzelzimmer für uns?"

Arvid sah sie entgeistert an. Doch Anna störte sich nicht daran und grinste nur. Doch der junge Mann schüttelte den Kopf.

„Nein, leider nichts frei. Wir haben Handwerksmesse und sind eigentlich ausgebucht." Anna nickte.

„Na gut, dann nehmen wir das gebuchte Doppelzimmer 122" Der junge Mann sah sie erstaunt an.

„Das, das geht aber nicht, glaube ich…", stammelte er etwas aus der Fassung gebracht. Anna schob ihm ihren Polizeiausweis über den Tresen, da leuchteten die Augen des jungen Mannes wieder auf. Er nickte.

„Ach so, Frau Kommissarin! Das geht in Ordnung. Bitte tragen sie sich hier ein." Er gab ihr zwei Anmeldezettel. Und Anna füllte beide gleich selbst aus.

„Anna und Arvid Ohlson, Polizei Alesund usw." Arvid stand daneben, staunte und schüttelte nur wortlos den Kopf. Als sie zum Fahrstuhl gingen meinte er schmunzelnd:

„Bin ich jetzt der Herr Olson also, ja? Na gut, warum nicht. Arvid Ohlson klingt auch nicht schlecht. Wann bestellen wir dann das Aufgebot?" Sie schubste ihn in den Fahrstuhl hinein.

„Steig ein und halte endlich mal die Klappe, du Same du!" Als die Tür zu war und der Fahrstuhl anruckte meinte sie keck:

„Würden sie mir nachher noch eine warme Milch ans Bett bringen, Charles?" Arvid nickte und brummte:

„Dir bringe ich was ganz anderes ins Bett, du loses Weib und Heiratsschwindlerin!"
Das Aufgehen der Fahrstuhltür enthob Anna einer ausführlichen Antwort. Im Zimmer angekommen staunten sie erst einmal. Es war mehr eine Suite als ein Doppelzimmer. Anna strahlte.

„Ich gehe jetzt als erste in die Badewanne! Endlich ein Bad!" Und schon war sie im Bad verschwunden. Währenddessen hatte Arvid ihre beiden Taschen aufs Bett gelegt, aus Annas Tasche den Bademantel genommen, und hängte ihn an die Badtür.

„Dein Bademantel hängt an der Tür!", rief er halblaut. Von drinnen erklang Lachen. „Brauche ich nicht, die gibt's hier gratis dazuuu!"
Den Abend verbrachten sie in der Bar des Hotels bei einer Flasche Rotwein. Zu später Stunde wieder zurück, wurde gelost. Wer schläft auf dem Sofa, wer im breiten Bett. Anna verlor und musste auf die Couch, doch Arvid lies Gnade vor Recht ergehen und deckte ihr die linke Bettseite auf. Bevor das Licht ausging legte Anna ihre Waffe auf den Nachttisch, und meinte dabei spitzbübisch grinsend:

„Nur für den Fall, dass es dir einfällt in meine Betthälfte zu kriechen!" Dann löschte sie kichernd das Licht. Arvid lag eine Weile daneben und dachte gerade so für sich:

„Was würde jetzt passieren, wenn ich doch unter ihre Decke kriechen würde?", als er erstaunt ihr leises Schnarchen hörte....

Um 5.00 Uhr rasselte auf einmal Annas Handy auf dem Nachttisch. Schlaftrunken griff sie im Dunkeln nach dem Ruhestörer und meldete sich. „Anna Ohlson, Sie wünschen bitte?"
Anders Groenewold`s Assistent war am Telefon.

„Hallo Frau Ohlson! Ich sollte Sie doch informieren falls es etwas Neues gibt. Also, vor einer halben Stunde sind oben am Nazi-Bunker zwei Jeeps vorgefahren. Einer mit einheimischer Nummer und einer mit finnischer Nummer. Die Leute halten sich derzeit im Bunker auf. Was sollen wir machen?" Anna gähnte verhalten.

„Sie beobachten bitte weiter und unternehmen nichts, außer dass Sie beiden auf den Fersen bleiben, wenn sie abfahren sollten. Sollte der Finne in Richtung Schweden fahren, dann nehmt ihn vor der Grenze auseinander, aber gründlich! Das fällt nicht auf."
Sie legte sich wieder in ihr Kopfkissen. Aus dem anderen Teil des Bettes sahen sie zwei paar hellblaue Augen an.

„Wer war das?" Anna dehnte sich.

„Groenewolds Vize, oben am Bunker sind zwei Jeeps aufgetaucht. Ein Einheimischer und ein Finne." Arvid kuschelte sich in sein Zudeckbett.

„Scheint doch was dran zu sein, dass hier Ausländer mitmischen, oder was meinst du?" Anna sah auf die Uhr.

„Ich meine wir schlafen noch eine Stunde, und ich bin heute mit Frühstück dran. Besondere Wünsche der Herr?" Und Arvid schüttelte den Kopf und grinste.

„Eigentlich nicht, obwohl einen hätte ich schon. Mir ist sooo kalt heute!" Und ehe er sich versah, war Anna mit dem Hinterteil zuerst unter seine Decke gerutscht, und meinte:

„Gut so? Aber benimm dich ja, Arvid Ragnarson!" Arvid rutschte so dicht es ging an Annas Hinterseite heran und legte den linken Arm um sie. Dermaßen eingekuschelt schliefen beide wieder ein.
Als Arvid wieder aufwachte roch es schon nach Kaffee und gebratener Zwiebel. Hmm, was gab es denn heute Morgen? Er stand auf und ging in die kleine Küche. Anna war dabei Semmeln mit Butter zu bestreichen.

„Warum frühstücken wir denn nicht unten im Speisesaal?", fragte er gähnend. Anna grinste.

„Mir fiel ein, du hast noch ein Frühstück bei mir gut. Das habe ich hiermit eingelöst. Ok?" Arvid nickte und verschwand im Bad. Danach frühstückten sie gemütlich. Arvid griente.

„Man könnte meinen wir sind im Urlaub." Anna verzog das Gesicht. „Warte mal ab, wie schnell sich das wieder ändern kann." Und wie zur Bestätigung plärrte auf einmal wieder ihr Handy. Sie nahm das Gespräch an und lauschte, dann meinte sie:

„Gut, wir sind in einer halben Stunde an der Hütte." Arvid stopfte schnell noch eine Gabel voll Rührei in den Mund als Anna aufstand.

„Wie es scheint. Machen unsere Freunde einen Ausflug. Wir sollen hoch kommen zu der Holzhütte auf halber Höhe."
Zehn Minuten später brummte der BMW vom Hof des Hotels. Anna gab ordentlich Gas, wollte gerade eine Kreuzung überqueren, als plötzlich wie aus dem Boden gewachsen ein Verkehrspolizist auf der Straße stand und den Arm hob. Anna bremste ab. Der Polizist kam gemessenen Schrittes näher und blieb neben dem Wagen stehen. Anna ließ die beschlagene Scheibe herunter, während Arvid bereits das Blaulicht auf seiner Seite auf das Dach setzte und einschaltete. Anna sah den Polizisten an.

„Sorry Kollege, wir sind im Einsatz! In der Eile nur die Rundumleuchte vergessen! Wir haben keine Zeit. Mein Name ist Anna Ohlson, fragen sie im Präsidium nach mir, man kennt uns dort." Dann ließ sie die Scheibe wieder hoch und fuhr an. Der Verkehrspolizist stand da wie versteinert. Sowas war ihm auch noch nicht passiert. Vorsichtshalber notierte er sich die Nummer des Wagens. Danach griff er zum Telefon und rief die Zentrale an. Die Dame am anderen Ende kannte natürlich keine Kommissarin Anna Ohlson. Er fluchte leise vor sich hin. So eine Bande, ihn einfach so aufs Kreuz zu legen. Aber das würden die bereuen!
Arvid lachte über das Gesicht des Polizisten als er die blaue Leuchte auf dem Dach befestigt hatte. Doch Anna nahm das nicht so spaßig auf und rief schnell im Präsidium bei Groenewold an, und erklärte ihm den Vorfall, falls es Nachfragen gab. Und wie das manchmal so ist, stand ein silberner BMW X6M eine halbe Stunde später trotzdem auf der Fahndungsliste der Polizei!
Unsere beiden Kommissare hatten inzwischen die Hütte im Wald erreicht. So erfuhren sie, dass oben am Bunker reger Verkehr herrschte, und eine Menge Leute hin und her liefen. Fünf von

ihnen machten sich dann auf den Weg durch den Wald. Der Trupp lief Richtung Fjord. Sie hatten zwei Motorsägen und zwei Äxte dabei. Anna, Arvid und zwei Beamte in Zivil folgten dem Trupp in großem Abstand. Etwa eine halbe Stunde später sahen sie den Trupp, der dabei war, zwei Bäume zu fällen. Sie bauten eine Art Unterstand wie es aussah.

Arvid und einer der Beamten hatten sich näher herangeschlichen, dabei sahen sie, dass der Trupp an einem kleinen Berghang hantierte, in den eine Holztür eingelassen war. Das sah sehr interessant aus! Irgendetwas schienen sie da drinnen zu lagern. Und die Baumstämme, die zurecht schnitten wurden, waren eine Art Vorbau oder Überbau. Nach drei Stunden waren sie fertig, und deckten das Ganze dann mit einem Netz und Reisig darauf ab. Wer dort vorbei lief würde kaum etwas von dem Unterstand bemerken. Arvid und Anna entschlossen sich abzuwarten, bis der Trupp wieder abgezogen war. So warteten sie noch 15 Minuten ehe sie sich endlich aus der Deckung wagten. Anna schimpfte, weil sie inzwischen fror, trotz der wattejacke und der Wattehose. Während zwei Beamten sicherten, gingen Arvid und Anna daran vorsichtig daran die Tarnung auf die Seite zu ziehen. Bei dieser Arbeit wurde ihnen wieder warm, bis sie endlich soweit waren und die Holztür öffnen konnten. Doch die war tatsächlich verschlossen. Anna hatte sie dann aber innerhalb kürzester Zeit mit ihrem Spezialschlüssel aufgeschlossen. Sie leuchteten hinein und erschraken zunächst erst einmal.

Der Raum war ungefähr vier mal vier Meter und zwei Meter hoch. Drinnen standen fünf Holzkisten mit Sprengstoff, zwei kleine Kisten mit Zündern und eine längliche Kiste mit fünf neuen Maschinenpistolen. Ein Waffenlager also! Anna machte sofort ein paar Fotos und Arvid rief Oberst Magnusson an. Die Frage war, was mit diesem Fund machen? Und der liebe Chef entschied mal wieder aus dem Bauch heraus!

„Lasst alles liegen, nehmt nur die Kiste mit der Munition mit! Waffen ohne Munition sind nix wert. Und ehe die begreifen wo das Zeug hin ist, sind wir bestimmt vor Ort. Bringt dort am besten eine Wildkamera an, so sehen wir wer sich da herumtreibt!"

Dabei stellte sich dann heraus, dass einer der Beamten doch tatsächlich in einem Stoffbeutel zwei Wildkameras dabeihatte, weil sie sich vorgenommen hatten, oben an der Hütte zumindest eine davon verdeckt aufzuhängen. Damit war aber auch dieser Einsatz am frühen Morgen schon wieder vorbei. Anna war unzufrieden und moserte vor allem, weil sie den Sprengstoff zurücklassen mussten.

„Wir kommen einfach nicht weiter vorwärts. Wir reagieren immer nur wenn die sich mal bewegen. Wie lange soll das noch so gehen? Ich habe langsam keine Lust mehr darauf!" Arvid sah sie von unten herauf an und versuchte sie zu trösten.

„Und, was willst du jetzt in Alesund? Die Quarantäne zwingt die Leute nur noch das Wichtigste zu erledigen. Und die meisten Läden haben geschlossen, bis auf die Lebensmittelcenter, die Apotheken, Ärzte und die Post. Sie doch froh, dass du hier an der frischen Luft im Wald bist." Anna nickte verhalten.

„Ja, du hast natürlich Recht, aber diese Untätigkeit nervt mich." Plötzlich summte ihr Handy in ihrer Jackentasche. Sie nahm das Gespräch an. Am anderen Ende der Leitung war mal wieder Magnusson, ihr Chef. Anna nickte ein paar Mal, dann war das Gespräch beendet. Arvid sah sie fragend an. „Und?"

„Also, im gesamten Bezirk Alesund herrscht immer noch Ausgangssperre! Die Molkerei ist geschlossen worden. Die Hygieneinspektion der Stadt gräbt dort alles um. Man hat inzwischen den Weg des Joghurts halbwegs verfolgen können. Es gab davon noch Chargen, die aber unbelastet waren. Aber, und nun kommt's aber erst! Man kann davon ausgehen, dass Leute von außerhalb mit Hilfe der Rechtsnationalen so eine Art Umsturz realisieren wollen. Daher auch das Netzt, welches man dabei ist aufzubauen! Wir sollen auch weiterhin alles registrieren und uns Aufzeichnungen machen für später. Noch können wir nicht zuschlagen." Arvid kratzte sich am Kopf.

„Aber warum hat man die Ärztin umgebracht? Und vor allem wer war das?" Anna breitete die Arme aus.

„Fest steht nach Meinung unseres Chefs, die Ärztin hat wohl frühzeitig durch irgendeinen Umstand von diesem Anschlag in Ahlesund erfahren. Daraufhin hatte sie Proben genommen. Die konnte sie aber nicht im Institut auswerten, weil sie das alles noch geheim gemacht hat. Im Institut muss ja jede Probe registriert werden, also hat sie die Untersuchung zu Hause in ihrer Praxis gemacht, weil sie niemand getraut hat. Und sie muss Beweise gefunden haben für ihren Verdacht. Und sie muss drauf und dran gewesen sein, die Behörden am nächsten Tag zu informieren. Dazu war sie in der Nacht vom 21.03. zum 22.03. nochmal heimlich in der Molkerei gegangen. Am nächsten Tag hätte sie einen Termin im Biochemischen Institut und danach bei Magnusson gehabt." Arvid nickte verstehend.

„Zu diesem Termin kam es nicht mehr. Sie muss in der Nacht in der Molkerei von jemand gesehen worden sein. Und der war es auch, der sie dann umgebracht, und die Proben an sich genommen hat. Und ich wette mit dir, das waren Lönneberg und der Andersson."

Während sie sich so unterhielten waren sie zu Fuß wieder in Richtung Holzhaus gelaufen. Arvid kaute auf einer Tannennadel und spuckte sie aus.

„Trotzdem interessiert mich wie sich dieser Virus so ausbreiten konnte. Der fliegt ja nicht durch die Luft, der wird auch nicht aufgenommen von irgendwelchen Flächen usw." Anna schüttelte den Kopf.

„Überlege doch mal! Wenn 200 Becher verkauft wurden und 200 Kunden nur einen gekauft und gegessen hätten, dann wären das schon mal 200 Infizierte. So, und nun hat jeder zu Hause Kontaktpersonen. Sagen wir mal drei Personen. Dann können die schon 600 Personen wieder infizieren, und die 600 dann 1800, usw. Es gibt Stand heute 2860 Infizierte von 55000 Einwohnern, davon sind bis jetzt 195 gestorben. Aber die Zahl der Erkrankten hat seit der letzten Woche rapide abgenommen, sagt unser Chef Magnusson."

„Das ist eine gute Nachricht", meinte Arvid. Anna ging etwas schneller, um die anderen beiden wieder zu erreichen. Die Kiste mit der Munition übergaben sie an die beiden Beamten. Anna streckte sich. „Ist mir langsam schwer geworden", erklärte sie. Arvid grinste. „Du musst wieder Sport treiben wie früher". Anna nickte.

„Da hast du mal wieder Recht. Aber dazu muss das Sportstudio erst mal wieder aufmachen. Laufen könnte ich allerdings auch hier." Sie erreichten wieder ihren Wagen. Anna gab Arvid grinsend den Zündschlüssel.

„Hier, fahr dein Baby. Ich sehe doch deine leuchtenden Augen jedes Mal, wenn du den Wagen siehst." Arvid schmunzelte nur, sagte dann aber sie dabei ansehend:

„Die leuchten wegen dir und nicht wegen dem BMW" Anna winkte ab.

„Lass es gut sein, ich glaube dir doch kein Wort!" Sie sah wie sich Arvids Augen mit einem Schlag verdunkelten. Er schien das was er sagte, tatsächlich ernst zu nehmen. Anna stieg ein, schloss den Sicherheitsgurt, und dann strich ihre Hand plötzlich über seine, die den Startknopf drückte. Als sie ihn ansah, schien er wieder versöhnt zu sein, denn er lächelte ihr zu. Sie fuhren zurück zum Polizeipräsidium und suchten Groenewold. Der saß in der Kantine beim Mittagessen.

Als er sie kommen sah, winkte er ihnen zu und bat sie doch an seinem Tisch Platz zu nehmen. Er nahm einen Schluck Kaffee.

„Ich kann ihnen heute Seeteufel empfehlen, schmeckt sehr gut!" Arvids Augen leuchteten und er sah sich nach einer Bedienung um. Anna entschied sich für eine Gemüsesteak und Salat.

„Und wie gefällt ihnen ihr Zimmer, Familie Ohlson?", lachte Groenewold plötzlich verhalten. Anna bekam einen roten Kopf und Arvid grinste breit, und dann meinte er:

„Ja, meiner Frau und mir gefällt das Zimmer sehr gut. Sie hat manchmal solche tollen Einfälle, meine verehrte Gattin!"
Anna maß ihn mit einem vernichtenden Blick und meinte dann ziemlich trocken:

„Alles nur Tarnung, Herr Groenewold. Wir müssen vorsichtig sein, wir wissen nicht, wie weit diese Leute inzwischen hier vernetzt sind." Und das wiederum brachte sie so selbstverständlich zum Ausdruck, dass man es ihr glauben musste. Anna sah den Polizeichef von der Seite an.

„Sagen sie mal, was haben sie nun für Vorkehrungen getroffen? Ich meine, in Sachen Bunker zum Beispiel."
Arvid kannte Anna viel zu gut, um nicht zu wissen, dass sie nun zum Gegenschlag ausholte, und Groenewold für seine Bemerkung büßen lassen wollte. Frauen sind nun mal so! Doch auch Groenewold blieb gelassen.

„Wir sind vor Ort und warten darauf, dass sie sich bewegen. Ich hoffe nur, ihr Staatsschutz ist dann auch zur Stelle. Denn mit meinen 3 Kriminalisten, 4 Verkehrspolizisten und 11 Kontakt-Beamten im Außendienst kann ich nicht viel ausrichten, wenn es richtig losgehen sollte." Anna nickte nachdenklich und sah Arvid an. Der hob kurz die rechte Augenbraue an. Anna hatte verstanden und erhob sich. Auf die Frage nach der Bezahlung winkte er ab.

„Das geht auf Staatskosten, Frau Kriminaloberkommissarin. Und bitte nicht böse sein wegen meiner Bemerkung vorhin, ich meinte das wirklich im Spaß." Anna lächelte wieder ihr schönstes Lächeln und nickte.

„Keine Angst, ich habe sie schon richtig verstanden. Aber wir beide sind ledig, und da ist es für uns kein Problem mal ein Zimmer zu teilen für eine kurze Zeit." Sie verabschiedeten sich und gingen wieder zu ihrem Wagen zurück, plötzlich klingelte Arvids Handy. Er nahm das Gespräch an und lauschte angespannt.

„Arvid, ich bin es, deine Mama! Ich habe gehört du bis hier in der Nähe, man hat dich in Alta gesehen. Wir sollten uns mal wieder treffen, meinst du nicht?" Arvid schluckte ein paar Mal und räusperte sich.

„Das können wir machen, Mama! Bist du jetzt in der Bäckerei?" Seine Mutter bejahte.

„Ja, ich rufe von hier aus an. Möchtest du gleich vorbeikommen? Ich würde mich freuen." Arvid sagte zu und Anna sah ihn fragend an.

„Deine Mutter?" Er nickte sichtbar bewegt. Anna gab ihm den Schlüssel vom Wagen.

„Willst du alleine fahren, oder soll ich mitkommen?" Diesmal lächelte er sie wie befreit an. „Ja, komm bitte mit!"

Und so fuhren sie los. Die Fahrt ging am Flughafen vorbei auf der E6 nach Rafsbotn und nach 16 km waren sie am Ort. Es war ein kleines Dorf mit 400 Einwohnern, eine Apotheke, einen Bäcker und einen Markt wo es alles gab was man zum Leben brauchte. Wer mehr wollte musste nach Alta fahren. Arvid hielt den Wagen in der Ortsmitte vor der Bäckerei an und hupte einmal kurz. Im Nu standen zwei ältere Frauen am Fenster und winkten heraus. Die Frau mit dem grauen glatt und kurz geschnittenen Haaren, trat aus der Tür. Arvid stieg aus, ging um den Wagen und nahm seine Mutter in die Arme. Eine Weile standen sie so da. Anna war sitzen geblieben und sah wie sich Arvid ein paar Tränen abwischte, und musste feststellen, dass ihr das auch nahe ging. Kurz entschlossen stieg Anna auch aus. Die Frau lächelte sie mit tränennassen Augen freundlich an.

„He! Danke, dass sie mir meinen Jungen hergebracht haben, Frau Kommissarin! Herzlich willkommen! Kommen sie doch herein und trinken sie einen Kaffee mit uns.", bat sie Anna.

Wenig später saßen sie in einer gemütlichen Sitzecke beisammen und Arvid musste erzählen wie es ihm so in Alesund ging. Auf Arvids Frage wie es dem Vater ginge, zögerte die Frau einen kurzen Moment.

„Ja weißt du, seit er pensioniert ist, vergräbt er sich in seiner Werkstatt und bastelt. Und glaube es mir, er leidet darunter, dass er keinen Kontakt mehr zu seinem Jungen hat. Deine Schwester Luna kommt mindestens einmal die Woche vorbei, aber sie kann dich nicht ersetzen. Du musst mit ihm reden, Arvid!"

Sie sah ihren Sohn bittend an, und Arvid sah Anna an, und die nickte auch. Arvid sah auf die Uhr.

„Fährst du alleine zurück und holst mich morgen früh ab?", meinte er zu Anna. Die nickte sofort, doch Arvids Mutter mischte sich ein.

„Arvid Junge, du kannst doch deine Chefin nicht allein wieder zurückschicken. Kommt doch beide mit, ihr könnt gerne bis morgen früh bleiben, wenn ihr wollt." Arvid grinste auf einmal.

„Na gut, wenn du es willst Mama, kommen wir eben beide mit." Und so fuhren sie zu dritt zum Hof der Familie Ragnarson. Nach zehn Minuten Fahrt erreichten sie das Gehöft, etwas außerhalb aber unmittelbar am Waldrand, Da standen vier Gebäude im Karree und bildeten so einen großen Innenhof, alle nicht sehr groß, aber schon ziemlich in die Jahre gekommen. Anna stellte sich vor wie das hier bei Schnee und Vollmond aussehen mußte, und es gefiel ihr auf Anhieb, was sie Agnes Ragnarson auch sagte.

Als sie auf den Hof fuhren, ging kurz eine Tür auf, ein roter Wuschelkopf schaute heraus, dann war die Tür wieder zu. Sie stiegen aus, und Agnes Ragnarson schubste ihren Sohn leicht an.

„Na geh schon Junge! Er wird bestimmt nicht gleich auf dich schießen!", meinte sie lächelnd, und bat Anna mit ins Haus zu kommen.

Für Arvid waren es die wohl schwersten Schritte der letzten fünf Jahre, und so öffnete er tief Luft holend, ohne anzuklopfen die kleine Tür zur Werkstatt.

Als er eintrat stand ein älterer Mann an einer Werkbank und schaute kurz auf. Langsam legte er die Drahtbürste beiseite, lehnte sich an die Werkbank an und verschränkte die Arme über der Brust. Seine kleinen flinken Augen unter den buschigen roten Augenbrauen huschten hin und her, um dann auf dem jungen Mann zu verharren, der da ziemlich unglücklich vor ihm stand und ihn fragend anschaute. Doch dann meinte er:

„Na Hallo, Kriminalkommissar! Zieht es dich wiedermal nach Hause?" Arvid nickte und trat näher.

„Ja, wir haben drüben in Alta einen Fall. Deshalb sind wir jetzt für ein paar Tage hier." Der alte Mann nickte und zeigte auf den Stuhl.

„Setzt dich doch, Sohn!" Arvid setzte sich, und sie musterten sich eine Weile wortlos. Dann meinte der Alte:

„Du hast eine äußerst hübsche Kollegin wie ich sehen konnte." Arvid nickte.

„Ja, ja, das ist Anna Ohlson, sie ist Kriminaloberkommissarin und meine Chefin derzeit." Der Alte grinste leicht.

„Oha, eine Chefin. Und, wie ist sie? Musst du spuren?" Arvid versuchte zu lachen.

„Na ja, sie ist eben wie Frauen so sind. Aber sonst eigentlich ganz angenehm, keine etepetete Tante die immer zum Friseursalon rennt. Nee, sie ist ehrlich, aufrichtig und sie hat verdammt viel Mut, manchmal sogar zu viel und ich muss sie bremsen!" Der Alte nickte.

„Klingt ja beinahe so, als ob du sie magst, Sohn!" Arvid nickte ein wenig.

„Da hast du völlig Recht, und sie weiß es. Aber sie hat schon mal einen Reinfall erlebt mit einem Berufskollegen. Seitdem ist sie vorsichtig. Mal sehen ob es noch was wird." Der Alte sah seinen Sohn beinahe zärtlich an.

„Aber deswegen bist du wohl nicht hier, oder?" Arvid nickte wieder und kratzte sich verlegen am Kinnbart. Dann holte er tief Luft und es brach aus ihm heraus.

„Du hast Recht Vater, es wird Zeit, dass wir mal was aus der Welt schaffen, meine ich. Da kam mir der Auftrag hier oben ganz gelegen."

Der Alte ging zum Kühlschrank, nahm zwei Bierflaschen heraus, öffnete sie und gab eine davon Arvid. Sie setzten sich auf zwei alte Holzstühle. Arvid nahm einen kleinen Schluck und sah seinen Vater plötzlich fest an.

„Vater, ich habe damals da drüben in der Scheune nicht geraucht, auch wenn Hanno das immer behauptet hat. Er hatte an seiner Modellbahn ein neues Schaltmodul eingebaut und getestet. Als Mutter uns zum Abendbrot gerufen hat, sind wir los. Er hat vergessen den Strom abzuschalten. Das Relais ist über Nacht heiß geworden, hat sich entzündet, damit die Putzlappen voller Öl und Benzin in Brand gesetzt. Und so wie er immer gelogen hat, hat er auch damals wieder gelogen, und ich musste es ausbaden, als die Scheune abbrannte. Du hast mir nicht geglaubt, Papa! Weil er behauptete ich habe geraucht, was aber nicht stimmte! Du hast mir die Schuld gegeben und hast mich jämmerlich verprügelt! Das war zu viel für mich, und deshalb bin ich über Nacht abgehauen." Arvid nahm wieder einen Schluck Bier.

Sören Ragnarson war bei den Worten seines Sohnes plötzlich aufgestanden, blieb vor Arvid stehen, zog ihn mit beiden Händen an den Oberarmen hoch, und nahm ihn in seine Arme. Dabei schluchzte er halblaut:

„Ich weiß Arvid, ich war damals ungerecht. Ich habe alles erst später begriffen was mit Hanno los war. Spätestens als ihn meine Kollegen aufs Revier brachten, weil er gedealt hatte, wusste ich, dass ich ihn falsch eingeschätzt hatte. Aber da war es zu spät. Du, mein Ältester warst weg! Und ich alter Esel leide bis heute wie ein Hund unter dieser Ungerechtigkeit, die ich dir angetan habe. Kannst du mir noch verzeihen, Junge?"

Mit Tränen in den Augen stand der alte Mann da und wischte sich über das bärtige Gesicht. Genau wie Arvid, dem ebenfalls die Tränen über die Wangen liefen. Er nickte wortlos und nahm seinen Vater wieder in die Arme.

„Beenden wir dieses Drama, Papa! Es hat lange genug gedauert, und auch Mama hat darunter gelitten. Jetzt ist alles wieder gut zwischen uns beiden! Ja?"

Sören Ragnarson schniefte kurz und meinte dann mit bebender Stimme:

„Ja, mein Sohn, es ist alles wieder gut, wenn du mir verzeihen kannst!"

Und so lagen sich zwei gestandene Männer in den Armen und vergossen ein paar Tränen. Aber beiden tat es gut, nun endlich alles ausgesprochen zu haben.

Beim Abendbrot saßen sie zusammen in der gemütlichen Küche und plauderten angeregt, bis Anna das Gespräch auf die Glatzköpfe und den Bunker brachte, da horchte Sören Ragnarson plötzlich interessiert auf.

„Was macht ihr? Ihr ermittelt wegen der Sache in Alesund? Mein Gott, was denken die sich in Olso eigentlich? Diese Leute sind doch kreuzgefährlich!", bemerkte er ziemlich aufgeregt. Als das Gespräch auf den Staatsschutz kam winkte der Hausherr ab.

„Dieser Verein war schon zu meiner Zeit eine undurchsichtige Gesellschaft! Passt ja auf euch auf! Schließlich will ich ja bei eurer Hochzeit noch dabei sein!", platzte er auf einmal heraus. Und Arvids Mama fiel um ein Haar der Löffel aus der Hand, und sie sah die beiden Besucher an.

„Waas? Ihr beiden seid ein Paar? Ja warum sagt ihr das denn nicht?"

Arvid und Anna wehrten ab, und auch Anna bekam einen roten Kopf. Nur um etwas zu sagen meinte sie plötzlich:

„Na ja, so genau wissen wir das beide noch nicht. Wir, ja wir testen das noch, ob das was werden könnte." Und Sören Ragnarson sah die Oberkommissarin lachend an.

„Und wie testet man das heutzutage? Ich glaube, das ist wie früher bei uns, man schläft einfach zusammen! Und wenn das einige Zeit gut geht, muss man halt das Risiko eingehen. Eine Garantie gibt's da leider nicht, Frau Oberkommissarin!" Agnes schaltete sich ein.

„Sören, nun lass doch die Frau Oberkommissarin mal in Ruhe! Du bist unmöglich, so mit der Tür ins Haus zu fallen." Anna musste lachen.

„Also, als erstes lassen wir mal die Oberkommissarin weg, ich bin die Anna! Ok? Und wenn sich dieser Typ da drüben weiter so gut benimmt wie bisher, können wir ja nochmal drüber reden bei Gelegenheit. Aber wir müssen jetzt los, wir haben noch einen

Fall aufzuklären. Habt also dank für eure Gastfreundschaft, lieber Sören und liebe Agnes. Wir sehen uns ganz bestimmt bald mal wieder." Wobei sich Sören nicht verkneifen konnte noch zu bemerken:

„Aber nicht erst wenn die Enkel schon da sind, ist das klar!" Und dann drückte er Anna einfach fest an sich und gab ihr ein Bussi auf die Wange. Auch Agnes verabschiedete sich herzlich von Anna, drückte ihr schnell noch ein Paket mit Kuchen in die Hand und flüsterte ihr dabei zu:

„Pass mir gut auf meinen Jungen auf, Anna! Er ist manchmal etwas tollpatschig, aber er ist reinen Herzens. Mach`s gut, mein Mädel!"

Als sie wieder davonfuhren, standen zwei alte Leute an der Tür und winkten ihnen hinterher. Anna sah Arvid an, der konzentriert auf die Straße schaute und kein Wort bisher mehr gesprochen hatte.

„Na Same, bist du jetzt glücklich?", fragte sie ihn. Er sah kurz zu Seite und nickte. „Ja, ich bin eine Last los. Und, ich hab etwas mehr Hoffnung als vorher, was uns beide betrifft." Anna nickte lächelnd. Und weise meinte sie dann:

„Alles wird gut, Arvid!" Und das sagte sie mit ziemlich viel Überzeugung.

Adam Andersson klopfte auf den Tisch. „Leute, nun hört doch mal zu! Es wird Zeit, dass wir endlich mal zuschlagen. So wie es aussieht, haben wir eine Reihe von Möglichkeiten. Was mich allerdings stört, ist die Tatsache, dass wir offenbar zwei Bullen auf uns aufmerksam gemacht haben, die uns bis hierher gefolgt sind. Ein Weib und ein rothaariger Same hier aus der Gegend."

Ein junger Stift meldete sich und meinte forsch: „Na fangen wir sie doch einfach ein! Wir sind achtzehn Leute, die sind zu zweit, ist doch ein Kinderspiel!" Adam Andersson schüttelte den Kopf.

„So einfach ist das nicht, Kleiner! Erstens sind die keine Anfänger und zweitens haben wir sofort noch mehr von denen auf dem Hals. Aber ich habe eine andere Idee! Hört mir mal zu!"

Er holte eine Karte der Umgegend von Alta hervor und hängte sie an die Wand.

„So, seht her! Hier ist Alta und da oben ist Olderfjord. Das sind rund 100 km bis zum Hafen. In zwei Tagen schon soll nach Igors

Angaben das Schiff in Olderfjord anlegen und uns die Ware übergeben. Erst dann können wir zuschlagen. Daher schlage ich vor,
Igor, Petter und Gunnar fahren mit dem Nissan da hoch und holen
die Ware ab. Der Rest der Leute und ich machen hier ein wenig
Ramba Zamba zur Ablenkung. Am besten unten in der Stadt am
Hydrierwerk. So kriegen sie nicht mit, dass ein paar von uns weg
sind. Sie selber haben ja nur wenige Leute hier in Alta." Gunnar
meldete sich zu Wort.

„Was haltet ihr davon, wenn wir die Motorrad-Gang von Alto
Nielson einladen mitzumachen?" Einige begannen zu lachen,
weil sie sich vorstellten, was da in dem kleinen Nest los sein
würde. Die Bullen wären total überfordert. Und auch Andersson
war damit einverstanden diese Motorrad-Rocker einzuladen.

„Also Jungs! Wir treffen uns am Mittwoch 9.00 Uhr an der
Nordlicht-Kathedrale und besetzen die beiden Eingänge. Aber
macht nicht den Fehler die Bullen anzugreifen, darauf warten die
nur." Adam Andersson war mit sich zufrieden, nur schade, dass
Lönneberg nicht mehr dabei war. Auf ihn war bei solchen Sachen
immer Verlass gewesen. Nun musste er die Sache allein durchziehen.

Mittwoch früh um Neun Uhr begannen sich zwei Ereignisse auch
gleichzeitig anzukündigen. Zum einem rotteten sich früh genau
vor der Nordlicht-Kathedrale ungefähr zwanzig jugendliche
Glatzköpfe zusammen und lärmten dort herum, und zweitens
verließ der Nissan den Unterstand am Bunker. Beide Meldungen
kamen beinahe zeitgleich bei Polizeichef Groenewold an. Als
erstes alarmierte er Arvid und Anna die dem Nissan folgen sollten, den Rest der Leute schickte er zur Kathedrale. Für die beiden
Kriminalisten war es kein Problem den Wagen innerhalb einer
halben Stunde aufzuspüren, und ihm zu folgen.
Problematischer wurde die Situation als plötzlich an der Kathedrale etwa zwölf Motorrad-Rocker auftauchten und, wild herum-
kurvten und damit einige Urlauber verschreckten.
Als diese Meldung bei Groenewold ankam, reagierte er sofort
und rief die Sondereinheit an. Stationiert waren die in Isnestof-
ten, gute 10km entfernt in einer Polizeischule. Deren Aufgabe
bestand darin, bei Banküberfällen, Bandenkriminalität und ähnlichem einzugreifen.

Es dauerte eine dreiviertel Stunde, als plötzlich drei leichte Panzerwagen auftauchten und die Kathedrale umstellten.

Als Adam Andersson in einem alten Volvo sitzend die sah, gab er den Befehl zum Rückzug an seine Zugführer durch. Sie hatten erreicht was sie wollten, jetzt galt es schnellstens wieder zu verschwinden. Und doch gingen der Polizei ein Motorad-Rocker und zwei Glatzköpfe in die Falle. Die Harley des Rockers verweigerte auf einmal den Dienst, und er kam nicht weg. Die beiden Glatzköpfe waren noch sehr jung und wollten sich in einer alten Straßenwärterbude verstecken, und wurden dabei erwischt. Adam Andersson jedoch hoffte, dass seine Leute mit dem Nissan ungesehen aus Alta herausgekommen waren. Er selber fuhr auf Schleichwegen zurück zum Bunker. Dort angekommen, nahm er den Schlüssel und ging hinunter zu ihrem Unterstand.

Er vergewisserte sich, dass niemand in der Nähe war, dann öffnete er das kleine Holztor. Mit der Taschenlampe leuchtete er die Wände und die davorstehenden Kisten ab. Die Kiste mit den Kalaschnikows öffnete er und nahm eine heraus. Die Dinger waren nagelneu und noch eingefettet. Dann suchte er die Kiste mit den Magazinen fand sie aber nicht. Hastig durchwühlte er den gesamten Bestand, die Munition aber blieb verschwunden.

Andersson atmete heftig ein und aus. Was war hier los? Wer hatte ihnen die Munition geklaut? Ohne die, waren die Maschinenpistolen wertlos! Er begann lästerlich zu fluchen. Die Frage war, wer wusste alles von diesem Unterstand?

Im Bunker konnten sie die Sachen nicht aufbewahren. Kam eine Kontrolle wären die Waffen der Untergang gewesen. Sie waren immerhin ein öffentlicher Verein, und so sollte das auch noch möglichst lange bleiben. Ihr langfristiges Ziel war die Zerstörung der Infrastruktur, und die Übernahme der Macht, zumindest in einzelnen Landesteilen für den Anfang. Sie hatten schon Destinationen ausgemacht, in denen sie wichtige Leute aus Politik, Wirtschaft und Armee internieren wollten. Das Ziel war, das Land unregierbar zu machen. Dazu wurden bereits Listen angefertigt wer zu internieren war.

Aber wer hatte die Munition für die Kalaschnikows geklaut? Und Andersson überkam ein ungutes Gefühl. Die Bullen konnten es nicht gewesen sein, die hätten hier alles ausgeräumt. Er musste unbedingt mit diesem Lemonow reden, der war ihr Verbindungsmann nach draußen. Und dann fasste er einen Entschluss! Er würde selbstständig handeln! Noch heute Nacht! Vorsichtig hob er aus einer der Kisten eine Panzerfaust heraus und packte sie in seinen Rückenkorb. Dann ging er zurück zum Bunker.

Inzwischen war es ziemlich wärmer geworden über Nacht. Und Arvid hatte seinen Pullover ausgezogen und durch ein buntes Hemd ersetzt. Anna dagegen hatte ihre Hosen für das Gelände an, dazu richtige feste Sportschuhe und ein Top mit breiten Trägern. Arvid hatte sie förmlich angestarrt, als sie umgezogen wieder zurück zum Wagen kam. Diese Oberweite war nicht zu verachten. Er bemühte sich nicht allzu offen darauf zu starren.
Sie hatten noch gute 18km bis Olderfjord, aber was passierte dann? Dort standen sie beide praktisch allein auf weiter Flur und mussten dann wohl eine Entscheidung treffen. Und ringsum war nichts als nur reine Natur und viel Wald.
Der Nissan bog nach einem Kreisverkehr plötzlich nach rechts ab auf eine Nebenstraße, die wohl in Richtung Hafen führen musste. Arvid ließ einen großen Abstand zu, weil kaum Verkehr war. Was wollten die hier in der Pampa? Doch der Nissan war plötzlich wieder kurz vor der Hauptstraße, die zum Hafen führte. Anna sah durch ihr Fernglas.
    „Sie fahren zum Hafen rein! Wir müssen näher rankommen. Gib Gas, Arvid! Ich möchte wissen, was die hier oben in dieser Einöde eigentlich wollen?"
Eine Staubwolke aufwirbelnd fegte der BMW auf die E 6 und näherte sich dem Hafen. Ein großer Parkplatz kam und Arvid stellte den Wagen ab.
    „Wir gehen zu Fuß weiter! Das ist unauffälliger", meinte er nur, und marschierte auch schon los. Anna folgte ihm kopfschüttelnd. Manchmal hatte der Same eine Art, da konnte Frau schon mal murren. Aber sie schwieg und legte einen Schritt zu um an ihm dran zu bleiben. Sie sahen sich um, doch nirgends war von den Kerlen etwas zu sehen. Endlich fanden sie den Nissan. Er stand zwischen zwei Bauwagen, gut gedeckt. Aber von der Besatzung fehlte jede Spur. Sie berieten gerade, wie sie nun weiter vorgehen wollten, als urplötzlich ein Funkstreifenwagen auftauchte! Arvid fluchte leise.

„Was wollen denn diese Bordsteintreter jetzt hier! Verdammt! Die vermasseln uns die ganze Sache!" Und tatsächlich stiegen die beiden Beamten aus, und liefen langsam und behäbig auf die beiden Bauwagen zu. Plötzlich heulte ein Motor auf, und dann kam der Nissan mit durchdrehenden Rädern herausgeschossen. Die beiden uniformierten Beamten retteten sich mit einem Sprung zu Seite, und der Nissan verschwand aus ihrer Sicht. Und Arvid sah Anna wütend an.

„Diese beiden Helden kaufe ich mir jetzt!" Anna versuchte ihren Kollegen zurückzuhalten, doch der rannte wie ein Elch den Hang hinunter und auf die beiden Polizisten zu. Das Wortgefecht war laut und dauerte fünf Minuten, dann zogen die beiden mit betretenen Mienen ab und fuhren wieder davon. Arvid kam wutschnaubend zurück.

„Dieser Nissan steht auf der Fahndungsliste! Ich möchte doch mal wissen welcher Idiot das wieder veranlasst hat. Ich werde hier noch verrückt!", fauchte er angefressen. Anna klopfte ihm beruhigend auf die Schulter.

„Reg dich ab, wir fahren jetzt zurück zur Polizeiwache, so geht das nicht weiter. Hier muss viel mehr Absprache und einheitliches Vorgehen herrschen. Das geht so nicht mehr weiter."
Mit dieser Erkenntnis fuhren sie enttäuscht wieder zurück in den Ort. Der ortsansässige Dorf-Polizeiposten war sonst mit sechs Mann besetzt, wovon immer zwei außer Dienst waren.
Anna versuchte mit dem Leiter zu reden. Der empfing sie anfangs ziemlich mürrisch, offenbar hatten die von der Funkstreife schon berichtet was vorgefallen war. Obersekretär Hanussen war etwa 50 Jahre alt, etwas rundlich mit Glatzkopf. Er hörte sich an was Anna zu sagen hatte. Dann kratzte er sich seinen kahlen Schädel und gähnte erstmal kräftig. Danach entschuldigte er sich, er habe gestern Abend die Geburt seines Urenkels gefeiert. Anna sah auf ihr Handy. Der Nissan musste nicht weit außerhalb der Ortschaft irgendwo in der Pampa stehen. Hanussen staunte über diese Technik, und meinte:

„Wenn sie die festnehmen wollen, dann muss ich alle meine Leute holen. Das dauerte gut eine Stunde." Aber Anna verneinte.

„Brauchen wir nicht, im Gegenteil, wir müssen sie ungeschoren lassen bis sie auf die anderen getroffen sind. Denn sie müssen hier auf jemand im Hafen warten, das steht fest. Sie werden erst wieder auftauchen, wenn es dunkler wird. Wir werden sie nicht festnehmen, sondern nur beobachten was sie vorhaben." Hanussen nickte.

„Na da machen sie mal, wir halten uns da raus! Das ist versprochen!" Als sie die Wache wieder verließen gähnte der Same verhalten. Anna lächelte.

„Wir fahren jetzt da raus, postieren uns irgendwo gut getarnt, und dann schläfst du erst einmal. Danach bin ich dran! Los!"
Sie fuhren keine 15 Minuten und kamen wieder in ein Waldgebiet. Die Straße war schlecht, aber der BMW hielt sich tapfer. Und dann sahen sie plötzlich den Campingplatz! Sie blieben am Eingang stehen und gingen dann zu Fuß weiter. Der Nissan stand vor einer kleinen gelben Hütte, drinnen brannte Licht und man hörte Stimmen. Ansonsten war ringsum keine Menschenseele zu sehen. Anna zuckte mit den Schultern.

„Wir können nur abwarten. Irgendwas werden die ja vorhaben. Die sind ja nicht hergefahren, um Urlaub zu machen, denke ich."
Sie sah Arvid der verhalten gähnte.

„Hör zu, wir stellen den Wagen da vorn neben eine leere Hütte und du legst dich auf die Rücksitze und schläfst eine Runde, danach bin ich dran. Komm, das bringt hier nix."
Anna fuhr den BMW in die letzte Reihe neben eine weiße Hütte, da fiel ihr silberfarbener Wagen nicht allzu sehr auf. Minuten später schnarchte Arvid bereits auf der Heckbank. Anna hatte sich in den bequemen Sitz gekuschelt, und Musik aus dem Smartphone auf den Ohren. Und so verging die Zeit. Sie war gerade im Begriff Arvid wecken zu wollen, als plötzlich der vorne an der kleinen Lagerstraße der Nissan vorbei rollte. Anna startete den Wagen und fuhr langsam aus der Deckung heraus. Arvid war plötzlich aufgestanden und versuchte nach vorn durchzusteigen. Doch Anna musste anhalten, um Arvids Aktion erfolgreich abschließen zu können. Dann folgten sie wieder dem graublauen Nissan. Der nahm zielstrebig den Weg zum Hafen am Ufer des Porsangerfjords. Es gab drei Anleger für die Fischkutter und einen für die Fähre, und dort stand ein Trawler angeleint. Vor dem hielt der Nissan an. Sie warteten etwa eine halbe Stunde, bis plötzlich auf dem Schiff Bewegung entstand. Unsere drei Jugendfreunde und zwei Mann von der Besatzung luden dann vier

Kartons in den Nissan um. Dann verschwanden alle wieder auf dem Schiff.

„Und jetzt müsste man zugreifen", meinte Arvid nachdenklich. Anna schüttelte den Kopf.

„Kein guter Plan, Arvid. Dann nehmen wir die hops, und im Auto findest du irgendwelchen Kram, aus dem du denen keinen Strick drehen kannst. Die wissen, dass wir sie beobachten, und wir müssen sie gehen lassen. Damit wäre die ganze Aktion in Gefahr." Sie sah Arvid an und der nickte leicht.

„Hast ja recht, wie immer", meinte er schmunzelnd. Auf dem Schiff bewegte sich wieder etwas! Die Lampen gingen an, unsere Glatzköpfe stiegen ab, und die Leinen des Trawlers wurden gelöst, er legte ab. Unsere Freunde winkten ihnen nochmal kurz zu, dann bestiegen sie ihren Nissan und fuhren langsam aus dem Hafengelände heraus. Die beiden Kriminalisten atmeten auf, es ging wohl offenbar wieder zurück nach Alta. Was allerdings auffiel, der Nissan fuhr im Gegensatz zur Herfahrt verdächtig langsam! Und Arvid sprach aus was Anna gerade auch gedacht hatte:

„Was transportieren die da vorn? Wir haben doch nicht gesehen, dass sie was Schweres aufgeladen hätten."
Nach anderthalb Stunden erreichten sie Alta. Der Nissan fuhr wieder Richtung Bunker. Arvid meldete sich im Präsidium von Alta bereits an, um sich dort kurz mit Groenewold abzusprechen. Dann ging es hurtig in Richtung Bett im Hotel „Scandia". Und diesmal war Anna die erste, die unter ihre Decke kroch. Wann Arvid kam, hörte sie schon nicht mehr.

Am Vormittag des nächsten Tages meldete der Beobachtungsposten am Bunker, die Ankunft eines LKW, von dem dann drei Quads abgeladen wurden, die alle in den kleinen Verschlag am Fuße des Bunkers verschwanden. Damit stand fest, die Leute planten was. Sofort herrschte erhöhte Alarmbereitschaft!
Anna rief Raik Larson vom Staatsschutz an, der erst mal mächtig Dampf abließ, eh er dann auf Annas Argumente einging. Sie hatten ja seit zwei Tagen außerhalb von Alta Stellung bezogen. Ihre Truppe bestand aus 30 Mann. Anna und Arvid waren wieder frisch ausgeruht als sie zum Präsidium von Alta fuhren.
Larson hatte seine Truppe in drei Gruppen aufgeteilt, so konnten sie sich ohne weiteres trennen und einem der Quads folgen.

Und dann ging alles sehr schnell! Die drei Quads, besetzt mit je zwei Mann verließen am späten Nachmittag den Bunker. In der Zentrale in Alta saßen jeweils abwechselnd zwei Beamte und hielten den Kontakt zu den drei Gruppen.

Quad Nummer Eins verließ Alta, drehte nach Westen ab und nahm Kurs auf Kähfjord.

Quad Nummer Zwei nahm Kurs Norden in Richtung Skaidi, wo die E 6 in die STstr.94 abbog und man in gut 45 km Entfernung am Fjord die Städte Kvalsund, und über die Brücke dann Stallogaro anfahren konnte.

Quad Nummer Drei fuhr in Richtung Kamagfjord, ebenfalls am Sund liegend. Larsons Leute folgten den Quads mit zwei Jeeps. Und Larson selbst fuhr bei den Kriminalisten im BMW mit und stand im ständigen Funkkontakt zu den zwei anderen Gruppen.

Rund 100 km hatten sie bald geschafft, als dann eine mächtige Stahlbrücke über den Sund vor ihnen auftauchte. Erbaut 1977 auf drei Beton Pfeilern ruhend. Arvid nahm das Gas weg und blieb am Beginn der Brücke stehen, als er sah, dass die beiden Glatzköpfe in der Mitte der Brücke anhielten und abstiegen. Einer der beiden nahm einen ziemlich großen Karton und stieg über das Geländer auf eine Treppe, um dann abwärts zu steigen. Larson pfiff durch die Zähne.

„Verdammt, die wollen doch wohl nicht die Brücke in die Luft jagen! Los ran, Jungs! Zugriff!", schrie er in sein Sprechfunkgerät, sprang aus dem BWM und auf Trittbrett des Jeeps auf, und der jagte mit Vollgas auf das Quad zu. Noch ehe sie dort waren, sprang der Fahrer des Quads wieder in den Sitz, startete und raste davon in Richtung Brückenende. Und weg war er!

Arvid und Anna hatten sich bei der Aktion zurückgehalten. Plötzlich peitschten Schüsse durch den Abend! Larsons Trupp hatte das Feuer auf den jungen Kerl unterhalb der Treppe eröffnet, und der feuerte mit einer Kalaschnikow zurück. Und Raik Larson brüllte:

„Passt auf den Karton auf! Schießt nicht auf den Karton!".

Doch die Warnung kam zu spät! Es gab eine mächtige Explosion unterhalb der Brücke, bei der die gesamte Stahlleiter abgerissen wurde. Als sich die Nebelschwaden verzogen hatten, und sich alle wieder aufrappelten, sah man dort wo der junge Mann mit seinem Karton das Feuer erwidert hatte, nur einen schwarzen großen Fleck. Larson fluchte wie ein Berserker, und Arvid schüttelte den Kopf über das übereilte Handeln von Larson. Einer der Täter war tot, der andere war abgehauen. Anna und Arvis waren sich einig, dass Larson Schuld daran hatte, dass diese Aktion so mißlungen war. Doch sie schwiegen beide. Nun blieb ihnen nichst weiter übrig als den zweiten Mann mit dem Quad zu suchen. Aber wo anfangen und wo aufhören?

Mißmutig fuhren sie weiter über die Brücke in Richtung Stallogaro. Von dem Quad war weit und breit nichts zu sehen. Noch vor dem Dunkelwerden schickte die Marine einen Heli der den Ort im Tiefflug überflog, aber erfolglos abdrehen musste. Der 741m lange Brücke, die 26m über dem Meer eine zweispurige Fahrbahn hatte, war nichts passiert.

So rasteten sie in dem kleinen Ort Kvalsundbrua. Auf dem Marktplatz hatten sie sofort ein paar Neugierige auf dem Hals. Doch Arvid tat das einzig Richtige, er befragte ein paar Jugendliche, die dort herumlungerten. Zwei Jungs und ein Mädchen, die in seiner Nähe standen, sprach er an.

„Hört mal, wir suchen einen Glatzkopf mit Quad. Der hat mit seinem Freund versucht die Brücke in die Luft zu jagen. Habt ihr einen mit einem schwarzen Quad gesehen in der letzten halben Stunde?" Die Jungs schüttelten den Kopf, aber das Mädchen mit roten Haaren und Sommersprossen auf der Nase nickte plötzlich.

„Hab ich vorhin gesehen, der fuhr raus in Richtung Wasserwerk. Also da hinten rechts abbiegen!" Sie zeigte hinter sich.

Arvid gab der überraschten Kleinen einen Schmatz auf die Wange und rannte sofort zurück zum BMW. Und zwei Minuten später jagte der Konvoi zum anderen Ende des Ortes. Zu allem Überfluss begann es nun auch noch dunkel zu werden und die ersten Lampen gingen an. Trotzdem begannen sie das kleine Wasserwerk zu durchsuchen. Zunächst suchten sie den Techniker und fanden ihn in seinem Büro. Ohne anzuklopfen trat Larson ein.

„Raik Larson – Staatsschutz! Sperren sie sofort die Wasserversorgung ab – Los!"

Als der Techniker erst noch umständlich Fragen stellen wollte begann Larson wie ein Stier zu brüllen und zog seine Pistole heraus. Der Techniker, kreidebleich drückte hintereinander drei

Knöpfe, legte den Hauptschalter um, und stand dann zitternd da. Während Anna sich um ihn kümmerte und ihn erklärte worum es ging, rannten die anderen schon wieder hinaus. Mit Hilfe von einigen Leuten aus dem Werk begannen sie alle relevanten Stellen gründlich abzusuchen. Sie erreichten gerade das Klärbecken, als sie plötzlich unter Feuer genommen wurden. Kugeleinschläge spritzten auf den Sandweg auf, trafen ein Geländer und surrten dann durch die Luft. Arvid hielt den Kopf unten, und knurrte:

„So eine Scheiße! Jedes Mal bin ich dabei!" Der Junge musste eine MPi haben, denn er zog jedes Mal eine Salve durch. Doch wieviel Munition hatte er noch? Larson ließ seine Leute ausschwärmen. Er lag neben Arvid in einer Sandmulde und spähte über den Rand. Doch der Gangster blieb verschwunden. Egal wo sie auch suchten, er war nicht auffindbar. Er schien sich zurückgezogen haben, aber wohin? Larsons Trupp kämmte das das ganze Gelände ab. Am Ende zogen sie sich ergebnislos zurück. Arvid machte sich kurz entschlossen auf den Weg zurück zum Büro wo Anna noch sein musste. Er betrat die Baracke. Und dann sah er einen der Techniker auf dem Gang liegen, unnatürlich verdrehte Gliedmaßen ließen den Schluss zu, dass er flüchten wollte und erschossen wurde. Arvid wurde es auf einmal heiß und kalt zur gleichen Zeit, und nur ein Gedanke schoss ihm durch den Kopf – Anna! Vorsichtig schlich er sich näher in Richtung des Büros. Und dann sah er durch die Glasscheiben was los war! Ein Vermummter stand mitten im Zimmer. Einen Arm um Annas Hals gelegt, in der anderen Faust hielt er ein gut 20cm langes Armeemesser! Er stierte auf den Computer vor sich auf dem Tisch und hatte Arvid offenbar noch nicht bemerkt. Aber Anna die auf dem Stuhl saß hatte Arvid gesehen! Er sah wie sie die rechte Augenbraue zucken ließ – das bedeutete Gefahr! Na gut, das sah er ja selber, aber was sollte er tun? Er zog sich wieder zurück und traf an der Tür auf Larson und zwei seiner Männer. Er erklärte ihm kurz die Situation. Larson fluchte leise.

„Immer diese Scheiße mit den Zivilisten!" Arvid fauchte ihn an. „Hören sie auf! Lenken sie den Kerl hier ab, ich gehe um die Baracke herum, und komme dann durchs Fenster rein! Oder ich schieße ihn gleich über den Haufen!! Klaro?"
Larson nickte erstaunt und gab Zeichen man sollte nach vorn gehen und sich sehen lassen, um ihn abzulenken.

Arvid stürmte im Eiltempo wieder raus, um die Hausecke herum, jagte an der Rückwand entlang und erreichte das Fenster, hinter dem Anna und der Gangster waren. Der hatte inzwischen Anna mit ihren eigenen Handschellen am Schreibtisch gefesselt, und mit Klebestreifen die Füße zusammengebunden. Außerdem hatte er Anna eine Handgranate um den Hals gehängt, diese war verbunden mit einer Schnur, die an der Türklinke der Zimmertür festgebunden war. Machte man die Tür auf, zog das den Splint heraus und die Granate würde explodieren! Der Kerl musste ein Profi sein wie es aussah.

Er selber schien aber gerade zu versuchen die Wasserverteilung wieder mit Hilfe des PC in Gang zu bringen, und hatte deshalb seine Pistole und seine Kalaschnikow neben sich auf einen Stuhl gelegt, weil er die Hände ja zum Schreiben frei brauchte.

Zu Arvids größten Glück aber war das Fenster des Büros nur angelehnt. Das war seine größte Chance, sonst hätte er durch die Scheibe schießen müssen. Mit der Linken schob er das Fenster leicht weiter auf und mit der Rechten drückte er zweimal ab. In dem Moment als der Gangster das aufgehende Fenster bemerkte, sich umdrehte und zur Waffe greifen wollte, hatte Arvid bereits zweimal abgedrückt! Der erste Schuss traf den Vermummten auch direkt in den Kopf, der zweite Schuss erwischte ihm am Hals! Er kippte einfach um und blieb reglos liegen. Mit einem Sprung war Arvid im Zimmer und entfernte die Handgranate von Annas Hals. Und dann standen auch schon Larson und seine Mannen im Zimmer.

Arvid befreite Anna von ihren Fesseln und nahm sie kurz in die Arme. Larson klopfte beiden anerkennend auf die Schulter und nickte Arvid zu.

„Sauber Leistung, Herr Kommissar! Mit der Nummer könnten sie bei uns einsteigen!", meinte er anerkennend. Anna saß am Schreibtisch und musste das ganze erst mal verdauen. Sie könnte jetzt tot sein! Selbst wenn der Glatzkopf erfolgreich gewesen wäre, er hätte sie niemals gehen lassen, das war ihr klar.

Inzwischen hatten die anderen von Larsons Truppe den Karton gefunden. Er enthielt einen 5 Liter Plastekanister mit einer blauen Flüssigkeit, gesichert mit einer kleinen Sprengladung und einem Wecker, der noch stand. Das also hatten sie hier irgendwo in der Wasserverteilung einbringen wollen! Das musste das Gift sein!

Sie hatten den Anschlag verhindern können, wussten aber durch den Tod der beiden Glatzköpfe immer noch nichts über die Auftraggeber und deren Ziele. Es war wie verhext! Fest stand aber, den ersten Fehler hatte dieser Larson gemacht, als er plötzlich losgeprescht war, um den Fahrer des Quads festzunehmen. Wäre die Sache lautlos vonstattengegangen, hätten sie bestimmt beide einkassieren können. So war einer tot, und der andere war verschwunden. Arvid war ärgerlich auf Larson.

Die anderen beiden Gruppen mit den Quads erwiesen sich als reine Ablenkung. Als man die Jungs vor Ort auf der Strecke anhielt und kontrollierte, hatten sie nichts bei sich als Gepäck für zwei Mann. Also musste man sie wieder laufen lassen.

Magnusson verordnete Arvid und Anna als erstes eine Woche Urlaub. Kurz entschlossen beschlossen beide diesen bei Arvids Eltern zu verbringen. Zu Hause in Alesund war immer noch Sperrgebiet, was sollten sie also dort. Und den Dienst musste jetzt Larson mit seinen Männern abdecken. Fest stand aber nun auch, die Bande war sicher gewarnt, und würde sich hüten, in nächste Zeit noch was zu unternehmen.

Arvids Eltern waren hocherfreut, Arvid selber ziemlich glücklich und Anna konnte die Ruhe der Wälder genießen, und ging mit Arvid und dessen Vater zum Fische fangen. So konnte Anna langsam wieder zu sich finden, und manchmal wanderte sie dann auch ganz allein am Fjord entlang, und ließ sich vom Wind gehörig durchpusten. Arvid sah es und ließ sie in Ruhe gewähren. Für ihn war seine Chefin Anna inzwischen wie eine Frau, die man mit großer Sorgfalt behandelte. Und Anna selber spürte, was sich da zwischen ihnen inzwischen entwickelt hatte, und es gefiel ihr, wenn sie ehrlich war, von Tag zu Tag mehr.

Als Arvid seinen Eltern von dem letzten Einsatz erzählte, und was Anna dabei erlebt hatte, war Arvids Vater aber mehr als nur beeindruckt. Und er gab seinem Sohn zu verstehen, dass er sich freuen würde, wenn Anna mal seine Schwiegertochter werden würde.

Zeit der Besinnung

Und immer wieder entstand vor Annas Augen das Bild, als der Glatzkopf plötzlich ihr die Pistole an die Schläfe hielt, und sein

Arm ihr beinahe die Luft genommen hätte. Was sie in diesem Moment gefühlt hatte, würde sie wohl nie wieder vergessen. Und Verwunderung darüber, dass alles so rasend schnell vorbei sein kann im Leben, Angst und der innere seelische Ruf nach ihrem Kollegen Arvid Ragnarson. Und der musste diesen Ruf gefühlt oder gehört haben, so schnell wie er plötzlich im Raum stand. Es war abgelaufen wie in einem Zeitlupenfilm. Immer mit Blick auf diesen Draht, und die Handgranate mit dem Splint auf ihrer Brust. Ein Zug an der Tür, und sie wären alle in die Luft geflogen. Dieser Ganove hatte an alles gedacht, eben nur nicht an Arvid, ihrem Kollegen und Freund - oder wirklich mehr als nur Freund? Dieser Gedanke beschäftigte Anna nun schon seit sie losgelaufen war, immer am Kamm der Düne entlang. War Arvid inzwischen mehr als nur ein Freund und Kollege? Dieser Same mit seinen 1,68m, also vier Zentimeter kleiner als sie. Mit seiner roten wilden Wuschelmähne, den ebenso wuchernden roten Bart? War das ihr Traummann? Vor drei Monaten hätte sie das noch entschieden verneint, aber jetzt? Er hatte ihr im wahrsten Sinne wohl das Leben gerettet! Er hatte in den letzten Wochen sich von einer Seite gezeigt, die Anna vorher nie bei ihm gesehen hatte. Da war er immer auf der Flucht, immer neue Weiber, eine jünger als die andere. Ja, er war flatterhaft gewesen. Aber jetzt, jetzt hatte er mit Vernunft, mit Ruhe und Übersicht, selbst sie manchmal vor einem allzu unbedachten Schritt bewahrt. Dazu hatte er damals ihren Fehler auf seine Kappe genommen, und sich dafür einen Anschiss von Magnusson eingehandelt, und das rechnete sie ihm ganz hoch an.

Anna atmete tief die frische Seeluft ein und wieder aus. Auch zu Arvids Eltern hatte sie sofort guten Kontakt gefunden. Die Mutter Ragnarson behandelte sie bereits wie eine Tochter, und der Vater war ebenso gut zu ihr. Im Gegensatz zu ihrer überdrehten Mutter, war Agnes Ragnarson eine wirklich liebende Mutter. Wie damals ihre Oma Edith, die war ähnlich gewesen.

Mit ihrer Mutter hatte sie nur Stress gehabt, weil sie wollte, dass Anna auf eine Schauspielschule gehen, und Schauspielerin werden sollte. Aber Anna hatte sich vehement dagegen gewehrt, und war letztens dann zu Hause ausgezogen und zu ihrer Oma gezogen. Und sie hatte sich in ihren Beruf verbissen, und war erfolgreich aufgestiegen und hatte Anerkennung erfahren. Aber heute war sie 38 Jahre alt, war immer noch bzw. wieder ledig, hatte keine Kinder, und war eigentlich allein. Ihrer Mutter schrieb sie zu Ostern oder Weihnachten eine Karte. War das alles was man vom Leben erwarten konnte?

Anna sah auf die Uhr und kehrte wieder um. Agnes würde schon das Mittagessen bereitet haben.

Als sie in die Küche eintrat, saßen alle drei schon am Tisch versammelt. Anna entschuldigte sich und setzte sich auf ihren Platz auf der Eckbank. Arvid sah sie mehrmals von der Seite an als wolle er etwas sagen. Anna lächelte ihm zu. Da legte Arvid den Löffel beiseite, räusperte sich ein paar Mal ehe er zu sprechen begann.

„Hör mal Anna, Magnusson hat mich vorhin angerufen. Wir sind einstweilen hier her nach Alta versetzt, weil hier oben die Polizeiarbeit so mies läuft. Er hat mich gefragt, ob ich mir vorstellen könnte für immer hier zu bleiben. Ich habe ihm gesagt, dass ich dazu nur bereits wäre, wenn du auch hierbleiben würdest. Zumal Alta bald ein Neubaugebiet bekommt. Das wären gut 1200 Einwohner mehr als jetzt. Also alleine könnte ich hier dann auch nichts mehr ausrichten und bräuchte Hilfe. Was meinst du dazu?"

Anna sah ihren Kollegen mit großen Augen an, sie sah aber auch die fragenden Blicke der Familie Ragnarson. Und auf einmal schienen ihre Gedanken von vorhin am Meer, plötzlich einen Sinn zu machen. War das ihr neuer Weg? Sie legte den Löffel beiseite und musste wegen der gespannten Gesichter schmunzeln. Sich zurücklehnend sagte sie nachdenklich:

„Wenn du wirklich glaubst es mit mir auch noch die nächsten Jahre aushalten zu können, hätte ich nichts dagegen! Die Frage ist nur wer ist dann wessen Chef? Habt ihr das auch schon beschlossen, ihr Männer?" Arvid strahlte über das ganze Gesicht und schüttelte den Kopf.

„Nee, haben wir nicht, wäre mir aber auch ziemlich egal." Und schon holte Vater Ragnarson seinen Aquavit aus dem Küchenschrank und dazu vier Gläser. Und so tranken sie sich lachend zu, und Anna fühlte sich auf einmal leicht und beschwingt. Das Schicksal hatte mal einfach so entschieden!

Am Abend fuhren sie nach Alta rüber und besuchten eine von Arvids früheren Kneipen. Es wurde ein lustiger Abend, und Anna musste Arvid dann zu später Stunde nach Hause fahren und zu Bett bringen. Als sie ihn zudeckte und das Licht löschen wollte, hielt er sie am Arm fest.

„Krieg ich keinen Gutenachtkuss?", nuschelte er und blinzelte sie mit seinen kleinen Augen an. Anna beugte sich nach unten und gab ihm den gewünschten Kuss mitten auf den Mund. Zufrieden legte Arvid den Kopf beiseite und begann zu schnarchen. Anna löschte das Licht und verließ das Zimmer. Unten in der Küche saßen noch die Eltern und sahen sie an, als sie wieder eintrat. Mutter Ragnarson lächelte vor sich hin.

„So wie heute habe ich ihn noch nie gesehen. Er war ja richtig voll, der Stromer." Vater Ragnarson stellte Anna ein Glas Rotwein auf den Tisch.

„Und, wie fühlst du dich jetzt, Mädel?", fragte er sie, und schaute dabei genau wie Arvid. Anna nahm einen Schluck.

„Ach weißt du Sören, manchmal regeln sich die Dinge von selbst. Ich finde es hier oben bei euch wunderschön. Alesund ist keine Großstadt wie Oslo. Ich mag auch lieber das Landleben. Und ehrlich gestanden, gibt's hier oben halb so viele Morde wie im Süden. Also, warum soll ich nicht hierbleiben, meine Wohnung in Alesund auflösen und hier her zu euch ziehen."
Sören nickte vor sich hin.

„Und wo werdet ihr wohnen? Werdet ihr überhaupt zusammenwohnen? Ich meine, drüben das kleine Holz-Haus hätten wir schnell ausgebaut, das ist noch gut erhalten und bewohnbar. Ihr könnt es euch ja morgen mal ansehen." Anna nickte und stand auf.

„Das werden wir machen, Vater Ragnarson! Gute Nacht! Ich gehe jetzt zu meiner Schnapsleiche!", verabschiedete sie sich lachend, und Agnes schaute ihr lächelnd hinterher.

Am nächsten Morgen blinzelte Arvid Anna verschlafen an und stöhnte leise.

„Mein Gott war ich voll! Wie schon lange nicht mehr. War ich wenigstens anständig, Chefin?" Anna lachte und strich ihm die Haare aus den Augen.

„Puhh, du stinkst wie eine Schnapsfabrik! Kein Wunder, dass ich auch Kopfschmerzen habe. Ich habe mir nicht getraut das Fenster aufzumachen." Arvid sah auf die Uhr.

„Was machen wir heute?" Anna ritt auf einmal der Teufel, und so meinte sie:

„Wir werden nachher unsere erste gemeinsame Wohnung anschauen!" Arvid schnippte aus seiner Lage im Bett und starrte sie an. „Wo und welche Wohnung?" Anna lachte verhalten. Sie deutete aus dem Fenster.

„Gleich da drüben das kleine Holz-Haus! Mal sehen wieviel Platz ist, und ob es ein Kinderzimmer hat!" Jetzt war Arvid aber vollends hellwach. Er sah sie an.

„Wieso das Holz-Haus, und wieso Kinderzimmer? Brauchen wir eins?" Anna prustete los und erzählte dann von dem Gespräch am Vorabend mit Sören. „Nein, Kinderzimmer brauchen wir vorerst keins, lieber Arvid!" Sie sah wie er durchatmete.

„Ich dachte beinahe schon wir wären gestern Abend unanständig gewesen. Mein Gott, ich saufe nie wieder so viel!" Anna schälte sich aus dem Bett und saß im kurzen Nachthemdchen mit nackten Beinen auf der Bettkante. Arvids Kopf lag daneben. Er küsste plötzlich ihren braunen Oberschenkel vom Knie ab aufwärts.

„Ich muss schon sagen Chefin, du hast ein schönes Fahrgestell!", bemerkte er grinsend. Doch ehe Arvid sich versah, saß Anna auf seinem Brustkorb, und sein Kopf schaute zwischen ihren Beinen heraus. Er schraubte die Augen heraus. Plötzlich meinte er leise:

„Anna, bin ich tot und im Himmel?" Sie lachte. „Warum willst du das wissen?"

„Na ja, da gibt's doch angeblich schwarze Löcher, die alles auffressen!", antwortete er und verkniff sich das Lachen. Anna schob ihre nackten Beine etwas mehr zusammen, so das Arvid nach Luft schnappte.

„Dir alten Lustmolch werde ich gleich was geben, von verwegen „Schwarzes Loch"! Aber da du mir erst das Leben gerettet hast, will ich dich mal nicht so sein und dich verschonen." Und mit Schwung lag sie wieder neben ihm im Bett. Aber dann ging alles sehr, sehr schnell, und Anna hatte plötzlich kein Nachthemd mehr an, und Arvid keinen Schlafanzug mehr. Der gute Arvid war einfach nicht mehr aufzuhalten....

Doch diese erhebende Episode sollte alsbald wieder in Vergessenheit geraten. Sie saßen gerade in der elterlichen Küche beim Frühstück, und Anna dachte im Stillen intensiv über das Geschehen der vergangenen Stunde nach, als ihr Telefon zu summen begann und sich auf der Tischplatte drehte. Sie nahm, das Gespräch an. Am anderen Ende der Leitung war Raik Larson.

„Hallo, verehrte Kollegin! Ich hoffe sie haben schon ausgeschlafen. Unsere Freunde scheinen einen neuen Plan zu haben! Sie packen gerade zwei Jeeps voll Gepäck. Das sieht fast so aus, als wenn sie ihren Stützpunkt hier aufgeben wollen. Ich würde sagen, sie machen sich mal zur Abfahrt bereit. Ich komme auch mit und meine Jungs ebenfalls. Wir treffen uns unten am Waldweg. Kommen sie also schnell!"

Arvid, der alles mitgehört hatte, zog die Augenbrauen hoch und sah Anna an und fragte dann:

„Sind wir dafür eigentlich noch zuständig? Jetzt wo wir hier das Kommando übernehmen sollen?"

Anna zuckte mit den Schultern und begann sich rasch anzukleiden, dabei störte sie sich nicht daran, dass sie hier in der Küche im BH und Slip stand, gerade als Vater Sören mit einem Arm voller Holz zur Tür hereinkam. Der schaute schnell zur Seite und grinste verhalten. Die beiden waren sich nun wohl doch einig geworden wie es aussah und wie er vorhin gehört hatte. Und das freute ihn für Arvid. Diese Anna war eine Frau. die wusste was sie wollte, und sie war keine verwöhnte Stadt-Diva mit langen Fingernägeln. Sie hatte mit dem ersten Blick sein Herz erwärmt. Allerdings machte er sich auch Sorgen. Beide hatten einen manchmal doch gefährlichen Job, so wie jetzt zum Beispiel. Nicht auszudenken. wenn einem der beiden jemals etwas passieren würde.

Wenige Minuten später brummte der dicke BMW vom Hof und Sören Ragnarson sah beiden hinterher. Als seine Frau Agnes aus der Tür trat, war der Wagen schon um die Ecke.

„Na die beiden hatten es aber eilig, nicht mal verabschiedet haben sie sich", meinte sie etwas betrübt. Sören sah seine Frau an.

„Sie müssen wieder zu einem Einsatz, Agnes. Sie waren in Eile, das kennst du doch noch von mir", meinte er und drückte sie an sich. Agnes nickte.

„Ja Sören, das kenne ich noch. Nur das ich mir jetzt sogar um zwei Sorgen mache, als früher um einen." Sie legte ihren Kopf an seine Brust.

„Der liebe Gott wird sie beschützen, Sören." Der alte Mann verzog ein wenig das Gesicht.

„Auf den verlasse ich mich schon lange nicht mehr. Bei dem was der alles geschehen lässt." Tadelnd sah Agnes ihren Mann an.

„Sören, wie kannst du nur so reden!", meinte sie beinahe erzürnt.

Raik Larson erwartete beide kurz vor der Auffahrt zum Bunker. In einer Baumgruppe stand sein Jeep, und dahinter zwei Mercedes-Busse für die Mannschaft. Er begrüßte beide herzlich.

„So, ich hoffe wir blasen nun langsam mal zum Finale!", meinte er mürrisch dreinschauend.

„Wir folgen ihnen wieder wie bisher. Zwei von meinen Leuten ist es gelungen vorhin jedem ihrer beiden Jeeps eine Wanze anzuhängen, jetzt wissen wir immer wo sie hinfahren. Sie sind, wie es aussieht zu Acht."

Arvid sah sich im Wald um. Sie standen in einer Art Hohlweg, eingesäumt zu beiden Seiten mit hohen Felsen. Der Weg endete in etwa 100 Meter weiter einer Art Caldera, einer kreisrunden Fläche, umschlossen von Felsen. In der Mitte lag ein gewaltiger flacher Stein. Sicher war das in alter Zeit einmal eine Zeremonienstätte der Altvorderen. Davon gab es viele in Norwegen.

Plötzlich kam Unruhe auf. Larson winkte Arvid zu, da der etwas abseits stand. Anna saß bereits im Wagen. Sie war unruhig und bedrückt, wusste aber nicht wovon. Die letzte Nacht war so schön gewesen, Arvid hatte sich als ein wunderbarer Liebhaber gezeigt, sanft und einfühlsam. Was sie ihn früher niemals zugetraut hatte, als sie ihn noch für einen Luftikus hielt. Aber das schien Jahre zurück zu liegen. Er hatte es tatsächlich geschafft ihr Herz zu erobern. Arvid sprang etwas außer Atem in den Wagen und lachte sie an.

„Wo warst du, weil du so außer Atem bist?", fragte sie ihn beinahe beiläufig. Arvid lächelte vergnügt.

„Ich habe mal kurz mit den Ahnen geredet, Schatz! Da hinten ist eine alte Zeremonienstätte unserer Urahnen." Anna lachte.

161

„Und was haben sie dir gesagt?", fragte sie schmunzelnd. Er hängte den Gurt ein und Anna fuhr den BMW langsam aus dem Hohlweg heraus und folgte dem Konvoi. Arvid schmunzelte.

„Sie haben gemeint, ich soll gut auf dich aufpassen. Und ich soll dich immer voller Liebe behandeln, ein Leben lang. Weil du eben auch manchmal etwas unvorsichtig bist." Anna nickte.

„Ich habe die Botschaft schon verstanden, mein Liebster", erwiderte sie und sah ihren Arvid schmunzelnd an. Denn eines war ihr klar, die Zeit, in der sie und nur sie alleine entschieden hatte, was sie tun musste oder wollte, war seit dieser vergangenen Nacht vorbei. Vorbei deshalb, weil es eben keiner der üblichen One nigth stands gewesen war. Zum ersten Mal nach vier langen Jahren ging es bei Anna Ohlson wieder um Liebe, und wieder ausgerechnet mit einem Kollegen, das was sie nie wieder gewollt hatte. Aber nun war es einfach geschehen.

Der Konvoi folgte den beiden Jeeps mit sehr großem Abstand, weil das hier oben kein Problem war. Die Straßen waren lang und von Wald gesäumt. Der Verkehr war übersichtlich und Staus gab es nicht. Also folgten sie dem Signal der beiden Wanzen, dabei durften sie das Limit von 2km Abstand nicht überschreiten.

Nach knapp einer Stunde passierten sie den kleinen Ort Skaidi und bogen dann nach rechts ab. Raik rief Anna über Sprechfunk an.

„Sieht aus, als wenn sie wieder in Richtung Olderfjord fahren", meinte er. Anna bestätigte seine Vermutung, meinte dann aber:

„Dann bete mal zum lieben Gott, dass sie dort nicht ein Schiff besteigen und abhauen." Larson lachte.

„Wenn sie die Absicht haben sollten, nehmen wie sie vorher noch hops, das schwöre ich ihnen, verehrte Kollegin!", erwiderte Raik und beendete das Gespräch.

Nach einer Stunde und 20 Minuten hatten sie tatsächlich wieder Olderfjord erreicht. Doch die Reise ging weiter. Sie durchquerten den Ort und fuhren in Richtung Kistrand. Die Verfolgung wurde immer schwieriger, weil die Landschaft flach oder hügelig war, und man weit sehen konnte. Kurz vor dem Dorf Indre Billefjord bogen die beiden Jeeps auf einmal von der E06 ab, und folgten einem ziemlich schmalen und ausgewaschenen Weg in Richtung eines großen Waldgebietes. Raik ließ den Konvoi stoppen und bat Anna und Arvid jetzt den beiden Jeeps mit dem BMW zu folgen. Arvid, der inzwischen das Steuer übernommen hatte, fuhr ganz langsam auf dem ausgewaschenen Weg entlang.

Plötzlich erreichten sie eine Ferienhaussiedlung. Etwa zwölf kleine bunte Holzhäuser, die in einer kleinen Bucht umgeben von Wald standen. Es war die reinste Idylle! Aber nun begann das Problem. Wollten sie sich ebenfalls hier einmieten, konnte es passieren, dass ihnen Andersson über den Weg lief. Und der kannte sie wahrscheinlich noch vom Zusammentreffen damals, vor der einsamen Holzhütte im Wald. Also was tun?

Ein Campingplatz war wenige hundert Meter weiter, und bestand aus acht Caravans. Sie entschlossen sich, Raik mit seinen Leuten an diesen beiden Plätzen vorbei zu lotsen und zu dem folgenden Zeltplatz zu bringen. Larsons Truppe hatte vorsorglich winterfeste Haus-Zelte dabei.

Als sie den Platz erreicht hatten, sah sich Raik um und schmunzelte.

„Toller Platz, Frau Ohlson! Hier bleiben wir. Meine Männer gehen alle ab sofort in Zivil raus. So können wir als Sportclub uns unter die Leute mischen. Wir haben sogar einheitliche Sportsachen mitgenommen. Und was machen sie da vorn auf diesem Caravan-Platz?" Arvid grinste breit.

„Wir mieten uns als Ehepaar ein, und hoffen, dass uns Andersson nicht über den Weg läuft. Aber die sind ja ganz am Anfang des Platzes bei den Holzhäusern. Ihr müsst sie aber auf jeden Fall pausenlos überwachen!" Larson nickte.

„Ist schon klar, wir übernehmen hier das Kommando. Aber ihr bleibt auch schön da und erreichbar." Sie verabschiedeten sich und suchten sich einen Caravan aus, von den zwei die noch frei waren. „Glück gehabt!", murmelte Anna und besah sich ihr neues Zuhause für die nächsten Tage.

„Ich wollte schon immer mal Camping machen, jetzt klappt es", meinte sie und Arvid grinste.

„Hm, sozusagen Verlobungsurlaub Gnädigste!" Anna sah ihn mit großen Augen an. „Hast du es aber eilig, sag mal!" Arvid zog die Stirn in Falten und meinte dann:

„Ja das stimmt, ehe mir ein gewisser Raik noch dazwischenkommt, der glotzt dich schon die ganze Zeit so komisch an." Anna lachte herzhaft.

„Geht's schon los mit der Eifersucht, Same? Lass das ja sein, ich kann nämlich eifersüchtige Männer nicht leiden. Bei mir muss kein Mann eifersüchtig sein, ich bin treu wie Gold!"
Arvid sah sie einige Sekunden lang starr an, dann nickte er nur und schwieg. Und so richteten sie sich erst einmal gemütlich ein. Der Caravan hatte ein schönes weiches Bett im hinteren Teil, und der gute Arvid begutachtete es mit großen Augen. Anna stand in der anschließenden kleinen Küche und sah ihm dabei zu. Als er sich umdrehte und sie ansah meinte sie schmunzelnd.

„Ich kann genau in deinen Augen lesen was du gerade denkst!" Er nickte und meinte dann cool: „Ja, ich dachte gerade, hoffentlich ist das Bett nicht zu klein für uns!" Anna zeigte ihm lauthals lachend einen Vogel.
Die beiden Beobachter aus Raiks Truppe hatten es sich bequem gemacht, und lagen mit Blick auf die zwei Holzhäuser der Glatzköpfe von kleinen Büschen verdeckt, auf zwei Luftmatratzen und ließen es sich schmecken. Beide hatten einen kleinen Campingsack neben sich liegen, der neben der Verpflegung auch je eine Pistole enthielt. Gegenüber, vor einer der Hütten, saß die ganze Truppe Glatzköpfe um einen Grill und soff ihr Dosenbier in Mengen. So wie es aussah würden die heute wohl nichts mehr unternehmen wollen.
Arvid hatte den Grill angezündet, die Elchsteaks aufgelegt und eine Flasche Rotwein geöffnet. Anna im Klappstuhl sitzend sah ihm in ihm dabei zu.
Vom Fjord wehte eine leichte Brise herüber. Das war die schönste Zeit jetzt hier oben im Norden. Der Golfstrom verhinderte sowieso schneidende Kälte, und in den Sommermonaten gingen die Temperaturen manchmal sogar auf 23 Grad hoch, also typisch Mittsommernacht.
Die Zeit der Polarlichter begann erst wieder im September, das war dann in einer sternenklaren Nacht ein Erlebnis, dass Anna nie wieder vergessen würde, damals vor 4 Jahren in Tromsö in der Hochzeitsnacht. Aber das lag lange zurück, endete mit einer Katastrophe, und nun war sie drauf und dran das zu wiederholen, was sie sich geschworen hatte, nie wieder zu tun – sich auf einen Polizisten einzulassen!
Und so saßen sie noch lange bis kurz vor Mitternacht vor dem Wohnwagen zusammen und besprachen die Zukunft, und wie die

aussehen könnte. Auf einmal aber ruckte Arvid ein wenig von Anna weg, und kniete sich dann nieder. Er sah Anna beim Flackern des Grillfeuers in die Augen. Anna hielt die Luft an und ahnte was nun kommen würde. Arvid sah ihr tief in die Augen.

„Anna Ohlson, könntest du dir vorstellen mich zu heiraten?", sagte er halblaut mit belegter Stimme. In Annas Kopf bimmelten 200 Glocken gleichzeitig, und vom guten Rotwein beflügelt, antwortete sie dann aber doch:

„Arvid Ragnarson, du bist zwar ein Höllenhund! Du hast mich glatt in voller Fahrt überrollt. Jetzt sieh zu, wie du auch mit dem Ballast nun fertig wirst! Ja, ich will dich, du alter liebestoller Same!"
Und dann lagen sie sich in den Armen, und Anna musste plötzlich anfangen zu lachen. Arvid sah sie verwundert an.

„War das jetzt ein Scherz, Chefin?" Sie schüttelte den Kopf und umarmte ihn mit beiden Armen.

„Nee, aber stell dir uns mal vor, wir zwei Landpolizisten mit Hund und Garten! Das wird aufregend, sage ich dir!"
Arvid schmunzelte, meinte dann aber noch ganz vorsichtig noch:

„Kinder hast du aber vergessen bei deiner Aufzählung!" Anna sah ihn mit einem Schlag ernüchtert an und setzte sich wieder hin.

„Ach so, du meinst also Kinder sollten auch mit in unsere Planung gehören? Und wieviel sollen es denn sein, Herr Ragnarson?" Arvid zuckte mit den Schultern. „Eins oder zwei, vielleicht." Anna klatschte in die Hände und lachte wieder.

„Wenn ich das meiner Freundin Astrid Petterson erzähle, die erklärt mich für verrückt. Wir hatten uns mal aus Spaß geschworen keine Hochzeit und keine Kinder! Astrid hat ein Kind, aber keinen Mann mehr. Ich hatte bisher nur den Mann. Ich bin wirklich gespannt, was das Schicksal diesmal mit mir vor hat."
Arvid stellte sein Glas ab, nahm ihre Hand, und meinte dann ziemlich ernst:

„Anna, ich werde versuchen dich immer glücklich zu machen. Sollte ich mal aus Unkenntnis der Frauenseele was falsch machen, dann sag es mir bitte! Lass uns immer, wenn es schwierig wird, zusammen reden. Das wäre mein einziger Wunsch, den ich an dich habe."

Anna musste tatsächlich plötzlich die Tränen unterdrücken, so hatten sie seine Worte berührt. Dieser Arvid war ein ganz anderer, als der den sie noch vor Wochen gekannt hatte. Und so drückte sie wortlos seine Hand und nickte nur wortlos, und dann aber schniefte sie doch noch:

„Ja, ich will dich, du Same du! Lass uns das Beste daraus machen!" Arvid grinste und flüsterte dann:

„So sei es, Anna Ohlson!"

So gegen 6.30 Uhr klopfte es am Wohnwagen. Anna wachte davon auf, sprang aus dem Bett, warf den Morgenmantel drüber und öffnete die Tür. Draußen stand einer aus Raiks Truppe und war ziemlich atemlos.

„Hei Guten Morgen! Ich soll ihnen ausrichten die Bande macht sich fertig zum Abmarsch, sie sollen marschmäßig vor zu den Zelten kommen!"
Arvid der alles mit gehört hatte sprang fluchend aus dem Bett.

„Können die uns nicht etwas eher informieren, und nicht erst wenn die zum Abmarsch bereit sind, verdammt nochmal! Ohne meinen Tee früh bin ich kein Mensch!"
Anna lachte verhalten und beeilte sich in die Sachen zu kommen, kurz den Mund auszuspülen, und schon hatte sie auch heißes Wasser.
Abwechselnd kümmerten sie sich nun um ein schnelles Frühstück, und Arvid machte je eine Thermoskanne Kaffee und eine mit seinem Moostee. Dreißig Minuten später standen sie an Raik Larsons Zelt. Der stand mit einem Becher heißen Kaffee da und blies immer wieder damit der kälter wurde. Er sah seine beiden Zivilisten an.

„Also, die haben angefangen sich marschmäßig auszurüsten. Alle acht in Tarnuniformen mit Rucksack und Spaten. Es könnte also ein längerer Marsch werden heute, wie es aussieht."
Arvid schien das nicht zu beeindrucken, er pfiff ein Liedchen und war inzwischen guter Dinge. Er hatte doch endlich sein Ziel erreicht! Sie hatte tatsächlich „JA" gesagt. Einer von Raiks Leuten brachte eine Drohne unter dem Arm herbei. Anna deutete darauf.

„Wozu soll die denn sein?", fragte sie etwas ratlos. Raik grinste.

„Die ermöglicht uns eventuell das zu sehen, was wir sonst nicht sehen könnten. Warten wir es ab!" Und dann kam auch schon die Nachricht: „Die Glatzköpfe marschieren ab."

Das Gelände, welches sie durchquerten, war bergig, teilweise mit Wald bewachsen, teilweise nur Buschland. Sie hielten konstanten Abstand, um nicht gesehen zu werden. Jeweils zwei Mann aus Raiks Truppe waren auf Beobachtung vorn, aber so, dass man sie nicht ausmachen konnte. Und wenn doch, würden sich die Wanderer ablösen lassen von zwei neuen Kollegen.
Der Weg der Glatzköpfe führte schnurgerade in Richtung der Berge. Was hatten die Kerle diesmal vor?
Anna hatte inzwischen mit Magnusson telefoniert und ihm die neue Situation geschildert. Er riet ihr sich zurück zu halten und Larson und seinen Männern die Regie zu überlassen. Er bat sie aber ihn regelmäßig zu informieren, damit er seinen Minister auch zufrieden stellen konnte. Die Entscheidung von Anna und Arvid sein Angebot anzunehmen, nahm er erfreut zur Kenntnis. Die abschließende spöttisch gemeinte Frage, wann er denn zur Hochzeit gratulieren könne, beantworte Anna kurz und schmerzlos mit „BALD!" Und das machte ihn dann doch etwas sprachlos. Zum Schluss berichtete Magnusson noch von der Lage in Alesund. Sie hatten die Epidemie scheinbar im Griff, aber es waren über 198 Menschen daran gestorben. Seine Aufforderung „bringt mir unbedingt diesen Hund Andersson!", machte Anna nachdenklich. Der Kerl würde keine Chance haben ein faires Verfahren zu bekommen, dazu war die Stimmung in und um Alesund viel zu aufgeladen. Man würde als Gerichtsort wohl Oslo wählen müssen.
Aber für den Moment waren solche Überlegungen unnütz, es galt erst einmal Tatsachen zu schaffen, die eine Verhaftung auch mit Indizien rechtfertigen würden. Bis jetzt hatte sich Andersson nämlich noch keines Verbrechens beweisbar schuldig gemacht, nicht mal das Ding in Alesund war ihm hundertprozentig nachzuweisen. Man vermutete nur auf Grund von Zusammenhängen, mehr nicht. Er war immer irgendwie dabei, aber nie in Aktion zu sehen. Und die Paketbombe war auch nicht zu einhundert Prozent geklärt. Er sollte der Auftraggeber gewesen sein. Aber was heißt vor Gericht schon: „Sollte"?

Der Trupp der Kahlköpfe war inzwischen immer mehr in das Felsengewirr eingedrungen, und Raik mit seinen Männern hatten Mühe ungesehen dran zu bleiben. Wo wollten die nur hin? Das war die Frage!

Und dann erreichten sie ein kleines kreisrundes Hochtal! Und beim Anblick der kleinen Hütten, einer Sturmbahn für die militärische Ausbildung und einem Schießstand schaffte Klarheit, hier trainierte die Truppe für den Ernstfall. Etwas abseits standen zwei Scheunen mit vergitterten Fenstern, und abgeschlossenen Türen. Und es gab mindestens zwei Höhlen im Berg! Am Tal Eingang standen ein Schlagbaum und ein Schild mit der Aufschrift: „MILITÄRISCHES SPERRGEBIET!"

So hatten sie durch Zufall das militärische Ausbildungszentrum der Rechten in Norwegen gefunden! Von hier aus liefen offenbar die Fäden quer durch das Land.

Raik Larson telefonierte sofort mit seinen Vorgesetzten in Oslo. Am Schluss hieß der Befehl: „Beobachten und letztlich festnehmen oder ausschalten!"

Arvid sah Anna von der Seite an. Sie standen etwas abseits auf einer Waldlichtung mit Blick auf das Lager unter ihnen.

„Was meinst du, ab hier dürfte doch unsere Aufgabe erledigt sein, oder?" Statt einer Antwort griff sie zum Handy und rief Oberst Magnusson an. Er meldete sich auch sofort und Anna schilderte ihm die Lage. Die Frage, ob sie nun zurückkommen sollten, beantwortete er mit einem klaren NEIN. Sie beiden waren der verlängerte Arm der Polizei in diesem Spiel.

Der Staatsschutz hatte zwei Aufpasser, ohne es zu wissen. Ausdrücklich war der Befehl sich aus allen eventuellen Kampfhandlungen heraus zu halten. Arvid verdrehte die Augen, er hatte mithören können was Magnusson gesagt hatte.

„Der Alte hat doch einen Vogel, Anna! Was sollen wir denn hier ausrichten? Na schön, wir sollen alles möglichst dokumentieren, auch mit Bild. Aber genau das stinkt mir! Das riecht nach einem politischen Ränkespiel, und wir beide sind da mittendrin."

Wie selbstverständlich hatte Anna ihren Arm um Arvids Hüfte und ihren Kopf an seine Schulter gelegt. Und während sie so dastanden hüstelte jemand hinter ihnen.

Anna und Arvid schreckten ein wenig auseinander, und der Mann von Raiks Truppe meinte schmunzelnd:

„Der Chef bittet Sie beide zu unserer Tageszusammenkunft!" Dann verschwand er wieder. Arvid nickte.

„Sieh an, sieh an, unser Raik scheint sich entschlossen zu haben uns einzubeziehen. Finde ich ja eigentlich gut." Anna verzog das Gesicht und machte einen Flunsch.

„Abwarten Arvid! Wir werden es sehen in den nächsten Tagen. Es kann auch so sein, dass er uns nur einlullen will." Arvid schüttelte den Kopf. „Du immer mit deinem Misstrauen!"

Die Zusammenkunft fand in Raiks Unterkunft statt. Nach außen hin waren sie ja eine Sportgruppe mit Vereinslogo, so konnte niemanden auffallen, wer hier wirklich vor Ort war. Rail Larson sah die Gruppe in dem kleinen Vorzelt an, die da dicht an dicht saßen und standen. Alles junge Männer zwischen 25 und 30 Jahren, und zwei Zivilisten.

„Also Kameraden! Wir haben einen ersten kleinen Erfolg zu verzeichnen, wir haben das seit Jahren gesuchte Basislager der Nazis gefunden. Denn dass es sich hier um eine rechte Gruppierung handelt, steht inzwischen außer Zweifel. Hier sind unsere Bilder einiger ihrer führenden Köpfe dieser Gruppierung. Nach unseren Erkenntnissen besteht diese Gruppe aus ungefähr 2360 Mitglieder, über das ganze Land verstreut und auch drüben in Finnland ansässig. Selbst in Schweden haben sie Sympathisanten. Vor uns steht die Aufgabe, in diese Basis unerkannt einzudringen, um zu sehen, was sie z.B. in den beiden Höhlen treiben. Das wird eine schwierige Aufgabe werden, das steht fest." Er sah zu Anna und Arvid am Eingang des Zeltes.

„Unseren beiden Zivilisten hier stelle ich es frei, ob sie ab jetzt aussteigen wollen. Die Sache kann gefährlich werden." Anna und Arvid sahen sich kurz an und grinsten.

„Und du meinst, weil es gefährlich werden könnte, ziehen wir uns diskret zurück, ja? Wir haben in der Vergangenheit auch keinen Verkehr geregelt, Kollege Larson! Wir bleiben natürlich, und wir möchten in jede Entscheidung und Planung einbezogen werden. So lautet unser Auftrag!"

Leises Murmeln kam auf, weil Anna so selbstbewusst hier die Fakten auf den Tisch gelegt hatte. Das schien den Männern zu imponieren. Raik lächelte dabei verbindlich und nickte dann.

„Also gut, dann ist das auch klar. Das bedeutet also, Anna und Arvid gehören ab sofort zum Team! Wenn die beiden unsere

Hilfe brauchen, dann helfen wir. Alles klar?" Er sah sich in der Runde um. Seine Männer nickten alle. Arvid atmete tief durch und Anna bemerkte es. „Was ist? Warum schnaufst du?", fragte sie ihn leise. Arvid zog die rechte Augenbraue hoch und deutete mit den Augen nach draußen. Anna drückte kurz seine Hand, als Zeichen, dass sie ihn verstanden hatte.

Raik indessen verkündete nun die nächsten Schritte. Einer davon war, in das Gelände der Basis unbemerkt einzudringen.

Anna und Arvid hatten sich inzwischen etwas abseits auf einen Baumstamm gesetzt. Arvid schien unruhig zu sein, Anna sah es, und fragte ihn danach. Er zuckte mit den Schultern, und meinte dann zögerlich:

„Ich mache mir eben Sorgen um dich, für den Fall, dass es nun gefährlich wird. Verstehst du das?" Und Anna zog ihren bekannten Flunsch, dies bedeutete, dass sie nun auch unzufrieden war. Sie begehrte auf, und das ziemlich vehement.

„Siehst du, das ist es was ich eigentlich vermeiden wollte, mein lieber Arvid. Bis jetzt waren wir gute Freunde und ich war deine Chefin. Aber jetzt kommen persönliche Gefühle auf einmal mit ins Spiel. Eigentlich müssten wir uns nun zumindest dienstlich trennen. Es kann eines Tages für einen von uns beiden gefährlich werden, nämlich dann, wenn einer von uns zwischen Dienst und Privat entscheiden muss. Wenn er aus Sorge um den anderen eine Entscheidung in Frage stellt, bei der es keinen Spielraum gibt."

Arvids Gesichtszüge verhärteten sich, seine Backenknochen wurden sichtbar, und er stand ruckartig auf. Dann sah er ihr mit ernstem Blick sekundenlang in die Augen. Und was dann kam überraschte Anna umso mehr, als es unerwartet für sie kam.

„Na gut, wenn du das nun mal so siehst, dann werde ich eben Busfahrer und du bleibst bei dem Verein! Wenn das unbedingt so sein muss, damit wir beide zusammenbleiben können. Mein letztes Wort dazu, Chefin!"

Dann drehte er sich abrupt um und stapfte wortlos von dannen. Anna sah ihm wehmütig hinterher. Sie hatten es ja beide vorher gewusst, aber nie ernst genommen. Aber wenn er den Dienst quittieren wollte, nur um sie zu behalten, dann musste das schon Liebe sein! Wobei, Arvid war nach ihrer Meinung, nie der besessene Polizist gewesen, im Gegenteil zu ihr. Sie war es mit Leib und Seele. Sie wollte helfen, dass diese verrückte Welt zumindest ein kleines Stück sicherer wurde. Das Beste war es wohl, alles auf sich zukommen zu lassen, und zu sehen, wie sich ihre Beziehung weiter entwickelte. Aber sie musste unbedingt einmal mit ihrem alten Onkel Gustaf über das Thema reden. Er hatte sie in der Vergangenheit oft schon beraten, wenn sie am Zweifeln war. Aber auch Arvids Papa Sören konnte ihr bestimmt einen Rat geben, der wr immerhin auch mal Polizist gewesen.

Zehn Minuten später trafen sie im Wohnwagen dann wieder aufeinander. Arvid lag auf der breiten Liege, die Arme unter dem Kopf verschränkt, und starrte an die Decke als sie eintrat. Plötzlich meinte er:

„He, sei nicht traurig! Wir lassen es auf uns zukommen, bis wir eines Tages wissen, was der richtige Weg ist. Ich will keinesfalls da was überstürzen, auch wenn du das jetzt vielleicht glaubst."
Sie zog die Stiefel aus und kuschelte sich an seine Seite. Und so schmusten sie eine Weile. Und weil das so schön war, schliefen sie dabei ein. Bis es plötzlich an die Tür des Wohnwagens donnerte. Beide schreckten hoch, und Arvid ging die Tür öffnen. Draußen stand grinsend Raik.

„Habe ich euch bei irgendetwas gestört? Das täte mir aber leid", meinte er schmunzelnd. Arvid ließ ihn eintreten, und Anna bot ihm einen Platz an. Er musterte die beiden Kriminalisten und dehnte sich, dann meinte er plötzlich:

„Ihr beiden habt es gut, bei unserer Truppe wäre ein Verhältnis gleichbedeutend mit Ausscheiden. Wobei ich das für ziemlich doof halte." Anna und Arvid lachten gleichzeitig los, und Raik sah sie fragend an.

„Weißt du worüber wir beide gerade diskutiert haben? Genau darüber!", antwortete Anna. Larson verzog das Gesicht.
„Ach je, und ich trample ins Porzellan, au weia!" Anna winkte beruhigend ab.

„Wir haben die Entscheidung zunächst einmal bis auf weiteres verschoben." Raik lachte.

„Auch gut, du kriegst ein Kind und bleibst zu Hause, und dein Same rettet die Welt!" Sofort protestierte Anna lebhaft.

„Typisch Männer! Wie wäre es denn, wir kriegen das Kind und ihr bleibt zu Hause? He?" Die beiden Männer grinsten verlegen. Doch dann kam Raik zur Sache.

„Hört zu, wir wollen heute Nacht in die Basis einzudringen. Heute Nacht ist es wohl die beste Gelegenheit, wir haben Halbmond, tief hängende Wolken, und es ist die dunkel wie selten in diesem Monat. Seit ihr beiden dabei?" Beide nickten.

„Sind wir! Ich nehme meine Kamera mit, damit wir gute Fotos machen können. Mit den Handys ist das in der Dunkelheit nix." Raik Larson war einverstanden.

„Gut, wir treffen uns 23.00 Uhr an meinem Zelt. Also dunkel anziehen, Handys abschalten! Und Gesichter schwärzen. Klaro?" Beide nickten und Raik verabschiedete sich wieder. Als Raik den Wagen wieder verließ, meinte er lachend:

„So, bis dahin könnt ihr ja noch ein wenig weiter machen, wo ihr vorhin aufgehört habt!" Und winkte ihnen beim Weggehen grinsend nochmal zu. Arvid warf die Tür zu, und brummte:

„So ein Ochse! Was denkt der was wie hier machen!" Anna musste lächeln, weil er sich so aufregte. Aber sie setzten sich in die gemütliche Sitzecke, zündeten eine Kerze an, und trank dann einen Kaffee. Anna dachte darüber nach ob sie eine Thermoskanne von Arvids Moostee mitnehmen sollte, tja so war das eben, wenn man plötzlich nicht mehr für sich alleine verantwortlich war. Aber im Grunde gefiel es ihr ja auch so.

Pünktlich 23.00 Uhr trafen sie sich am Zelt von Raik Larson. Diesmal in dunkler Kampfkleidung, geschwärzten Gesichtern und bewaffnet. Arvid hatte sein Uzzi dabei, und Anna ihren Trommelrevolver, der beim Abschießen keine Patronenhülsen auswarf. Man konnte ja nie wissen.
Der Himmel war mit schwarzen Wolken verhangen, kein Mondlicht war zu sehen, und es nieselte ganz fein. Kein schönes Wetter, um nachts im Gebirge herum zu klettern.
Arvid hielt Anna noch einen Moment zurück, ehe sie losmarschierten.

„Hör mal, das ist jetzt ein Kampfauftrag, ist dir das klar? Wir sind nicht verpflichtet da mitzumachen, wir sind nur Polizisten.

Also sollte die Ballerei losgehen, dann zieh deinen schönen Hintern ein, und den Kopf auch! Das wollte ich dir nur noch sagen, Chefin!" Sie sah Arvid in die Augen.

„Ich werde schon aufpassen, keine Angst." Arvid nickte und dann gab er ihr einfach einen Kuss bevor sie losliefen.

Sie liefen in Reihe mit kurzen Abständen, jeder hatte alle Mühe aufzupassen wo er hintrat. Nach 30 Minuten hatten sie eine Stelle erreicht, wo man über eine kleine Schlucht, die zurzeit kein Wasser führte, nach unten in die Basis klettern konnte. Dafür lief man allerdings auf grobem Kies, so dass jederzeit die Gefahr des Ausgleitens bestand. Und wenn das passieren sollte, dann gab es kein Halten mehr! Wieso Raik unbedingt hier absteigen wollte war Arvid unklar, und er sagte es auch Anna. Die sah ihn kurz an und meinte dann: „Bist du dir sicher, dass er überhaupt einen Plan hat?" Arvid zuckte nur wortlos mit den Schultern.

Vorsichtig, Schritt vor Schritt setzend, tasteten sie sich den Hang hinab. Diese schmale Klamm endete direkt hinter einigen großen Felsen, wo das Wasser die Möglichkeit hatte in eine Art schmalen Kanal zu fließen. Das war eine gute Voraussetzung, um ungesehen einzudringen. Der Kies war nass und glänzte im Halbdunkel.

Aber dann sah Arvid die Falle zuerst! Einen feinen orangefarbenen Lichtstrahl, der in Rumpfhöhe quer über die Auslaufstelle des Wassers lief.

„Raik!", zischte Arvid halblaut! Der als zweiter laufende Boss der Gruppe drehte sich um, und Arvid gestikulierte wild mit den Armen. „Stopp! Stehen bleiben!"

Larson erkannte noch rechtzeitig die Gefahr und hielt seinen Vordermann fest. Doch der winkte verärgert ab.

„Hab ich doch schon gesehen, Chef! Was will denn der Same?", raunte der unwirsch zurück. Diese Bande hatte als sehr genau die Gefahr, die hier lauerte, eingeschätzt. Wer nicht hoch konzentriert hier entlang lief, musste unweigerlich den Alarm auslösen. Mit einer blauen Lampe leuchtete Larson die Stelle bis zum Boden ab, und deutete auf die direkt über dem Boden laufende grüne Lichtlinie! Das war schon gemein gemacht! Wer nach oben schaute und sich bückte, trat genau in diesen Lichtsensor hinein. Arvid raunte Anna zu:

„Ich sage dir, hier werden wir noch ein paar Überraschungen erleben, das sind keine Anfänger!" Doch nun hatten sie den Zaun erreicht. Raik kratzte sich kurz am Kopf, und meinte dann leise zu Arvid:

„Die Berliner Mauer war ein Scheißdreck dagegen, schau dir das mal an." Der Vergleich hinkte hier zwar, denn wie Arvid zu wissen glaubte, gab es damals einen Zehnmeterstreifen, der mit Minen gespickt war, und am Zaun Schuss Apparate, das alles gab es hier nicht. Dafür hatten sie alle fünfzig Meter einen starken Scheinwerfer aufgestellt. Anna zweifelte inzwischen daran hier eindringen zu können, und sie berieten sich eine Weile.

„Wir sollten umkehren, Raik! Das macht hier keinen Sinn, wie willst du da rein und wieder ungesehen rauskommen? Wir müssen uns bei Tag das gesamte Areal rund um diese Basis erst einmal gründlich ansehen. Warum habt ihr eigentlich euer Fluggerät mitgenommen? Der wäre vorher einsetzbar gewesen."

„Scheiße!", brummte Raik leise. „Aber du hast Recht, hier geht nix. Wir hätten gleich einen Lauf um die Basis machen sollen, verdammt noch mal! Ich hab es verbockt!"
Unter Arvids scheelen Blicken tätschelte Anna den Arm des Oberstleutnants, und lachte leise.

„War dir das nicht vorher klar?" Larson schüttelte den Kopf, und zum Glück war es finster, so dass keiner seinen sicher roten Kopf sehen konnte. Larson gab den Befehl zum Aufstieg.
Mühsam kletterten sie wieder eine Stunde lang bergauf, Schritt für Schritt, bis sie plötzlich unten Stimmen und Schritte hörten. Alles ging in Deckung und hockte sich hin, und Anna flüsterte Arvid zu:

„Jetzt wissen wir wenigstens, dass es hier auch einen Streifendienst gibt." Und Arvid brummte empört zurück:

„Das fängt ja alles gut an, verdammich!" Endlich hatten sich die beiden Posten entfernt und sie konnten endlich weiter aufsteigen. Gegen 1.45 Uhr waren sie wieder am Ausgangspunkt angelangt, und die Stimmung war dementsprechend schlecht. Und noch etwas war klar, Larson hatte bei Arvid richtig ausgegessen. Ein Führer einer Einheit, der so unvorbereitet in einen Einsatz ging, war nach seiner Meinung untragbar. Und das sagte er auf dem Rückweg auch Anna. Und bei aller Fairness musste Anna ihrem Partner zustimmen. Sie nahm sich vor, am Morgen noch-mal mit Magnusson zu telefonieren, ermahnte aber auch Arvid es nicht auf die Spitze zu treiben. Hier Streit zu entfachen war keine Lösung.

Nachdem sie ausgeschlafen und gefrühstückt hatten, nahm Anna das Handy zur Hand und rief den Chef an. Sie erklärte ihm was in der Nacht vorgefallen war, und bat doch einmal über Raik Lar-son ein paar Auskünfte einzuholen. Zwei Stunden später meldete sich Magnussen wieder. Das erste was er sagte, war:

„Wenn ihr wollt, könnt ihr da oben sofort abbrechen und zu-rück nach Alta fahren!" Auf Annas kurze Frage „Warum" er-klärte er dann:

„Also hör zu, Anna! Raik Larson ist der Schwiegersohn vom Verteidigungsminister Alf Eriksson und soll im Laufe der Zeit zum Chef der Einsatzgruppe „Cobra" aufgebaut werden. Eine Gruppe, die bei terroristischen Anschlägen eingesetzt werden soll. Der Junge hat bis jetzt nur Schreibtischarbeit im Dunstkreis seines Schwiegervaters verrichtet. Also keinerlei praktische Er-fahrungen! Ich bin mir sicher, eine solche Aufgabe würde dein Kollege Arvid besser erfüllen als dieser Oberstleutnant. Ich werde den Minister sofort anrufen, mal sehen was der sagt. Und was macht ihr nun?" Anna Ohlson hielt einen Moment den Atem an und überlegte kurz. Dann sagte sie nur:

„Wir bleiben vorerst und sie unterrichten uns was der Minister gesagt hat. Danach entscheiden wir uns. Bis bald."
Arvid, der den Wohnwagen verlassen wollte, sah sie über die Schulter gespannt an.

„Und, was sagt der Alte?" Anna schmunzelte.

„Komm rein, mach die Tür zu und setzt dich." Arvid musste grinsen.

„So schlimm?" Anna nickte.

„Noch viel schlimmer!" Dann erzählte sie Arvid was der Boss ihr erzählt hatte. Arvid hatte den Kopf in beide Hände gestützt und schüttelte fassungslos sein rotes Haupthaar.

„Nee, und so einen Sesselpubser schicken sie zu solch einem Einsatz. Denken die denn alle wir machen hier Kindergeburtstag! Aber vielleicht wollen auch ein paar Leute, dass der Auftrag scheitert! Hast du schon mal dran gedacht?" Anna nickte.

„Und wer dabei drauf geht, zählt dann zu den Kollateralschäden des Unternehmens. Aber wir beide werden auf keinen Fall dazu gehören! Wenn wir wollen können wir sofort aussteigen. Was meinst du?" Er sah seine Chefin und Liebste ernst an.

„Und was meinst du?" Anna lächelte, sie wusste genau warum er so zurück fragte. Hier ging es um persönliche Belange! Anna straffte sich auf einmal.

„Ich meine, wir sollten noch hierbleiben." Arvid lächelte ihr zu.

„So sei es, Mutter Freia!" Anna lachte herzhaft.

„Seit wann bin ich denn bei dir die Göttermutter Freia, he?" Er hauchte ihr einen Kuss von der Tür zurück und verschwand nach draußen. Arvid ging allein in den Wald, das brauchte er manchmal. Anna wusste es, und sie tolerierte es ohne Einschränkungen. Ganz am Anfang hatte sie ihn mal dabei beobachtet, wie er einen dicken Baum umarmt, ihn gestreichelt und mit ihm geredet hatte. Damals hatte sie das höchst lustig gefunden, doch inzwischen sah sie Arvid mit ganz anderen Augen.

Böses Erwachen

Raik Larson kam am nächsten Morgen reichlich unausgeschlafen und mürrisch zur Zusammenkunft. Es herrschte nach der nächtlichen Pleite eine ziemlich miese Stimmung in der Truppe. Und Anna war sich sicher, dass einige der Leute das Versagen ihrem Chef anrechneten. Sie waren da hinein gelatscht, wie ein paar Anfänger. Und Arvid, so wie er nun mal war, brachte das dann auch auf den Punkt. Er stand dabei sogar auf, und sah sich einen Moment in der Runde der Männer um, ehe er begann. Aller Augen waren auf ihn gerichtet, nur Larson stierte zu Boden.

„Also, ich spreche jetzt jetzt mal hier nur aus meiner Sicht als Polizist! Das war heute Nacht ein einziger Dilettantismus. Ich bin jetzt 18 Jahre bei der Polizei, aber so schlecht vorbereitet wie heute Nacht bin ich noch in keine Aktion gegangen." Er wollte weitersprechen, doch Raik Larson fuhr ihm aufgebracht in die Parade.

„Sie hätten das wohl anders gemacht, ja? Komisch, dass ihr Zivilisten euch immer dann meldet, wenn alles vorbei ist. Wieso haben Sie nicht vorher was gesagt, he?" Er sah Arvid zornbebend an. Doch der Same blieb die Ruhe in Person. Larson war also auch höchst empfindlich bei Kritik. Und so antwortete er bewusst ruhig:

„Das kann ich Ihnen sagen, Oberstleutnant Larson. Weil Sie hier der Boss der Unternehmung sind, Sie müssen die Schritte festlegen! Wir beide sind nur Zivilisten, das stimmt. Aber ich möchte schon gerne wissen, dass die Sache gut vorbereitet ist, bevor ich meinen Arsch riskiere. Das hätte heute Nacht nämlich auch in einer richtigen Katastrophe für uns enden können! Denn diese Leute da sind keine Anfänger! Und garantiert sind bei denen auch einige bei der Armee gewesen. Ein Grund mehr jeden Schritt genau zu planen. Und wenn man dann keine praktischen Erfahrungen hat mit so was, dann sollte man das auch anderen überlassen! Aber das ist meine private Meinung als Polizist."

Jetzt war die Katze aus dem Sack, und Larson fand sich vor seinen Leuten blamiert, und begann auf einmal zu schreien. Zivilisten-Klugscheißer und Dorfpolizisten usw. Arvid stand auf, zog Anna an der Hand von ihrem Stuhl hoch, beide verließen das Zelt und gingen zurück zu ihrem Camper.

Anna versuchte Arvid zu beruhigen, doch der schnaufte wie ein Dampfkessel kurz vor der Explosion.

„So ein Arschloch! Keine Ahnung aber noch auf dicken Moses machen! Nur weil sein Alter irgend so ein General ist im Generalstab und ihn den Hintern abwischt. Anna schmunzelte, aber so hatte sie Arvid noch nie erlebt.

„Komm, beruhige dich doch. Das bringt doch nix. Wir können jederzeit unsere Sachen packen und abreisen." Doch diesmal schüttelte Arvid sein wildes Haupthaar.

„Nee Anna, jetzt bleiben wir erst recht! Der soll jetzt mal erfahren wie das ist, wenn die Mannschaft nicht mehr mitmacht. Denn so weit ist es jetzt bald!" Anna verzog das Gesicht.

„Arvid! Fang ja keine Revolte an! Das könnte man dir aber ganz mies auslegen. Warten wir mal ab was seine Leute sagen, ich habe einige beobachtet als du gesprochen hast. Sie haben teilweise genickt! Das heißt, sie denken genau wie du. Als mal schön warten was das heute noch gibt. Wir bleiben in unserem Wagen und warten ab wie es weiter geht. Nach Hause fahren können wir immer noch. Und jetzt beruhige dich endlich, du bist doch sonst so cool."

Etwa eine Stunde später klopfte es draußen an der Tür des Wohnwagens. Anna ging öffnen, und vor ihr stand Raik Larson. Er schien ziemlich zerknirscht zu sein.

„Kann ich mal mit euch reden?", fragte er unsicher. Anna bat ihn einzutreten und bot ihm einen Platz an. Larson sah Arvid an, der ihn mit blitzenden Augen anstarrte.

„Ich möchte mich bei Ihnen entschuldigen, Arvid. Das vorhin war scheiße von mir. Ich weiß, dass ich es verbockt habe. Würdet ihr mir trotzdem helfen den zweiten Anlauf vorzubereiten?"
Arvid und Anna sahen sich einen Moment an, nickten dann aber gleichzeitig.

„Das machen wir gern, Raik. Wir sollten heute Morgen gleich mehrere Streifen losschicken, die das ganze Gelände umrunden, und dann schauen ob sie eine gute Möglichkeit für uns finden. Möglichst Bilder machen, die wir dann auswerten können. Und vor allem Mal den Quadro starten und sehen wie das aus der Luft aussieht. Das wäre jetzt mein Vorschlag." Larson nickte.

„Ok, Anna so machen wir das auch. Ich möchte mich bei euch bedanken. Ich bin hier quasi über Nacht an die Front beordert worden, ohne entsprechende Vorbereitung. Ihr jagt ja schon länger solche Gauner, also kennt ihr euch aus. Es wäre mir lieb, wenn ihr mich ab sofort unterstützt. Ist das noch möglich?"
Er hielt ihnen die Hand hin. Und Arvid und auch Anna schlugen ein. Man sah ihm an, dass ihm jetzt wohler war als er wieder ging.

„Ich teile jetzt drei Paare ein und schick sie los. Die Jungs kennen sich ja aus wie man das macht. Dienstlich spazieren gehen."
Er lächelte verhalten und ging dann seines Weges.
Anna sah ihm hinterher und spürte Arvid hinter sich. Sie sah ihn an und grinste.

„Siehst du, er hat schon was dazu gelernt." Und Arvid nickte.

„Da hast du mal wieder Recht, er hat sich sogar entschuldigt, das hat Größe." Und so begann der Aktion zweiter Teil. Die Auswertung machten sie am Abend, und fanden zwei Stellen, von denen man aus gut getarnt in die Basis eindringen konnte.

Wie beim ersten Mal marschierten sie gegen 23.00 Uhr ab. Diesmal allerdings getrennt in zwei Gruppen. Anna blieb bei Raiks Truppe, Arvid ging mit dem Gruppenführer Elias Gustafsson, einen 30jährigen bärenstarken Kerl von der schwedischen Grenze.

Nach einer halben Stunde hatten sie ihr Ziel erreicht. Es lag in einer kleinen Senke, unmittelbar vor ihnen war der Zaun. Ringsum standen nur Büsche und Bäume. Da jeder einen Spaten mithatte, begannen sie sich unter dem Zaun durchzugraben. Immer abwechselnd lagen zwei Mann auf dem Bauch und gruben. Da Loch musste so groß werden, dass man beim hindurch kriechen nicht den Drahtzaun berührte. Zum Glück war der Boden hier nicht felsig, sondern feucht und lehmig. Nach 30 Minuten hatten sie es geschafft!

Sechs Soldaten der Eliteeinheit, mit Raik Larson und mit Anna krochen durch das Loch. Das Wetter war für ihr Vorhaben wie gemacht. Der Himmel völlig von Wolken verdeckt, es nieselte wieder leicht und so hatten sie durch ihre Nachtsichtbrillen einen guten Überblick. Ihr Ziel waren die zwei Felsenhöhlen gegenüber ihrem Einstieg. Der Platz bildete hier hinten so eine Art Wurmfortsatz des großen Platzes, keine 50m breit. In einiger Entfernung standen noch zwei sehr alte Holzbuden unter Bäumen. Eine Weile beobachteten sie das Umfeld, doch von einem Posten war nichts zu sehen.

Raik hielt sich unmittelbar in der Nähe von Anna auf. Auf den Bauch liegend robbte das erste Paar über den Rasen in Richtung Höhlen. Anna und Larson waren das letzte Paar von insgesamt vier. Das Gras war nass, es war kühl und trotzdem kam Anna ins Schwitzen als sie drüben ankam. Die Felswand, vor der sie ankamen, war gute 200m hoch, der Eingang lag in einer Felsspalte. Wenn ihnen hier jemand begegnen würde, wäre das eine direkte Konfrontation, die man lautlos bereinigen werden müsse. Zum Glück hatten sie alle Schalldämpfer auf ihren Waffen.

Raik schickte zwei Mann nach vorn bis zum Tor. Es war offen! Vorsichtig öffneten sie es, sahen hinein, und gaben ein Zeichen ihnen zu folgen. Anna glaubte ihren Blutdruck in den Ohren zu hören, so aufgeregt war sie. Und so drangen sie ein.

Zunächst kam ein langer nur wenig beleuchteter Gang, der in eine Art großen Raum führte. Plötzlich standen sie vor großen Glasfenstern, dahinter sah man die typische Einrichtung eines Labors. Die Tür dazu war aber verschlossen.

Anna ging plötzlich nach vorn, holte ihr „Besteck" heraus, und in weniger als zwei Minuten war die Tür offen. Raik klopfte ihr sacht anerkennend auf den Rücken. Auf Grund der Nachtsichtbrillen benötigten sie kein Licht, und so begannen sie die Räumlichkeiten zu durchsuchen. Und dann fanden sie das, was sie gesucht hatten! Den Beweis, dass man hier Chemikalien mischte, die dann wahrscheinlich noch mit einem radioaktiven Stoff angereichert wurde. Anna machte ein paar Bilder mit ihrer Kamera davon. Dann zogen sie sich langsam wieder zurück.

Plötzlich ging das Eingangstor auf und Stimmen waren zu hören! Blitzartig versteckten sich alle so schnell es ging. Anna lag dicht gedrängt fast unter Larson unter einer Plane, die Plastekanister abdeckten. Sie roch sein Aftershave und es gefiel ihr. Sie spürte, dass seine MPi auf ihrem Rücken lag, und er lag seitlich neben ihr. Durch die Nachtsichtbrille sah sie wie er sie angrinste. Ihm schien die Situation zu gefallen.

Sie spürte, wie er ihr immer näher kam mit seinem Gesicht. Wollte der sie tatsächlich jetzt küssen? Wehe ihm! Das gäbe eine Backpfeife, die sich gewaschen hätte! Obwohl sie ja im Moment keine Hand frei hatte und auch Ruhe halten musste.

Sie hörten Stimmen von zwei Männern, die sich unterhielten. Der eine sprach russisch, der andere norwegisch. Sie unterhielten sich über den bevorstehenden Tag, es sollte eine Lieferung kommen. Dann verschwanden die beiden wieder und schlossen das Tor von außen ab! Nun waren sie eingeschlossen! Larson fluchte leise.

„So ein Mist! Jetzt müssen wir das Tor aufmachen, egal wie!" Anna kroch unter der Plane hervor und dehnte sich, dann holte sie wortlos wieder ihr „Besteck" hervor, kniete sich hin, und begann vorsichtig das Schloss zu öffnen. Mehrfach musste sie ansetzen, es war eines dieser Spezialschlösser, die man kaum öffnen konnte. Und doch schaffte sie es. Die Männer murmelten beifällig, als Anna die Tür vorsichtig aufschob. Sie hatte es geschafft, und das brachte ihr natürlich eine Menge Pluspunkte bei den Männern ein.

Vorsichtig schlichen sie wieder hinaus, und Anna verschloss das Tor. Dann schoben sie sich wieder in Richtung Platz vor. Doch genau in diesem Moment gingen alle Scheinwerfer an und eine Sirene heulte auf. Alle lagen flach auf dem Bauch, als plötzlich Schüsse zu hören waren, die vorn vom Eingang kamen. Blitzartig schoss es Anna durch den Kopf! Arvid! Seine Gruppe war nicht unentdeckt geblieben! Zu ihrer Überraschung gab Raik trotz der Scheinwerfer den Befehl: „Sprung auf! Marsch!"

Anna wollte ihn noch zurückhalten, doch dazu war es zu spät. Er und seine Männer stürmten mit langen Schritten quer über den hell erleuchteten Platz bis zum Loch im Zaun. Also blieb ihr nichts weiter übrig als ihnen zu folgen. Und sie hetzte was das Zeug hielt hinterher. Plötzlich aber hörte sie hinter sich auf einmal jemand rufen.

„Halt stehen bleiben!" Blitzartig blieb sie stehen, drehte sich um und sah einen Mann mit einer Waffe hinter ihr herlaufen und schreien, sie solle stehen bleiben. Wie in Trance hob sie plötzlich den Arm und drückte zweimal ab. Es machte zweimal plop, plop und der Mann riss im Laufen die Arme hoch und stürzte dann aus vollem Lauf, der Länge lang hin und überschlug sich dabei.

Anna lief wieder zurück und machte ein Foto von ihm, dann drehte sie sich wieder um und lief im Laufschritt bis zum Zaun. Raik empfing sie wie ein Weltwunder.

„Ihre Nerven möchte ich aber haben, mein lieber Mann! So was habe ich auch noch nicht gesehen", brummte er anerkennend. Seine Männer schienen der gleichen Meinung zu sein. Doch Anna war nicht nach Gesprächen zu Mute, sie machte sich Sorgen um ihren Arvid. Und so hasteten sie so schnell es ging zurück. An der Stelle wo sie sich getrennt hatten, saßen bereits die anderen und waren vollzählig! Anna atmete auf, als urplötzlich Arvid auf sie zukam und sie in seine Arme schloss.

„Was war los?", fragte sie ihn. Arvid winkte ab.

„So ein verfluchter Stolperdraht hat uns verraten. Die Schweine haben sofort geschossen! Zum Glück hat keiner was abgekriegt, und bei euch?" Anna dehnte sich im Stehen.

„Ich musste leider schießen! Einer von denen lief hinter uns her. Ich hab auf die Beine gezielt, doch dann war es ein glatter Schuss in Herzhöhe. Ich habe aber noch ein Bild von ihm gemacht." Arvid sah sie blass erstaunt an und schüttelte langsam den Kopf.

„Du hast es aber drauf, meine Liebe! Macht noch ein Foto!" Anna musste lächeln.

„Das habe ich heute schon mal gehört!" Sie deutete mit einem Blick auf Larson. Arvid sah sich nach ihm um.

„Und, wie hat er sich geschlagen?" Anna hob die Augenbrauen hoch und schmunzelte.

„Als bei euch die Schießerei anfing und die Scheinwerfer angingen, gab er den Befehl zum Loslaufen. Und war selber der erste am Zaun!" Arvids Miene sagte alles.

„Na gut Arvid, wir haben aber gefunden was wir gesucht haben und können nun Beweise liefern. Die bereiten da drinnen den großen Schlag vor! Man könnte es auch als Chemie-Waffen bezeichnen. Eine Mischung aus destilliertem Wasser, eine Giftmischung mit Viren und mit radioaktivem Material veredelt! Wir haben alle Zutaten auf Bild."

„Oh verdammt! Die müssen aber schnellsten kaltgestellt werden! Am besten noch diese Woche! Wir dürfen die nicht mehr aus den Augen lassen." Anna Ohlson nickte.

„Du sagst es, Arvid Ragnarson! Ich rufe nachher gleich den Chef an." Arvid lächelte plötzlich.

„Dann könnten wir uns ja eigentlich hier bald verabschieden, oder was meinst du?"

Aber wie heißt es so schön – erstens kommt es anders, zweitens als man denkt. Und so war es auch in diesem Fall. Denn Oberst Magnusson bestand darauf, dass seine beiden Kriminalisten vor Ort bleiben sollten, und dass, obwohl sie nun bereits drei Wochen unterwegs waren. Anna bestand darauf sich neue Kleidung kaufen zu müssen, und wollte unbedingt zumindest zurück bis Olderfjord fahren. Doch auch dieser Plan ging schief. Denn in den frühen Morgenstunden gegen 3:30 Uhr wurde es in der Basis plötzlich lebhaft.

Man belud wieder zwei Jeeps, dazu kamen je drei Personen pro Fahrzeug. Raiks Laufjunge polterte gegen die Tür des Wohnwagens und schreckte sie so aus dem Schlaf auf.

„He, Raik lässt euch ausrichten, zwei Jeeps werden in Kürze die Basis verlassen, und ihr sollt ihnen zuerst alleine folgen. Wir kommen dann nach wenn ihr wisst wo die Reise hingehen soll."

Fluchend sprang Arvid aus dem Bett. Anna war schneller fertig und machte schnell noch eine Kanne mit Kaffee und eine natürlich mir Arvids Moostee. Eine halbe Stunde später saßen sie dann wieder in ihrem BMW X6M, und warteten bis die Jeeps sich auf den Weg machten. Die Posten hatten beobachtet, dass jeder Jeep zwei 25 Liter. Plastekanister aufgeladen hatte. Sie waren also auf dem Weg zu einem neuen Einsatz, dessen waren sich Arvid und Anna sicher. Vor allem aber auch deswegen, weil Andersson mit an der Fahrt teilnahm. Den Posten war es nicht entgangen, dass jeder Jeep auch drei flache Holzkisten geladen hatte. Arvid tippte auf Maschinenpistolen.

„Ich bin mir sicher, dass der nächtliche Radau unsere Freunde aufgescheucht hat. Sie wissen wahrscheinlich nicht, wer ihnen da auf die Pelle gerückt war. Und um sicher zu gehen, bringen sie einen Teil des Materials weg." Anna nickte und biss herzhaft in ihren Apfel. Kauend meinte sie dann:

„Also, die Jungs von Raiks Truppe sind der Meinung, dass das was die da produzieren in den Höhlen eine Art chemischer Kampfstoff ist, so wie er von den Russen kommt. Der nennt sich „Nowitschok", muss ein ganz gefährliches Zeugs sein. Wurde bereits damals im Irak-Krieg eingesetzt. Ich vermute mal, dass auf Grund dessen, dass die beiden Russen ausgeschaltet worden sind, der Nachschub von diesem Zeug ausgeblieben ist. Und nun haben sie versucht, das Zeug selber herzustellen und haben es noch mit radioaktivem Material verbessert." Arvid schüttelte den Kopf, er sah irgendwie angefressen aus. Offenbar zehrte die jetzt schon drei Wochen dauernde Verfolgung dieser Verbrecher an seinen Nerven, auch wenn es selten zeigte.

„Weißt du Anna, ich verstehe langsam nicht mehr, warum man die ganze Bande nicht einfach hoppnimmt! Wir wissen doch eigentlich, was sie vorhaben. Meiner Meinung nach ist jetzt der Zeitpunkt sie auszuschalten, bevor noch was passiert! Also warum reagieren der Herrschaften da oben noch nicht?"
Anna verstand ihren Kollegen und Geliebten nur zu gut. Im Grunde hatte er ja auch Recht. Aber solange diesen Leuten nicht ein Vergehen nachzuweisen war, solange würden findige Rechtsanwälte diese Gangster wieder herauspauken. Und am Ende würden sie dastehen wie die Deppen. Also mussten sie warten. Den Anschlag oben in Stallogaro konnte man Andersson nicht anlasten, auch wenn klar war, dass er zumindest in der Vorbereitung beteiligt gewesen war. Aber es gab keinen Beweis dafür!
Arvid hörte sich Annas Begründung geduldig an, dann winkte er mürrisch ab und schüttelte den Kopf.

„Der Rechtsstaat macht sich doch nur lächerlich. Lies doch mal was die Presse schreibt! Wir hätten versagt! Dabei schicken sie uns einen völlig überforderten Schreibtischhengst zu dieser Aktion! Darüber schreibt aber natürlich niemand!"

Anna musste lächeln, so viele Worte auf einmal hintereinander, war sie von Arvid nicht gewohnt. Es zeigte aber wie es in ihm aussah. Aber wer ärgerlich ist, handelt nicht mehr rational, sondern aus einem Gefühl heraus. Und wäre es jetzt nicht auch ihr Geliebter gewesen, jeden anderen hätte sie wohl austauschen müssen. So war das eben, wenn man sich auf ein Techtelmechtel mit Kollegen einließ. Aber der liebe Arvid hatte sie und ihre Gefühle einfach überrumpelt, und nun mussten sie damit leben.

Auf einmal kam die Meldung! Die beiden Jeeps hatten sich in Bewegung gesetzt. Diesmal hatten sie jedoch keine Wanze, die ihnen den Weg wies. Sie hatten die Autos gewechselt! Arvid schimpfte leise.

„Warum nehmen die jetzt plötzlich andere Fahrzeuge? So ein Mist! Jetzt müssen wir aber gut aufpassen! Zum Glück ist es hell."

Im Juni gab es hier oben keine Nacht in diesen Breiten oberhalb des Polarkreises. Da wurden die Fenster in den Nachtstunden abgedunkelt damit man schlafen konnte. Für Arvid war das kein Problem, für Anna als geborene Osloerin schon eher. Sie erreichten Kistrand und wenig später dann Olderfjord. Jetzt entschied sich die Frage wohin es ging. Sie folgten aber weiterhin der E 6, der Europastraße und fuhren in Richtung Skaidi. Und dort würde es noch einen Abzweig geben. Einmal zurück in Richtung Alta, oder westlich nach Honnigsvag. Einer der größten Häfen an der Küste, wo auch die Fähren anlegten.

Während Anna sich auf die Straße konzentrierte, döste Arvid vor sich hin. Im Radio dudelten leise Schlager, und dann kam eine Durchsage, bei der Anna sofort das Radio lauter stellte.

„Wie der Regierungssprecher am Morgen verkündete, soll es im Bereich Nord-Norwegen verstärkte Aktivitäten rechtsnazionaler Kreise geben. Die Verfolgungsbehörden gehen dabei von politisch geprägten Aktionen aus und beobachten diese sehr genau. Die Bevölkerung im Norden wird daher um erhöhte Aufmerksamkeit gebeten." Arvid und Anna sahen sich an, und Arvid meinte:

„Wenn sie schon darüber berichten, ist die Lage ernst!" Auch Anna war seiner Meinung.

„Und da sollen wir zu Hause bleiben und aussteigen? Ich glaube Arvid, das willst du nicht, und ich will es auch nicht, oder?" Arvid grinste breit.

„Du hast Recht mein Schatz und Chefin, wie immer!", meinte er und gähnte herzhaft. Inzwischen waren sie kurz vor Skaidi. Noch 5 km, dann würde sich entscheiden wo die Reise hin ging. Dieses Skaidi bestand aus zwei Kreisverkehren, einer am Anfang, einer am Ende, und dazwischen standen vielleicht zwanzig Häuser. Plötzlich musste Anna abbremsen, denn vor ihnen hatte sich offenbar ein Stau gebildet. Sie musste plötzlich loslachen.

„Fast drei Wochen gondeln wir hier durchs Land ohne Stau, aber jetzt wo es ernst wird, passierte es. Steig mal aus Arvid und gehe bitte nachsehen!" Arvid schnallte sich ab.

„Zu Befehl, Boss! Aussteigen und nachsehen gehen!" Sie lachte, und meinte: „Alter Spinner!" Arvid drehte die Augen heraus. „Das sagst du nochmal dann knutsche ich dich hier auf offener Straße zu Boden!" Anna lachte herzhaft.

„Jetzt hau endlich ab! Geknutscht wird vielleicht heute Abend!" Arvid trollte sich grinsend und marschierte nach vorn zum Ort des Geschehens. Ein Truck mit Hänger hing schräg in der Böschung und der Hänger blockierte die Straße. Arvid zog die Kapuze tiefer ins Gesicht und setzte seine Sonnenbrille auf, obwohl keine Sonne schien heute. Der Himmel war milchig trübe, es sah eher nach Regen aus. Er näherte sich vorsichtig den beiden Jeeps. Deren Besatzungen standen ebenfalls auf der Straße. Man wartete wohl auf einen Kranwagen, der zuerst den Hänger wegziehen würde, damit die Straße wieder frei war. Wie es hieß war dem Fahrer schlecht geworden, der Mann war um die Fünfzig. Arvid ging wieder zurück zum Auto. Als er wieder saß, meinte er:

„Wir haben verdammtes Glück, dass die Böschung zu beiden Seiten so steil und tief ist, ansonsten hätten die mit ihren Jeeps auf die Idee kommen können über den Abhang die Straße zu verlassen. Geht aber nicht!"

Und so warteten sie eine geschlagene Stunde, bis der Verkehr wieder rollte. Arvid übernahm nun das Fahren. Jetzt hieß es aufpassen! Dann kam der erste Kreisverkehr. Die beiden Jeeps fuhren eine halbe Runde und bogen dann in Richtung Hammerfest ab! Arvid nickte vor sich hin.

„Oh oh Anna, mir schwant nichts Gutes! Entweder, sie wollen hier ein Ding drehen, oder sie benutzen eine der Fähren und wollen hier weg! Aber dann wohin? Rufe schnell Magnussen an!" Anna nahm ihr Handy zur Hand und wählte. Plötzlich meldete sich Magnusson, so klar, als ob er mit im Wagen säße. Anna schilderte ihm die Situation. Seine Antwort war klar, kurz und bündig, und lautete „Dranbleiben"! Arvid verzog das Gesicht als wenn er Zahnschmerzen hätte.

„Warum muss der Alte uns nur so lieb haben, dass er uns einfach nicht zu Hause haben will!" Anna schaute nach draußen auf die vorüberziehende Landschaft. Sie hatte plötzlich Sehnsucht nach ihrer Couch, ihrer Badewanne und ihrer schönen kleinen Wohnung und dem Balkon. Aber bei dem Gedanken an den Balkon kam ihr plötzlich eine Erkenntnis, ihre Wohnung war für zwei Mann schon zu klein, und Arvids Behausung war auch nicht größer. Sie sah ihren Fahrer von der Seite an.

„Sag mal Arvid, hast du schon mal drüber nachgedacht wo wir eigentlich wohnen wollen, gesetzt dem Fall wir ziehen bald tatsächlich zusammen?" Er sah kurz zu ihr herüber.

„Wo ist das Problem, Chefin? Wir sollen doch den Bezirk Alta übernehmen, schon vergessen? Und 12 km von Alta entfernt wohnen meine alten Eltern, und die haben noch ein zweites Haus, das man ausbauen könnte. Wohnen in der Natur! Ist das keine Option? Ich dachte wir wären uns da schon klar gewesen? Wir hatten nur keine Zeit es uns schon anzusehen." Anna nickte verhalten und lehnte sich bequem in die Polster zurück.

„Stimmt ja, an Alta hab ich schon nicht mehr gedacht. Aber du hast wirklich Recht, da zu wohnen ist ein Glücksfall. Ok, ich ziehe die Frage zurück, Herr Staatsanwalt!"
Arvid nickte befriedigt und Anna bemerkte wie er aufatmete. Aber an den Gedanken sich mit Arvid Ragnarson zu verbinden, musste sie sich erst noch gewöhnen. Aber musste man eigentlich unbedingt heiraten? Abertausende lebten doch in wilder Ehe und waren auch glücklich. Aber dieses Thema wollte sie jetzt auf gar keinen Fall anschneiden, dazu kannte sie ihn inzwischen viel zu gut.

Sie bogen ein zweites Mal ab, es ging tatsächlich nach Honnigs-vag! Arvid kraulte sich nachdenklich im Bart.

„Mein lieber Mann, jetzt wird die Sache aber wirklich fade." Und weil Anna ihn so fragend ansah meinte er weiter:

„Ja, hier wird Erdgas auf der Insel Melkoeye gefördert. Hier gibt's ein Erdölfeld, hier ist ein Hurtigruten-Hafen, hier gibt's einen Flugplatz, und hier wohnen rund 8000 Menschen! Wenn die hier zuschlagen, gibt das eine Katastrophe!"

Und als wenn ihr Chef Magnusson alles mitgehört hätte, klingelte Annas Handy wieder, und er meldete sich.

„Anna, Sie müssen sofort Kontakt zur einheimischen Polizei aufnehmen. Ich hoffe, die ist diesmal professioneller als oben in Olderfjord. Im Übrigen hat Raik Larson mit seinen Männern die Basis gestern Nacht mit Erfolg gestürmt. Sie haben alle dort festgenommen, Andersson war aber wieder nicht dabei, er muss bei euch sein. Ihr bleibt dran und haltet Kontakt bis Larson mit seiner Truppe sich bei euch meldet. Lasst die Gangster nicht aus den Augen klar!" Anna nickte.

„Ok Chef, wir tun unser Möglichstes!" Arvid deutete auf das Straßenschild. „Rypefjord, heißt dieses Kaff hier, dann sind es noch 12 km bis Hammerfest. Hast du es auch gemerkt, die fahren ein ganz vernünftiges Tempo da vorn. Hoffentlich haben sie uns nicht mitgekriegt."

Und so war es, die sechs Leute in den beiden Jeeps waren guter Laune. Das Radio spielte Musik und sie sangen den Text mit. Andersson hatte sich in die Ecke gelehnt und rauchte genüsslich einen Joint. Igor, der daneben saß verzog das Gesicht.

„Dein Kraut stinkt fürchterlich, Adam! Was qualmst du denn da! Wenn uns die Bullen anhalten ist der Teufel los!" Andersson winkte geringschätzig lächelnd ab.

„Mann, mach dir doch nicht ins Hemd! Die blöden Bullen sind doch ahnungslos. Und was in der Basis passiert ist, hatte auch nix mit der Staatsmacht zu tun. Ich wette, die Banditos haben versucht da reinzukommen. Wäre ja nicht das erste Mal!"

Gregor Xanten, der am Steuer saß, schaute durch den Rückspiegel nach hinten. Der stramme, gut 1,95m große Schweizer, war schlechter Laune.

187

„Spiel den Vorfall nicht herunter, Boss! Die Banditos haben keine Schnellfeuergewehre, die da eindrangen, hatten die aber!" Andersson warf den Rest der Kippe aus dem Fenster.

„Jetzt werdet mal nicht panisch, Leute! Die Bullen sind ahnungslos wie Mutter Maria was wir vorhaben. Wir ziehen das Ding jetzt durch, und dann machen wir uns für ein paar Monate aus dem Staub. Ich habe alles bereits organisiert. Also nur die Ruhe bewahren!"

Draußen tauchte das Ortseingangsschild von Hammerfest auf. Gregor Xanten nahm den Fuß vom Gaspedal und schaute auf das Navi. Der weitere Weg ging abseits der Hauptstraße weiter. Doch zuerst mussten sie in die Ortschaft hineinfahren, zweimal einen Kreisverkehr passieren, um dann wieder in die Pampa abzubiegen.

Arvid musste Gas geben, um an den beiden Jeeps dran zu bleiben. Anna sah es mit Argusaugen und berührte seinen Arm.

„Fahre nicht zu dicht auf, ich pass ja auch mit auf!" Arvid grinste und brummte dann:

„Zu Befehl, Boss! Schläfst du heute Abend mal wieder mit mir?" Anna blies die backen auf.

„Na jetzt aber, Kommissar Ragnarson! Wir sind im Dienst!" Er sah sie kurz von der Seite an, meinte dann selenruhig:

„Na das kann ja heiter werden!" Anna lachte leise. „Also gut, ich überleg es mir noch mal. Hast du es so nötig, sag mal?"

Doch Arvid schwieg eisern. Hatte er es schon so weit gebracht, dass sie ihn heiraten wollte, würde es doch auch noch mit einem Kind klappen – irgendwann!

Sie waren gerade in den zweiten Kreisverkehr reingefahren, als die Jeeps vor ihnen diesen schon wieder verließen. Arvid brummte missmutig. „Von Blinken halten die aber auch nix da vorne!"

Sie fuhren am Hafen vorbei wo die Schiffe der Hurtig-Routen festmachten. Offenbar fuhren die wieder aus der Stadt hinaus. Und so landeten sie dann schließlich in einem bäuerlichen Vorort mit höchstens zehn Häusern. Ein riesiges Gewächshaus kam und eine Fischräucherei, die man schon von weitem gerochen hatte. Da im Moment an diesem Mittag ziemlicher Betrieb auf den Straßen war, fielen sie nicht auf. In gebührenden Abstand folgten sie den beiden Jeeps vor ihnen. Plötzlich tauchte eine alte Hafenanlage auf! Und da fuhren die beiden Wagen hinein!

Arvid bremste ab und sah Anna an. „Was machen wir jetzt?" Sie zuckte mit den Schultern.

„Wir sollten aussteigen und sehen was es hier alles gibt." Sie stiegen aus und sahen sich um. Plötzlich wie aus dem Nichts tauchte ein schwarzer Hund auf, groß wie ein Bernarsennen Hund mit Halsband und Leine, die aber wohl abgerissen war. Er kam schwanzwedelnd näher und schnupperte zuerst an Annas Hosenbein und dann etwas höher, als wenn er feststellen wollte, ob das auch wirklich ein Weibchen war.

„He, du bist aber ein Schöner! Bis du ausgerissen, he? Komm mal her zu mir, na komm schon!" Und tatsächlich kam er ganz nahe an Anna heran und beschnupperte sie wieder. Sie fasste nach der Leine und sah Arvid an.

„So, fahre den Wagen an den Rand und lasse uns mit dem Hund spazieren gehen! So fallen wir am wenigsten auf. Na mach schon!" Arvid schüttelte den Kopf und verzog das Gesicht, und meinte dann halblaut:

„Jetzt haben wir auch schon einen Hund. Die Frau macht mich noch mal fertig!" Dann fuhr er den Wagen aus dem Tor heraus an den Rand der schmalen Werkstraße und schloss ihn ab. Anna hängte sich mit einem Arm bei Arvid ein, am anderen hielt sie den Hund fest. Und der lief tatsächlich mit ihnen freundlich tänzelnd mit. Es schien ihm zu gefallen. Aber Anna war sich sicher, dass er kein Streuner war, so zutraulich wie er war.

Sie liefen einen breiten unbefestigten Weg bergab. Vor ihnen eröffnete sich ein kleineres Werkgelände mit einigen einstöckigen Gebäuden, einer Werttanlage zum Anheben der Schiffe und einem größeren Gebäude, das aussah wie ein Hangar. Und dort standen auch die beiden Jeeps vor einem der beiden Schiebetore. Arvid und Anna sahen sich ein wenig um, und suchten sich dann einen Beobachtungsplatz hinter aufgestapelten Fischfässern wo sie keiner sehen konnte.

Der Hund hatte sich ganz brav neben Anna hingesetzt und sah sie neugierig an. Unten öffnete sich plötzlich das Tor und man fuhr die beiden Jeeps hinein. Dann wurde das Tor wieder geschlossen.

Kurz entschlossen verließen sie ihre Deckung, gingen auf das Tor zu, und erreichten das Gebäude unbehelligt.

Arvid kletterte kurz entschlossen auf einen Stapel Holzpaletten und versuchte durch eines der großen Fenster zu schauen. Mit einigen Verrenkungen gelang ihm das auch. Auf einem Bein stehend in schräger Haltung äugte er durch die blinden Scheiben. Plötzlich aber knackte es leise unter ihm. Anna wollte ihn noch warnen, doch da war es bereits zu spät!

Der Stapel sackte warum auch immer, plötzlich auf einer Seite auf der Arvid stand, nach unten weg! Und der plumpste ziemlich unsanft auf den Erdboden. Der Hund fing an laut zu bellen, und Anna zog Arvid auf die Füße, und dann rannten sie flugs zu einer Armada von Fischfässern und versteckten sie dahinter.

Wenig später tauchten zwei Leute mit Gewehren und einer ziemlich großen Dogge auf. Anna ließ ihren vierbeinigen Begleiter los, der unruhig fiebte und schickte ihn nach vorn.

„Lauf! Schnell lauf! Sei ein guter Hund Lauf!" Und tatsächlich rannte ihr Freund auf vier Pfoten zu dem anderen Hund und bellte diesen an. Die beiden Männer lachten.

„He Pelle! Na wo warst du denn? Bist du auf dem Stapel herum geklettert, ja? Na komm jetzt mit rein, Rambo freut sich schon auf dich." Und weg waren sie wieder. Anna und Arvid atmeten auf. Das war gerade nochmal gut gegangen. Anna sah auf die Uhr, es war 15.00 Uhr, und sie hatte langsam Hunger. Sie hatten ja seit dem Frühstück auch nichts mehr gegessen. Außerdem brauchten sie eine Unterkunft, und auf dem Polizeipräsidium mussten sie sich auch noch melden. Zum Glück hatten sie sich die Kennzeichen der beiden Jeeps notiert. Aber was sollten sie nun tun? Weiter warten oder erst einmal in der Stadt sich im Präsidium melden? Doch dieser Entscheidung wurden sie wenig später enthoben, denn die beiden Jeeps fuhren hinüber zu einem der kleinen Baracken und blieben dort stehen. Die sechs Fahrzeuginsassen begannen ihre Sachen auszuräumen, sie waren also am Ziel! Jetzt hieß es schnellsten eine Überwachung einzurichten und die Leute nicht mehr aus den Augen zu verlieren.

Eine halbe Stunde später betraten sie das Polizeipräsidium in der Parkgata 16. Es dauerte nicht lange, und sie hatten den Leiter gefunden, der in diesem Fall eine Leiterin war.

Hedda Christiansen war eine Frau um die 45 Jahre, etwas korpulent, aber 1,70m groß, mit wallendem Blondhaar, welches zu einem starken Zopf gebunden war. Haarmäßig war sie Annas Ebenbild, eben nur in Blond. Sie begrüßte ihre Gäste mit großer Herzlichkeit und bat sie Platz zu nehmen.

„Ja, haben Sie uns also gefunden! Ihre Ankunft ist uns schon avisiert worden, auch die Bitte Sie zu unterstützen wo es nur geht. Sie scheinen ja so eine Art Superbullen zu sein, wenn ich das mal so sagen darf", meinte sie lachend. Arvid schaute säuerlich drein, und Anna winkte ab.

„Alles halb so wild, Frau Christiansen. Wir verfolgen diese Kerle nun schon drei Wochen immer an der Küste entlang. Nur leider können wir sie bis jetzt nicht festnageln. Aber Sie müssten umgehend das kleine Hafengelände hintere dem Flugplatz überwachen lassen. Dort sind die Kerle abgestiegen." Hedda Christiansen nickte.

„Oha ja, da sind die also doch bei dem uns längst bekannten Ole Petersen abgestiegen. Er ist der Kopf der hiesigen Rechten, und ziemlich gefährlich. Er saß schon zweimal wegen Körperverletzung ein. Politisch ist er bei jeder Demo dabei. Er ist ein Einpeitscher!", bemerkte sie etwas ärgerlich.

„Und läuft noch frei herum!", ergänzte Arvid mit süßsaurer Miene. Hedda Christiansen hob bedauernd die Schulter.

„Genau das Gleiche wie bei euren Kunden! Sie pöbeln, sie brüllen Parolen, aber sie unterlassen jegliche Angriffe auf die Staatsmacht. Was wollen sie da machen?" Anna sah ein, dass auch Hedda Christiansen an dieser Tatsache nichts ändern konnte.

„Ok, jetzt sind sie aber dabei sich aus der Deckung zu wagen! Passt auf eure zentrale Wasserversorgung auf!"

„Waas?" Edda sah sie entgeistert an. „Willst du damit sagen, sie haben es auf unser Trinkwasser abgesehen?" In der Eile war sie vom Sie zum Du übergangen, und sah Anna betreten an.

„Entschuldigung Frau Ohlson! Das ist mir jetzt so rausgerutscht!", entschuldigte sie sich, und Anna lachte.

„Macht doch nix, bleiben wir einfach dabei! Also ich bin Anna Ohlson, und das ist mein Kollege Arvid Ragnarson. So, damit haben wir das „Sie" wohl überwunden."

Freund Ragnarson schaute seine Chefin einen Augenblick mit zusammengekniffenen Augen an, aber dann schmunzelte er doch noch.

Innerhalb einer Stunde hatten sie einen Überwachungsplan der Rechten zusammengestellt. Aber nun galt es das Wasserwerk zu schützen. Anna rief kurzerhand Raik Larson an, der meldete sich auch sofort. Als er hörte was Anna vorschlug machte er erst einmal einen Aufstand. Doch Anna ließ ihn quasseln. Als er sein Pulver verschossen hatte, fragte sie ihn dann ziemlich kalt:

„Hör mal Raik, muss ich erst meinen Chef anrufen, der ruft den Minister an und dieser ruft dann deinen Chef an? Oder können wir das abkürzen? Du musst noch heute noch hier oben eintreffen und die Überwachung des Wasserwerkes übernehmen. Wir kümmern uns um den Rest!"

Sie wusste, dass dies eine reine Provokation für ihn sein musste. Er sollte Wache schieben, während sie die Gauner festnahmen. Sowas fraß bestimmt an seinem Ego! Doch zu Annas großer Überraschung sagte er zu.

„Ok, wir sind gegen 18.00 Uhr bei euch, aber dann reden wir nochmal! Klaro?" Anna grinste in sich hinein.

„Klaro, Raik! Das machen wir so! Bis später, beeilt euch!" Sie sah ihre beiden Mithörer an.

„So, die Bewachung des Wasserwerkes ist geregelt.", meinte sie und lachte über Heddas große Augen.

„So redest du mit dem Staatsschutz, Anna? Hätte ich mir nie getraut. Mann, du hast vielleicht Mut!" Anna winkte ab und klärte Hedda schnell über die Umstände auf, und warum sie mit Larson so reden konnte. Dann waren sie fertig, und Anna fragte nach einer Unterkunft. Hedda lächelte.

„Ihr seid im „Thor Hotel" angemeldet. Braucht ihr zwei Einzelzimmer? Das könnte allerdings schwierig werden." Arvid winkte ab.

„Wir nehmen am besten immer ein Doppelzimmer, wir kennen uns schon so lange. Da kommen wir schon klar damit. Und außerdem ist es besser, wenn wir schnell raus müssen."

Hedda sah Anna einen Augenblick mit einem Schalk in den Augen an und nickte dann.

„Ok, Arvid. Euer Zimmer ist gebucht. Wir bleiben über Handy in Verbindung. Hier ist meine Nummer. Sollten die Kerle sich vom Fleck rühren melde ich mich bei euch. Vielleicht könnt ihr ja mal eine Runde ruhig schlafen."

Den letzten Satz hatte sie mit einem Lächeln in Richtung Anna in den Raum gestellt, und Anna zwinkerte zurück. Frauen verstehen sich eben in jeder Lage wortlos.

Die Nacht blieb zum Glück ruhig, und so konnten die beiden müden Kriminalisten einmal richtig ausschlafen. Als Anna ein Auge öffnete roch es nach Kaffee, und so öffnete sie auch das andere und rekelte sich in den Kissen. Plötzlich stand Arvid mit einem Tablett vor dem Bett und stellte es vorsichtig ab.

„Housekeeping, Sie hatten ein Frühstück bestellt!" Anna nickte.

„Das lasse ich mir gefallen, machst du das dann jeden Tag?" Er sah sie mit seinen kleinen blauen Augen an und schmunzelte.

„Kommt darauf an! Fragst du als Chefin oder als Ehefrau?" Sie hatte gerade in ein gekochtes Ei gebissen, und verschluckte sich prompt daran. Als sie den Hustenanfall überstanden, und tief Luft geholt hatte, meinte sie:

„Kommt darauf an, ob du mich jetzt als Kollege fragst oder als als mein Liebhaber?" Arvid grinste.

„Na sagen wir mal als Letzterer, verehre Frau Ohlson. Da nickte Anna.

„Na gut, dann will ich meine kleine Anfrage mal als beantwortet gelten lassen." Arvid setzte sich neben sie auf den Rand des Bettes.

„Gib mir einen Kuss, Chefin!" Sie gab ihm ein Busserl auf die Wange, und er meinte:

„Weißt du eigentlich was ein Kuss bedeutet?" Sie lachte leicht verlegen.

„Na da wird doch wieder nix Gescheites dabei herauskommen, oder?" Arvid hielt ihre beiden Hände fest und sah ihr dann fest in die Augen:

„Also merke dir, ein Kuss ist eine Anfrage im oberen Stockwerk, ob das Untere noch zu vermieten sei."

Ehe er sich versah, steckte der Kollege Ragnarson im Schwitzkasten. Dabei polterte das Tablett, sam leerer Kaffeetassen und Eierbecher aus dem Bett.

„Hilfe! Hilfe!", brüllte Arvid laut, so dass Anna versuchte ihm den Mund zuzuhalten. Das wiederum hatte zur Folge, dass sie einen Arm benutzen musste, der eigentlich den Samen festhielt. Seine Chance ausnutzend lag er plötzlich auf ihr, hielt ihre Arm fest und küsste sie ohne Unterlass. Anna keuchte zwischendurch:

„Du Sexmonster, soviel Sex willst du haben? Das fällt aus! Hilfe! H i l f e !!!"

Mitten in diesem Gerangel klopfte es vernehmlich an der Tür. Blitzschnell fuhren beide auseinander und Anna verschwand im Bad, während Arvid mit nacktem Oberkörper die Hose hochzog und barfuß öffnen ging. Draußen stand Hedda Christiansen und grinste breit:

„Hab ich euch gestört?", fragte sie belustigt. Arvid schüttelte wortlos den Kopf und machte eine Geste sie solle doch eintreten. Hedda trat ein und sah auf das zerwühlte Bett. Leicht errötend meinte sie dann: „Sorry, Arvid...." Doch der winkte ab.

„Mach dir keine Sorgen wir hatten gerade das Frühstück beendet." Anna kam fertig angezogen und geschminkt aus dem Bad, und Arvid staunte mal wieder, in welchem Tempo sie das geschafft hatte. Hedda hatte sich in die Sitzecke gesetzt und sah sich interessiert um.

„Also hört zu, mein Boss hat sich sehr befremdlich gezeigt, dass hier zwei Superbullen aus Alesund das Kommando übernehmen wollen. Er meinte, was können die, was wir nicht können und dann noch der Staatsschutz dazu." Anna nahm kurz entschlossen das Telefon vom Tisch und rief Magnussen an. Dieses Kompetenzgerangel ging ihr langsam gegen den Strich. Als der Chef sich meldete, gab Anna Hedda ihr Telefon. Das anschließende Gespräch dauerte genau zwei Minuten, dann gab Hedda das Telefon zurück und nickte bedient.

„Mein lieber Mann, wie kommt ihr eigentlich mit dem klar? Der hat ja nicht nur Haare auf den Zähnen, sondern Sauborsten! Mein Chef wird sich aber umschauen!" Dann lächelte sie schon wieder versöhnlich.

„Habt ihr schon richtig gefrühstückt?" Anna sah sie verwundert an. „Wieso richtig gefrühstückt?" Hedda grinste.

„Na ja, Arvid meinte vorhin zu mir ihr habt schon gefrühstückt." Dabei deutete sie mit dem Blick auf das zerwühlte Bett.

Anna lachte verhalten und winkte ab. „Wir haben nur einen kleinen Ringkampf gemacht." Hedda nickte verstehend.

„Aha, nennt man das heute so!" Anna sah sie einen Moment an, meinte dann aber leise, weil Arvid im Bad war:

„Ich weiß auch, dass das nicht gut ist. Und vor allem ob es richtig ist. Aber momentan tut er mir gut. Und ich kann mich zu 200 Prozent auf ihn verlassen." Hedda war aufgestanden und umarmte Anna ein wenig.

„Das ist doch das wichtigste in unserem Job Anna, Verständnis und Halt, also was willst du mehr. Genieße es einfach wann immer es geht. Mir fehlt sowas schon seit zwei Jahren. Leider!"
Inzwischen war Arvid fertig angezogen wieder ins Zimmer getreten und sah die beiden Frauen an.

„Darf ich euch zwei Grazien zum Frühstück einladen? Gibt's hier eine Lokation für sowas in der Nähe?" Hedda nickte.
„Ich bringe euch hin, aber eingeladen seid ihr von mir - auf Staatskosten! Also haut rein!" Lachend verließen sie das Hotel.
Dabei bemerkten sie nicht, dass auf der anderen Straßenseite plötzlich ein Mann abrupt stehen geblieben war, und zu ihnen herüber gestarrt hatte. Um dann blitzschnell in einer Toreinfahrt zu verschwinden.

Adam Andersson war gerade auf dem Weg zu einem Supermarkt, um Fleisch für den Abend zum Grillen einzukaufen, als er auf der anderen Straßenseite aus dem „Hotel Thor" drei Personen herauskommen sah. Zwei von ihnen erkannte er sofort!

„Der Rothaarige mit der Paketbombe!", brummte er erschrocken. Das waren Bullen! Diese schwarzhaarige Frau die man ihm geschildert hatte und der Rothaarige. Sie war garantiert Kriminalistin! Und da der Kerl zu ihr gehörte, musste das auch ein Bulle sein, denn er war ja im Wald auch schon dabei gewesen. Und so konnte die Blonde ebenfalls nur von diesem Verein sein. Waren die ihnen bereits schon so dicht auf den Fersen?
Andersson sah um die Ecke der Toreinfahrt, aber die Drei waren auf einmal verschwunden. Hastig tätigte er seinen Einkauf dann fuhr er zurück zum Hafen.

Hedda, Anna und Arvid hatten gerade in einer Bäckerei am Fenster Platz genommen, als draußen ein schwarzer Jeep vorbeifuhr.

In diesem Moment schaut Arvid gerade aus dem Fenster und erkannte Andersson am Steuer den Jeeps.

„Da ist Andersson gerade vorbei gefahren mit einem der schwarzen Jeeps.", meinte er zu den beiden Frauen. Sie sahen sich an. Doch Hedda winkte ab.

„Der war vielleicht einkaufen, lasst euch das Frühstück nicht verderben."

Und trotzdem waren sie ab diesem Zeitpunkt nicht mehr ganz so unbeschwert. Aber war es nicht normal, dass man sich über den Weg lief in einer Stadt mit 11.000 Einwohnern? Anna schüttelte den Kopf.

„Langsam wird das Ganze zu einer Art Verfolgungswahn. Du denkst nur noch an diese Ganoven, ob früh beim Aufstehen oder am Abend, wenn du ins Bett gehst." Worauf Hedda cool meinte:

„Na ihr beiden könnt euch ja ablenken!" Arvid brach in Gelächter aus und musste sich rasch die Tränen abwischen. Anna schluckte mehrmals.

„Deinen Humor möchte ich haben, Hedda!" Die wiederum lehnte sich kauend zurück und meinte mit vollen backen kauend:

„Na Mensch was habt ihr denn? Was gibt's denn Schöneres als richtig guten Sex, wenn man Stress hat! Das beruhigt doch und baut Stress ab!" Und Stress sollte es in der Folge noch mehr als genug geben!

Am späten Nachmittag gab es Alarm! Die Jeeps hatten sie gerade in Bewegung gesetzt, und verließen den kleinen Fischerei-Hafen. Arvid saß diesmal am Steuer, und so verließen sie die Stadt in Richtung Süden, fuhren aber auf einem ausgebauten Wirtschaftsweg hinein in die bergige Landschaft. Immerhin reichten die Berge hier bis auf 800 Meter hoch. Svenja Albertson, eine etwa 25jährige Polizistin fuhr diesmal als Begleitperson bei den beiden Kriminalisten mit. Sie war eine mitteilungsfreudige Kollegin die ihnen schnell ein paar Einzelheiten rund um Hammerfest erklärte.

„So wie es aussieht fahren die in Richtung zum Jansvanet-See. Und dahinter beginnt das Wintersportgebiet von Hammerfest, oben am Jansvannskogen. Ein Berg mit Schankhütte und Seilbahn. Eine tolle Sache, wenn man mal feiern will."

Zweimal hatten sie bereits die Jeeps verloren, aber da es nur diese einzige Straße gab konnten sie nicht verloren gehen.

Sie umrundeten zur Hälfte den See und bogen dann in eine Bergstraße ein. Arvid fuhr nur noch im Schritttempo. Auf halber Höhe verließen die Jeeps die schmale Straße und bogen auf einen Pfad ab. Arvid bremste ab und sah Svenja fragend an.

„Da hinten ist ein alter Eingang in ein ehemaliges Bergwerk. Da ist zum Wenden kaum Platz, es wäre besser wir bleiben hier stehen und gehen zu Fuß weiter", erklärte sie nachdenklich.

Arvid fuhr den BMW rückwärts zwischen zwei Felsen hinein, die von der Straße her durch Tannen und Föhren verdeckt wurden. Er war sehr zufrieden mit seinem Standort und lobte die junge Polizistin für ihre Vorsicht. Anna bemerkte es mit schmunzeln. Ja, ja der gute Arvid konnte auch ganz charmant sein. Vor ihnen lagen drei langgezogene Gebäude, gleich dahinter rauschte irgendwo ein Wildbach. Die ganze Gegend sah wildromantisch aus. Sie sahen, wie die beiden Besatzungen der Jeeps ein Tor aufschloss und dahinter verschwand. Jeweils zwei von ihnen hatten eine Kiste getragen. Direkt neben der ehemaligen Miene stand ein grauer Betonbunker aus der Nazizeit.

Wie Arvid feststellte, schienen sie hier oben Strom zu produzieren, denn eine Reihe starker Kabel gingen von einem kleinen Turm aus rüber zur Seilbahn.

Vorsichtig schlichen sie sich an den Standort der beiden Jeeps. Anna hatte sich schon die ganze Zeit gewundert warum Svenja immer einen Stoffbeutel bei sich trug. Als sie dann am Standtort ankamen, sollte sie erfahren warum. Sie flüsterten nur noch miteinander. Arvid sah zum Himmel, der langsam dunkler geworden war. Ganz finster würde es sowieso nicht werden. Svenja ging in die Hocke, wahrend Anna und Arvid auf dem Bauch auf dem Waldboden lagen.

„Ich gehe jetzt schnell rüber zu den beiden Jeeps und bringe bei beiden einen Sender an. Dann können sie uns nicht mehr verloren gehen", erklärte sie beiden kurz und lief auch schon los.

Sowohl Arvid als auch Anna zogen ihre Pistolen heraus, für den Fall, dass man Svenja entdeckte. Doch alles ging gut, nach wenigen Minuten war sie wieder zurück und strahlte.

„War doch ganz einfach!" Gedeckt durch Buschwerk lagen sie nun und warteten was weiter geschehen würde. Auf einmal hörten sie hinter sich Schritte auf dem Waldboden! Noch ehe sie sich versahen lag Raik Larson neben ihnen und grinste.

„Wir sind euch von Anfang an gefolgt. Jetzt beziehen meine Leute rund um diesen Felsen und das alte Werk Stellung. Anna sah in durchdringend an.

„Und warum? Hier können sie doch nix anstellen! Ich denke ihr seid schon längst am Wasserwerk, verdammt noch mal!" Doch Larson beruhigte sie.

„Sind wir doch auch, ich bin nur mit fünf Mann hinter euch hergefahren, um zu sehen was die Jungs hier so treiben."
In diesem Augenblick öffnete sich drüben wieder ein Tor. Sechs Leute kamen wieder heraus. Sie schlossen die Stahltür ab und gingen zu ihren Jeeps zurück, um dann davon zu fahren.
Larson sah Anna fragend an.

„Na was ist, wollt ihr denen nicht nachfahren?" Sie schüttelte den Kopf und lächelte. Dann nahm sie ihr Handy heraus. Auf Google Maps sah man zwei rote Punkte den Weg entlang fuhren. Er schüttelte den Kopf.

„Ihr seid unglaublich! Auf so eine Idee muss man erst mal kommen." Anna stand auf.

„Wer geht mit da hinein?" Natürlich wollten alle drei mit ihr kommen, doch Anna lehnte ab und sah Arvid bittend an.

„Würdest du mit Svenja hier draußen bleiben? Für den Fall die kommen zurück und wir sind noch drinnen? Gibst du mir bitte auch deine Uzi, für den Fall der Fälle?"
Arvid nickte anstandslos, und sie tauschten die Waffen. Und dann zogen Anna und Raik los. Die Tür hatte Anna mit ihrem Spezialöffner im Nu auf. Vorsichtig traten sie ein. Im Licht der Taschenlampen gingen sie langsam einen langen Gang entlang, obwohl man auch Lichtschalter sah. Doch Anna wollte nichts riskieren, falls doch noch Leute hier drinnen waren. Irgendwo rauschte Wasser!
Ein langer Gang führte sie in eine Art großen Saal. Drei Computertische standen auf einer Seite. Auf der anderen Seite standen große Regale. Und was sie dann sahen ließ ihnen Gänsehaut aufkommen. Zahllose Maschinenpistolen, drei schwere Maschinen-

gewehre, zwei Granatwerfer, mehrere Panzerfäuste und eine Anzahl Kalaschnikow-MPi`s lagen da fein säuberlich sortiert. Und natürlich kistenweise Munition aller Kaliber. Raik machte Licht und um dann Bilder zu machen, genau wie Anna. Zudem fanden sie sechs Plaste Kanister zu je 20 l auf denen ein roter Strahlenkranz aufgedruckt war. Das war also das Zeug, welches sie offenbar benutzen wollten. Raik ereiferte sich.

„Jetzt können wir sie festnehmen!" Doch Anna schüttelte den Kopf. „Kannst du nicht! Denn dann kommen die mit einem Anwalt und erklären dir, dass dieses Zeug ihnen nicht gehört, und sie es nur zufällig entdeckt haben. Und was machst du dann?" Raik Larson winkte genervt ab.

„Das Beste, wir schießen sie alle über den Haufen!" Anna tippte sich an die Stirn.

„Und dann kommen Neue die wir nicht kennen! Überleg doch mal was du da redest!" Er winkte genervt ab, und Anna lauschte.

„Hörst du das auch? Da hinten muss viel Wasser sein, lass uns mal nachsehen." Und schon marschierte sie los, ohne auf Raik zu warten. Keine zwei Minuten später standen sie vor einer Wand aus Stahlgittern mit einer kleinen Pforte die wieder geschlossen war. Wieder war es Anna, die das Schloss bezwang und die Tür aufmachte. Vorsichtig traten sie ein und sahen sich im Schein ihrer Taschenlampen um. Und standen sie vor einer Turbine! Diese wiederum wurde angetrieben von dem Wasser des Wildbachs. Hier also produzierte man den Strom, den man für die Seilbahn brauchte. Und dann sah Anna als erste das kleine gelbe Kästchen, das am Standfuß der Turbine angebracht war. Ein Sprengsatz! Sie gingen einen schmalen betonierten Gang entlang, der zu zwei Vorhaltebecken führte, die voll Wasser waren. Auch hier fanden sie insgesamt drei von diesen gelben Kasten. Sie sahen sich einen Augenblick gegenseitig starr an. Anna schlug die rechte Hand vor den Mund und schüttelte den Kopf.

„Wenn die beide Vorhaltebecken sprengen, rast das Wasser den Berg hinab und spült da unten die Talstation sam Restaurant weg. Die müssen verrückt sein!" Raik nickte stumm, fummelte in den Taschen seiner Tarnhose herum, und brachte einen Schraubenzieher und eine kleine Zange zu Tage. Er grinste.

„Das werden wir ihnen jetzt sofort vermiesen! Warte ab, mit solchen Sachen kenne ich mich jetzt zum Glück aus!"

Und schon kniete er da und öffnete den ersten gelben Kasten. Erst trennte er zwei Drähte durch, dann zwickte er gut 2cm davon ab, ind dann schraubte er das Ganze wieder zu. Dies machte er noch dreimal, und dann waren alle Kästen entschärft. Zufrieden steckte er sein Werkzeug wieder ein.

Plötzlich aber griff Raik nach Anna, wollte sie am Arm festhalten und wohl auch küssen. Doch das ging gründlich schief. Ehe er sich versah, hatte sie ihm eine Ohrfeige verpasst, und mit einem Abwehrgriff zu Boden gedrückt. Er stöhnte vor Schmerz auf, aber Anna dachte nicht daran nachzulassen. Und fauchte ihn an:

„Jetzt merk dir eins du Staatsschutz-Schnösel, so kommt man bei mir nicht weit! Und da draußen vor der Tür steht auch mein Zukünftiger, klaro! Also wage es nicht noch einmal, oder ich sage es Arvid! Was der mit dir macht, kannst du dir nicht in deinen schlimmsten Träumen vorstellen! Und jetzt hau ab!"

Erst dann stand sie auf und ließ sie ihn wieder los. Larson rieb sich den schmerzenden Arm und sah Anna böse von der Seite an. Dieses verdammte Satansweib sollte ihn noch kennenlernen, das stand fest!

Sie begaben sich wieder auf den Rückweg. Als sie wieder aus dem Tor traten, sah Arvid sofort, dass es was gegeben haben musste. Larson hatte eine rote Wange, und Anna sah angefressen aus. Aber sie schwieg und so fuhren sie wieder zurück zum Polizeirevier. Unterwegs zeigte Anna Svenja und Arvid die Bilder ihrer Kamera, die sie drinnen aufgenommen hatte.

Der zuständige Leiter der Gemeinde Olderfjord hatte sofort nach Heddas Vorsprache Polizisten aus anderen Gemeinden nach Honnigsvag verlegen lassen. Damit war die Rundumüberwachung der Rechten Gruppe gewährleistet. Dutzende von Polizisten in Zivil durchstreiften jetzt die Stadt. Larson hatte über seinen Chef zwei Drohnen bewilligt bekommen, die er zur Aufklärung oben am Bunker nutzen wollte. Alles wartete darauf, dass die Gruppe um Andersson endlich in Aktion trat. Doch seit diesem Vorfall in der Höhle war das Klima zwischen den beiden Kriminalisten und Larson erheblich gedämpft.

Vor allem Arvid beobachtete Larson von nun an mit Argusaugen, obwohl Anna ihn gebeten hatte keinen Streit mit ihm anzufangen.

Ein ganz anderes Problem hatte aber Adam Andersson. Und er erzählte am Nachmittag seinen Freunden davon.

„Hört zu Leute! Wenn ich mich nicht geirrt habe, rennen hier in der Stadt zwei Bullen in Zivil herum, mit denen ich schon zu tun hatte. Das könnte bedeuten man beobachtet uns. Wir sollten rausfinden wo die beiden hier in der Stadt wohnen. Denn irgendwo müssen sie ja übernachten." Pelle Orgassen grinste überheblich und zeigte seine Zahnlücken.

„Weißt du überhaupt wie die heißen? Du kannst doch nicht in jedes Hotel rennen und sagen – ich suche zwei Bullen! Mach dich doch nicht verrückt. In einer Woche sind wir hier weg, bis dahin sind wir ganz brav! Lasse hat sich übrigens im Wasserwerk als Elektriker beworben und muss morgen nochmal hin. Wenn das klappt, dann sind wir ein gutes Stück weiter. Und zum Abschluss lassen wir das Ding oben an der Seilbahn noch steigen! Die werden sich noch wundern."

Arvid stand am Morgen im Büro von Hedda Christiansen vor der Skizze des Wasserwerkes, die an der Wand hing. So gut wie er Wasserwerke nun bereits kannte, suchte er immer wieder nach Schwachstellen. Plötzlich drehte er sich abrupt zu Hedda und Anna herum die am Tisch saßen und Kaffee tranken.

„Sagt mal, wie sieht das eigentlich mit dem Personal in dem Werk aus? Ich meine, gibt's da auch Stellenausschreibungen?" Hedda war wie ein Wiesel hinter ihren Schreibtisch gehuscht und schaltete des PC an, dann ging sie auf die Internetseite des Wasserwerkes und drückte auf Personalanfragen.

„Zwei Ingenieure für Wasserwirtschaft und ein Elektriker werden da gesucht!" Sie griff zum Telefon und rief in der Personalabteilung des Wasserwerkes an. Als sie auflegte, sah sie Anna und Arvid nachdenklich an.

„Morgen um 10.00 Uhr spricht ein Elektriker vor, sagte man mir." Anna klopfte Arvid sanft auf die Schulter.

„Gut gemacht, Großer! Da werden wir auch da sein. Mal sehen wer das ist. Du hast mal wieder den Nagel auf den Kopf getroffen mein lieber Same!", lobte sie ihn gefühlvoll.

Das Bürogebäude des Wasserwerkes war ein Neubau. Es gab ein Großraumbüro, welches jeweils bis zu 1,20m eine dünne Wand besaß, und darüber bis zur Decke Glasscheiben. So konnte man praktisch von einem Ende zum anderen Ende schauen. Arvid und Anna hatten sich getrennt. Während Arvid bei der Vorzimmersekretärin des Chefs saß, hatte es sich Anna ein Büro neben dem Personalchef bequem eingerichtet und saß an einem Schreibtisch. Gegen Mittag sprachen sie im Wasserwerk vor.

Pünktlich fünf Minuten vor 10.00 Uhr erschien am nächsten Morgen ein junger Mann an der Eingangstür und sah sich um. Dann ging er suchend den Gang entlang, und blieb vor der Tür des Personalchefs stehen. Sich noch einmal umschauend klopfte er. Der Personalchef sah kurz hinüber ins andere Büro zu Anna und nickte leicht. Dann rief er „Herein!" Der junge Mann trat ein und Anders Morhaupt bat ihn Platz zu nehmen. Er nahm den dünnen Hefter mit den Bewerbungsunterlagen, schlug ihn auf und überflog die fünf Seiten Papier kurz. Dann nickte er leicht.

„Ja, Herr Hagebak Sie sind also ausgebildeter Elektriker im Fach Turbinenantriebe. Ihre beiden Arbeitsstellen kenne ich zwar nicht, aber ich glaube wir könnten es schon miteinander versuchen. Ich denke vier Wochen Probezeit sind angemessen, wenn Sie die gut überstehen, machen wir dann einen Vertrag über eine Dauereinstellung. Wann können sie anfangen?"

Holgar Hakebak gelang es nicht ganz ein Lächeln zu unterdrücken, als er antwortete:

„Wenn Sie es wünschen schon morgen früh!" Der Personalleiter nickte erfreut.

„Das ist sehr gut. Also Sie melden sich morgen früh um 7.00 Uhr hier bei mir. Dann erhalten Sie ihren Betriebsausweis und ich bringe Sie zu ihrem Vorarbeiter Herrn Andresen. Ihr Anfangsgehalt wird mit 3.250 € beginnen und eventuell nach zwei Jahren aufgestockt, wenn Sie sich bewährt haben. Ich begrüße Sie also als neues Mitglied unseres Teams. Herzlich willkommen!" Er gab Hagebak die Hand, und brachte ihn dann zur Tür.

Anna hatte alles über das Telefon des Personalchefs mitgehört. Als Hagebak das Büro verlassen und durch die Tür zur Etage gegangen war, stand Anna auf und kam herüber zu Morhaupt. Der gab ihr die Personalunterlagen Hagebaks. Anna überflog die Seiten kurz und nickte dann.

„Gut Herr Morhaupt, herzlichen Dank für Ihre Hilfe, und ich hätte gern von diesen Unterlagen eine Kopie."

Der Personalleiter musterte verstohlen die junge Frau, die da an seinem Schreibtisch stand, während er den Kopierer bediente. Sie war außerordentlich hübsch nach seiner Meinung. Man konnte sich eigentlich kaum vorstellen, dass diese Frau Gangster jagte und sicher auch ihre Waffe benutzen würde, die sie unter ihrer Lederjacke am Gürtel trug. Er gab ihr die Kopien.

„Gut Herr Mohrhaupt, wir werden den jungen Mann ab sofort überwachen, wenn er morgen früh hier erscheint. Und denken Sie daran, er wird eventuell nicht lange bleiben. Er könnte nur hier sein, um die Verhältnisse vor Ort zu erkunden. Das heißt, er darf keine Arbeitsaufgaben bekommen, bei denen er allein handeln muss. Sagen Sie das bitte ihrem Vorarbeiter. Sollten wir uns geirrt haben, müssen wir weiter unter ihrem Personal suchen. Ich brauche also die Liste mit allen neuen Beschäftigten, so wie wir das schon besprochen haben." Morhaupt nickte.

„Ja, ich denke meine Sekretärin Frau Karlsson wird die Liste in einer Stunde vorliegen haben." Anna verabschiedete sich, sie wollte noch einen Rundgang durch das Werk machen und auch mit dem Vorarbeiter Andresen sprechen.

Arvid hatte sich Hagebak an die Fersen geheftet. Er folgte dem jungen Mann in einiger Entfernung durch das Werktor. Und dann bekam er die Bestätigung ihrer Vermutungen. Hagebak ging zum Parkplatz, und zielgerichtet auf einen schwarzen Jeep Quengler zu, in dem zwei Glatzköpfe saßen und ihn lachend begrüßten. Dann fuhren sie davon. Arvid griff zum Handy und wählte Annas Nummer. Es tutete kurz dann meldete sie sich.

„Hallo Arvid, wo bist du?"

„Ich bin dem Jungen bis auf den Parkplatz gefolgt. Dort ist er in einen der beiden schwarzen Jeeps eingestiegen. Es ist also so wie wir vermutet haben." Anna lachte leise.

„Also, wie du vermutet hast, Arvid! Deine Samennase hat dich wiedermal ans Ziel gebracht. Ich bin hier in der Elektrik Abteilung, wenn du mich suchst. Bis gleich!"

Eine halbe Stunde später trafen sie sich wieder im Wasserwerk. Das Gespräch mit dem Vorarbeiter Mikka Andresen dauerte eine gute Stunde. Der Mann war einer der ganz Gründlichen und wollte genauestens wissen, was er den Neuen machen lassen konnte und was nicht. Anna schätzte ihn auf gute 50 Jahre, und er schien ein wissensdurstiger Mensch zu sein. Und solche Leute gefielen Anna, mit denen konnte man in der Regel vernünftig reden. Schließlich gab es ja auch andere, die sogenannten Panikmacher, Verschwörungstheoretiker und sonstige Spinner, für die die Welt kurz vor dem Untergang stand.

„Frau Kommissarin Sie können sich auf mich verlassen. Ich werde den Kerl nicht aus den Augen lassen." Anna warnte ihn noch einmal diesen Hagebak nicht zu unterschätzen und gab ihm ihre Visitenkarte mit der Telefonnummer.

Und so vergingen drei Tage ohne dass etwas passierte. Arvid putzte im Hof den BMW schön spiegelblank, und Anna hatte sich auf die Couch zurückgezogen und las ein Buch über die Geschichte der Samen, welches sie in der Bibliothek gefunden hatte. Und dann ging alles sehr schnell. Am Morgen des vierten Tages, gegen 2.30 Uhr gab es Alarm. Raik Larson hatte sie angerufen und zum Wasserwerk bestellt. Die Glatzkopf Bande war mit zwei Jeeps vorgefahren, hatte an einer Stelle den Zaun überwunden, und war nun auf dem Gelände. Der Staatsschutz mit seinen 25 Beamten, die hiesige Polizei mit 8 Beamten und die zwei Kripo-Beamten waren das Aufgebot. Hedda Christiansen, Raik Larson und Arvid mit Anna trafen sich am Einsatzwagen des Staatsschutzes.

Ohne auf die Uhrzeit zu achten rief Anna Magnusson an und holte den aus dem Bett. Man hörte wie verschlafen er noch war, doch Anna legte sofort los und erzählte ihm was gerade vorging.

„Ist Ok. Anna, lass dem Staatschutz den Vortritt, die haben bei solchen Sachen Übung, aber heute nehmen wir die Bande fest! Wir müssen endlich dieses Drama beenden. Also, passt auf euch auf!" Dann war das Gespräch beendet.

Der Morgen graute, der Wind hatte etwas aufgefrischt, aber es war wärmer geworden. Anna und Arvid zogen sich die schusssicheren Westen über. Dabei prüfte Arvid, dass Annas Weste auch richtig saß und passte. Sie nahm es dankbar zu Kenntnis und lächelte ihn an.

„Mach dir keine Sorgen, es wird schon alles gut gehen." Arvid nickte nur. Aber man sah ihm an, dass er sich Sorgen machte. Sie waren jetzt schon die dritte Woche ununterbrochen unterwegs.

Es war langsam Zeit wieder einmal vernünftige Lebensumstände zu haben. Plötzlich begann weiter vorn eine kurze Schießerei!

„Das muss bei diesen drei Aufbereitungsbecken sein!", meinte Larson und Anna nickte.

„Wir sollten die Wasserversorgung unterbrechen, damit kein Wasser raus geht", meinte Arvid. Anna war einverstanden und rief den Direktor an, der auch im Objekt war. Der war außer sich.

„Das können Sie doch nicht machen! Da hängt das Krankenhaus genauso dran, wie die Kühltürme in der Brauerei".
Doch Anna ließ sich auf keine Diskussion ein, zumal Larson der mitgehört hatte, auch nickte. Zwei Minuten später schlossen sich alle automatischen Ventile. Zehn Minuten später klingelte das Telefon im Büro des Direktors Sturm, die ersten Beschwerden kamen herein. Die Schießerei draußen war wieder verstummt. Larson bekam die Meldung, dass man zwei Mann der Bande erschossen hatte. Larson, Anna und Arvid und noch drei Beamte des Staatsschutzes gingen in das erste kleinere Haus, wo die Küche und der Speiseraum waren. Sie begannen alle Räume zu durchsuchen. Sie waren schon wieder beim Rausgehen, als Anna eine kleine Tür auffiel, die zwischen dem Tresen und der Küche einen Spalt offen war.
Raik und Arvid liefen als erste und waren schon wieder fast aus dem Saal, als Anna die kleine Tür probierte. Sie war offen! Vorsichtig trat sie auf die erste Stufe und schaute nach einem Lichtschalter. Hier unten musste das Vorratslager sein, denn es roch typisch nach Kartoffeln und Gemüse. Endlich hatte sie den Schalter gefunden und knipste das Licht an. Vorsichtig, die Waffe im Anschlag, verließ sie die letzte Treppenstufe und schaute sich um. Und plötzlich stand sie einem kleineren Glatzkopf gegenüber.

„Hände hoch, Junge! Es ist vorbei, du bist festgenommen!", herrschte sie ihn an. Doch der Knabe grinste nur zu Annas Verwunderung. Anna fuhr ihn nochmal an:

„Ich habe gesagt du sollst die Hände hochnehmen, wird's bald!" Doch der junge Kerl erwiderte nur:

„Halte die Fresse, Bullenschlampe! Du hast mir überhaupt nix zu sagen!"

Anna reichte es. Sie machte einen Schritt von der Treppe weg und wollte nach den Handschellen greifen. Vorher warnte sie den Jungen nochmal.

„Höre auf mich, und nimm die Hände hoch! Wenn du nur einen Mucks machst, schieß ich dir eine Kugel ins Bein! Also los!" Und in dem Moment wo sie einen Schritt nach vorn machte, knallte etwas Hartes von der Seite gegen ihren Kopf! Anna sah Sterne und es wurde ihr plötzlich schwindelig und sie kippte um, sie war bewusstlos. Im gleichen Augenblick sprangen Hageback und Anderson aus einer Ecke hervor, und Anderson hob Annas Pistole auf. Dann lud er durch und zielte auf ihren Kopf. Der Kleinere warnte ihn.

„Adam, mache das nicht, das ist Polizistenmord! Wenn sie dich kriegen kommst du nie wieder aus dem Knast raus. Lass uns mit ihr verschwinden! Sie ist eine gute Geisel, wenn es darauf ankommt! Los komm, wir fesseln sie mit ihren Handschellen, und dann ab durch die Mitte!" Gemeinsam hoben sie Anna an Händen und Füßen auf und zerrten sie durch die Tür des Hinterausgangs ins Freie.

Arvid und Larson waren gerade dabei das Gebäude zu verlassen, als Arvid bemerkte, dass Anna fehlte! Er drehte sich verwundert um und rief nach ihr. Raik Larson blieb ebenfalls stehen.

„Wo ist sie denn? Ich dachte sie läuft hinter uns, als wir aus dem Speisesaal raus sind. Wir müssen zurück, schnell!" Und schon rannten sie zurück in den Speisesaal und sahen die offene Tür neben dem Tresen.

„Verdammte Scheiße!", knurrte Arvid halblaut und stürmte sofort hin. Vorsichtig sich gegenseitig Deckung gebend stiegen sie nach unten und erreichten den Raum wo man Anna niedergeschlagen hatte. Arvid knipste das Licht an und sie sahen sich um. Plötzlich entdeckte er auf dem Fußboden Annas Kamm aus Walfischknochen!

„Sie war hier! Da liegt ihr Kamm!" Er deutete auf den Kamm und hob ihn auf. Sein Magen begann Fahrstuhl zu fahren. Ein sicheres Zeichen, dass hier was ganz gewaltig schiefgelaufen war! An Hand der Spuren auf der Treppe des Hinterausgangs sah man, dass man hier jemand hochgeschleift hatte. Für Arvid war

klar, dass Anna in eine Falle gelaufen war. „Larson gib Alarm!".
brüllte er mit rotem Kopf los. Raik reagierte sofort.

„An alle Einheiten! Gesucht wird Kriminaloberkommissarin
Anna Ohlson! Es kann sein, dass sie entführt worden ist. Kein
Fahrzeug und keine Person darf das Gelände verlassen!"
Draußen aber knallte es immer noch in kürzeren Abständen, denn
in der Elektrohalle kam es zum Finale! Zwei der Kerle hatten sich
dort verschanzt. Nach einer halben Stunde war einer von ihnen
tot, der andere gab auf. Aber Adam Anderson war auch diesmal
wieder nicht dabei.

Wo ist Kriminaloberkommissarin Anna Ohlson?

Der Anschlag war zwar vereitelt worden, zwei der Glatzköpfe
hatte man mit den Kanistern in der Hand kurz vor den Becken
festgenommen. Nun fehlten noch Adam Anderson, Holgar Hagebak und ein dritter mit dem Namen Igor sowie die Kriminaloberkommissarin Anna Ohlson.
Doch die Genannten drei hatten inzwischen das Wasserwerk
längst durch einen alten Abwassertunnel verlassen. Anderson
hatte in weiser Voraussicht eine Sicherung für sich eingebaut,
und das war dieser alte Tunnel. Und wenige Meter nach dem
Ausgang hinter einer maroden Baracke stand einer der Jeeps.
Schwitzend schleppten sie die an Händen und Füßen gefesselte
Kommissarin zum Wagen und warfen sie auf die Rückbank.
Hagebak deckte Anna mit einer Decke zu. Dann zog jeder eine
Straßenwärterkombi über und sie fuhren los. Holger Hagebak sah
Anderson von der Seite an. „Wo wollen wir hin?" Anderson
grinste breit.

„Dorthin wo es schön einsam ist, und wir uns mit dieser Dame
da hinten in aller Ruhe vergnügen können. Immer schön abwechselnd, meine Freunde!" Hagebak schien der Gedanke zu gefallen,
und auch Igor grinste gehässig, und meinte dann:

„Nicht schlecht, aber was machen wir mit ihr damit sie uns
nicht verraten kann irgendwann, meine ich?" Anderson grinste
wieder.

„Wir mieten uns ein Boot von jemand den ich kenne, und dann
übergeben wir sie den Fischen damit die auch was Schönes zu
fressen haben!", lachte Anderson.

Anna, die schon eine Weile wieder bei klarer Besinnung war, hatte jedes Wort verstanden….

Arvid Ragnarson telefonierte aufgeregt zunächst mit ihrem Chef Magnusson. Der war völlig aus dem Häuschen.

„Warum haben Sie denn nicht auf sie aufgepasst, Ragnarson! Man kann doch eine Frau in solch einem Einsatz nicht einfach alleine agieren lassen! Machen Sie sich auf die Socken und suchen Sie Anna! Und kommen Sie mir ja nicht ohne sie zurück, sonst können Sie ihren Dienst quittieren!", brüllte er ins Telefon. Raik Larson hatte inzwischen einen Rundspruch an seine Leute herausgegeben, die auf einen schwarzen Jeep aufpassen sollten. Als Arvid von seinem Gespräch zurückkam, hatte er einen roten Kopf. Larson sah es und versuchte ihn zu trösten.

„Wir werden sie schon finden, der Jeep hatte doch eine Wanze. Also hole deinen BMW und dann machen wir uns gemeinsam auf die Suche." Arvid sah seinen Kollegen vom Staatsschutz groß an. „Was, Wir? Wieso?" Larson winkte ab.

„Die Sache hier ist gelaufen, mein Stellvertreter bringt es zu Ende. Ich habe mit meinem Vorgesetzten telefoniert, und ausgemacht, dass ich sie bei der Suche nach Anna unterstütze! Also los! Hole deinen BMW, Same!" Arvid deutete auf die andere Seite des Platzes.

„Da drüben steht er! Wir können sofort losfahren!"
Fünf Minuten später brausten sie vom Hof des Wasserwerkes, und folgten dem Signal der Wanze, die an diesem Jeep angebracht worden war. Offenbar fuhren die Gangster in Richtung Saidi, und an der Kreuzung von Skaidi bogen sie anschließend nach Osten ab.

„Ich möchte wetten, die zieht es wieder in ihr Basislager nach Indre Billefjord! Wir müssen Anna unbedingt rausholen bevor sie dort eintreffen", brummte Arvid. Und tatsächlich schien das nun doch das Ziel der Glatzköpfe zu sein. Denn sie näherten sich nach einer knappen Stunde schon wieder Olderfjord. Arvid trat aufs Gaspedal und der BMW X6M schoss vorwärts. Und so dauerte es noch ganze zwanzig Minuten bis den schwarzen Jeep in der Ferne zum ersten Mal zu Gesicht bekamen.

Anna hatte es bisher vermieden sich zu regen. Sollten sie ruhig denken sie sei noch bewusstlos. Trotzdem hatte sie Kopfschmerzen, auch wenn die Wunde an der Stirn aufgehört hatte zu bluten. Sie war ärgerlich auf sich selbst. Wie konnte sie auch allein, und ohne zumindest einen der Männer zu rufen, in den Keller gehen. Die Pistole hatten sie ihr abgenommen, genau wie die Handschellen, mit denen sie am Überrollbügel gefesselt worden war. Die Füße hatten sie ihr mit Klebeband zusammengebunden. Sie hörte ziemlich gut, was die drei da vorn sprachen. Der Wortführer schien Anderson zu sein.

„Wir fahren jetzt in unser Basislager, dort können wir die Alte gut verstecken. Und denkt dran! Keiner greift sie an bevor ich sie gefickt habe, damit das klar ist." Der Kleine schien ein gewisser Igor zu sein, der Russe, der andere war Hagebak. Der Russe malte gerade aus, was er mit der Polizeikommissarin machen würde.

„Wenn ich mit der Alten fertig bin, ziehen wir sie nackig aus und hängen sie an eine der Laternen, wenn wir wieder abfahren", frohlockt er lachend. Anderson protestierte sofort heftig.

„Du bis wohl völlig dämlich! Wenn sie uns doch erwischen sollten wäre das unser „Lebenslänglich", du Ei! Wir machen es so wie ich es gesagt habe. Wir nehmen ein Boot und fahren raus, und draußen auf See hängen wir ihr Gewichte an, und versenken sie im Fjord. Die Fische erledigen den Rest! So kann uns niemand nachweisen, dass wir was mit ihrem Tod zu tun haben! Und nicht anderes! Ich habe keine Lust wegen eurer Blödheit lebenslänglich im Knast zu schmoren. Merkt euch das gefälligst!"
Anna bekam Gänsehaut als sie dies alles hörte was ihr noch bevorstehen sollte. Insgeheim aber hoffte sie auf Arvid und darauf, dass der Jeep immer noch eine Wanze am Chassis haben musste. So würden die Kollegen sie bestimmt noch finden.

Die Absicht die Bande zu stellen scheiterte daran, dass es in der kleinen Ortschaft Olderfjord nur eine Handvoll Beamte gab. Und die hatten es sonst nur mit Diebstählen und ähnlichem zu tun, geschweige denn eine Straßensperre aufzubauen. Sie hatten nur einen Dienstwagen und zwei Schneemobile im Winter. Arvid telefonierte während er fuhr immer wieder, doch in Olderfjord auf

der Wache meldete sich niemand. Es war Samstagmittag, da saßen die Herren Beamten wahrscheinlich zu Hause am Mittagstisch. Arvid fluchte wie ein Landsknecht.
Wie zur Bestätigung bogen sie kurz nach Olderfjord in Richtung Kistrand ab. Larson fluchte leise vor sich hin.

„Was machen wir bloß, Arvid? Stoppen wir ihren Wagen und lassen uns auf ein Feuergefecht ein? Ich sage dir was! Das erste was die machen werden ist Anna zu erschießen, oder sie nehmen sie als Geisel und Schutzschild. Wenn es blöde kommt haben die eine Kalschnikow, und wir beide? Eine Uzzi, und unsere Pistolen! Ich Idiot habe nicht an so was gedacht als wir losgefahren sind. Verdammt nochmal, ich tauge wirklich nicht für diesem Job sage ich dir!“ Larson wurde Avid langsam doch symphytisch. Der Junge erkannte zumindest was er falsch machte. Plötzlich starrte Arvid auf das Display des Wagens, der rote Pfeil, der den Standort des Jeeps angab, war plötzlich verschwunden!

„Gottverdammte Scheiße!“, schrie er los und deutete auf das Display. Larson rieb sich über die Augen, die Situation wurde immer schlechter für sie. Und auf Verstärkung brauchten sie nicht zu warten. Er griff zum Handy und wählte.

„Oberst Ludquist, ich brauche unbedingt eine Einheit mit maximal zwölf Leuten hier im Bereich Olderfjord - Kistrand - Indre Billefjord! Wir können die Kommissarin Ohlson seit einiger Zeit nicht mehr orten! Dazu auch einen Wärmebildhubschrauber!“
Und dann erlebten sie eine gewaltige Überraschung. Wahrscheinlich dachte Lundquist Larson sei allein.

„Was wollen Sie? Sie sind doch wohl von allen guten Geistern verlassen! Das ist Sache der Polizei, das soll der Magnusson gefälligst organisieren, das ist seine Beamtin. Sie kommen sofort zurück und organisieren den ordnungsgemäßen Abmarsch in Richtung Basis. Ende!“ Raik Larson hatte zum Ende des Gesprächs einen hochroten Kopf bekommen, und Arvid der alles mit angehört hatte war kreidebleich geworden.

„So eine Drecksau! So ein Beamtenarsch!“, wetterte er ungehalten, gerade als sie Indre Billefjord erreicht hatten. Plötzlich, kurz vor einem Kreisverkehr trat er auf die Bremsen, derart stark, dass der BMW versuchte auszubrechen, vom ABS aber in der Spur gehalten wurde. Mit einem Sprung war er draußen und trat auf drei junge Männer zu und wies sich als Polizist aus.

„Hört mal Jungs, wir verfolgen seit Stunden einen schwarzen Jeep Wrengler in den drei Verbrechern sitzen, die eine Kollegin von uns gekidnappt haben. Hab ihr den in der letzten Viertelstunde gesehen?" Die drei nickten und wiesen bereitwillig die Richtung aus, der dieser Jeep wieder herausgefahren war. Arvid bedankte sich und sprang wieder in den Wagen.

„Die fahren garantiert zurück zu ihrem Basislager!" Larson nickte und meinte dann aber:

„Ja, oder zum Campingplatz, oder zu der Ferienhaussiedlung, oder, oder, oder… Ich bezweifle nämlich, dass die in die alte Basis fahren. Die ist in den letzten beiden Wochen geräumt und gesperrt worden." Arvid nickte.

„Gerade deshalb doch, wer kontrolliert jetzt noch dort? Niemand, denke ich." Und schon bremste Arvid ab und fuhr von der E6 herunter wieder in diesen schmalen Feldweg, welcher zum Campingplatz führte. Er bremste kurz ab.

„Da! Sieh dir das Reifenprofil in den Fahrspuren an! Die sind von einem Jeep von deren Größe!" Raik nickte anerkennend.

„Gut erkannt, alter Elchjäger! Na dann folgen wir denen mal. Hoffentlich sind die nicht schon zwei Tage alt!"

Anderson hatte den Jeep an eine Stelle gefahren, die er noch vom letzten Mal kannte. Von hier aus konnten sie ungesehen auf das Gelände der alten Basis gelangen. Aber nun gab es ein Problem, die Polizistin hatte immer noch keinen Mucks von sich gegeben. Anderson befürchtete schon, dass ihre Geisel tot war. Er fühlte ihren Puls am Handgelenk und am Hals, sie lebte noch!

„Wir müssen sie reinschleppen, da bleibt uns nix weiter übrig. Los, packt mit an!" Und so schleppten sie zu dritt den schweren schlaffen Körper der Polizistin in die am Ende stehende Baracke, dort wo einst das Labor untergebracht war, und legten sie auf eine Pritsche. Oleg sah Anna an, die nun vor ihm lag. In schwarzen engen Lederhosen, langen Stiefeln und einem Parka drüber.

„Ich hätte wirklich jetzt Lust die Alte mal zu vögeln!", bekannte er offen. Anderson sah ihn von der Seite böse an.

„Lass sie gefälligst in Ruhe, du weißt was ausgemacht war! Also halte dich daran!" Der Russe sah Anderson mit zusammengekniffenen Augen an.

„Geh mir nicht auf den Sack, Alter! Mir sagt keiner mehr was ich zu tun habe! Das habe ich 15 Jahre im Kinderheim gehabt, und mir geschworen, dass sie nie wieder gefallen zu lassen! Also nimm du dich in Acht, popeliger Eskimo!", drohte er Anderson. Der riss mit einem Ruck seine Pistole aus dem Gürtel und drückte Oleg den Lauf an die Schläfe. Dann fauchte er leise:

„Hör zu Iwan, ich sage hier wo es lang geht! Wenn dir das nicht passt, schnapp deine Sachen und hau ab! Kommst du mir noch einmal blöde, lege ich dich um!"

Hagebak, der dritte im Bunde, versuchte die Lage zu beruhigen, und redete auf beide beschwörend ein.

„Hört doch auf mit diesem Scheiß! Merkt ihr es noch? Wir sind die letzten von mal 25 Leuten! Wir haben unser Ziel nicht erreicht, und wenn sie uns kriegen gehen wir einige Jahre in den Bau, und ihr zerfleischt euch hier wegen diesem blöden Weibsbild, wer sie zuerst besteigen darf! Seid ihr noch normal? Wir kommen hier nur durch wenn wir zusammenhalten! Überlegt lieber was wir machen wollen, um aus der Scheiße rauszukommen!" Nach dieser, für ihn langen Rede, ließ er sich in den zerschlissenen Ledersessel fallen. Anderson musste seinem Hagebak Recht geben. Sie mussten aus Norwegen verschwinden, aber wohin und vor allem womit! Ihr Jeep würde garantiert überall hier gesucht, dessen war sich Adam inzwischen sicher. Wie sonst hätten die Bullen sie immer wieder kurz vor dem Ziel erwischen können. Plötzlich hielt er inne, starrte Hagebak einen Moment starr an, dann stürmte er hinaus. Im Laufschritt rannte er zum Jeep, und begann ihn zu untersuchen. Letztlich legte er sich auf den Rücken und rutschte unter den Wagen. Und dann sah er den etwa sechs Zentimeter großen und flachen Metallzylinder, der am Tank des Wagens hing.

„Diese Schweine", brummte er wütend und zerrte die Wanze mit der kleinen Mini-Antenne vom Tankboden herunter. Einen Moment überlegte er, dann rutschte er wieder unter dem Wagen hervor. Schnell lief er zurück zu den anderen und zeigte ihnen seinen Fund.

„Hier! Deshalb haben wir sie laufend am Arsch gehabt, ein Peilsender! Oleg, komm mit! Ich habe eine Idee!" Missmutig trottete der Russe hinter Adam her ins Freie. In einiger Entfernung standen einige Rentiere in einer Koppel. Wahrscheinlich hatte nach der Auflösung der Basis hier ein Züchter seine Tiere eingesperrt.

„Los, wir müssen eins von den Viechern einfangen!" Doch dieses Vorhaben erwies sich als schwieriger als gedacht. Eine Stunde lang jagten sie hinter diesen blöden Viechern her, bis sie ein Kalb erwischten. Anderson steckte den Peilsender in einen kleinen grauen Stoffbeutel und band diesen mit dem Halsband des Tieres fest. Dann entließen sie das arme verängstigte Tier wieder zu seiner Mutter, die schon in einiger Entfernung dagestanden und wütend geschnauft hatte. Jetzt nahm sie ihr Kleines wieder in Empfang und machte sich sofort davon zu den anderen. Anderson grinste.

„So, jetzt können die blöden Bullen mal nach uns suchen! Der zieht mit seinen Viechern morgen früh bestimmt weiter", grinste Anderson gehässig lachend.

Arvid und Raik Larson waren mit dem BMW inzwischen bis zur Basis herangefahren, hatten aber das Licht ausgelassen. Der rote Pfeil war auf einmal wieder aufgetaucht. Sie hatten sich gerade einen gut gedeckten Parkplatz gesucht, als dann dieser rote Pfeil plötzlich anfing hin und her zu zucken. Mal vorwärts, dann wieder zurück, dann seitwärts, mal langsam, mal schnell. Raik sah es, und machte sich seine Gedanken dabei.
Nur Arvid dachte angestrengt nach, und dann kam ihm eine Erleuchtung. Diese Ganoven hatten den Sender gefunden und garantiert an einem Tier festgemacht. Das war auch die Erklärung, warum der rote Punkt unaufhaltsam unterwegs war, und immer auf kleinem Radius. Aber der Jeep war auf jeden Fall hier in diesem Gelände, das stand fest. Sie mussten die Elchherde finden!
Sie richteten sich auf eine lange Nacht ein. Irgendwo hier musste Anna sein! Bei diesem Gedanken bekam Arvid einen Kloß im Hals. Was würden sie mit ihr machen? Lebte sie überhaupt noch? Er stieß Raik an.

„Komm, wir schauen uns mal nach dem Jeep um, der muss da drüben zwischen den Felsen stehen! Vielleicht erwischen wir gleich einen von diesen Verbrechern."
Und so schlichen sie sich im Halbdunkel der Nacht durch das Gelände. Nach einer Stunde hatten sie im matten Schein des Mondes den Wagen gefunden. Leise schlichen sie sich näher

heran. Auf Zehenspitzen näherten sie sich die Waffen schussbereit, dem Jeep. Er war leer! Arvid öffnete mit Annas Spezialschlüssel den Kofferraum, den er noch in der Seitentasche seiner Hose gehabt hatte. Doch der Kofferraum war leer! Einerseits atmete Arvid auf, andererseits hätte er sich gewünscht Anna jetzt befreien zu können. Also klappte er die Heckklappe wieder zu.

„Komm, wir gehen weiter!", meinte er leise zu Raik Larson. Und plötzlich begann Raiks Handy sich mit einer Melodie zu melden. Erschrocken drückte er es auf AUS. Arvid schüttelte den Kopf. Der Junge machte einen Fehler nach dem anderen, der war für diese Aufgabe völlig ungeeignet. Und so fragte er mürrisch:

„Wer war das, deine Frau?" Larson schüttelte missmutig den Kopf.

„Nee, mein Chef! Der wird auf mich warten. Die wollen abmarschieren und ich bin nicht da. Ich hab ehe wir abgefahren sind meinem Stellvertreter das Kommando übergeben, und ihm den Befehl gegeben, die Truppe heim zu bringen. Ich habe ihm gesagt was ich vorhabe, und dass sie mich nicht suchen brauchen."

Arvid sah seinen Kollegen mit einiger Achtung an.

„Mein lieber Mann, da hast du dir aber ein Disziplinarverfahren eingehandelt. Wenn es dumm kommt, entlassen sie dich in Unehren wegen Fahnenflucht!" Larson winkte ab.

„Mein alter Herr wird das schon wieder ausbügeln, und es am Ende noch als Heldentat deklarieren", erwiderte Raik spöttisch.

Leise schlichen sie sich an den Baracken entlang, aber überall war es dunkel und keine Menschenseele war zu sehen.

„Wo können die sich denn nur einquartiert haben, verdammt nochmal", fluchte Arvid leise vor sich hin. Larson hielt ihn am Ärmel fest und deutete wortlos ans Ende des Platzes, dort wo sie das Labor gefunden hatten in der Höhle. Arvid nickte.

„Gute Idee, Oberstleutnant! Schauen wir also nach." Gemeinsam schlichen sie sich näher an die kleine Felsschlucht heran, und fanden auch die Tür wieder. Als Larson die Klinke herunterdrückte, ging die Tür kreischend auf. Sie blieben erstarrt in den blauschwarzen Schatten der Felsen stehen. Doch nichts geschah. Und so wagten sie sich vorsichtig wieder hervor und traten ein. Im Schein einer Taschenlampe folgten sie dem Gang bis zum ehemaligen Laborraum. Doch alles war leergeräumt, es gab nur kahle Wände. Arvid war zuiefst enttäuscht und seufzte. Raik klopfte ihm mitfühlend auf den Rücken, der Same tat ihm leid.

„Komm, wir gehen wieder raus", flüsterte er und Arvid folgte ihm. Wo sollten sie denn nun noch suchen? Sie beschlossen zum Wagen zurück zu gehen. Als sie den wieder erreicht hatten, starrte Arvid auf das matt beleuchtete Display. Der kleine rote Pfeil lief immer noch Zickzack. Mal vor, mal zurück, dann wieder zu Seite, dann verharrte er an einer Stelle. Arvid fluchte.

„Wir müssen nochmal zu dem Jeep, die wollen eventuell wieder abhauen!", zischte er und rannte schon wie ein Elch davon. Als sie an der Stelle ankamen wo sie den Wagen vor ein paar Stunden gesehen hatten, stand der immer noch einsam und ruhig da. Arvid schaute auf das Display seines Handys. Der Pfeil wanderte wieder wie vorher unentwegt und ziellos hin und her. Arvid überkam ein böser Verdacht.

„Hör zu Raik, ich gehe jetzt rüber den dem Jeep, und du passt auf, kommt jemand gibst du einen kurzen Pfiff ab. Klaro?" Raik Larson nickte. „Geht klar! ich pass auf. Aber beeil dich." Arvid grinste auf einmal. „Ja, Papa, mach ich!" Dann lief er los.

Arvid schlich sich lautlos näher und erreichte den Wagen, sah sich kurz um, dann ging er zum Heck und legte sich auf den Rücken ins Gras. Langsam schob er sich unter das Fahrzeug, und leuchtete mit der Taschenlampe das Untergestell des Wagens ab. Den dicken Endschalldämpfer, dessen Rohne sich teilen und dann auf je einer Heckseite weiter verliefen. Am Tank sah er sofort den Kreis wo Farbe fehlte, hier hatte der Peilsender gehangen! Und der war weg! Leise vor sich hin fluchend schob er sich wieder unter dem Wagen hervor und stand auf. Seine Vermutung hatte sich also als richtig erwiesen. Was sollte er jetzt tun? Beinahe automatisch griff er in die Seitentasche seiner Militärhose und zog ein Klappmesser heraus, dessen Klinge gute 15cm lang und sehr stabil war. Am hinteren rechten Reifen begann er sein Werk. Er rammte die Klinge in die Seitenfläche des Reifens. Pfeifend entwich die Luft. Das gleiche passierte dann am rechten Vorderreifen. Bei den anderen beiden reifen schraubte er das Ventil heraus und warf beide in hohem Bogen in die Natur. Zufrieden sein Werk betrachtend wollt er gerade sein Messer wieder zusammenklappen, als urplötzlich ein Mann wie aus dem Boden gewachsen vor ihm stand!

Blitzschnell schossen ihn einige Gedanken durch den Kopf was er machen sollte. Die Uzzi hatte keinen Schalldämpfer auf dem Lauf! Schoss er, würde man es überall hören. Als Arvid aber eine Bewegung des Fremden zum Hosenbund für den Bruchteil einer Sekunde wahrnahm, handelt er automatisch. Seine Rechte zuckte mit dem Klappmesser nach vorn! Mit einem dumpfen Plopp durchdrang die Klinge die Jacke seines Gegenübers. Da der Stich von halb unten nach oben geführt worden war, war der Mann sofort tot und sackte zusammen. Arvid schüttelte sich leicht. Als Polizist hätte er das nie tun dürfen. Aber hier ging es um die Frau, die er über alles liebte. Es würde ihm niemand nachweisen können, und es war ein Entführer weniger! Er säuberte das Messer mit Gras und steckte es ein.

Dann handelte Arvid beinahe mechanisch. Er durchsuchte die Taschen des Fremden, fand einen Ausweis, etwas Geld, und am Gürtel eine Pistole vom Typ Makarow, ein russisches Fabrikat. Arvid nahm alles an sich und entfernte sich danach langsam vom Tatort, nachdem er noch ein Bild mit dem Handy von dem Mann gemacht hatte. Er bedauerte es, dass er keine Zeit gehabt hatte, den Glatzkopf nach dem Verbleib von Anna zu fragen. Aber nun waren die einer weniger!

Arvid ging zurück zu Larson. Der stand an einen Felsen gelehnt und rauchte, die Glut mit der Hand abdeckend! Wutentbrannt ging Arvid auf den Major zu, holte aus und knallte ihm eine gegen das Kinn. Er war außer sich! Larson hätte ihn warnen sollen, und was tat er, er rauchte gemütlich eine. Wäre er gewarnt worden könnte der Junge jetzt noch leben!

Larson rappelte sich ruckartig wieder auf und fauchte Arvid an:

„Spinnst du? Warum haust du mir eins in die Fresse?" Arvid wirbelte herum. Breitbeinig dastehend starrte er ihn an.

„Weil du Idiot mich warnen solltest wenn jemand kommt! Was machst du? Du qualmst gemütlich eine! Ich musste den Kerl da drüben wegen dir Pfeife das Lebenslicht ausblasen! Hättest du mich gewarnt hätte ich ihn vielleicht noch nach Anna befragen können! Du Vollpfosten! Möchte wissen wer dich zum Oberstleutnant gemacht hat, sicher der Papa mit seinen Beziehungen!"

Als er sich wieder einigermaßen beruhigt hatte, besah er sich den Ausweis. Der Mann hieß Holgar Hagebak, war 24 Jahre alt und in Alta geboren. Da es ein Ersatzausweis war, musste er seinen entweder verloren haben, oder er war erst vor kurzem aus dem Knast entlassen worden. Schweigend gingen sie zurück zum BMW und setzten sich in die bequemen Polster. Und Larson sah Arvid eine Weile von der Seite an.

„Du hast ihn tatsächlich abgestochen?", fragte er. Arvid nickte.

„Ja klar, es ging alles in Sekundenschnelle, ich musste es tun sonst hätte er Krach geschlagen." Raik hielt ihm die Hand hin:

„Entschuldige Arvid, kommt nicht wieder vor." Arvid nahm die Hand und nickte.

„Ok, entschuldige du auch, dass ich dir eine geknallt habe. Mir ist einfach die Sicherung rausgefallen." Und so gaben sie sich die Hand.

„Und was machen wir nun?", war Raiks nächste Frage. Arvid zuckte mit den Schultern.

„Abwarten, sie werden ihren Kumpel vermissen und nach ihm suchen. Ohne Luft auf allen vier Rädern kommen sie auch mit dem Jeep nicht mehr weg. Zwei Reifen habe ich zerstochen, die anderen beiden haben keine Ventileinsätze mehr." Raik kicherte.

„Du hast vielleicht eine kriminelle Energie, sage ich dir!" Und Arvid nickte.

„Wundert mich manchmal selber!", erwiderte er nur trocken. Dabei waren seine Gedanken unablässig bei Anna.

Anderson sah unruhig auf die Uhr. Hagebak war jetzt bereits eine Stunde weg. „Wo bleibt denn dieser Idiot", brummte er. Dann sah er Igor Nemetschew an. Der Russe hatte sich inzwischen im Laufe der Jahre drei Namen zugelegt. Sonst nannten ihn alle Oleg. Doch Adam Anderson traute diesem Russen nicht, und so machte er sich selber auf die Suche nach seinem Freund Holgar. Da er zum Auto gewollt hatte, suchte er zuerst dort.
Im schalen Mondlicht sah er die Silhouette des Jeeps. Als er dann näher trat bemerkte er, dass beide Vorderreifen platt waren.
Fluchend bückte er sich, und sah, dass bei beiden Rädern die Ventile fehlten. Also ging er nach hinten zum Heck, und wäre um ein Haar über Hagebak gestolpert, der vor ihm am Boden lag. Mit der Lampe leuchtete er seinen Freund an. Dessen Augen

starrten unbeweglich in den Sternenhimmel. Und dann bemerkte Adam den großen Blutfleck auf der Jacke seines Freundes. Er schlug sie auseinander und tastete mit dem Finger das Loch in dem Körper ab. Holgar war erstochen worden, aber von wem? Nun bemerkte Adam, dass auch hinten beide Reifen platt waren, obwohl die Ventile noch drinnen steckten. Seine Hand umkreiste die hintere Außenwand des Reifens, und fand den Schlitz. Auch durchstochen! Offenbar musste Hagebak jemanden in die Quere gekommen sein. Adam musste zunächst eine Angstattacke überwinden ehe er wieder klar denken konnte. Wer war das gewesen? Die Bullen auf keinen Fall, die hätten ihn höchstens einkassiert. Aber wer dann? Den Jeep konnten sie vergessen, sie brauchten zwei neue Reifen und zwei Ventileinsätze, die ebenfalls teuer waren. Soviel Geld hatte er nicht mehr bei sich. Langsam erhob er sich wieder und ging zurück zu Igor und der Kommissarin.

Anna sah, dass der Russe im Begriff war die Hose auszuziehen. Was das zu bedeuten hatte wusste sie aber auch! Aber sie bekam eine Chance. Wenn er das ausführen wollte was sie dachte, musste er ihr mindestens ein Bein losmachen. Das war ihre Chance! Denn unter der Sohle des rechten Schuhs hatte sie schon vor langer Zeit einen Schlüssel für die Handschellen versteckt. Oleg schlich grinsend um sie herum.

„So meine Süße, jetzt bist du dran!", frohlockte er, und knöpfte seine Hose auf. Anna lachte ihn an. Halblaut sagte sie:

„Du hässlicher Vogel wirst nie dahin kommen wohin du willst! Eher zerquetsche ich dir die Eier. Aber du wirst sowieso keinen hoch kriegen, dreckiger Bastard!"

In Igor stieg unbändiger Zorn auf. Er wusste nur zu gut, dass er ihre Beine freimachen musste, wenn er sie vergewaltigen wollte. Die enge Lederhose ließ ihm keine andere Wahl. Sonst kam er nie ran wo er rankommen wollte.

Er war gerade dabei sein Messer vom Tisch zu nehmen, als plötzlich die Tür aufging und Adam im Raum stand. Und als er Igors Messer in dessen Hand sah, da wusste er, dass es jetzt zu einer Entscheidung kommen musste! So oder so!

„Lass die Alte in Ruhe! Ich hab es dir schon mal gesagt, Igor!", knurrte Anderson. Doch der Russe war brunftig wie ein Hirschbulle und fauchte Adler an.

„Hau für eine Stunde ab! Dann kannst du sie haben so oft du willst! Lass mich aber jetzt in Ruhe!" Anderson stand breitbeinig an der Tür und schrie auf einmal:

„Lass sie in Ruhe, sage ich!"

In den folgenden Sekunden passierten zwei Dinge beinahe gleichzeitig. Igor hob den Arm mit dem Messer, um es nach Adam zu werfen. Und Adam zog blitzschnell seine Pistole heraus und drückte ab! Der Schuss traf Igor genau in die Stirn, und der kippte nach hinten um, schlug krachend auf den Holzboden auf, und blieb reglos liegen. Igor Nemtschew war tot.

Anna hatte förmlich die Luft angehalten als sie sah was sich da anbahnte. Dieser Anderson war kein Feigling, das stand fest. Blieb die Frage, wie er sie weiter behandeln würde. Fest stand, er schoss ziemlich schnell, wenn ihm was in die Quere kam. Sie hatte sich ein wenig aufgerichtet, soweit das die Handschellen zuließen und sah ihn an. Auf den ersten Blick machte Anderson einen ganz freundlichen Eindruck, als sei nichts geschehen, aber er war eben ein Gangster.

Anderson hatte in der Folge den Leichnam von Igor Nemtschew zur Tür hinaus hinter das Haus gezogen, und dort mit alten Holzgerümpel zugedeckt. Einen Moment überlegte er, ob er den Holzstoß anzünden sollte. Verbannte diesen Gedanken jedoch wieder, die Anwohner vom Zeltplatz unten hätten aufmerksam werden können. Als er wieder zurückkam, hatte es Anna geschafft sich hinzusetzen, obwohl ihr die Arme höllisch weh taten und eingeschlafen waren.

„Hör mal, mir schlafen die Arme ein, können Sie mich nicht mal anders fesseln. Eine Hand da unten am Rohr, und eine da drüben?", fragte sie Adam Anderson. Der sah sie erstaunt an, denn es waren die ersten Worte die Anna seit der Überrumpelung gesprochen hatte. Anderson sah sie einen Augenblick musternd an. Dann kam er näher und versetzte die Fessel, so wie es Anna gewünscht hatte. Anschließend brachte er eine Flasche Wasser und öffnete sie vor ihren Augen.

„Hier, was zu trinken, und die Flasche war noch zu. Nicht dass Sie denken ich will Sie vergiften, ich trinke sogar zuerst davon." Und schon setzte er die Flasche an und trank sie halb leer. Dann ließ er Anna wie ein Baby trinken und musste dabei grinsen.

„Wenn Sie nicht ein Bulle wären könnten wir bestimmt ganz gut auskommen", meinte er auf einmal. Anna nickte.

„Ja, warum nicht. Selbst jetzt können wir das noch." So steuerte sie das Geschehen unmerklich auf das sogenannte Stockholm-Syndrom zu. Das heißt. Die Geisel entwickelt mehr Sympathie für den Geiselnehmer als für die Polizei. Das war natürlich übertriebener Quatsch, aber Anna versuchte nunmehr die jetzige Lage auszunutzen. Als die Gangster noch zu dritt waren, hatte sie keine Rolle gespielt, doch jetzt war sie mit Anderson allein. Egal was er machen wollte, er musste sie einbeziehen oder erschießen! Und wie es aussah, war er keiner der eine wehrlose Frau einfach so abknallen würde. Aber sie konnte sich täuschen. Jedenfalls galt es Ruhe zu bewahren und zu sehen was er nun noch vorhatte. Adam zog einen Stuhl neben Annas Matratze und setzte sich.

„Sie haben es vorhin ja gesehen, er wollte sein Messer nach mir werfen. Und ich sage Ihnen, er hätte getroffen! Das konnte er wie kein zweiter. Ich musste ihn einfach erschießen, oder?" Anna nickte überzeugend.

„Na klar, sonst wären Sie jetzt tot, und er säße hier. Da sind Sie mir schon tausendmal lieber!", bemerkte sie. Und Adam Anderson begann zu schmunzeln.

„Sie wollen mich wohl einwickeln, stimmts?", fragte er sie lächelnd. Anna schüttelte den Kopf.

„Nee, das kommt bei mir nicht in Frage! Ich habe keine Angst, warum sollte ich Ihnen da Honig ums Maul schmieren", erwiderte sie überzeugend. Sie gähnte und lehnte sich bequem gegen das Rückenteil.

„Und, was wollen Sie nun machen? Meine Leute werden nicht mehr weit weg sein." Anderson lachte.

„Ach ja, der Sender unter dem Jeep, ich weiß schon. Aber den trägt jetzt ein junges Rentier irgendwo draußen in der Weite der Natur. Ich habe ihn gefunden!" Anna tat gleichgültig und winkte ab.

„Ach wissen Sie, wir haben Sie seit Sie in Alesund mit ihrem Freund Lönnequist abgehauen sind im Visier gehabt. Egal wo Sie waren, wir waren auch da! In dieser Kampfsportschule haben wir ihnen den ersten Sender angehängt." Anderson sah sie nun doch überrascht an.

„Habt ihr einen silbernen BMW gefahren?“ Anna nickte und grinste dabei.

„Und Sie standen oben am Fenster!“ Auch diesmal sah Anderson Anna mit einer Art Wohlwollen an.

„Sie sind ein harter Brocken, stimmts? Angst macht Ihnen niemand so schnell.“ Anna schüttelte den Kopf.

„Das ist Quatsch, jeder Mensch hat Angst.“ Sie wollte ihn mit dieser Antwort davon abbringen das eventuell bei ihr austesten zu wollen.

„Sagen Sie mir doch wer hinter dieser ganzen Aktion steckt! Wenn Sie sich freiwillig stellen, machen wir Sie zum Kronzeugen, Sie bekommen eine neue Identität, eine neue Heimat, und müssen nicht die nächsten 10 Jahre im Knast verbringen. Denn das blüht Ihnen, wenn man Sie jetzt erwischt. Denken Sie mal an ihre Schwester, der geht's doch auch nicht gut. Wir haben Sie besucht nachdem Sie dort waren. Sie könnten mit ihr und den Kindern ein neues Leben anfangen.“ Anderson begann zu lachen.

„Mit dieser Schlampe? Haben Sie gesehen wie es bei der aussah? Bei der hält es doch kein Mann aus!“ Er machte sich ein Bier auf und sah sie an.

„Wollen Sie auch eins?“ Anna lachte und deutete mit dem Kopf auf ihre gefesselten Hände. Anderson stand auf.

„Wenn Sie mir versprechen keine Scheiße zu veranstalten, mache ich eine Hand frei. Machen Sie Zirkus, leg ich Sie um wie Igor! Alles klar?“ Anna nickte wortlos, und Anderson öffnete die eine Seite der Handfessel. Innerlich frohlockte sie. Wenn er sie nicht mehr mit der zweiten Hand fesselte in der Nacht, konnte sie den Schlüssel aus dem Schuh holen, und dann konnte es zur Entscheidung kommen! Sie nahm das Bier und trank einen langen Zug. Sie grinste.

„Wie siehts mit der Verpflegung aus? Ich habe seit heute früh nichts mehr gegessen und habe einen Mordshunger.“ Anderson stand nochmal auf, holte einen Kanten Brot und eine halbe Wurst und legte ihr beides in den Schoß.

„Guten Appetit, Frau Kommissarin!“, meinte er und grinste.

Anna musste irgendwann zur Toilette. Anderson brachte zwei paar neue Handschellen mit einer langen Kette von einem Meter dazwischen und legte sie ihr an. Das gleiche machte er mit ihren

Füßen. So konnte sie zwar trippeln, aber nicht richtig laufen, das durchkreuzte ihre Pläne. Anderson sah sie schmunzelnd an.

„Sie haben wohl gedacht Sie können mich austrixen, was? Nee, nee liebe Kommissarin, so blöde bin ich nicht. Aber ich sehe, ich muss bei Ihnen sehr vorsichtig sein."

Als sie von der Toilette zurückkam, war es ihr gelungen das kleine Diensthandy im BH verschwinden zu lassen. Der Akku war noch halbvoll und würde durch die Körperwärme noch eine Weile halten. Vielleicht kam ja jemand auf die Idee dieses Handy Orten zu lassen. Und vielleicht konnte sie in der Nacht eine Nachricht abschicken, oder Arvid anrufen.

Bis jetzt benahm sie Andersson entgegen seiner Ankündigung noch vernünftig. Wahrscheinlich hatte es sogar aufgegeben ihr an die Wäsche zu gehen. Auch mit einer einen Meter langen Kette zwischen den Füßen war sie auf jeden Fall in der Lage sich zu wehren.

Zu dieser Zeit saß Arvid nachdenklich im Auto und dachte jede Sekunde an Anna. Lebte sie noch? Er hätte losheulen können vor Verzweiflung und vor unbändiger Wut. Sie hatten die Sitze nach hinten geklappt und sich in unmittelbarer Nähe des Jeeps in Stellung gebracht. Vielleicht kamen die Gauner ja nochmal mit Anna hier vorbei. Mitten in einer Dämmerphase fuhr Arvid hoch. Er starrte durch die Frontscheibe hinaus in die Dunkelheit.

Anna hatte doch zwei Telefone gehabt! Ihr Diensthandy, und ein normales, um privat mal schnell anrufen zu können. Warum war er denn nicht gleich auf die Idee gekommen beide Handys Orten zu lassen. Hastig kramte er sein Handy aus der Tasche und rief auf Magnussons Privatanschluss an. Es dudelte und duldete und Arvid wollte schon aufgeben, als es plötzlich knackte, und eine müde Stimme zu hören war.

„Hier Magnusson, sie wünschen bitte?" Arvid verschluckte sich fast vor Aufregung.

„Hier ist Ragnarson Chef, mir fiel gerade ein, dass Anna doch zwei Handys hatte. Hat man beide versucht zu orten?" Einen kurzen Moment war Schweigen, dann meinte der Chef:

„Mann Ragnarson, sie haben ja Recht! Nein, wir haben nur das Smartphone versucht zu orten, aber das war ausgeschaltet. Ich werde das sofort veranlassen und rufe sie zurück!" Und schon hatte er wieder aufgelegt. Larson machte die Augen auf.

„Was treibst du denn da zu nachtschlafender Zeit?" Und Arvid erklärte ihm seinen Anruf. Raik fuhr hoch und schüttelte den Kopf.

„Das muss doch dein Chef selber wissen! Mein Gott, Herr lasse es Hirn regnen!" Und Arvid dachte sich: „Na das sagt genau der Richtige." Und so warteten sie eine halbe Stunde, eine dreiviertel Stunde – plötzlich summte Ragnarsons Handy. Hastig nahm er das Gespräch an.

„Hier ist Magnusson! Arvid sie sind ein Pfundskerl! Wir haben Annas Handy, und wissen sie wo? Nicht weit von ihnen entfernt in Indre Billefjord, irgendwo im Gelände unmittelbar am Fjord! Wir lassen es nicht mehr aus den Augen und informieren sie laufend!" Arvid sah Raik Larson an.

„Anna muss hier in unmittelbarer Nähe sein! Wo haben die sich nur verkrochen, verdammt nochmal! Lasse uns nochmal losgehen, komm los auf!" Larson verzog das Gesicht.

„Jetzt um die Zeit? Wo willst du denn suchen?" Arvid riss die Tür auf und stieg aus.

„Dann bleib hier, ich gehe alleine eine Runde machen. Mann, bist du ein Lahmarsch!" Und schon stapfte er davon in Richtung Lager. Das Licht war so gut, dass man sehen konnte wohin man lief. Der schale Mond, leicht verschleiert, gab genug Licht ab. Und Arvid schlich sich auf das Gelände. Die Uzzi mit einem Schalldämpfer drauf trug er schussbereit. Und so inspizierte er Baracke um Baracke. Alles war leer und finster, nirgends eine Menschenseele. Selbst am ehemaligen Labor lief er nochmal vorbei, aber auch da war alles offen und leer. Wo sollten die denn mit Anna sein? Leider wusste Arvid nichts von dieser kleinen Baracke ganz am Ende des Geländes hinter einigen dicken Bäumen verborgen. Diese hatten sie nie vorher zu sehen bekommen. Und so lief Arvid Ragnarson keine 400 Meter an Anna Ohlson vorbei, ohne sie zu bemerken. Nach einer Stunde kam er ergebnislos und enttäuscht wieder am BMW an. Raik Larson schlief, und Arvid hätte ihn dafür prügeln können. Mühsam sich beherrschend, setzte er sich wieder in seinen Schalensitz. Larson war aufgewacht und gähnte.

„Und, gibt's was Neues?" Arvid schüttelte wortlos den Kopf. Larson nickte, und meinte dann lapidar:

„Na hab´ ich dir doch gesagt!" Das reichte Arvid, um zu explodieren!

„Du verdammtes Beamtenarschloch! Es ist ja auch nicht deine Chefin, die da irgendwo festgehalten wird! Und sie ist auch meine Freundin, verstehst du das! Ich mache mir Sorgen um sie, du Idiot!" Larson begehrte auf.

„Nun mach aber mal einen Punkt! Ich poche zwar nie auf meinen Dienstgrad, aber so reden wir nicht miteinander Kommissar Ragnarson!" Arvid winkte ab.

„Leck mich doch, Oberstleutnant! Du kannst mich ja auch melden! Dann erzähle ich denen was von deinen Führungsqualitäten! Du Führer einer Eliteeinheit, dass ich nicht laut lache!"
Jetzt war es raus! Arvid atmete tief durch und versank in Schweigen. Larson stierte wütend durch die Frontscheibe nach draußen. In dieser Stimmung summte auf einmal wieder Arvids Handy!

„Ragnarson! Diese Idioten von der Überwachung haben mich jetzt gerade angerufen, Anna Ohlsons Handy wandert langsam nach Norden zu! Sie muss ungefähr 5 km nordwärts von euch sein! Beeilen sie sich und folgen sie ihr. Und diesmal kein langes Hin und her, wenn es sein muss legt die Kerle einfach um! Ich bleibe am Ball hier!" Arvid stieg aus und lief um den Wagen herum und öffnete die Fahrertür.

„Mach Platz! Wir müssen los, ich fahre jetzt." Larson rutschte wortlos auf den Beifahrersitz, und Arvid sprang in den Wagen, startete und jagte den BMW mit quietschenden Reifen aus ihrer Deckung heraus.

„Die wollen nach Norden, garantiert nach Olderfjord und haben etwa 5 km Vorsprung." Larson fuhr hoch.

„Na sind die denn blöde! Warum informieren die uns denn nicht eher!" Arvid nickte besänftigt.

„Weil sie eben blöde sind, Oberstleutnant!" Mehr sagte er dann nicht mehr. Sie fuhren die E 6 entlang.
Wenn die liefen, wovon Arvid ausging, auf Grund der mäßigen Entfernung im Zeitraum einer Stunde, dann konnten sie nur zu Fuß unterwegs sein. Aber wohin wollten die?

Anna Ohlson hatte in dieser Nacht ein wenig geschlafen, obwohl die Umstände alles andere als bequem waren. Doch durch die

Handschellen mit Ketten hatte sie ein wenig mehr Bewegungs-
freiheit erlangt. Anna war klar, dass sie aus dieser Zwangslage
nicht so schnell herauskommen würde, oder noch einfacher gesagt, ob sie überhaupt wieder herauskommen würde. Sie wusste
nicht wie Anderson reagierte, wenn er Panik bekam, und er hatte
eine eigene und ihre Pistole.

Plötzlich polterte Anderson zur Tür herein und rief:

„Steh auf Bullenkuh, wir gehen jetzt spazieren! Matte zusam-
menrollen, nix liegen lassen, los!" Er fuchtelte mit der Pistole
herum und schien angetrunken zu sein. Das war nicht gut. Und
dann marschierten sie los, und Anna erkannte sofort wo sie war.
Sie fluchte innerlich, dass sie das nicht Arvid mitteilen konnte.
In einem ziemlichen Tempo liefen sie mit einem Meter Abstand
nebenher. Anderson hatte eine der Handschellen an seiner linken
Hand festgemacht. Annas Füße waren frei! Sie frohlockte, diese
Situation war für sie nicht schlecht. Vielleicht konnte sie Anderson in einem unaufmerksamen Moment überraschen. Kräftemä-
ßig rechnete sie sich ohne weiteres Chancen gegen diesen Kerl
aus. Er war fast gleichgroß, also 1,72 bis 1,74, und vom Gewicht
nahmen sie sich auch nicht viel. Und, Anna war Kampfsportlerin
gewesen, das war ihr Vorteil. Anderson hatte durchblicken lassen, dass man ihn nicht zur Armee eingezogen und ihn ausge-
mustert hatte. Anna bekam langsam wieder Gefühl in die Beine
und in ihren Körper.

Da sie querfeldein liefen, und es noch halbdunkel war, konnte sie
keine Straße erkennen. Immer wieder ging es durch Senken, an
Felsgruppierungen vorbei. Anna kam langsam in Fahrt, hatte
aber auch Durst. Als endlich ein Bach kam, bat sie Anderson an-
zuhalten damit sie trinken konnte. Der lachte und meinte:

„Na hoffentlich liegt da oben keine Leiche drinnen!", und deutete auf die Felsformation wo der Bach herkam. Anna winkte ab.

„Das wäre mir auch egal, schlimmer wäre, du hättest dir die
Füße da drinnen gewaschen!" Einen Moment sah sie Anderson
sprachlos an, dann lachte er schallend los.

„Na du hast vielleicht einen Humor, Kommissarin!" Anna
nickte wortlos und dachte bei sich: „Du wirst mich noch ganz
anders kennen lernen."

Inzwischen war es langsam hell geworden. Doch Anna wunderte
sich. Anderson lief eine Art Zickzack, immer weit genug weg

von Straßen und Gehöften. Und er lief nordwärts. Wo wollte der hin? Doch Anna war sich sicher, dass sie immer am Parsangerfjord entlangliefen. Kurz entschlossen fragte sie ihn.

„Sag mal, verrätst du mir wo du hin willst?" Doch diesmal bekam sie eine patzige Antwort.

„Das geht dich einen Scheißdreck an, Bullenschlampe!", kam es kurz. Anna protestierte sofort.

„He, sag mal geht's noch? Ich hab doch nur höflich gefragt!" Plötzlich hatte Anderson seine Knarre in der Hand, fuchtelte damit herum und fauchte sie an.

„Halt die Fresse, sag ich dir! Oder ich knall dich gleich hier ab!" Anna zog es vor zu schweigen, wurde aber aus seinem Stimmungsumschwung nicht schlau. Eben noch laut lachend, und jetzt so was! Bei seiner Schreierei war er aber immer auf Abstand geblieben, so dass sie keine Chance hatte ihn überraschend anzugreifen. Das konnte noch ein schönes Spiel werden.

Währenddessen beobachtete sie die Gegend, durch die sie liefen. Und jetzt kapierte sie auch warum er so einen Umweg machte und Zickzack lief. Er lief immer dort, wo er die Umgegend gut überblicken konnte, und sie niemand überraschen konnte. Also da wo es flach und eben war. Doch in Anna war die Zuversicht gewachsen dieses Spiel noch für sich entscheiden zu können. Und Anderson schien ihre Zuversicht zu spüren, denn immer wieder ertappte sie ihn dabei, dass er sie musterte. Doch sie schwieg eisern, und würde auch weiter schweigen. Mal sehen wie lange er das aushielt!

Arvid bremste den BMW ab und blieb stehen. Sein Handy hatte plötzlich zwei Signale bekommen. Zum einen hatte er Annas Nachricht auf dem Display, zum anderen einen roten Lichtpunkt auf einer Landkarte. Anna war keine fünf Kilometer westlich von ihnen. Er zeigte es Larson. Der nickte verstehend.

„Die latschen quer durchs Gelände, damit sie keiner überraschen kann. Das heißt, einer von uns muss aussteigen und zu Fuß weiter. Und wie ich die Lage so einschätze, wirst du dich um den Job reißen, stimmt`s?" Arvid nickte stumm, und öffnet den Gurt.

„Ok, ich steige aus, und du folgst uns! Aber mache mir mein Baby nicht kaputt, Alter! Ich funke dich an, wenn ich dich brauchen sollte! Wir bleiben in Verbindung." Sie klopften sich mit den Fäusten ab.

„Pass auf dich auf, alter Same und rette deine Braut!" Arvid stieg aus, richtete seine Uzzi unter der bunten Samenjoppe, schulterte den kleinen Rucksack, und stieg dann über einen sehr schmalen Seitengraben. Noch einmal tief einatmend und zurückwinkend entfernte er sich schnellen Schrittes querfeldein. Er folgte unaufhaltsam dem roten Lichtpunkt auf seinem Handy. Jetzt war Arvid Ragnarson der Same, ein Fährtenleser wie in alten Zeiten!

Raik Larson folgte der Straße weiter in Richtung Repvag, und hoffte irgendwann wieder mit dem Auto in Arvids Nähe zu kommen. Was sie hier trieben war schon außergewöhnlich. Warum zum Teufel schickte sein Chef nicht einfach ein paar Hubschrauber mit Wärmebildkameras, er wusste doch, dass die Kommissarin in Lebensgefahr war. Dieses verdammte Ressortdenken war daran schuld. Das Heer, die Marine, die Luftwaffe, der Geheimdienst, die Staatspolizei, alle kochten ihr Süppchen, anstatt wirklich zusammen zu arbeiten. Und was würde ihn erwarten? Und er hatte sich praktisch von der Truppe abgesetzt, und war auf eigene Rechnung auf der Jagd nach einer Kriminaloberkommissarin gegangen. Ob das sein alter Herr wieder ausbügeln konnte, war diesmal mehr als fraglich. Im Grunde war es ihm eigentlich inzwischen aber auch egal. Er taugte sowieso nicht zum Chef einer Antiterroreinheit, auch wenn sich das sein alter Herr so gedacht hatte. Viel mehr gefiel ihm inzwischen die Art wie Arvid oder Anna arbeiteten.

Anna hatte sich inzwischen langsam eingelaufen, und Anderson bekam zusehends Mühe an ihr dran zu bleiben. Immer wieder musste er sie mit der Kette zurückhalten.

„He, was rennst du wie eine Hirschkuh hier über die Tundra!", schnaufte er nun schon zum zweiten Mal aufgebracht. Anna musste lachen, der Kerl war im Kern ein Weichei, nur seine beiden Knarren hielten ihn aufrecht. Langsam zweifelte Anna daran, ob er überhaupt wusste wohin er wollte.

Sie erreichten ein größeres Waldgebiet und Anderson blieb stehen und sah sie ernst an.

„So Kommissarin, du gehst jetzt vor mir her, und ich sage dir wo es lang geht! Mach aber keine Zicken, oder ich lege dich gleich hier um!" Anna lachte ihn aus.

„Rede doch nicht immer so einen Stuss Adam! Du brauchst mich als Geisel, ich bin deine Lebensversicherung! Aber hast du schon mal dran gedacht, dass irgendwo ein Scharfschütze liegt, der dir aus 500 Meter Entfernung eine Kugel in den Kopf schießen könnte, und du bist hin?"

Aber im nächsten Moment bereute sie diese Äußerung schon, denn Anderson nahm seinen Rucksack ab und öffnete ihn. Dann holte er eine Handgranate heraus. Hämisch lächelnd befestigte er sie an ihrer Handfessel, nahm eine Rolle Bindfaden aus dem Rucksack, schnitt ein Meter Stück ab, und befestigte die eine Seite am Sicherungssplint der Handgranate, die andere Seite an seiner Handfessel. Würde er nur stolpern oder hinfallen, würde der Splint herausgezogen, und die Handgranate 5 Sekunden später explodieren und sie mit in die Hölle nehmen. Als er fertig war, grinste er Anna an.

„Danke für den Tipp, Bullenschlampe!" Anna hätte vor Wut heulen können. Diese unbedachte Äußerung hatte ihre Chance mit einem Mal wieder verschlechtert! Und sie war selbst daran schuld! Anderson machte eine Bewegung, die hieß: „Los! Weiter laufen!" Und so lief sie weiter, nicht mehr so behände wie vorher, aber nachdenklich. Würde sie Arvid und dessen Eltern nochmal wiedersehen? Sie hätte sich ohrfeigen können, was sie gemacht hatte war einfach unverzeihlich. Sie wusste es, und das gab ihr zu denken. War sie wirklich die Richtige, die in einer gespannten Situation kühl und rational handeln konnte? Hätte Arvid diesen Satz von sich gegeben, hätte sie ihn wahrscheinlich angefaucht.

Arvids spektakuläre Befreiungsaktion

Nach zwei Stunden näherten sie sich auf einem Waldweg einer stattlichen Holzhütte. Offenbar war es die Unterkunft von Holzfällern, die hier zu arbeiten hatten, und gleich über Nacht draußen blieben, um sich die An- und Abfahrt zu sparen.

Anderson schien sich aber auszukennen, denn zielsicher ging er unter das Vordach und nahm einen Schlüssel von einem Balken oberhalb eines Fensters und schloss die Eingangstür auf. Er trat als Erster ein, und schob sie zu einem alten Sessel neben einem eisernen Holzofen.

„Setz dich da hin!", befahl er ihr kurz. Dann löste er seine Handschelle und befestigte diese an einem Standfuß eines eisernen Ofens. Dabei lachte er.

„Wenn du weglaufen willst musst du den Ofen mitnehmen, aber der ist am Boden angeschraubt, wie du siehst!"
Und tatsächlich, alle vier Beine hatten zwei Laschen mit Löchern und darinnen dicke Holzschrauben. Anna reckte sich wohlig und machte die Beine lang, sie hatte die blöde Handgranate wieder los! Der Marsch hatte ihr nach der Ruhe doch ziemlich zugesetzt. Anderson packte auf einmal seinen Rucksack aus, und wickelte zwei Papiertüten auf. Die eine enthielt Fisch, die andere Steaks, wahrscheinlich vom Rentier. Dann schaffte er einen Grill herbei, stellte diesen vor die offene Tür und begann Feuer zu machen. Wenig später legte er die beiden Fische und die Steaks darauf und ließ sie langsam rösten. Anderson stand am Grill und streckte sich. Der Marsch hatte ihm gutgetan. Mit einem Auge war er bei der Kommissarin, die ihm Respekt abnötigte, wenn er ehrlich war. Sie nahm alles hin, ohne zu klagen oder ohne ihn zu betteln. Doch er war sich im Klaren, dass irgendwann der Moment kommen würde, wo er die Alte erschießen musste, wenn er heil aus der Sache herauskommen wollte. Oder war es besser sie doch am Leben zu lassen, für den Fall, dass man ihn doch schnappte? Die Idee sie zu vögeln hatte er im Grunde aufgegeben. Das würde nur klappen, wenn er sie außer Gefecht setzen würde. Er stierte einen Augenblick auf ihre rote Bluse, bei der zwei Knöpfe offen waren und man den Brustansatz sehen konnte.
Der leichte Wind trug den herrlichen Bratenduft von der Hütte herüber durch den Wald bis zu einem Gebüsch. Dort lag Arvid in gut 100 Meter Entfernung am Boden und sah die Rauchschwaden aufsteigen. Es war inzwischen 21.00 Uhr, und es war noch hell wie am Tage und gute 20 Grad warm - die schönste Mittsommernacht. Für Arvid war es allerdings ein Nachteil, da man sich in der Dunkelheit wesentlich einfacher anschleichen konnte. Und aus dieser Entfernung schießen konnte er auch nicht! Dieser verdammte Vorbau, unter dem der Grill stand, hatte zu beiden Seiten eine Leistenkonstruktion in halber Höhe nach oben hin zum Dach. Diese Latten standen auf einer etwa 1,50 m hohen Holzwand. Selbst mit Zielfernrohr wäre das ein Risiko gewesen,

denn die Uzzi war für solche Fernschüsse einfach nicht gedacht, nicht mal mit Zielfernrohr, welches er im Rucksack bei sich trug. Plötzlich ging Anderson wieder zurück in die Hütte, nahm eine kleine Tasche aus seinem Rucksack, und zog sich wieder an. Er sah Anna an.

„Komm Kommissarin, lege dich da auf die Liege! Ich muss für zwei Stunden mal weg und kann dich nicht mitnehmen. Mach kein Theater, hier draußen hört dich kein Mensch. Die Kette ist lang genug. Musst du nochmal für kleine Mädchen?", fragte er auf einmal ganz normal. Anna nickte. Sie musste tatsächlich. Er nahm die Kette mit der Handschelle an sich.

„Dann komm mit! Wir müssen ums Haus herum!" Und so führte er sie wie einen Hund an die Rückseite zu einem kleinen Verschlag mit wackliger Holztür.

„Da rein! Ich bleib vor der Tür stehen, los." Anna ging hinein und musste die Tür einen Spalt auflassen. Als sie wieder raus kam grinste Anderson sie an.

„Klang wie bei einer Kuh die gerade pissen musste." Er lachte über seinen Vergleich, Anna blieb wortkarg, sagte keinen Ton. Überhaupt hatte sie kein Wort mehr mit ihm geredet, seit sie ihm diesen blöden Tipp mit dem Scharfschützen gegeben hatte. Sie gingen zurück in die Hütte, und Anna legte sich auf die Liege. Dann befestigte er die eine Handschelle wieder am Bein des Ofens, nahm eine Rolle Klebeband aus dem Rucksack, fesselte sie wieder an den Fußgelenken, dann grinste er.

„Nur damit dich keiner vergewaltigen kann während ich nicht da bin! Ist nur zu deiner Sicherheit!", grinste er. Plötzlich strich sein rechter Handrücken beinahe zärtlich über ihre Wange.

„Eigentlich bist du ja ein hübsches Weibsstück. Nur schade, dass ich dich nicht laufen lassen kann, das weißt du aber sicher. Deine Schönheit wird dir allerdings nichts mehr nützen, weil ich dich irgendwann umbringen muss. Aber wir können ja vorher nochmal zusammen schlafen, bevor ich dir das Licht ausknipse. Es wird aber schnell gehen und du wirst es nicht mal merken, wenn es knallt. Mach`s gut, meine Schöne! Laufe mir aber nicht mit dem Ofen weg!" Sie angrinsend öffnete er die Tür. Das alles hatte er beinahe emotionslos dahingesagt und sie dabei gestreichelt. Nur leider stand er so, dass Anna keine Chance hatte wegen der Handgranate ihn anzugreifen. Ein Zug an der Kette, und die Schnur zog den Splint der Sicherung heraus.

Nach dieser Eröffnung Andersons stand für Anna fest, dass sie ihn mit in die Hölle nehmen würde! Er würde nicht ungeschoren davonkommen! Wenn diese Granate hochging, würde er in ihrer Nähe sein und mit drauf gehen, und wenn es das letzte war, was sie in diesem Leben noch machen würde.

Anderson sah sich noch einmal in der Hütte prüfend um, dann sah er auf seine Armbanduhr.

„Also, in gut zwei Stunden bin ich wieder da, Liebling. Halte das Bettchen schön warm für uns zwei. Tschau!" Sprach`s und verließ die Hütte, kam aber lachend noch einmal zurück, als habe er was vergessen. Er nahm die Schnurrolle zur Hand, band ein Ende wieder am Sicherungsstift der Handgranate fest, und führte die Schnur zur Tür hinaus. Durch einen Spalt hereinschauend, wickelte er so viel ab, dass sein Ende bis zur Türklinke reichte und band es an der Klinke fest. Dabei lachte er wieder.

„Stell dir vor, ich komme in voller Freude auf eine Liebesnacht wieder zurück, und vergesse die Schnur hier draußen. Da fliegt mir doch die ganze Bude mit dir um die Ohren. Na das wäre was! Tschüss, Geliebte!"

Er schloss vorsichtig die Tür ab und Anna hörte seine Schritte, die sich entfernten. Sie lehnte sich entspannt zurück und sah sich um. Welche Möglichkeiten gab es sich zu befreien? Eigentlich keine, oder doch? Natürlich, sie hatte doch jetzt Zeit. Also mit dem Kopf bis zur Hand, mit den Zähnen die Schnur lösen und damit die Handgranate unschädlich machen. Und dann weiter…
In ihr keimte plötzlich wieder neue Hoffnung auf. Noch hatte sie nicht verloren!

Arvid hatte die ganze Zeit beobachtet was Anderson da eigentlich trieb. Wie es schien, war er mit Anna alleine. Wo waren dann seine Begleiter abgeblieben? Anscheinend wollte er nochmal weggehen. Er ging nochmal zurück und fummelte dann an der Eingangstür herum. Dann endlich trollte er sich von dannen, und Arvid wartete gute zehn Minuten, um sich dann näher an die Hütte heranzupirschen. Wie es aussah, waren Anderson und Anna die ganze Zeit allein unterwegs gewesen. Jetzt wo er abgeschlossen hatte und weg war, konnte nur Anna noch drinnen sein.

Er trat vor die Tür hin und rief Anna. Dann hörte er ihre Stimme.
„Ja, bist du es Arvid?" Er lachte.

„Na klar geliebte Chefin dein Retter steht vor der Tür! Ich komme jetzt rein zu dir."

„Halt! Arvid! Halt! Er hat an der Türklinke eine Schnur angebracht, das andere Ende hängt am Splint einer Handgranate, etwa einen halben Meter von mir entfernt!" Arvid lachte und rief dann leise:

„Was denn, schon wieder eine Handgranate, das hatten wir doch schon mal! Möchte nur mal wissen, warum du dich immer so verbarrikadierst! Aber ich komme jetzt rein!"
Arvid Ragnarson überprüfte die gesamte Tür, ob da nicht doch noch eine Überraschung versteckt war. Aber dieser Anderson war ein Amateur, Profis hätten das ganz anders sichern können. Zwei Minuten später ging die Tür auf und Arvid Ragnarson stand im Rahmen.

„Da bin ich meine Prinzessin! Ich rette dich jetzt!" Und schon hatte er ihr einen Kuss gegeben, die Handschellen aufgeschlossen, sie von dem Klebeband an den Füßen befreit und sie in die Arme geschlossen.

„Komm, Chefin! Wir hauen erst einmal ab! Aber vorher legen wir ihm dein Handy in seinen Rucksack ganz unten rein!"
Und schon war Arvid an der Arbeit und verstaute das Handy ganz unten in der Ecke in einer der Socken.

„So, jetzt aber ab durch die Mitte wir müssen zurück zum Auto!" Anna lief wie im Traum neben Arvid durch den Wald. Sie war wieder frei! Plötzlich hielt sie ihn fest, gab ihm einen Kuss und meinte halblaut:

„Danke, mein Prinz! Aber wir müssen jetzt Magnussen anrufen, nicht dass er mich anruft! Dann bemerkt Anderson das Handy zu früh!"
Arvid rief den Chef an und berichtete von Annas Befreiung. Erst war er heilfroh, dann aber fragte er:

„Was ist mit diesem Anderson jetzt?" Arvid verdrehte die Augen.

„Ich bin mit Anna auf dem Weg zum Auto. Ihr Handy steckt jetzt in seinem Rucksack. Also bitte nicht anrufen!" Magnusson reagierte sauer.

„Na ich bin doch nicht blöde! Das weiß ich doch selber! Holt euch endlich diesen Sauhund! Es wird Zeit!"

Arvid schüttelte den Kopf und legte beim Laufen seinen Arm um Annas Schultern. Sie sah in lächelnd an, und meinte dann ernst: „Er hätte mich nie gehen lassen. Er wollte erst noch mit mir schlafen, bevor er mich erschießt." Arvid stockte der Atem.

„Der Kerl ist ein Psychopath, wir hätten gleich auf ihn warten sollen." Anna schüttelte den Kopf.

„Nein Arvid, ich weiß was dann passieren würde. Du hättest ihn mit einem einzigen Schuss erledigt in deiner Wut auf ihn. Aber er muss für seine Taten vor Gericht." Doch Arvid winkte ziemlich mürrisch ab.

„Dann kommt ein findiger Anwalt, und er bekommt mildernde Umstände, weil er eine versaute Kindheit hatte, oder so ähnlich." In der Ferne sahen sie den BMW auf einem Feldweg neben der Hauptstraße stehen, der Fahrer lehnte an der Fahrertür und winkte ihnen zu. Anna sah Arvid mit Staunen an.

„Du hast ihm dein Baby einfach so überlassen?" Arvid nickte.

„Habe ich, ja, aber vorher habe ich ihm erst noch ein paar richtig aufs Maul gehauen!" Anna war entsetzt.

„Was hast du getan? Bist du verrückt? Willst du dir deine Karriere bei der Polizei versauen!" Arvid winkte ab, und meinte:

„Ich frage mich die ganze Zeit, ob ich diesen ganzen Scheiß überhaupt noch will! Mord und Totschlag, und Verrückte, die die Welt aus den Angeln heben wollen. Verschwörungstheoretiker jeder Art, und wir sind immer die Idioten, die den Kopf hinhalten müssen." Anna war stehen geblieben und sah ihren Freund und Kollegen mitfühlend an.

„Ich wusste gar nicht, dass du so angefressen bist." Doch Arvid lachte schon wieder.

„Na komm meine liebste Chefin, bin froh, dass du es gesund überstanden hast. Jetzt holen wir uns diesen Misthund."

Am Auto angekommen, begrüßten sich Anna und Raik Larson zunächst herzlich, um dann aber gleich die Frage zu stellen:

„Wie geht's jetzt weiter?! Anna rief sofort Chef Magnusson an.

Adam Anderson näherte sich wieder vorsichtig der Hütte und sah sich um. Er war in Repvag auf der Bank gewesen und hatte von seinem Geheimkonto bei der Sperbank Geld abgehoben. Diese

Russenbank war nur online zu erreichen, und das war gut so. Denn so konnte ihm niemand auf die Fersen kommen.

Er zog die Pistole aus der Tasche und trat unter den Vorbau. Auf dem Weg zurück hatte sich endgültig entschlossen, nun doch die Kommissarin in den nächsten Stunden zu liquidieren, sie hier im Wald zu vergraben um dann ohne Last weiter zu ziehen. Diese Frau war ihm zu gefährlich. Und selbst den Wunsch sie noch vorher zu vögeln, hatte er begraben. Aber vielleicht ging ja noch was, wenn er ihr in den Kopf geschossen hatte. Da war sie zumindest noch warm. Er stellte sich kurz vor wie er sie ausziehen würde, und spürte bei diesem Gedanken, wie er einen Ständer bekam. Hastig entfernte er die Schnur von der Klinke öffnete die Tür. Sein Trieb diese Frau noch einmal zu besteigen, schob dabei alle Vorsicht von sich. Die Pistole in der Hand, und nur den einen Gedanken, jetzt da reinzugehen, sie zu erschießen und dann ihr die Hosen auszuziehen waren übermächtig geworden.

Er hatte die Tür gerade so weit geöffnet, dass er eintreten konnte, als er plötzlich für den Bruchteil einer Sekunde einen gewaltigen Blitz sah, und es fürchterlich knallte! Mit voller Wucht schlug ihm die Holztür vor die Brust, während der hintere Teil der Holzhütte plötzlich wie bei einem Vulkanausbruch auseinanderflog! Anderson war kurz schwarz vor Augen geworden, und so lag er eine gute zehn Minuten unter der zerborstenen Tür, die ihm letztlich das Leben gerettet hatte. Als er sich endlich wieder aufrappelte und sich vorsichtig in die zerstörte Hütte schleppen konnte, sah er sich um. Wo war dieses gottverdammte Weib?

Er brüllte wie ein verwundeter Stier auf! War sie mit in die Luft geflogen? Doch es fehlten ihr Rucksack, und ihre Schlafmatte. Den Ofen fand er ein paar Meter weiter im Wald. Die Alte war weg! Wutentbrannt schoss er das Magazin seiner Pistole leer. Dabei hätte ihn um ein Haar ein Querschläger fast noch selbst erwischt. Das brachte ihn wieder zur Vernunft. Er sah sich um, er war noch am Leben! Und das hatte er der Tatsache zu verdanken, dass diese Übungs-Handgranate nur eine mit Pulver gefüllte Granate war, die nicht in tausend kleine Splitter zerbarst. Daher gab es zwar eine Explosion, aber ohne diese gefährlichen Auswirkungen. Der Russe hatte ihm eine Übungshandgranate verkauft! Jetzt musste er ihm sogar noch dankbar sein, weil der ihn beschissen hatte.

Anderson suchte seinen Rucksack, und fand ihn 20 m weiter auf dem Weg, der zur Hütte führte. Er musste hier schnellstens weg! Wenn sie frei war, egal wie sie das geschafft hatte, war seine Freiheit in Gefahr. Und so raffte er alles was er brauchte zusammen und marschieret dann wieder wutentbrannt los in Richtung Norden.

Sie wollten gerade abfahren, als Raik mit dem Arm auf eine schwarze Qualm Wolke über dem Wald zeigte, und das Echo eines Knalles zu hören war. Wenig später hörte man mehrere Schüsse.

„Wow, was ist denn da hoch gegangen?", meinte er und sah seine beiden Begleiter an. Und Anna sah Arvid unverwandt an. Der lächelte ein wenig.

„Das war nur eine Übungshandgranate russischer Bauart! Die hat ihm jetzt die Hütte zerlegt, er dürfte mit dem Schrecken davongekommen sein. Ich hatte noch schnell eine zweite Schnur gezogen und unten an der Tür befestigt", meinte er nur und setzte sich feixend hinter das Lenkrad. Dann sah er auf sein Handy. Der rote Punkt bewegte sich langsam nordwärts. Er zeigte es seinen Begleitern.

„Schaut her, er läuft weiter nordwärts, also folgen wir ihm! Raik, du bringst uns bis zu einer Stelle, wo wir ihm folgen können. Dann bleibst du mit uns immer in Kontakt. Er hat ein Ziel, und Magnusson will wissen wo das ist. Es kann also noch ein paar Tage dauern bis wir ihn kassieren!" Anna verzog mit einem Mal das Gesicht.

„Mensch, ich kann nicht mehr und ich will auch nicht mehr! Es reicht langsam! Soll der Alte doch eine Ablösung schicken, dann kann er ihn noch durch ganz Nord-Norwegen nachlatschen!" Arvid sah seine Chefin von der Seite an, und ein Vorwurf lag in seinem Blick. Anna sah es, und wusste, sie hatte gerade Stuss geredet. Also lenkte sie schnell wieder ein.

„OK, wir machen es wie Arvid gesagt hat. Ich schlaf jetzt mal kurz eine Runde während wir fahren." Und schon legte sich um, und keine zwei Minuten später hörte man ihre gleichmäßigen Atemzüge von der Rückbank. Arvid und Raik sahen kurz nach hinten und grinsten sich an. Und beide dachten wohl das Gleiche.

Arvid deutete auf den roten Punkt, der sich plötzlich wesentlich schneller nordwärts bewegte.

„Sieh hin, der Lump fährt offenbar als Anhalter jetzt mit einem Auto mit! Wir müssen dranbleiben, koste es was es wolle!" Und schon trat er das Gaspedal durch und der BMW schoss vorwärts. Im Nu waren sie bei 180 Stundenkilometer, obwohl auf der E6 hier nur 100 km/h erlaubt waren. Sie näherten sich einem der sechs Tunnel auf dieser Strecke, doch Arvid ging nicht vom Gas. Kaum waren sie wieder im Tageslicht, leuchtete der rote Punkt wieder auf und blinkte. Sie hatten Anderson noch immer auf dem Radar, wie Arvid zu sagen pflegte. Auch Anna öffnete wieder die Augen.

„Na Jungs, wie ist die Lage?" Arvid blinzelte zu ihr durch den Rückspiegel.

„Dein Freund ist immer noch unter Kontrolle. Hoffentlich hält der Akku des Handys noch eine Weile durch. Zumindest bis wir wieder dran sind. Sie hatten längst den Abzweig zur kleinen Halbinsel Repvag hinter sich gelassen. Raik dehnte sich.

„Wenn man bedenkt, dass diese E6 3000 km lang ist, und von Florenz in Italien fast bis ins russische Murmansk führt, ist das schon eine gewaltige Leistung gewesen, damals als man sie baute.

Arvid frohlockte, er hatte noch gut 15 km bis er Andersons Heck sehen würde. Der würde sich wundern, dieser Schweinehund. Doch Arvid hatte sich bereits wieder beruhigt. Seine große Liebe saß ja wieder hinter ihm. Er nahm sich vor, sie nie mehr allein in eine Gefahrensituation zu schicken und aufzupassen. Und er spürte ihre Finger an seinem Genick, die seinen Haaransatz kraulten. Und das tat so gut! Larson sah es auch und grinste nur wortlos. Das erste Hinweisschild kam. Nach Horningsvag 12 km. Was wollte der Kerl dort? Sie hatten inzwischen bereits die Brücke über den Fjord passiert und fuhren nun in Richtung Honningsvag, auch ein kleiner Ort mit knapp über tausend Einwohnern. Aber es war der Hafen der Hurtig Routen und es gab einen Flugplatz. Anna war sich sicher, dass Anderson sich auf einen Abgang über die Barentsee vorbereitete. Oder er bekam über den Flugplatz neuen Nachschub an Mitarbeitern oder Material. Nach ihrer Meinung war man nahe daran, seine gesamte Struktur aufzudecken. Bisher hatte man ihn nur als einen Einzelkämpfer gesehen, aber nun schien es, als dass er einer der führenden Köpfe dieser Leute war. Sie rief während der Fahrt Magnusson an und schilderte ihm ihre Gedanken.

„Frau Ohlson, ich vertraue ihrem Spürsinn! Tun Sie alles, das der Kerl nicht abhauen kann. Ich habe die Behörden dort schon informiert, dass ihr im Anmarsch seid. Bleiben Sie bitte an ihm dran!"

Sie passierten das Ortsschild „Horningsvag". Arvid trat auf die Bremse, denn genau vor ihnen musste Anderson sein! Der Punkt stand still, genau wie sie. Also musste er an der Tankstelle auf der rechten Seite in Fahrtrichtung wahrscheinlich aussteigen. Während Arvid an eine der sechs Zapfsäulen fuhr, beobachteten Anna und Raik das Gelände. Und dann sahen sie ihn!

Er stieg gerade aus einem kleinen Transporter aus und ging dann in den Shop. Raik stieg aus, um nachzusehen. Dabei sah er wie Anderson mit einem Monteur redete. Der führte ihn dann auch in die Werkstatt.

Währenddessen hatte Arvid vollgetankt und war bezahlen gegangen. Er kam mit mehreren Schokoriegeln und drei Flaschen Wasser zurück.

„Wo ist Larson?", fragte er Anna.

„Der ist rüber gegangen zu der kleinen Werkstatt. Er vermutet, Anderson will sich etwas Fahrbares zulegen."

Doch sie hatten sich geirrt. Anderson verließ die Garage wieder und begab sich zu Fuß in den Ort. Larson folgte ihm in einigem Abstand. Denn ihn kannte Anderson noch nicht, im Gegensatz zu Anna und Arvid. Anna murrte leise, als sie den beiden langsam nachfuhren.

„Dieser Bastard da, läuft seelenruhig dahin. Er hat den Russen in der Basis kaltblütig vor meinen Augen erschossen. Und mit mir hätte er es genauso gemacht." Arvids Hand streichelte ihren Arm.

„Bleib ruhig, Chefin-Schatz! Er wird seiner Strafe nicht entgehen." Anna lachte plötzlich auf.

„Was hast du gerade gesagt? Bin ich jetzt dein Schatz?"

Er nickte, „denke doch, oder nicht?" Anna nickte und berührte ihn sanft am Hals.

„Na klar, das stimmt schon was du sagst", beruhigte sie ihn. Dabei war ihr dieser Gedanke immer noch ein wenig unheimlich. Sie würde wieder einen Mann haben, wollte sie das eigentlich? Oder war das alles nur Dankbarkeit was sie für Arvid empfand? Aber letztlich würde sie ihn auch nie wieder vergessen können, zu oft war er im letzten Moment ihr Retter gewesen. Und er tat es wirklich aus Liebe, das wusste sie. Sie musste schmunzeln wie er so dasaß und konzentriert nach vorn schaute. Mit seinen roten Wuschelhaaren und dem roten Rauschebart, der unbedingt mal gestutzt werden musste, wenn das alles vorbei war.

Plötzlich verschwand Anderson in einer der zahlreichen Pensionen an der Hauptstraße. Arvid stoppte ab, fuhr den BMW aber hinter ein übergroßes Werbeplakat der Hurtigrouten. Sie stiegen aus. Arvid versuchte die Hinterfront der Pension zu ergründen, damit er ihnen nicht entwischen konnte. Raik war kurz entschlossen reingegangen, und betrat eine Art Anmeldung mit einem kleinen Tresen.
Anderson stand da und füllte gerade eine Anmeldung aus, die er dann zurückgab. Die Besitzerin überflog den Zettel.
  „So Herr Lundquist, hier ist der Schlüssel. Frühstück gibt es ab 7.00 Uhr. Wenn Sie bis zum Freitag bleiben wollen, wechseln wir einmal die Bettwäsche dazwischen, also am Mittwoch. Dazu auch die Handtücher. Ich wünsche Ihnen einen schönen Aufenthalt. Dann wandte sie sich Raik Larson zu.
  „Na junger Mann, was kann ich für Sie denn tun?", fragte sie ihn freundlich. Raik lächelte zurück.
  „Ich bräuchte ebenfalls ein Zimmer so für eine Woche, kann aber auch etwas länger werden, aber das entscheidet mein Chef." Die schon in die Jahre gekommene füllige Frau mit einem Dutt auf dem Kopf sah in ihr Buch.
  „Ich habe aber nur noch ein Doppelzimmer frei, das letzte Einzelzimmer hat der Mann vor Ihnen noch bekommen." Raik lachte.
  „Na ja, wenn Sie mir das zweite Bett zum halben Preis überlassen, dann ginge das schon", entgegnete er lustig. Die Frau nickte.
  „Ja, dass machen wir so, wenn Sie das zweite Bett nicht benutzen, dann berechne ich Ihnen eben nur ihr Bett. Gut, hier ist eine Anmeldung, bitte ausfüllen."

Anna und Arvid hatten sich wieder ins Auto gesetzt und warteten auf Larson. „Mann, wo bleibt der denn?", moserte Arvid. Plötzlich trat Raik aus dem Haus und sah sich um. Als er den BMW sah, kam er schnell heran.

„So Leute, ich habe mich genau wie Herr Lundquist für eine Woche einquartiert. Ja, er heißt jetzt Lundquist, will bis zum nächsten Freitag bleiben. Unsere Zimmer sind auf der gleichen Etage. Unbemerkt abhauen geht nicht, es sei denn er wollte schwimmen. Denn hinter dem Haus geht es gut 20 Meter in die Tiefe ehe man ans Wasser kommt. Also keine Chance. Und was macht ihr nun? Sucht ihr euch auch ein Zimmer?" Arvid und Anna sahen sich gegenseitig an, schmunzelten und nickten dann. Arvid zeigte lachend auf ein kleines blaues Schild. „HOTEL VOGEL" Larson nickte grinsend.

„Ja ja, nobel geht die Welt zu Ende! Na dann, arbeitet mal schön! Ich rufe euch an, wenn sich was tut bei meinem Nachbarn!" Anna blies die Backen auf.

„Träum schön weiter!" Plötzlich fluchte Arvid laut.

„Verdammt! Der rote Punkt ist weg! Hier, schaut her!" Er zeigte ihnen sein Handy. Es stimmte, der rote Punkt war weg." Raik zuckte mit den Schultern.

„Da gibt's eigentlich nur zwei Möglichkeiten. Entweder der Akku ist leer, oder er hat es jetzt oben im Zimmer entdeckt." Anna nickte.

„Er wird sich fragen wo das Handy herkommt. Also, umso mehr musst du ab jetzt aufpassen, Raik!" Der nickte.

„Wird gemacht, Chefin!" sie lachten alle drei und dann verschwand Raik wieder in der Pension, und Arvid fuhr den BMW drei Häuser weiter auf den Parkplatz des Hotels hinter dem Haus. Und sie hatten Glück und bekamen ein Doppelzimmer mit Badewanne. Anna war überglücklich.

„Endlich mal wieder ausgiebig baden!", schwärmte sie.
Die Hotelchefin persönlich trat an die Rezeption, und Anna sah, wie Arvid für einen Moment der Mund offen stehen blieb. Die Frau war um die 50 Jahre, sah äußerst gepflegt aus, hatte pechschwarzes dickes Haar, welches sie zu einem Pferdeschwanz gebunden hatte. Die gleichen schwarzen Augenbrauen, die braunen Augen, rote Lippen und etwa 1,67 m groß, dazu ein wunderschö-

nes buntes Sommerkleid mit Meerestieren darauf und einen makellos gebräunten Teint. Sie lächelte beide an, und meinte dann sehr freundlich:

„Hallo Guten Tag! Mein Name ist Yael Vogel, ich bin hier die Chefin des Hauses. Wünschen Sie ein Doppelzimmer?"

Anna stieß Arvid leicht an. Der nickte dann.

„Ja, so etwa für eine Woche, wir wissen es noch nicht genau. Wir sind geschäftlich unterwegs", antwortete er. Sie bekamen ein Anmeldeformular und den Schlüssel.

„So, bitte! Die Anmeldung können Sie dann wieder hier abgeben. Ich wünsche Ihnen einen schönen Aufenthalt!" Sie gingen zum Fahrstuhl und fuhren in den ersten Stock. Anna musste lachen.

„Sag mal, was war denn das da unten? Hat es dir die Sprache verschlagen, ist sie so hübsch?" Arvid nickte freimütig.

„Ich finde diese Frau toll! So natürlich und freundlich." Anna lachte meckernd.

„Na dann frag sie doch ob sie noch zu haben ist! Aber denk dran, die ist bestimmt 10 Jahre älter als du!" Arvid winkte gespielt unwirsch ab.

„Jetzt höre aber auf! Ich liebe doch nur dich, du dumme Nuss!" Und schon gab er ihr auf dem Flur einen Kuss. Gerade in dem Moment als die Chefin des Hauses die Treppe heraufkam und auf den Gang einbog, wo die beiden dastanden und sich knutschten. Sie lächelte beim Vorbeigehen und zwinkerte Anna zu. Anna sah ihr nach wie sie in ihrem bunten Sommerkleid dahin schritt. Da war nix gekünsteltes, die Frau schien sich in ihrem Körper wohl zu fühlen. Arvid musste lächeln. Diese Yael Vogel sah doch beinahe aus wie eine Schwester von Anna. Seine Anna hatte ja ebenfalls dickes schwarzes Haar, dass bis über die Schultern reichte, starke schwarze Augenbrauen, der Nasenrücken war etwas leicht abgeflacht, die etwas schmaleren roten Lippen, und beim Lachen die kleinen Lachfältchen links und rechts. Und sie hatte blaue Augen. Und auch der Teint war beinahe gleich. Arvid schüttelte fassungslos unmerklich den Kopf. Die beiden hätten glatt als Schwestern auftreten können!

Das Zimmer war wunderschön, allerdings zur Straße hinaus. Anna inspizierte das Bad und drehte schon mal den Warmwasserhahn auf, und ließ das plätschernde Nass einlaufen. Dazu eine

Tube Badezusatz, und es dauerte keine zehn Minuten und Anna saß nach den Wochen im Gelände und in Absteigen endlich in einem wunderschönen Schaumbad.

Welche Frau kennt nicht diesen Zustand des wolligen Geniesens, wenn der nackte Körper im warmen Wasser schwimmt. Da klopfte es an der Badtür. Und entgegen der sonstigen Gewohnheit rief sie:

„Ja, komm rein Arvid!" Der steckte den Kopf vorsichtig durch die Tür und musste lachen. Anna saß mit einem weißen Schaumturban in der Wanne und strahlte ihn an.

„Hör mal, gehen wir heute zur Feier des Tages im Hotel schön essen? Dann muss ich dich aber nachher ablösen, wenn du raus gehst." Anna kniff die Augen zusammen und meinte dann leise:

„Und wenn du gleich reinkommst?" Zu ihrem großen Erstaunen schüttelte der Same tatsächlich den Kopf.

„Nee, das geht nicht! Bei uns Samen gibt es die Sitte, dass wir erst dann mit einer Frau zusammen baden, wenn wir uns gründlich gereinigt haben. Also, beim nächsten Mal gerne, Chefin!" Anna war baff und sah ihren Samen von oben bis unten an.

„Du bist wirklich ein feiner Kerl, Arvid Ragnarson. Auch wenn ich dich immer für einen Windhund gehalten habe", erwiderte sie und lächelte ihr schönstes Lächeln.

Den Abend verbrachten sie dann zu dritt in der Bar des Hotels. Raik Larson schien sich endlich wohl zu fühlen, und er machte Anna offen Komplimente für ihre gute Arbeit. Dies wiederum ließ Arvid einige Male ziemlich scheel blicken, bis Anna auf einmal meinte:

„Raik, was ich dir schon ein paar Mal sagen wollte. Arvid ist nicht nur der beste Kollege, den ich bisher hatte, er ist auch der Mann, mit dem ich mir vorstellen kann, ein ganzes Leben zusammenzubleiben und noch Kinder in die Welt zu setzen."

Dieser Satz wiederum machte Arvid einen Augenblick sprachlos, und er bearbeitete konzentriert sein Elchsteak. Raik grinste.

„Na denkt ihr, das habe ich noch nicht gemerkt? Ich finde das zwar nicht so gut, weil man immer Gefahr läuft, einen nahestehenden Menschen zu verlieren. Wenn das ein Kollege ist, dann ist das natürlich auch schlimm. Aber wenn es der Partner ist, ich mag mir das nicht vorstellen. Aber ihr werdet da wohl schon drüber geredet haben, denke ich." Dann schwieg er, und auch die anderen beiden sahen sich kurz in die Augen und schwiegen nun ebenfalls. Im Grunde hatte er ja vollkommen Recht.

Zwei Stunden später auf dem Zimmer kam Arvid noch einmal auf das Thema zurück. Er hielt Anna ein Glas Rotwein hin.

„War das vorhin nur eine Breitseite für Larson, das mit dem Leben lang Zusammenbleiben und Kinder kriegen, weil er dich angebaggert hat? Oder ist das wirklich deine Überzeugung seit Neuestem, Frau Ohlson?"

Seine kleinen hellblauen Augen musterten sie, wie sie auf dem Bett so dalag in ihrem hellbraunen Hausanzug. Anna machte mit dem Zeigefinger eine Bewegung, die bedeuten sollte: „Komm mal her zu mir!" Er setzte sich auf die Bettkante und sah sie gespannt an. Anna beugte sich leicht ihm entgegen und sah ihm tief in die Augen.

„Da war jedes Wort so gemeint wie ich es gesagt habe, Herr Ragnarson! Ich denke, wir sind uns doch nun einig, dass wir nach diesem Einsatz hier Magnusson informieren werden. Entweder er gibt uns den Job in Alta gemeinsam, oder wir gehen dann auch gemeinsam." Als Arvid das hörte musste er erst Mal schlucken. Sie meinte es tatsächlich ernst! Da küsste er sie, und sie zog ihn mit aller Kraft in das große Bett….

Anna und Arvid saßen gerade beim Frühstück als Larson sie aufgeregt anrief.

„Anderson wird gleich die Pension verlassen! Er ist wandermäßig ausgerüstet, und hat sich bis zum Abend abgemeldet. Also beeilt euch!" Und so war es dann auch.

Doch als Raik die Straße betrat, blieb ihm ein Lachanfall im Halse stecken! Vor der Tür des Hotels stand ein sonderbares Paar. Arvid hatte keinen Bart mehr und schwarze Haare, Anna kam als Blondine mit Zöpfen auf ihn zu.

„Wie seht ihr beiden denn aus?", keuchte er, einem Lachanfall unterdrückend. „Wo habt ihr denn die beiden Perücken her?"

Anna erklärte ihm daraufhin, dass in einem Nebenraum im Hotel eine Art Ausstellung über die Altnorwegische Lebensweise untergebracht war. Und diese beiden Perücken hatten sie den zwei lebensgroßen Puppen entwendet, die dort in einer Sitzecke saßen und nun kahlköpfig waren.

Dies wiederum hatte später allerdings zu Folge, dass Frau Vogel am frühen Morgen vor lauter Schreck ein Tablett mit vollen Kaffeetassen fallen gelassen hatte und nach ihrem Gatten rief.

„Henk! Henk!", schallte es durch die Hotelküche. Der Herr der Kochtöpfe kam angesaust, als wenn seine königliche Hoheit gerufen hätte.

„Was ist los, Schatz? Warum schreist du so?"

Yael Vogel deutete auf die beiden Kahlköpfe in der Eckbank.

„Wer klaut uns denn hier die Perücken?", echovierte sich die Dame des Hauses erbost. Der Herr Gemahl zuckte mit den Schultern.

„Das weiß ich auch nicht, Liebling! Gestern waren die ja noch komplett. Das muss über Nacht passiert sein." Seine leichten Liebkosungen wehrte sie jedoch vehement ab, als wenn er Mundgeruch von sich gab. Und leider hatte er es in der letzten Zeit auch wirklich nicht leicht mit seiner Königin, der dieses Hotel gehörte. Und das hatte einen ganz bestimmten Grund, den er selbst zu verantworten hatte.

Sie hatte ihn beim letzten Sommertanz im Garten draußen hinter der Laube, bei unzüchtigen Handlungen an einer jungen 18jährigen Bedienung erwischt. Der jungen Dame hatte das Abenteuer den Job und eine Backpfeife gekostet, ihn strafte sie nun schon seit drei Wochen mit totalem Liebesentzug und Verbannung aus dem Ehegemach. Yael Vogel war geladen wie ein unter Strom stehender Akku, und rauschte wieder von dannen. Henk Vogel aber kehrte traurig zu seinen Töpfen und Pfannen zurück.

Das Ermittler-Trio folgte Anderson in größtmöglicher Entfernung, als er dem Busbahnhof zustrebte. Es sah ganz so aus, als wenn er eine Busfahrt zum Nordkap machen würde, dass in 33 km Entfernung jedes Jahr tausende Besucher anzog, und ganze Busladungen voller Touristen hingekarrt wurden. Als er sich eine Fahrkarte kaufte, tat es ihm das Trio gleich. Im Bus saßen sie ganze sechs Reihen hinter ihm. Da Anna zur blonden Perücke nun auch noch eine unmoderne schwarze Hornbrille mit großen blauen Gläsern trug, und auch die Zusammensetzung der Kleidung gewöhnungsbedürftig war, bestand kaum eine Gefahr, dass Anderson sie erkennen konnte. Arvid und Anna sahen aus wie ein Pärchen aus der tiefsten Provinz Schottlands und sprachen zusammen nur englisch.

Die Fahrt dauerte keine Stunde und sie waren vor Ort. Jetzt hieß es aufpassen! Raik hängte sich sofort an Anderson ran. Der erkannte ihn aus der Pension und nickte beim Begegnen.

„Na, auch eine Ausfahrt heute gemacht? Ist ja auch ein schönes Wetter heute. Ich war mal hier oben da mussten wir bei der Anfahrt wieder umdrehen. Das war zum Winteranfang, mit einem Schlag war die ganze Straße vereist. Bis dann der Straßendienst kam, das war ein Theater."

Und so liefen sie beide bis zur Einzäunung, hinter der dieser Globus auf einem Gestell stand. Doch Adam Anderson sah sich immer wieder um, als wenn er auf jemand zu warten schien, und so verabschiedete sich Raik von ihm.

„So, ich gehe mal ein Stück weiter da rüber, ich möchte noch ein paar schöne Bilder für meinen Reiseführer machen", meinte er und ging dann seiner Wege. Sofort waren Arvid und Anna in seiner Nähe. Und dann kam tatsächlich eine Frau, auf die Anderson schon gewartet zu haben schien.

Anna und Arvid sahen sich einen Moment sprachlos an. Die Frau die Anderson da begrüßte, war keine andere als die Chefin vom Hotel, Yael Vogel!

„Was machen die beiden denn hier oben?" Anna lachte leise vor sich hin.

„Sicher etwas, was keiner in Honningsvag sehen darf." Und tatsächlich, sie begrüßten und küssten sich viel zu lange für einen Freundschaftskuss. Dann übergab Anderson der Hotelchefin einen kleinen Metallkoffer, den er bei sich gehabt hatte.

Arvid raunte Anna zu:

„Möchte jetzt zu gerne wissen, was da in diesem Koffer ist."

Anna nickte und erwiderte:

„Das müssen wir unbedingt rauskriegen. Aber da fährt die extra hierher, um einen Koffer in Empfang zu nehmen? Das hätten sie doch bestimmt auch in Honnigsvag hinbekommen."

Arvid zog Anna mit sich und machte dann ein Bild mit dem Nordkap-Globus und im Hintergrund mit der schönen Frau Yael Vogel und Anderson.

„So, dieses Bild schicke ich dann Magnusson, mal sehen was er über die flotte Dame herausfinden kann."

Dann folgten sie den beiden in gebührendem Abstand. Nicht dass Frau Vogel noch ihre Perücken wiedererkannte! Doch eine Stunde später verabschiedete sich Anderson wieder von ihr auf dem Parkplatz, wo die Dame ihren Volvo geparkt hatte. Mit einer heftigen Umarmung und heißen Küssen verabschiedeten sich die beiden voneinander, und sie brauste davon. Anderson ging zur Bushaltestelle zurück. In zwanzig Minuten würde der nächste Bus wieder zurück nach Honningsvag fahren.

Das Trio traf sich wieder und bestieg den zweiten Bus, da auf Grund der vielen Leute diesmal gleich zwei Busse zurückfuhren. Anderson saß im ersten und man hatte ihn gut im Blick, weil er sich auf die letzte Bank genau vor das Rückfenster gesetzt hatte. Im Bus tüftelten sie daran, wie sie den Koffer anschauen konnten, ohne dass jemand etwas merkte. Diese Aufgabe sollte Arvid übernehmen.

Anna war heilfroh, dass sie sich gegenüber der Vogel nicht als Polizisten zu erkennen gegeben hatte, das hätte eventuell die ganze Aktion unmöglich gemacht.

Wieder zurück in Honningsvag telefonierte Anna mit Magnusson und bat um Auskünfte zur besagten Frau Vogel, und besprach mit ihm das weitere Vorgehen.

Die Überraschung gab es vor dem Abendbrot noch. Magnusson meldete sich aufgeregt.

„Hören Sie zu! Diese Yael Vogel ist eine in Deutschland seit einigen Jahren gesuchte Terroristin der ehemalige RAF-Nach-folgeorganisation. Die sich dann später dem „Braunen Block" angeschlossen hatte. Nach drei Bankeinbrüchen mit Männern, verschwand sie plötzlich von der Bildfläche. Das Foto lässt keine Zweifel zu, sie ist es! Wir werden die Behörden da oben infor-mieren, damit sie unter Beobachtung kommt!" Anna wehrte ab.

„Chef, davon rate ich ab! Niemand weiß, wer da alles seine Hände im Spiel hat. Wir wissen es, und das reicht erst einmal, bis wir den ganzen Laden ausheben. Ich denke, wir haben endlich die Operationsbasis der Bande gefunden. Über die Hurtig-Rou-ten kommen die Russen ins Land, und notfalls kann, wer aufge-flogen ist, auf diesem Weg das Land verlassen. Ehe wir zuschla-gen, müssen wir aber auch jeden Kanal ausfindig machen, über den deren Aktionen laufen."

Magnusson war sofort einverstanden. Er sah Anna im Stillen schon als seine Nachfolgerin, und Ragnarson, na der sollte mal in Alta Polizeichef werden.

So jedenfalls dachte zu diesem Zeitpunkt der Chef von unseren beiden Verliebten. Aber erstens kommt es ja anders, und zweitens als man denkt. Und drittens kannte er ja noch nicht die neueste Entwicklung im Liebesleben seiner beiden Kriminalisten.

Der Ring zieht sich zusammen

Das Überraschende an diesem Ausflug war aber nun, dass die hübsche Hotelchefin Yael Vogel in irgendeinen Zusammenhang mit den Rechten von Andersons Bande gesehen werden musste. Die andere Frage war aber auch, wusste deren Ehemann etwas von den heimlichen Aktivitäten seiner Gattin? Und vor allem, welche Aufgabe hatte Yael Vogel eigentlich, außer der Beherbergung von potenziellen Unruhestiftern?

Zwei Tage später kam per Schiff ein etwa 40jähriger Russe in Honningsvag an, und stieg im „Hotel Vogel" ab. Arvid war zufällig Zeuge der Ankunft und wie er von Yael Vogel begrüßt wurde. Hätte nur noch gefehlt, der Russe wäre ihr in den Ausschnitt ihres bunten Kleides gefallen! Die schöne Yael lächelte wieder ihr scharmantestes Lächeln mit ihren blütenweisen Zähnen und dem sonnengebräunten Teint. Wenig später gingen sie und der Russe mit dem Zimmerschlüssel nach oben, während Frau Vogel noch schnell nach einem Wäschekorb griff, ehe sie die Treppe betrat und sich noch kurz umschaute. Im Zimmer angekommen, umarmten sich die beiden erst noch einmal herzlich und lachten.

„Hattest du eine gute Anreise, lieber Alexander?", fragte sie ihn betörend lächelnd. Er umschlang sie und drückte sie rücklings auf das Bett, um dann seinen Kopf in ihren weiten Ausschnitt zu vergraben. Eine Weile blieb das so, bis Frau Vogel sich frei machte und die Haare richtete. Alexander fragte sie plötzlich:

„Ist dein Mann im Haus?" Sie nickte nur kurz.

„Ja, er ist in der Küche, wo sonst auch. Wir reden nicht mehr viel." Alexander sah sie ernst an.

„Mach jetzt keinen Quatsch! Sieh zu, dass er ruhig bleibt und nichts von unseren Vorhaben erfährt." Dann öffnete er seinen

Handkoffer und entnahm diesem eine Makarow Pistole und eine kleine Maschinenpistole zum Zusammenbauen.

„Hier, versteck das mit in unserem Lager. Die nächste Lieferung bringe ich dir heute in einer Woche. Weißt du schon was du machen wirst, wenn das hier alles vorbei ist?" Yael Vogel zuckte mit den Schultern und verzog den schönen Mund mit den roten Lippen zu einer Schnute.

„Ich dachte wir gehen zusammen hier weg. Aber nicht nach Russland, das kommt für mich nicht in Frage." Alexander nickte.

„Na gut, was hältst du von Schweden? Oder lieber Schweiz?" Sie lächelte wieder und tätschelte seine Hand.

„Die Schweiz wäre mein Favorit, Alex! Aber was machen wir mit Anderson?" Der Russe winkte geringschätzig ab.

„Dieser Prolet mit seinen Glatzköpfen kann doch drauf gehen! Wir haben keine Verwendung für diese Leute. Zu brutal, zu wenig flexibel, und zu wenig Rückenhalt in der Bevölkerung. Es wird immer ein kleiner Haufen Spinner bleiben. Aber wir sehen das Große, die Weltveränderung, Yael! Und wir beide werden dabei sein! Denk dir, ich habe diese Woche Post aus den Staaten bekommen. Sich wollen uns finanziell unterstützen!"
Yael Vogel sah ihren Gesprächspartner mit großen Augen an.

„Du bist verrückt! Die Amis wollen uns unterstützen? Wäre doch gelacht, wenn da nicht auch was für unser Sparschwein abfällt, oder?" Alexander lächelte und nickte dann.

„Du hast es begriffen, so wird es sein! Also wollen wir mal die Sache hier auch ordentlich zu Ende bringen. Notfalls legen wir den Anderson selber um. Wer tot ist kann nicht reden."
Ohne Übergang begann er ihr die Bluse und den Rock auszuziehen. Wenig später hörte man nur noch leises Stöhnen aus dem Zimmer.
Währenddessen standen Anna und Arvid am Fenster ihres Hotelzimmers, und Arvid meinte gerade:

„Die Vogel hat vorhin einen neuen Gast begrüßt, mit sehr viel Gefühl, sage ich dir. Scheint ein Russe zu sein, nach seinem Pass zu urteilen, der auf dem Tresen lag. Und er hatte eine Reisetasche und eine Tasche, wie sie die Angler haben, dabei." Anna nickte.

„Irgendetwas bereiten die von langer Hand vor! Alle Aktivitäten bisher waren nach meiner Meinung nur Tests, um zu sehen wie wir reagieren. Keine Sache war so ernst, dass es einen Sturm ausgelöst hätte. Es waren alles regionale kleine Vorkommnisse. In Alesund hatten Anderson und Lönneberg in eigner Verantwortung gehandelt, oder bereits im Auftrag. Aber in wessen Auftrag?" Sie sah Arvid an, der zuckte mit den Schultern.

„Frag mich was Einfacheres. Ich weiß es auch nicht." Anna nickte nachdenklich.

„Die Rechten mischen mit, gut. Aber wenn ich mir das Gemenge der Vogel mit dem Russen und den Rechten vorstelle, dann sind die alle nur Mittel zum Zweck! Gibt es eine Gefahr für unseren Staat, die wir noch nicht sehen? Ich wette mit dir, diese Vogel ist eine Agentin des „SWR". Also der Dienst für die Außenaufklärung. Oder aber auch des „FSB", eine Art Verfassungsschutz und Spionageabwehr sowie organisierte Kriminalität." Arvid sah sie erstaunt an.

„Sag mal woher kennst du denn deren Dienste so gut." Sie sah ihn schmunzelnd an.

„Ich sollte mal in dieses Geschäft hier bei uns einsteigen. Hatte bereits einen Lehrgang hinter mir. Dann kam der Scheiß mit meinem Exmann, und ich war sofort raus. Die nehmen nur Leute mit festem Untergrund, besoffene Ehemänner sind da ein Tabu." Arvid nickte und meinte erleichtert.

„Na Gott sei Dank hat es nicht geklappt! Sonst hätte ich dich nie kennengelernt!"
Wenig später wollte Arvid nochmal nach unten gehen zu einem Automat für Süßigkeiten. Dabei sah er auf einmal die Vogel auf dem unteren Treppenabsatz mit einem Wäschekorb gehen, und neugierig geworden, folgte er ihr leise auftretend.
Sie brachte den Wäschekorb in ein kleines abgeteiltes Verlies, und kam nach wenigen Minuten mit leerem Korb wieder heraus, verschloss die Tür und ging wieder nach oben.
Arvid rief Anna an und bat sie schnell herunter zu kommen. Sie kam und dann warteten sie noch fünf Minuten. Dann begaben sie sich zu der Tür. Das Schloss war kein Problem für Anna und so standen sie kurz darauf vor einem kleinen sauber verpackten Waffenarsenal, und machten ein Foto. In dem silbernen Koffer waren kleine Flaschen mit blauer Flüssigkeit. Sie schlossen danach wieder ab und gingen nach oben.
Am nächsten Vormittag wollte sich Adam mit Raik treffen. Und so schlenderten Raik und Arvid auf der anderen Seite der Straße

entlang, als Arvid auf einmal Anderson erkannte. Der lief rasch in Richtung Busbahnhof, und wartete dort an der Linie 4.

Dieser Bus fuhr zum Hafen von Skarsvag, war aber noch nicht da. Während Arvid losrannte und zum Auto lief, rief er Raik zu:

„Rufe Anna an und sag ihr Bescheid, dass wir dem Bus nachfahren. Sie soll im Zimmer bleiben! Ich hole das Auto!"

Dieser letzte Satz ließ Raik den Kopf schütteln. Was sollte denn das? Anna war doch alt genug!

Arvid kam mit dem BMW aus der Einfahrt des Hotels heraus und Raik stieg zu. Arvid sah ihn an. „Hast du Anna angerufen?" Raik schüttelte den Kopf.

„Nö, noch nicht, mach`s doch gleich selber." Arvid verzog das Gesicht und rief selbst an. Anna meldete sich, und Arvid erzählte ihr was sie vorhatten.

„Ok, passt gut auf euch auf, ihr beiden Helden!", war die Antwort, doch dann hatte sie schon wieder aufgelegt, noch ehe Arvid etwas hinzufügen konnte. Raik verkniff sich ein Grinsen.

Endlich kam der Bus, und Anderson stieg zu. Unauffällig folgte ihm ein silberfarbener BMW. Auf halber Strecke, in Kamoeyvear stieg Anderson aus. Der Ort bestand vielleicht aus zehn Gehöfen. Auf eines direkt am Ortseingang steuerte Anderson zu und verschwand durch eine breite Toreinfahrt. Er sah sich im Hof kurz um, und war gerade auf dem Weg zum Wohnhaus, als auch bereits die Tür aufging, und ein junger langer Kerl mit Glatze dastand, als ob er ihn erwartet hätte.

„Hi, Anderson!" „Hi, Hangen! Schön dich zu sehen. Hast du was für mich?" Der Lange nickte, nahm dann einen Schlüssel vom Haken neben der Tür und ging voraus, quer über den Hof zur Scheune. Langsam öffnet er das zweitürige Holztor, trat beiseite und grinste Anderson an. Der stand da und nickte anerkennend.

„Saustark Hangen! Toll, wirklich!" Langsam ging er zu dem metallic roten Mercedes GB63 AMG. Dieser Jeep war für das Gelände, in das er wollte, besten geeignet. Anderson sah Hangen grinsend an.

„Was soll das Baby kosten? Und vor allem, wo habt ihr den her? Ich meine, sucht den die Polizei etwa?" Hangen lachte verhalten.

„Immer noch der Alte! Wenn den eine Polizei sucht, dann höchstens die in Frankreich, hier ganz bestimmt nicht. Alois will 25.000 Mäuse dafür haben. Neupreis etwa 90.000! Die Karre ist erst fünf Jahre alt und hat aber 86000 km drauf! Anderson nickte.

„Gut, ich nehme ihn!" Anderson legte die Aktentasche auf die Motorhaube des Mercedes, öffnete sie und entnahm eine A4 Kuvert. Daraus entnahm er fünf Bündel Geldscheine und legte sie auf die Motorhaube.

„So, das ist eure Kohle! Danke, wenn`s wiedermal so klappt! Wo sind die Kanister?" Hangen deutete in die Ecke der Scheune wo drei 5-Liter Kanister mit blauer Flüssigkeit standen. Anderson lud sie mit Hilfe von Hangen in den Mercedes und nahm seine Aktentasche wieder an sich. Hangen ging ans Tor und sah hinaus auf den Hof. Dann wandte er sich Anderson nochmal zu.

„Wann soll`s losgehen?" Anderson grinste.

„Du bekommst rechtzeitig einen Anruf. Aber richte dich mal auf den 1. August ein! Mach`s gut!" Er stieg in den Wagen und startete. Blubbernd sprang der Diesel an und kam langsam zum Rundlaufen. Anderson hob den Daumen und fuhr an. Quer über den Hof bis zum Tor, welches Hangen geöffnet hatte. Dann fuhr er hinaus auf die Straße und gab Gas.

Arvid hatte gerade einen Bissen trockenes Brötchen in den Mund gesteckt, als ein metallic roter Mercedes-Jeep aus der Toreinfahrt kam, die sie die ganze Zeit im Auge gehabt hatten. Mit genügend Abstand folgten sie ihm. Arvid sah Larson von der Seite an.

„Sieh an, sieh an, die Bande rüstet auf! Einen Jeep braucht man im Gelände. Irgendwas liegt in der Luft!" Raik grinste.

„Sagt wer?" Arvid grinste zurück. „Meine Nase, mein Freund!" Larson nickte.

„Aha, deine Nase. Na da wollen wir mal hoffen, dass sie sich nicht irrt." Anderson fuhr ohne Umschweife wieder zurück bis zur Pension. Arvid und Raik standen gegenüber der Toreinfahrt, und sahen zu, wie Anderson den Jeep unter dem Schleppdach im Hinterhof abstellte. Arvid grinste breit und sah Larson an.

„Dann weißt du, was du heute Nacht zu tun hast. Hinten im Kofferraum des BMW liegen noch zwei Funkwanzen. Eine davon musst du unter den Jeep anbringen, aber ohne dich erwischen zu lassen, klaro?" Larson begehrte auf.

„Sag mal, meinst du ich bin blöde!" Arvid verzog das Gesicht, sah den Major an, grinste und meinte dann:

„Muss ich die Frage wirklich beantworten?" Als Antwort bekam er einen kurzen Schlag auf den Bizeps des Oberarmes, so dass seine Hand auf einmal kraftlos vom Lenkrad rutschte. Arvid stöhnte leise auf.

„Ohhh, das kriegst du wieder! Scheiße, das tut ja weh!" Raik Larson nickte lachend.

„Sollte es ja auch, musst du eben heute Nacht die andere Hand nehmen!", meinte er und stieg aus.

„Arschloch!", brummte Arvid und drohte ihm mit der gesunden Faust. Lachend entfernte sich Larson in seine Pension. Arvid rieb sich den schmerzenden Oberarm und fuhr langsam aus der Parklücke heraus, bis er plötzlich ein heftiges Quietschen hinter sich hörte. Er sah sich um. Ein grauer Mazda stand direkt neben seinem hinteren Kotflügel, und ein älterer Herr zeigte ihm einen Vogel. Arvid wendete auf der Straße und winkte dem alten Herrn nochmal freundlich zu.

Im ersten Stock hatte Anna die Szene, am Fenster stehend, mit angesehen und schüttelte den Kopf.

„Der Same fährt heute wiedermal als ob er alleine auf der Straße ist", brummte sie. Wenig später stand Arvid im Zimmer.

„Hallo Chefin, bin wieder da!" Die nickte und sah ihn vorwurfsvoll an.

„Ich habe eben deine Fahrkünste unten vor dem Hotel gesehen. Kannst du froh sein, dass der alte Herr noch so schnell reagierte. Ansonsten hätte der nämlich die Polizei geholt, usw. usw. Hätten wir jetzt gerade noch gebrauchen können." Sie ließ sich in den Sessel fallen.

„Was habt ihr eigentlich beide gemacht?", fragte sie neugierig. Arvid setzte sich auf die Lehne des Sessels.

„Wir haben Anderson beim Autokauf begleitet. Er hat oben in Kamoeyvear bei einem Glatzkopf einen Mercedes Jeep gekauft. Hat keine halbe Stunde gedauert, offenbar wurde er erwartet. Ich sage dir, die haben was vor!" Anna lachte halblaut.

„Na das wissen wir schon lange. Fragt sich nur wann und was?" Arvid sah auf ihr kleines Ohr mit der silbernen Perle und war versucht es zu küssen. Stattdessen meinte er:

„Warum kaufen sich die Leute einen Jeep?" Anna verzog das Gesicht.

„Na entweder um zu protzen, obwohl sie nur in der Stadt fahren, oder weil sie in das Gelände wollen." Arvid nickte:

„Braves Mädchen, gut gemacht!", meinte er gnädig. Und dafür bekam er von Anna einen Stoß, und er plumpste von der Sessellehne auf den Fußboden. Kaum lag er unten, fing er auch schon an zu lamentieren und zu stöhnen, und hielt sich die Hüfte.

„Aua, aua, das tut aber verdammt weh! Verdammt was hast du gemacht! Ich hab mir bestimmt was gebrochen!" Erschrocken fuhr sie aus dem Sessel und kniete sich vorsorglich neben ihn hin.

„Hast du dir wehgetan?", fragte sie ihn sichtlich erschrocken." Doch Arvid griff blitzschnell zu und dann lag er auf ihr, und versuchte sie zu küssen. Eine wilde Keilerei begann, bei der keiner von beiden Kompromisse machte. Ein Stuhl fiel um, Arvid flog ein Knopf vom Hemd davon, Anna verlor den breiten Gürtel und ihre Jeans hing auf halber Höhe. Am Ende gab sie nach und ergab sich. Entgegen ihrer sonstigen Gewohnheit. Sie standen beide auf und Anna zog ihre Jeans wieder hoch. Aber genauso blitzschnell hing nun Arvids Hose in den Knien, und Anna lachte sich halbtot über den Anblick, verschwand dann aber lieber schnell im Bad und verriegelte die Tür von innen. Plötzlich klopfte es kräftig an der Zimmertür.

Arvid zog die Hose wieder hoch und ging nachschauen. Als er die Tür öffnete, standen draußen zwei Ortspolizisten und grüßten. Einer der beiden meinte:

„Wir sind soeben von der Hotelleitung gebeten worden bei Ihnen nachzuschauen, weil es wohl offensichtlich zu Meinungsverschiedenheiten zwischen Ihnen und Ihrer Frau gekommen ist! Können Sie sich bitte ausweisen? Wo ist Ihre Frau?"
Bei dieser Frage sah Arvid zum Fenster, welches weit offenstand. Diesen Blick nahm einer der Beamten auf, und rannte zum Fenster, um schnell hinunter auf die Straße zu schauen. Arvid konnte sich das Lachen kaum noch verbeißen.

„Könnten Sie bitte ins Zimmer kommen und die Tür schließen, ich habe Ihnen was zu sagen", meinte er vieldeutig. Die Beamten schickten das Zimmermädchen hinaus und nahmen Arvids Dienstausweis unter die Lupe. In diesem Augenblick kam Anna wieder aus dem Bad. Freudestrahlend grüßte sie.

„Hallo! Polizei, ja was wollen Sie von uns?", meinte sie nun lachend. Der eine der Arvids Dienstausweis gefordert hatte, gab ihn mit betretener Miene seinem Kollegen. Anna zeigte ebenfalls ihren Dienstausweis vor. Die beiden Polizisten standen danach ziemlich bedeppert da, und Arvid klärte sie auf.

„Also meine Herren, wir beide haben ein wenig Blödsinn gemacht und gerangelt. Dabei ist es wohl etwas heftig geworden. Das wir von der Kripo Alesund sind, das geht aber niemand hier etwas an! Haben wir uns da verstanden? Wir sind dienstlich hier, aber sozusagen inkognito."

Die Mienen der beiden Polizisten wurden noch länger vor Scham. Sie gaben die beiden Ausweise zurück, grüßten und wollten gehen. Doch Anna hielt sie zurück.

„Einen Moment noch, Kollegen! Ist hier in der nächsten Zeit eine Großveranstaltung geplant oder so was ähnliches?", fragte sie die beiden. Der ältere der beiden nickte.

„Ja, am Ersten August findet in Honningsvag das alljährliche Treffen der Rentierzüchter statt. Die Tiere wurden im Frühjahr mit Landungsbooten der Armee hinüber auf die Insel gebracht. Im Herbst schwimmen die Kühe mit ihren Kälbern über den Sund wieder zurück. Dazwischen am 1. August treffen sich die Züchter mit Vertretern der Regierung und der Bevölkerung zu einer Art Volksfest. Letztes Jahr waren beinahe 5000 Leute hier."

Anna bedankte sich und wechselte einen kurzen Blick mit Arvid, dabei zog sie die rechte Augenbraue leicht hoch.

Als die beiden Polizisten gegangen waren, rief Anna Larson an, er solle schnell herüberkommen. Zu dritt saßen sie dann im Zimmer und beratschlagten was als erstes zu tun sei. Und Larson war geschockt.

„Also gut, wenn die das wirklich auch vorhaben was wir jetzt denken, dann müssen sie sich aber auch einen Abgang gesichert haben, um schnellstens zu verschwinden. Ich muss nach Lage der Dinge jetzt meinen Chef anrufen." Anna nickte.

„Ja, mach das! Und wir rufen Magnusson an." Und so geschah es. Das Gute war, sie hatten beinahe fast noch eine ganze Woche Zeit bis dahin!

Anderson traf sich am Abend im Hof mit Yael Vogel. Die Chefin des Hotels sah sich andauernd um, als befürchte sie mit dem Mann gesehen zu werden.

„Wozu hast du dir jetzt diesen Jeep noch zugelegt, fragte sie ihn. Doch der grinste nur.

„Gnädigste dürfen zwar alles essen, aber nicht alles wissen", entgegnete er zynisch. „Und noch was Lady Vogel! Vergiss nicht, wer dir die Papiere für Norwegen beschafft hat, klar! Ein Tipp von mir und du bist geliefert. Also, ich erwarte von dir, dass du am 30.07. die sechs Leute von mir im Hotel aufnimmst. Nimm es als Vorbuchung, damit die Zimmer frei sind. Da es alles Männer sind, können es auch Doppelzimmer sein für die zwei Nächte. Am 1.8. früh rate ich dir zu verschwinden, dann wird hier der Teufel los sein! Wir schlagen um 10.00 Uhr an drei Stellen gleichzeitig zu. An der Kirche von Honningsvag und am Festplatz. Behalte das ja für dich Lady, sonst bist du schneller tot als du denken kannst!"

Er machte auf dem Absatz kehrt und ging wieder zurück auf sein Zimmer, während Yael Vogel mit gesenktem Kopf zurück zum Hotel eilte. Und doch hatte sie jemand gesehen, und dieser Jemand war Larson gewesen, der zufällig auf dem Gang am Fenster gestanden hatte, um nach dem Jeep zu schauen.

Es war genau 23.30 Uhr als Raik Larson mit einem schwarzen Kapuzenpulli, einer schwarzen Joppe und schwarzer Hose mit schwarzen Schuhen sich durch die Hintertür auf den Hof hinausschlich.

Da zurzeit fast nur ältere Leute in der Pension wohnten, waren die meisten Fester schon dunkel. Den Schatten der Hausmauer nutzend, ging Larson rund um den Hof herum, bis er hinter dem Schleppdach angekommen war. So war es ein Leichtes ungesehen an Andersons Jeep heranzukommen. Schnell befestigte er das kleine Funkgerät an der Rückwand des Tanks. Dazu war er aber gezwungen, sich in ganzer Länge auf dem Rücken liegend, von hinten unter das Auto zu schieben. Besser konnte man so eine Funkwanze nicht vor Blicken schützen. Er kroch langsam wieder hervor und richtete sich langsam auf. Die kleine gelbe Birne, die anzeigte, wenn das Gerät in Betrieb war, hatte er mit Klebeband überklebt, und sich dabei gewundert, warum man bei der Konstruktion so ein Lichtsignal überhaupt eingebaut hat. Wenn es dunkel war, konnte diese blöde kleine Lampe verraten wo das Gerät angebracht war.

In der folgenden Woche machte Anderson noch zwei Ausflüge. Einer führte ihn nach Gjesvaer an der Küste. Dort traf er sich mit zwei jungen Kerlen, die in einem der Ferienhäuser kampierten. Anderson übergab ihnen eine längliche Tasche wie sie oft Angler mit sich führen. Doch unsere drei Beobachter waren sich einig, dass Anderson darin Waffen transportierte. Sie machten von den Beiden Bilder und schickten sie Magnusson. Und so bekam nun Andersons Bande langsam ein Gesicht.

Die zweite Fahrt ging am Wochenende nach Opnan, einem winzigen Nest an der Küste mit einem Leuchtturm. Dort traf er auf eine Familie, die in einer heruntergekommenen alten Farm lebten. Gemeinsam mit Eltern und Großeltern. Die Familie Karius war in der Umgegend verschrien als Raufbolde und Diebe. Die Polizei kam, wenn sie kam, nur mit mehreren Beamten. Denn diese Familie Karius war waffentechnisch gut ausgerüstet. Den Vater hatte man einmal mit einem Großaufgebot der Polizei dort rausgeholt und zur Vernehmung gebracht. Dabei waren auch Schüsse gefallen.

Ab diesem Tag wussten unsere drei Beobachter auch, weshalb sich Anderson einen Jeep zugelegt hatte. Einzig die Tatsache, dass ihr BMW eine pneumatische Luftfederung hatte, bewahrte sie vor dem Festfahren, denn man konnte einfach den Radstand in der Höhe verändern. Der Weg zu dieser Farm war ausgewaschen und mit Querrinnen aller Art gesegnet gewesen. Arvid hatte geflucht und für sein Baby gebetet. Aber auch das hatten sie am Ende erfolgreich geschafft. Und wieder hatten sie Bilder der beteiligten machen können. Diesmal waren sie ausgeschwärmt und von drei Seiten auf die Farm zugelaufen. Da es Sonntag war, herrschte Ruhe auf dem Hof. Nur die Ankunft von Anderson brachte Bewegung, man konnte zusehen, wie die drei Brüder und Anderson in der Garage irgendwas aus zwei Kanistern zusammen mixten. Larson der am weitesten dran war, meinte später es habe nach Benzin gerochen. Hatten sie Brandbomben gebaut? Was wollte man abbrennen?

Bei einer Verfolgung eine Woche später, sollten sie endlich erfahren, was Anderson und seine Auftraggeber vorhatten. Dabei begann alles so harmlos.

In den frühen Morgenstunden fuhr Anderson wieder vom Hof der Pension in Richtung nach Norden. Wieder folgten sie ihm mit dem Wagen zu Dritt. Auf einmal erreichten sie mehrere ehemalige Bunkerbauten der Nazis aus dem Zweiten Weltkrieg, die hier eine Verteidigungslinie gegen die Russen im Norden aufgebaut hatten. Alle Bunker bis auf zwei waren damals nach dem Krieg von der Armee gesprengt worden. Warum man ausgerechnet diese zwei hatte stehen lassen, war allen unklar. Und in einem dieser Bunker hatte Andersons Truppe ein Quartier errichtet!

Sie waren ihm bis zum Ziel gefolgt und hatten Ausdauer aufbringen müssen. Sie warteten bis Andersson wieder abfuhr. Als er durch die Dünen verschwunden war, öffnete Anna mit ihrem Spezialtüröffner das Schloss. Raik blieb draußen, um die Umgebung zu beobachten damit sie nicht überrascht werden konnten. Mit Taschenlampen sahen Anna und Arvid sich um. Der Bunker war komplett für mehr als zwanzig Leute eingerichtet, mit allem was man brauchte, einschließlich Feldbetten.

Und dann sahen sie an der Wand eine Karte. Anna sah sie zuerst. Sie erkannte darauf zwei markierte Ziele in Honningsvag - an der Kirche und auf dem Festplatz. Zwei Stellen wo Explosionsmaterial hingeschafft werden sollte. Eine bunte Anschlagsäule und ein kleines, extra für Kinder gedachtes Hexenhaus auf dem Festplatz. An der Kirche waren fünf Punkte markiert, die mit Schützen besetzt sein sollten. Man wollte von dort aus offenbar wahllos auf die Leute feuern. Kinder spielten dabei, wie es aussah, keine Rolle. Der Termin, der da an der Wand stand, war der Sonntag der 1. August, also in vier Tagen! Anna war fassungslos und starrte Arvid an.

„Weißt du was das für ein Datum ist?" Arvid nickte erst stumm, meinte dann aber:

„Das weiß ich natürlich! Das Anschlagsdatum von Breivig in Oslo! Das soll wohl sowas wie eine Jahrestags Feier werden bei denen! Aber die werden sich wundern!"

Auf einmal deutete Arvid auf eine kleine Holzkiste, die in der Ecke neben einem alten Schreibtisch stand.

„Schau mal da hin! Diese Holzkisten kenne ich noch von der Armee. Ich fresse einen Besen, wenn da nicht..." Dabei hob er langsam den Deckel an. Zum Vorschein kamen sechs kleine Päckchen, alle mit grauer Folie eingewickelt und mit russischer Aufschrift. Ein Wort fiel beiden sofort ins Auge, „Semtex" stand da groß darauf. Arvid sah Anna starr an.

„Weißt du was das ist?" Sie nickte.

„Na klar kenne ich das! Das ist Sprengstoff! Das ist SEMTEX, Arvid! Weißt du was diese Halunken vorhaben, das ist ungeheuerlich!" Arvid schob vorsichtig den Deckel wieder auf die Kiste. Anna war zur Tür gegangen und sah hinaus, dann rief sie Raik herein. Als er eintrat deutete Arvid auf die Holzkiste. Raik Larson sah beide einen Moment starr an, dann hob er nochmal den Deckel der Kiste ab.

„Ach du heilige Scheiße! Was wollen denn die veranstalten?" Anna deutete auf die Karte an der Wand.

„Die wollen ein Großfeuerwerk veranstalten, Raik!" Er sah Anna an.

„Habt ihr alles fotografiert? Wir geben das sofort weiter an meine Vorgesetzten."

Nach einer Weile verließen sie wieder den Bunker und informierten Magnusson. Als sie im Auto saßen, meinte Larson plötzlich:

„Leute, es tut mir leid, aber unsere Wege werden sich wohl für eine kurze Zeit trennen. Ich muss zurück zu meiner Einheit, die Umstände erfordern das. Ich habe gerade mit meinem alten Herrn noch telefoniert. Aber ich komme ja wieder. Allerdings mit reichlicher Verstärkung. Und diesmal wird nix schief gehen, das sage ich euch. Ich habe viel von euch beiden gelernt. Dafür danke ich euch. Ich lade euch heute Abend zu einem Abschiedstrunk ein."

In einem Waldgrundstück nahe des Ortes Honnigsvag trafen sich an diesem Abend vier Personen in einem kleinen Ferienhaus. Das Haus gehörte Yael Vogel und ihrem Mann Henk. Die anderen drei waren Adam Anderson, Lasse Amundsen und Ilia Fjorodow. Auf dem Tisch lag ein Plan des Festplatzes von Honningsvag. Anderson flirtete schon die ganze Zeit mit Yael Vogel, und die schien daran wohl Gefallen zu haben. Es ging um die Frage wann man sich absetzen sollte, entweder vor dem Anschlag oder erst nach dem Anschlag. Anderson war für äußerste Vorsicht, denn seit ihm die Polizistin Ohlson abgehauen war, lebte er in einer Art Verfolgungswahn.

„Ich sage es euch noch einmal Leute, wir könnten bereits am Abend des Vortages unsere Sprengvorrichtungen anbringen und mit Zeitschaltuhren so abstimmen, dass die drei Sprengsätze alle entweder zur gleichen Zeit oder versetzt losgehen. Ich wäre dafür, dies zeitversetzt hochgehen zu lassen. Ist doch logisch! Wenn es an der Litfaßsäule knallt, laufen die Leute als erstes zur Sicherheit in Richtung des Info-Büros. Wenn nun dort die zweite Ladung hochgeht, läuft die Masse in Richtung Ausgang, und dort knallt es zum dritten Mal!"

Yael Vogel sah Anderson mit einer Mischung aus Abscheu und Angst an und schüttelte den Kopf.

„Weißt du, wieviel Kinder dabei draufgehen können!", presste sie hervor. Anderson grinste kalt.

„Na und? Das ist doch gerade der Sinn der Sache! Und dann schieben wir es den Politikern, der Linken Antifa und den Flüchtlingen in die Schuhe! Das gibt einen Aufstand sage ich euch!"

Yael Vogel schüttelte sich, sie fror plötzlich. Worauf hatte sie sich da eingelassen! Dieser verrückte Anderson und seine Bande wollten ein Blutbad, und das ausgerechnet an Breivigs Jahrestag des Anschlages! Sie sah Amundsen und Fjodorow an.

„Seid ihr der gleichen Meinung? Ich muss das wissen!" Freund Amundsen zuckte mit den Schultern und Fjodorow nickte. Sie stand auf.

„Nehmt es mir nicht übel, aber davon will ich nichts wissen! Anschlag und Fanal ja, aber keine toten Kinder! Nicht mit mir!" Sie hatte es kaum ausgesprochen, als Anderson aufgesprungen war, sein Stuhl nach hinten polternd umkippte und er plötzlich eine Pistole in der Hand hatte und auf die Vogel zielte.

„Du blöde Kuh hast doch gewusst was wir vorhaben! Und jetzt auf einmal bekommst du Fracksausen! Ich leg dich gleich hier um!", brüllte er auf einmal los. Fjorodow hatte nun ebenfalls eine Pistole in der Hand, und fauchte:

„Anderson! Krieg dich wieder ein! Hier wird niemand umgelegt! Nimm die Knarre runter, ich meine das ernst!"

Seine Stimme hatte plötzlich den Klang von brechendem Eis, und so nahm Anderson die Waffe herunter. Dabei schaute er sowohl die Vogel als auch den Russen aus kleinen zusammengekniffenen Augen an. Wenn das hier vorbei war, würde er aufräumen, aber gründlich! Zunächst aber brauchte er den Russen noch.

Noch während er und Fjodorow im Wortgefecht gewesen waren, hatte Yael Vogel die Gelegenheit genutzt und war aus dem Zimmer gerannt, in ihr Auto gesprungen und losgerast.

Amundsen winkte ab.

„Lass sie ruhig heimfahren. Die beruhigt sich schon wieder, ich regle das auf meine Art. Die will unbedingt ihren Alten loswerden, also nehme ich sie mit. Wir werden früh die erste Fähre nehmen, so haben wir es besprochen. Nur wird sie Narvik nie erreichen, habt ihr mich verstanden?" Anderson grinste breit und Fjorodow nickte verstehend, und meinte dann:

„Das ist gut, so kann sie nichts ausplaudern. Wir müssen den Kreis so eng halten wie es nur geht." Anderson dachte nach.

„Was machen wir mit den drei Halbwilden von Opnag? Der Vater und die beiden Söhne haben uns versprochen auch da zu sein. Die sind wild aufs Schießen und wollen sich an den Bullen rächen." Amundsen winkte ab.

„Ist doch gut, lasse sie nur machen! Wir haben mit denen nichts zu schaffen. Und diese Sprengmischung stammt von denen, wie du sagtest, ja?" Anderson nickte. Amundsen grinste vor sich hin.

„Na hoffentlich hast du Handschuhe angehabt damals."

Anderson lachte leise.

„Mann, hältst du mich für blöde? Natürlich hatte ich welche an, nur die beiden eben nicht!", lachte er nun lauthals. Dann sah er auf die Uhr.

„Also, wir sehen uns am 27ten nochmal um 14.00 Uhr hier. Dann müssten wir alles erledigt haben. Ich werde mich ebenfalls auf die Fähre verziehen und nach Oslo fahren. Und du Fjodorow, wo gehst du hin?" Der Russe grinste hinterhältig.

„Das werde ich euch gerade verraten, ihr Kohlköpfe! Auf jeden Fall weit weg, wenn es knallt!" Sie verabschiedeten sich mit Handschlag. Amundsen und Anderson fuhren gemeinsam zurück. Anderson steuerte den Jeep hinaus auf die Staatsstraße und gab Gas. Er sah Amundsen an.

„Die Yael macht mir Kopfzerbrechen, ehrlich gestanden.", meinte er nachdenklich. Amundsen schüttelte den Kopf.

„Mach dir keine Sorgen, die wird dichthalten, sonst ist sie genauso mit dran. Sie vertraut mir inzwischen, nachdem wir die erste Nacht zusammen verbracht haben, und heute folgt die zweite Nacht. Die ist eine Granate im Bett, sage ich dir!"

Anderson musste schmunzeln. Doch im Geheimen machte er sich Gedanken über Fjodorow. Der Russe war ein ehemaliger Geheimdienstler des KGB, war also nicht ungefährlich. Er war der, welcher sie die ganze Zeit mit Material versorgt hatte, von diesem Kampfstoff bis hin zu den Waffen. Aber was waren die Ziele des Russen? Er meinte immer, die Destabilisierung der demokratischen Ordnung in Norwegen und den anderen Ländern rundherum. Und wenn das so war, dann blieb die Frage nach dem „Warum". Was wollten die Russen? Doch er vermied es seine Zweifel offen auszusprechen. Er hatte mit Lönnerberg gewaltig viel Zeit damit zugebracht, eine schlagkräftige rechte Szene aufzubauen. Das Vorbild waren für ihn die Deutschen, die hatten bereits eine Partei gegründet und saßen in der Regierung. Aber bis dahin war es noch ein weiter Weg in Norwegen. Denn ihre „Fortschrittspartei" war ein lahmer Haufen, bei dem Breivik auch Mitglied gewesen war.

Am nächsten Morgen verabschiedeten Anna und Arvid ihren Begleiter Raik Larson. Und diesmal mit einer Spur Wehmut, denn sie hatten sich in den vergangenen Tagen und Wochen nach anfänglichen Problemen doch ganz gut verstanden. Raik war von seinem Vater, der in Verteidigungsministerium saß, zurückbeordert worden. Der Grund war sein Bericht über die Ereignisse in Honnigsvag und die gezogenen Schlüsse daraus. Offenbar war man nun dazu übergegangen, die Führung der Staatspolizei bei der Lösung dieses Problems zu übergehen. Magnussen meldete sich am Mittag bei seinen beiden Kommissaren. Und seine Botschaft war eindeutig:

„Zerschlagung dieser Gruppierung um Anderson. Und, sie sollten innerhalb von drei Tagen ein Zentrum einrichten, wo alle Nachrichten zusammenliefen und ausgewertet wurden. Dazu schickte Magnussen ihnen zwei junge Kollegen zur Verstärkung. Jetzt wurde es also ernst!

Anna war gerade auf dem Weg zur Rezeption, als ihr die Chefin des Hauses über den Weg lief. Wie schon die ganze Zeit, trug

Anna eine rötliche Haarperücke, um nicht zufällig von Anderson im Ort erkannt zu werden.

„He, Frau Vogel, mein Chef lässt anfragen, ob Sie noch zwei Einzelzimmer frei hätten. Meine beiden Kollegen würden wohl etwa zwei Wochen hierbleiben. Wir arbeiten an einer Studie über den Rückgang der Eisbärenpopulation, und müssen zahlreiche Versuche im Umfeld des Ortes machen."

Yael Vogel, die sich schon seit einiger Zeit gewundert hatte, was dieses Pärchen eigentlich hier oben im Norden machte, atmete insgeheim auf. Das waren also Naturwissenschaftler, na Gott sei Dank. Sie sah kurz in ihrer Computerkartei nach und nickte.

„Ja Frau Ragnarson, heute werden zwei Zimmer wieder frei, die ihre Leute ab Mittag belegen können." Anna bedankte sich.

„Frau Vogel ich habe noch eine Frage. Hätten Sie für uns einen Raum, den wir verschließen und tagsüber dort arbeiten könnten? Das macht es für uns einfacher."

Die schwarzhaarige Schönheit nickte und lächelte bezaubernd.

„Natürlich Frau Ragnarson, hier ist ein Schlüssel und ich zeige ihnen diesen Raum im Erdgeschoss gleich selbst." Und so führte sie Anna in einen kleinen Gang an dessen Ende eine Zimmertür war und schloss auf.

„So, bitte schön! Wenn Sie noch etwas brauchen wenden Sie sich ruhig an mich, oder an das Personal. Hier ist der Schlüssel." Sie drückte Anna den Schlüssel in die Hand und verabschiedete sich wieder. Anna rief Arvid an, und meinte:

„Professor Ragnarson, würden Sie sich bitte mal zu mir ins Erdgeschoss bemühen! Ich habe einen Arbeitsraum!", telefonierte sie ziemlich laut. Arvid lachte herzhaft wegen der Anrede, und ging nach unten. Zwei Minuten später stand er neben Anna, die sah ihn an.

„Hör zu, wir sind Wissenschaftler! Wir forschen an der Population der Eisbären hier oben. Und unsere beiden Kollegen müssen wir bei Ankunft sofort einweihen, damit die sich ja nicht verquatschen. Die wollten um elf Uhr hier sein. Wir holen sie im Hafen ab. Los, auf geht's!"

Die „Stavanger Eliot II" lief pünktlich um 11.35 Uhr im Hafen ein und machte im Hafen fest. Anna und Arvid hatten sich am Kai postiert, um die beiden Kollegen zu empfangen. Magnusson hatte ihnen extra ein Bild von beiden aufs Handy geschickt. Und dann kamen sie auch schon. Emma Andresen war etwa 25 Jahre alt, platinblonde, glatte, lange Haare bis zum Po, hauteenge schwarze Hosen und halbhohe Stiefeletten.

Smalle Johansson war 28 Jahre alt, schmaler Typ mit Zopf und schlabbrigen Jeans, dazu Turnschuhe in weiß.

Anna sah Arvid einen Moment fragend an und runzelte die Stirn. Arvid sah es und schmunzelte.

„Was ist, gefallen sie dir nicht? Sind eben junge Leute, schauen wir mal was sie sonst draufhaben. Hoffentlich sind beide keine Anfänger."

Und dann standen sie sich gegenüber, und man begrüßte sich. Emma Andresen stellte sich sofort als lustige, und wortgewandte junge Frau dar. Smalle Johansson, war ein wenig mehr zurückhaltend, hatte aber gute Manieren, das bemerkte Anna sofort als er ihr einen Handkuss gab. Das war schon etwas Besonders im Dienstbetrieb der Polizei. Anna weihte sie sofort in ihre Deckung ein, und Emma lachte herzlich.

„Toll, ich wollte schon immer mal über Eisbären forschen, mein Vater hat es aber nicht geschafft mich von seinem Job zu begeistern." Anna sah die junge Kollegin erstaunt an.

„Was macht Ihr Vater?" Emma lächelte.

„Er ist Dozent an der Uni in Oslo, Thema Polarmeer!" Da lachten sie dann alle über diesen Zufall. Smalle hatte zwei Laptops im Gepäck, die er im neuen Arbeitsraum aufstellen wollte. Er war Spezialist auf dem Gebiet der Netzüberwachung. Arvid sah den jungen Mann sofort mit anderen Augen. So hatten sie ein schlagstarkes Team.

Am Nachmittag richteten sie ihr Büro ein. Smalle war für eine Stunde verschwunden, als er wiederkam, hatte er mehrere Plakate von Eisbären mit Jungen, die er an der Wand befestigte. Dazu ein paar Diagramme aus dem Netz über die Eisbären und schon stimmte es mit ihren Aufgaben überein, falls jemand auf die Idee kam in diesem Raum zu kontrollieren. Beide PC waren Passwort geschützt. Und dann begannen sie mit ihrer Arbeit. Als erstes schafften sie sich eine Übersicht über alle Beteiligten im Umfeld von Anderson. Das waren demzufolge:

Adam Andersen - der Boss, sowie: Igor Nemtschew, Ole Gunnarson, Alto Nielson – Motorad-Gang Boss, und die Brüder

Karius aus Opnan, Yael Vogel aus Honningsvag / Lasse Amundsen / Smilla Hagestedt / Konstatin Fjorodow, Addi Hengert und Ronald Lastianen.

Also insgesamt 13 Personen aus der rechten Szene, teilweise schon der Polizei bekannt oder zumindest aufgefallen.

Fakt war, diesmal hatten sie keine chemischen Stoffe gekauft, wie anfangs in Alesund. Entweder sie hatten sich ihr Zeug selbst gemixt, oder über die Kanäle nach Russland besorgt. Für Anna und auch für Arvid stand fest, dass dieses Fest der Rentierzüchter der Auftakt zu weiteren Anschlägen sein sollte.

Am nächsten Morgen trafen sich Anna und Arvid mit der Bürgermeisterin der vier Gemeinden von Honningsvag, Storbuck, Klubben und Holmbukt. Svenja Dahl war eine gebürtige Samin, stammte hier vom Polarkreis und war so richtig gemütlich. Wog mindesten 85 kg bei 1,65 m Größe, und war eine Respektsperson, wie man so schön sagt. Klar in der Ansage, und mit wenig Lust auf endlose Diskussionen, wie sie selbst bemerkte.

Arvid musste sich das Grinsen verkneifen und Anna hatte sofort einen handfesten Gesprächspartner, was hieß, die beiden verstanden sich auf Anhieb. Doch als Anna die Karten aufgedeckt hatte, was sie beide hierher verschlagen hatte, war Svenja Dahl für zwei Minuten still und stumm wie ein Fisch. Dann atmete sie auf einmal wieder tief ein und wieder aus.

„So eine Schweinebande!", war erst einmal alles was sie sagte. Doch dann kamen ihre Fragen. Denn man erwartete zu diesem Fest mindestens vier- bis fünftausend Besucher und Gäste. Arvids Einwurf, dass der Staatsschutz und die Polizei sich einschalten würden, ließ der Frau Bürgermeister trotzdem noch viel Platz zum Zweifeln. Doch Schritt für Schritt erarbeitete man ein Sicherheitskonzept. Die Tatsache, dass die Frau Yael Vogel auch zu diesen Banditen gehören sollte, machte Svenja Dahl sprachlos. Aber das war nun mal Tatsache!

Anhand der im Bunker gefundenen Zeichnungen, wusste man, dass es drei verschiedene Anschlagsorte gab, die es zu sichern galt.

Alle warteten sehnsüchtig auf Raik Larson. Und der rückte in der Nacht von Mittwoch auf Donnerstag in Honningsvag ein, ohne dass es irgendjemand bemerkte. Seine Truppe logierte auf dem

Campingplatz am Ortseingang und war als Camper Truppe getarnt, die zu diesem Fest wollte. Sie kamen mit Kleinbussen und Jeeps.

Die Begrüßung war außerordentlich herzlich, als Arvid und Anna am Donnerstagmorgen mit Raik zusammentrafen. Was Anna sofort feststellte, dieser Raik war irgendwie verändert, männlicher, entschlossener und zielgerichtet. Als er ihren Plan gesehen hatte, machte er sofort Vorschläge wie man vorgehen konnte. Das wiederum beeindruckte sogar Arvid. Das Fest sollte am Samstag früh um 10.00 Uhr mit einer Rede der Bürgermeisterin auf dem Festplatz beginnen. Dazu eingeladen war der Regionalpräsident mit seinem Gefolge. Zwei Trachtenkapellen und eine Reihe von Buden zur Versorgung des Festes. Sie alle kamen im Laufe des Mittwochs schon an und begannen aufzubauen.

Raik Larson hatte seine Truppe geteilt. Ein Teil beschattete bereits die bekannten Akteure der Glatzköpfe, der andere Teil überwachte natürlich in Zivil die zahlreichen Destinationen, besonders aber die drei Anschlagsorte. Alle waren als Mitarbeiter der Verwaltung mit gelben Westen ausgestattet worden und konnten so den ganzen Tag auf dem Festgelände verbringen, ohne das es auffiel. Aber sie erkannten sich auf Grund der Westen sofort.

In der Nacht vom Freitag auf den Samstag musste das gesamte Areal nach Sprengfallen abgesucht werden. Die Aktion sollte um 2.00 Uhr in der Nacht beginnen, und sollte von achtzehn Beamten durchgeführt werden, von denen drei einen Suchhund dabeihatten.

Smalle Johanson schuf innerhalb eines Tages ein ganzes Überwachungsnetz von Telefon, Handy und PC-Stellen. Dabei offenbarte sich, dass Anderson schon die ganze Zeit von seinem Zimmer aus über das Netz der Pension mit einem Alexei Bogdanow Kontakt hielt, und der saß in Oslo, getarnt als Gebrauchtwagenhändler. Am Freitagabend 18.00 Uhr schlug die Osloer Polizei zu und nahm ihn fest. Den Mailverkehr und die Live-Gespräche wiesen ihn als den Hauptakteur und Andersons Auftraggeber aus, aber nun saß ein Beamter der Polizei am Gerät und hielt Kontakt zu den Akteuren in Honningsvag. So war man zumindest informiert, wie es da lief und was sie alles geplant hatten.

Das Finale

Nachdem sie sich bereits am Mittwoch nochmal getroffen hatten, diesmal ohne Yael Vogel, gingen Anderson und seine Leute daran, am Freitag den Festplatz zu observieren. Doch Anderson war sich sicher, dass sie diesmal ungehindert ihren Auftrag ausführen konnten. Und so begannen sie heimlich die Stellplätze der Brüder Karius, ihres Vaters und die drei Plätze für die Sprengladung zu überwachen.

Gegen 21.00 Uhr war keine Menschenseele mehr auf dem verwaisten Platz, dachten zumindest Anderson und seine drei Gehilfen. Aber das war ein großer Irrtum! Ungefähr 20 Beamte von Raiks Truppe lagerten gut getarnt rund um den Festplatz und warteten auf die Attentäter.

Es war soweit! Am Freitagabend um 18.00 Uhr klopfen Kriminaloberkommissarin Anna Ohlson und Oberkommissar Arvid Ragnarson an der Wohnungstür der Eignerin des „Hotel Vogel". Anna hat ihre rötliche Perücke abgenommen. Es dauerte eine Weile bis geöffnet wurde. In der Tür stand Herr Vogel.

„Guten Abend, Sie wünschen bitte?" Anna zog ihren Dienstausweis aus der Tasche.

„Kriminalpolizei Alesund, Anna Ohlson, und das ist mein Kollege Ragnarson, wir hätten gern Ihre Frau gesprochen!" Der Herr Vogel schüttelt den Kopf.

„Meine Frau ist vor einer halben Stunde aus dem Haus gegangen. Sie will meine Schwiegermutter von der Fähre abholen, die um 18.30 Uhr einläuft. Und um 19.00 Uhr weiterfährt."

Anna und Arvid schauten sich eine Sekunde an, dann liefen sie auf den Hof zum Auto. Arvid setzte das Blaulicht auf den BMW und Anna gab Vollgas und preschte zum Hafen. In sieben Minuten hatten sie das Hafengelände erreicht und stürmen in die Abfertigungshalle. Sie schauten sich um - und da stand Yael Vogel mit zwei Taschen am noch verschlossenen Durchgang zur Pier. Sie näherten sich ihr so, dass sie die Polizisten nicht sofort sehen konnte.

„Hallo Frau Vogel! Wollen Sie verreisen?", fragt Arvid höflich lächelnd. Anna zog ein paar Handschellen aus der Tasche und ließ sie am Zeigefinger baumeln.

„Frau Yael Vogel, ich verhafte sie wegen der Vorbereitung eines Anschlages auf das Leben und die Gesundheit der Bevölkerung von Honnigsvag! Bitte folgen Sie uns!"

Dann wollte sie ihr die Handschellen anlegen. Einige der Umstehende, die Frau Vogel kannten, registrieren dies zunächst mit erschrockenen Gesichtern und flüstern miteinander. Doch Yael Vogel wehrte Annas bemühen sanft ab, griff in die Tasche ihrer Jacke und drückte Anna einen Ausweis in die Hand. Die schaute darauf und war einen Augenblick sprachlos. Sie zeigte Arvid den Ausweis. „PST-Geheimdienst Koordinator", stand da drauf und mit dem Passbild von Yael Vogel. Sie schmunzelte und meinte zu Anna:

„Ich habe mich auch schon die ganze Zeit gewundert, was Sie in unserem Kaff wollen. Wir sind an den Leuten um Anderson bereits seit zwei Jahren dran, ohne sie festnageln zu können. Jetzt scheint es so weit zu sein. Und jetzt verhaften Sie mich mal schön, denn gleich steigt hier ein Russe aus. Name Ilia Godunow, der leitet den Anschlag." Anna nickte nur und legte ihr die Handschellen an. Arvid gab die Information über Godunow weiter. Wenig später klickten auch bei ihm die Handschellen.

Arvid gab die Info an Raik Larson weiter. Als der sein Handy leise summen hörte, sah er kurz drauf, las was da geschrieben stand, und schüttelte den Kopf

„Na das gibt's doch nicht, jetzt ist die Alte auch noch bei der Terrorabwehr", brummte er leise vor sich hin. Er steckte das Handy wieder ein, und konzentrierte sich auf das was da auf dem Platz geschah.

Wie aus dem Nichts tauchten plötzlich fünf dunkel gekleidete und vermummte Personen auf, alle mit je einer Kiste in den Händen. Flugs verteilten sie sich über die einzelnen Stationen. Nach und nach bekam Raik die Information von seinen Beobachtern, die an den jeweiligen Plätzen die bekannt waren, die Aufsicht hatten. Gut getarnt lag die Spezialeinheit in Wartestellung.

In der Zwischenzeit waren Anna und Arvid ebenfalls gut getarnt bei Raik Larson eingetroffen. Und genau in diesem Moment fuhr plötzlich ein kleiner PKW auf den Festplatz. Eine junge Frau stieg aus, nahm zwei Beutel aus dem Wagen und brachte sie in eines der Zelte. Nach maximal drei Minuten kam sie wieder heraus, und lief zwei Vermummten in die Arme. Die überwältigten die junge Frau sofort und schleppten sie weg.

Raik Larson und die beiden Kriminalisten sahen sich einen Moment sprachlos an. Was war denn da schiefgelaufen? Wie es auf den ersten Blick aussah, war diese junge Frau eine Verkäuferin, die wohl noch Ware gebracht hatte, die in den Kühlschrank musste.

Wohl oder übel gab Larson den Befehl zum Eingreifen. Er hätte gerne noch etwas gewartet, aber nun musste er handeln, und Anna und Arvid nickten ebenfalls. „Achtung an alle! Zugriff!"

Innerhalb von Minuten ging zunächst eine kurze Schießerei los. Aber offenbar waren die Leute um Anderson diesmal nicht gut bewaffnet, weil sie geglaubt hatten, freie Bahn zu haben.

Innerhalb von zehn Minuten hatten sie Andersons Begleiter ausgeschaltet, und Anderson selbst stand mit der jungen Frau im Arm neben dem PKW. Mit der freien Hand hielt er ihr eine Pistole an den Kopf.

„Der wird garantiert niemals freiwillig aufgeben, Raik!", meint Arvid. Mit einem Seitenblick auf Anna sah er, dass sie aufstehen wollte. Arvid schüttelte den Kopf und meinte dann sie ernst ansehend:

„Du musst nicht als Erste hier loslaufen, klar!" Anna nickt und Raik Larson schmunzelt nur stumm.

Anderson war aufs höchste erregt, und Anna wusste, was das bei ihm bedeutete. In diesem Moment schrie er schon:

„Ich will einen Fluchtwagen und freie Abfahrt, sonst stirbt die Frau hier!" Anna überlegte kurz und schaut Larson an.

„Gib ihm das Auto, sonst stirbt die Frau! Er wird sie sofort erschießen, und wenn er selber dabei drauf geht." Raik Larson stand plötzlich auf und gab sich zu erkennen.

„Bleiben Sie ruhig, Anderson! Sie bekommen gleich einen Wagen! Dann lassen Sie die Frau frei!" Doch Anderson brüllte zurück:

„Die kommt frei, wenn ich in Sicherheit bin, nicht eher!" Zehn Minuten später rollte ein alter Subaru"-Kombi auf den Platz. Der Fahrer stieg aus und ließ die Tür offen, dann entfernte er sich, und gab den Weg frei. Er kam zu Larson und meinte leise:

„Die Kiste hat höchstens acht Liter Benzin im Tank, weit kommt er nicht damit!"

Anderson ging schrittweise mit der Frau vor sich zum Wagen, und schien einen Moment zu überlegen, doch dann schob er sie durch die Fahrertür in den Wagen. Dann sprang auch er in den Wagen, startete, und preschte mit durchdrehenden Rädern davon. Im Nu war er im Halbdunkel verschwunden. Anna sprang auf.

„Los Arvid, wir müssen ihm folgen! Er wird auf die A6 fahren, um schnell wegzukommen!" Und schon rannten sie beide im Vollsprint zu ihrem Wagen am Eingang des Platzes.

Der BMW jagte mit Sondersignal und Höchstgeschwindigkeit über die E69, die Anderson angesteuert haben musste. Sie waren noch keine zwei Kilometer weit gefahren, als sie am Straßenrand eine junge Frau hocken sahen, die ziemlich verbeult aussah. Ihre Knie bluteten, der Kopf hatte eine Schramme abbekommen und sie weinte. Anna hielt sofort an und Arvid sprang aus dem Wagen und ging zu ihr hin. Vorsichtig half er ihr beim Aufstehen. Anna saß am Steuer und wäre gerne dem Subaru gefolgt, doch Arvid kümmerte sich um die Frau.

„Er hat abgebremst und mich während der Fahrt einfach rausgeworfen!", beschwerte sie sich. Arvid versuchte sie zu trösten, und Anna drückte auf die Hupe. Arvid sah zu ihr.

„Ja doch! Ich rufe ihr einen Krankenwagen!", rief er zurück. Telefonierend sprang er wieder in den BMW.

„Es wird gleich ein Wagen kommen und sie abholen", rief er der jungen Frau noch zu. Anna trat das Gaspedal einmal durch, der BMW hob die Schnauze kurz an, um dann rasant zu beschleunigen. Die 580 PS gaben dem Koloss einen rabiaten Anschub. Zum ersten Mal begriff Anna was Männer an solchen Autos toll fanden. Sie fuhren mit gut 190 km/h über die Europastraße auf der zwar nur 100 km/h erlaubt waren. Doch Anderson blieb verschwunden. Als sie kurz vor Repvag waren, stießen sie auf eine Geschwindigkeitsüberwachung der Verkehrspolizei. Arvid zwinkerte Anna zu.

„Hast du ein Glück, gerade noch rechtzeitig abgebremst!" Sie nickte und blieb kurz vor dem Polizeiposten stehen. Gemeinsam gingen sie zu den beiden Verkehrspolizisten und wiesen sich aus.

„He, haben Sie in der letzten halben Stunde einen alten graublauen Subaru-Kombi hier durchfahren sehen?"

Die beiden Beamten schüttelten die Köpfe, es war definitiv keiner vorbeigekommen. Anna sah Arvid an.

„Wo ist der Schweinehund abgebogen? Er muss irgendeinen Feldweg genommen haben, wir brauchen unbedingt einen Hubschrauber! Rufen wir Magnussen an."

Anna wählte dessen Nummer, und der Boss saß in seinem Büro und war am Apparat. Sie erzählte ihm was vorgefallen war. Magnusson stöhnte hörbar auf.

„Das kann doch nicht wahr sein! Eine Hundertschaft Staatspolizei und zwei Kriminalisten schaffen es nicht einen einzelnen Glatzkopf festzunehmen! Was macht ihr da oben eigentlich?"

Anna war sichtbar angefressen, man sah es an ihrer Gesichtsfarbe.

„Chef, wir haben die ganze Bande ausgehoben, drei Sprengfallen entschärft, aber er hatte nun mal eine Geißel! Und deren Leben geht doch wohl vor!", fauchte sie los. Magnusson lenkte ein.

„Ist ja gut! Ich habe das nicht so gemeint. Was werden Sie jetzt tun?" Anna verwies ihn auf den Hubschrauber und Magnusson sagte sofort zu. Anna sah Arvid an.

„Und was machen wir jetzt?" Arvid zuckte mit den Schultern und kratzte mit den Schuhspitzen im Sand.

„Frag mich was Leichteres. Wir sollten zurück nach Honningsvag ins Hotel fahren. Ich habe Hunger nach Frühstück." Anna musste lachen.

„Ach so, das war dein Bauch, der vorhin so im Auto geknurrt hat, na dann lass uns umkehren und warten was der Heli findet. Eine Stunde später waren sie zurück im Hotel und hörten den Heli über dem Ort kreisen. Sie saßen gerade beim Frühstück, als Annas Handy zu surren begann. Sie nahm das Gespräch an, lauschte ein wenig und nickte.

„Gut, wir kommen dann hin. Danke!" Arvid sah sie fragend an. „Und?" Anna nickte.

„Sie haben den Subaru gefunden, an einem Waldrand." Arvid kaute ruhig weiter. Als sie fertig waren, fuhren sie wieder los. Das Navi brachte sie an den Ort wo der Wagen stand. Aber er war leer, die Tankanzeige stand auf NULL.

„Er ist zu Fuß weiter, aber wohin?" Arvid kratzte sich am Kopf und sah dann seine Chefin an.

„Man sagt ja immer, den Täter zieht es immer wieder an ihm bekannte Orte zurück. Also dorthin wo er sich auskennt. Schauen wir mal auf die Karte. Wir haben eine im Wagen." Anna holte die Karte und breitete sie auf der Motorhaube aus. Arvid tippte auf Kafjordan, ein Dorf. Ihr Standort war nur wenige Kilometer entfernt.

„Der will garantiert zu einem Hafen wo er ein Schiff kriegt! Er weiß genau, über Land kommt er nicht weit." Arvid wandte sich an die beiden Streifenpolizisten, die den Subaru bewacht hatten.

„Sagen Sie mal, wie kommt man am schnellsten von hier rüber nach Kafjordan?" Der Streifenpolizist zeigte mit dem Arm den Waldweg entlang.

„Da lang. Etwa eine Dreiviertelstunde zu Fuß, und man ist am Ortsrand. Zum Hafen sind es nochmal zehn Minuten."
Arvid bedankte sich.

„Gut, kann man da mit dem Auto durch?" Die beiden Streifenpolizisten sahen den BMW an und grinsten. Arvid sah es und meinte:

„Der hat Allrad und 580 PS!" Einer der Polizisten schüttelte den Kopf.

„Allerhöchstens mit einem Jeep, außerdem gibt's da eine Furt, durch die man muss. Also keine Chance mit dem Klotz da! Sie müssen zurück auf E69 und acht Kilometer zurückfahren, dort gibt's einen Weg quer durch die Felder. Da kommen Sie durch."
Sie bedankten sich höflich und verabschiedeten sich. Dann wendeten sie den BMW und fuhren zurück auf die E69.
Anna pfiff leise ein Lied vor sich hin. Arvid sah sie an und meinte:

„Was erheitert dein Gemüt so, dass du pfeifen musst?" Sie sah ihn an und grinste.

„Weil wir die Sache nun bald hinter uns haben, lieber Arvid! Er kann sich nicht in Luft auflösen, wir werden ihn schnappen! Vertrau mir!" Arvid verzog erst das Gesicht und nickte dann doch.

„Na gut, und was machen wir dann?" Anna lachte herzlich.

„Na ganz einfach Arvid, du heiratest mich, machst mir zwei Kinder, wirst Polizeichef von Alta, und wir werden ein altes Ehepaar." Arvid Ragnarson sah seine Chefin und Partnerin von der Seite ungläubig an und war zunächst erst einmal baff!

„Nee, meinst du das im Ernst?" Anna sah ihn spitzbübisch lächelnd an und zuckte mit den Schultern.

„Finde es raus, alter Same!", war alles was sie noch dazu sagte. Doch Arvid hatte es sich abgewöhnt, alles was Anna sagte sofort für bare Münze zu nehmen. Zu oft war er von ihr genarrt worden. Er nahm sich vor, systematisch vorzugehen, sozusagen nach Schlachtplan, aber dazu mussten sie endlich erst diesen verdammten Anderson geschnappt haben. Doch Arvid kratzte sich am Kopf und meinte dann:

„Ich verwette diesen BMW gegen das was du gesagt hast, wenn es wirklich so kommt." Anna schmunzelte.

„Wer sagt dir denn, dass du dieses Prachtstück von Auto als Chef der Polizei von Alta behalten darfst?" Er sah sie von der Seite an und grinste breit.

„Wenn nicht, fahre ich der Karre vorher noch so viele Dellen ins Blech, dass sie ihn nicht wiedererkennen!" Anna schüttelte lachend den Kopf. „Das möchte ich aber sehen!"

Anderson war tatsächlich im Eilschritt in Richtung Kafjordan unterwegs. Dort hatte er einen Freund aus alten Tagen und der vermietete Motorboote. Er musste nun endlich von dieser verflixten Insel runterkommen und sich in den Weiten des Nordens unsichtbar machen. Dabei hatte er aber auch ein Ziel. Jene kleine vorgelagerte Insel mit Leuchtturm, einer jungen sehr hübschen blonden Birte von 24 Jahren, die eine kleine uneheliche Tochter hatte, seine Tochter. Nur über den Landweg konnte er die Reise vergessen. Er brauchte ein gutes starkes Boot dazu, und das wollte er in Kafjordan finden. Der Weg über das Meer machte ihm keine Sorgen, da kannte er sich aus.

Insgeheim haderte er natürlich über den erneuten Fehlschlag, den sie so gut vorbereitet hatten. Doch diese beiden verdammten Bullen aus Alesund waren wie die Wölfe auf seiner Spur geblieben. Das eine Mal wo er sie in seiner Gewalt gehabt hatte, da hatte er Gefühle walten lassen, weil er sie unbedingt vorher noch mal richtig bumsen wollte. Das Ergebnis war katastrophal gewesen. Und in Honningsvag war sie ihm wieder auf den Fersen gewesen und hatte die gesamte Aktion vermasselt. Aber jetzt wollte er sich zunächst unsichtbar machen. Und dann irgendwann, wenn keiner mehr an Anderson dachte, würde er zuschlagen und sie kidnappen. Um ihr dann alles heimzuzahlen! So sah jedenfalls sein Plan aus. Aber wie heißte es so schön – Erstens kommt es anders, Zweitens als man denkt!

Anna Ohlson und Arvid Ragnarson hatten das kleine Kaff erreicht. Kafjordan hatte gerademal 160 Einwohner, einen kleinen Hafen, einen Bootsverleih, einen Ortsvorsteher und eine Kirche noch aus alten Zeiten. Ach ja, auch ein Schiffsmuseum, welches an das deutsche Schlachtschiff „Tirpitz" erinnerte, dass in den Kriegstagen des 2. Weltkrieges hier lange vor Anker gelegen hatte. Aus den Resten dieser schlimmen Zeit hatten die Einwohner ein kleines Museum errichtet, wo man Eintritt zahlen musste, der dem Kindergarten zu Gute kam.

Anna fuhr zum Hafen hinunter, wo gerade ein der Fähren anlegte. Nur vier Leute stiegen aus, und sechs stiegen wieder zu, aber der gesuchte Anderson war nicht dabei.

Sie suchten nach dem Hafenmeister, der unmittelbar neben der Pier sein Häuschen hatte und dort auch die Fahrkarten verkaufte. Arvid schaute erstaunt hinüber zu dem kleinen Bahnhof, wo es einen Bahnsteig gab. Auch dort war alles menschenleer.

Der Hafenmeister war ein gut 60 Jahre alter Weißkopf mit Pfeife, also typischer Seemann. Sie sprachen ihn an.

„He, wann geht hier die nächste Fähre ab?", war Arvids erste Frage. Der Alte nahm die Pfeife aus dem Mund und sah Arvid an. Dann wies er mit dem Kopf auf die noch dastehende Fähre.

„Da, in zehn Minuten!" Arvid schüttelte den Kopf.

„Die Nächste!" Der Alte nickte.

„Aha, morgen früh um 8.00 Uhr!" Arvid wies auf den Bootsverleih hinüber.

„Gibt's da nur so kleine Motorboote zum Angeln, oder auch größere, um auf See rauszufahren?" Der Alte sah Arvid kritisch fragend an.

„Wer will das wissen, junger Mann?" Arvid zog seinen Dienstausweis heraus und hielt ihm den Alten vor die Nase. „Kriminalpolizei, Opa!" Der Alte sah ihn entrüstet an.

„Was heißt hier Opa, junger Mann? Was wollen Sie denn von mir wissen?" Anna schob sich jetzt in den Vordergrund und lächelte mal wieder ihr schönstes Lächeln.

„Herr Hafenmeister, wir suchen einen ganz bösen Buben, der den Leuten in Honningsvag um ein Haar ihr schönes Fest kaputt gemacht hätte, schon davon gehört?" Der Alte nickte bedächtig.

„Ach so, den sucht ihr! Na bei dem da drüben weiß man auch nie, womit der sein Geld verdient, sage ich mal. Aber man will ja niemand was Böses nachsagen", setzte er noch behäbig hinzu. Und um seine Ansicht noch zu untermauern meinte er dann leiser:

„Diesen verfluchten Glatzköpfen kann man doch nicht trauen! Oder? Entweder er säuft, oder er verprügelt seine Frau!" Anna nickte und zeigte dem Alten ein Bild von Anderson.

„Wenn der hier auftaucht, würden Sie mich anrufen?" Sie sah dem Alten in die Augen und der nickte mechanisch. Anna gab ihm eine von ihren Visitenkarten. Der Alte nickte wieder voller Ehrfurcht.

„Oho, Kriminaloberkommissarin. Alle Achtung, junge Frau! Gut, wenn ich den Lump sehe, rufe ich Sie an! Versprochen!" Anna und Arvid verabschiedeten sich und begaben sich auf den Weg, der hinter dem Bootsverleih entlangführte. Von da aus hatte man einen guten Blick über das kleine Gelände. Sie setzten sich ins Gras wie ein Pärchen, welches gerade Urlaub machte und flirteten ein wenig, natürlich nur so, damit sie so aussahen wie ein Liebespärchen. Dabei beobachteten sie das Umfeld.

Es war kurz vor 20.00 Uhr. Anderson schlich zum Haus seines Freundes Haugeland und klopfte. Der Kopf einer Frau erschien am erleuchteten Fenster und öffnete es einen Spalt.

„Guten Abend was wünschen Sie?", fragte Hauglands Frau den späten Besucher.

„Ich müsste dringend Ihren Mann sprechen wegen eines Bootes", antwortete Anderson. Ohne ein weiteres Wort wurde das Fenster wieder geschlossen. Wenig später öffnete sich die Tür und ein Glatzkopf in T-Shirt und Sporthose erschien.

„Ach du bist es! Sag mal was willst du denn hier?", meinte der Haugeland sichtlich erschrocken und sah sich um. Anderson versuchte ihn zu beschwichtigen.

„Mach dir nicht ins Hemd, ich brauche nur ein Boot von dir! Aber eins mit starken Motoren, ich muss hier verschwinden, und zwar schnell!" Haugeland zuckte mit den Schultern.

„Wenn ich bedenke wo du wahrscheinlich hin willst, dann muss ich passen. Ich habe derzeit nix passendes da. Das sind alles kleine Motorboote für Angler und Wanderer." Anderson fluchte leise vor sich hin.

„Kennst du einen, der ein solches Boot hat?" Haugland dachte kurz nach.

„Ja, der Schmied Nygard hat ein seefestes Schiff, mit dem er nebenbei zum Fischen rausfährt, aber der wird es dir nie verkaufen wollen." Anderson nickt befriedigt.

„Ok, danke für den Tipp, ich werde ihn morgen mal aufsuchen. Andere Frage, hast du eine Idee wo ich eine Nacht pennen kann?" Haugland drückte ihm einen Schlüssel in die Hand.

„Hier, gehe da rüber in meine Werksstatt, da steht im Büro eine alte Couch, auf der kannst du pennen. Aber pass auf, wenn du rauchst, da liegt überall öliges Zeugs herum, nicht das du mir die Bude anzündest. Aber das geht wirklich nur eine Nacht, sonst macht meine Alte Terror!"

Anderson grüßte und trollte sich wieder. Er ging zur Werkstatt von Haugland. Eine Nacht, länger wollte er auch nicht bleiben. Und was das Schiff betraf, na ja, was man nicht kaufen konnte, musste man sich eben nehmen. Das war Andersons Devise.

Er betrat die Werkstatt, sah sich um, und dann sah das rote halb zugedeckte Motorrad in der hintersten Ecke der Werkstatt stehen. Vorsichtig entfernte er die Plane und besah sich das gute Stück. Es war eine MT-10, kostete neu gute 12.000 €, und die hier schien gerade überholt worden zu sein. Da der Zündschlüssel im Schloss steckte, betätigte Anderson den elektrischen Starter. Die Yamaha sprang sofort an. Anderson machte sie wieder aus und überlegte. Und wenn er mit diesem Geschoss die Reise antreten würde? Wie das Haugeland verkraften würde interessierte ihn nicht sonderlich. Er sah sich um. Und tatsächlich, da hing eine Motorrad-Kombi und ein Sturzhelm, die Stiefel hatte er selber. Anderson plante kurz entschlossen um, und sah auf die Uhr. Es war 22.00 Uhr. Wenn er jetzt losfuhr, und die Nacht durchfuhr, konnte er morgen früh bei seiner Liebsten sein. Er musste halt ein paar Umwege in Kauf nehmen, und die Europastraße meiden.

Etwa zur gleichen Zeit schlenderten Anna und Arvid Hand in Hand durch den Ort und liefen nochmal am Hafen vorbei. Am nächsten Morgen um 9.00 Uhr kam die nächste Fähre, da wollten sie vor Ort sein, und suchten sich schon mal einen Standort aus. Arvid zeigte auf das Licht, welches noch im Bootsverleih brannte.

„Sieh mal, unser Bootsverleiher scheint auch noch am Werkeln zu sein." Anna nickte.

„Na ja, dann kann er wenigstens nicht saufen und seine Frau verprügeln, oder noch drei Kinder machen! Ich war damals heilfroh, dass wir keine hatten", setzte sie noch hinzu. Arvid nahm sie sanft in den Arm. Dann meinte er gutmütig:

„Das wird dir nie wieder passieren, Chefin Anna. Du hast doch jetzt mich!" Anna kam nicht umhin, ihm einen kleinen Kuss auf die Wange zu geben.

„Schön, dass du das sagst, Arvid". Dabei lehnte sie ihren Kopf an seine Schulter. Und so liefen sie dahin, über ihnen der helle Himmel einer Nacht, die ja eigentlich keine richtige Nacht war. In diesen Breiten wurde es nur richtig dunkel in den Monaten, wo die Sonne überhaupt nicht mehr aufging.

Anna erzählte Arvid von ihrem Urlaub auf Kreta vor zwei Jahren.

„Stelle dir mal vor, am Tage 32 Grad Celsius Hitze, und in der Nacht noch 25 Grad, aber stockdunkel und ein gigantischer Sternenhimmel. Man konnte draußen sitzen bei Musik und Wein, es war einfach nur herrlich. Das wünschte ich mir mal wieder!"

Arvid musste lachen und meinte ganz trocken:

„Na auch gut, da machen wir eben unsere Hochzeitsreise dahin!" Anna blieb etwas sprachlos abrupt stehen und hielt ihn an beiden Armen fest.

„Sag mal Kollege Ragnarson, meinst du das wirklich ernst? War das jetzt sowas wie ein Heiratsantrag?" Arvid grinste vor sich hin und sah sie mit seinen kleinen hellblauen Augen an.

„Und was wäre, wenn - willst du mich denn überhaupt als Mann, Chefin?" Anna blieb stehen und holte erst einmal ganz tief Luft.

„Also gut Arvid Ragnarson, wenn du mich so fragst, ja ich nehme dich unter meine Fittiche!", antwortete sie auf einmal ganz ernst, um dann aber vor Lachen sich auszuschütten. Sie drückte Arvid an sich.

„Dich nimmt doch sonst sowieso keine mehr, als nehme ich dich lieber, damit du nicht unter die Räder kommst!", antwortete sie burschikos. Noch ehe sie aber weiterreden konnte, verschloss er ihr den Mund mit einem langen Kuss.

Doch ein Problem hatten sie noch, und das hieß Anderson! Und wenn sie gewusst hätten, wie nahe sie ihm bereits waren, dann hätte manches anders laufen können, wie es dann lief. Das Schicksal hatte sich vorgenommen, hier noch einmal alles aufzu-bieten was Menschen unglücklich machen konnte - wenn man nicht doch noch ein wenig Glück dabei hatte.

Denn zur gleichen Zeit als Arvid und Anna knutschend an der Straße standen, kam Anderson mit der Yamaha um die Straßen-ecke und wollte in Richtung der E69. Er bremste jäh ab, um auf das Pärchen zu starren, das da auf der anderen Straßenseite stand und sich gerade küsste. Anderson hatte sie sofort wiedererkannt!

„Die Bullenschlampe!", zischte Anderson erschrocken durch die Zähne und gab Gas. Mit laut aufheulendem Motor zog die Ya-maha an den beiden Fußgängern vorbei und verschwand in Rich-tung der Europastraße.

Die beiden Polizisten sahen sich erstaunt um, als urplötzlich ein Motorrad mit aufheulendem Motor an ihnen vorüber schoss. Und Arvid schüttelte den Kopf. „Was war denn das für ein Idiot?"

Nach einem weiteren erfolglosen Tag waren sich die beiden Po-lizisten sicher, dass Anderson nicht in dieser Gegend sein konnte, aber wo war er dann? Anna telefonierte erneut mit Magnusson. Und der reagierte zuerst enttäuscht, meinte dann aber:

„Also gut, dann kommen sie nach Hause. Es macht keinen Sinn nur ins Blaue hinein zu suchen. Wir haben heute Morgen bereits eine landesweite Fahndung herausgegeben. Schauen wir was da-bei herauskommt. Also dann kommt beide schnell zurück, auf euch warten sowieso neue Aufgaben!"

Und so brummte kurz vor 8.00 Uhr der BMW über die E 69 in Richtung Anlegestelle der Fähren. Sie hatten sich entschlossen lieber eine Fähre zu nehmen, als die 1926 km über Land zu fah-ren. Die Fähre brauchte 13 Stunden bis Alesund und man konnte sich wunderbar ausruhen und endlich vernünftig ausschlafen.

Um 8.00 Uhr fuhren sie auf die „Trelleborg III" und stellten den BMW ab. An der Rezeption nahmen sie ihren Zimmerschlüssel in Empfang und dann konnte die Reise beginnen.

Anna war den ganzen Morgen über schon flau im Magen gewesen und sie legte sich gleich hin. Arvid dagegen ging an Deck und genoss die Seeluft. Wie lange hatte er das schon entbehrt! Auf See und vom Wind umweht. Herrlich.

Kaum hatte sich Anna hingelegt und das Schiff kam in Bewegung, sprang sie auf und lief zur Toilette. Das Frühstück hatte den Rückwärtsgang eingelegt. Erleichtert legte sie sich wieder hin. Es war eine lange, aber auch schöne Fahrt, und auch Anna begab sich dann später an Deck, die frische Luft tat ihr gut, und sie fühlte sich bald wieder besser.

Währenddessen war Anderson um diese Zeit schon mehr als 100 km von Honningsvag entfernt. Bisher war er ohne Kontrollen durchgekommen. Langsam kam seine Zuversicht zurück. Allerdings hatte er auch noch ein gutes Stück Weg vor sich. Zunächst musste er nach Alta fahren, um dann eine Fähre zu besteigen die ihn nach Sandland bringen würde. Er stellte sich schon das Gesicht von Britta vor, wenn er zur Tür hereinkam, und erst die kleine Svenja, sein Engelchen. Gerade vor wenigen Tagen acht Jahre alt geworden. Beide hatte er nun schon fünf Monate nicht mehr gesehen. Dieser verdammte Auftrag hatte ihn fast aus der Bahn geworfen, und nur, weil er Geld gebraucht hatte, und sich deshalb mit Leuten eingelassen hatte, die keinen Spaß verstanden, wenn man nicht fristgerecht zurückzahlte.

Am folgenden Tag gegen Abend legte die Fähre mit Anna und Arvid wieder in Alesund an. Ihr erster Weg führte sie ins Präsidium zu Chef Magnusson. Als sie sein Büro betraten, stand der Alte auf, breitete die Arme aus und umarmte sie beide vor lauter Rührung.

„Gott sei Dank hab ich euch gesund wieder! Das war vielleicht ein Auf und Ab hier bei uns. Zum Glück hat uns der Minister die ganze Zeit beschützt. Setzt euch doch und erzählt."

Nach drei Kaffee, mehreren Wurstsemmeln und zwei Stunden Gespräch waren sie bis zum Montag früh entlassen. Inzwischen lief die Suche nach Anderson aber weiter.

Als Anne ihre Wohnungstür aufschloss musste sie lachen. Ihre Freundin Astrid Pettersson hatte Blumen hingestellt und eine Schachtel ihrer Lieblingspralinen. Anna ging zunächst duschen, dann legte sie sich im Bademantel auf die Couch und griff zum Telefon und rief ihre Freundin an. Astrid meldete sich.

„He, bist du endlich wieder zu Hause? Sehen wir uns heute Abend in Gunnars Bar?", war Astrids erste Frage. Anna sagte zu. Und so kam es dann auch zum Treffen. Aufgehübscht trafen sich die beiden Frauen in der Bar. Und Astrid war natürlich neugierig was Anna so erlebt hatte. Und dann kam der Punkt, den Anna lieber noch gerne umgangen hätte - Männer! Doch Astrid bettelte sie.

„Nun komm schon, erzähl es doch einfach!" Anna gab sich geschlagen.

„Ja, meine Liebe. Es hat mich wohl erwischt. Du kennst doch meinen Kollegen Ragnarson. Ich glaube, wir sind sowas wie ein Paar geworden bei diesem Einsatz. Er hat mir zweimal den Hintern gerettet und sich dabei ganz anders gezeigt wie früher." Astrid sah sie mit großen Augen an.

„Aber du wolltest doch keinen Kollegen mehr!" Anna zuckte mit den Schultern.

„Astrid, er ist ein lieber Kerl, und ganz anders als mein Ex! Er trinkt schon mal nicht, keinen Tropfen! Dafür aber literweise Moostee!" Astrid prustete los.

„Was denn, jetzt ein Langweiler?" Anna schüttelte den Kopf.

„Nö, keinesfalls! Ich hab sogar schon seine Eltern kennengelernt. Kann sein, dass wir beide hoch nach Alta gehen werden. Dort wird eine neue größere Polizeistation aufgebaut und wir sollen sie übernehmen." Astrid war ziemlich erschüttert.

„Ach Gott, wirst du jetzt Ehefrau mit Kind und Hund? Anna, sowas passt doch gar nicht zu dir!" Doch Anna nickte.

„Sieht ganz so aus, Astrid. Ich bin jetzt 38 Jahre alt, noch zehn Jahre und ich gehöre schon zu den alten Weibern ohne Mann, ohne Familie und irgendwann einsam. Ich habe lange genug Zeit gehabt darüber nachzudenken. Ich werde es wohl machen!" Astrid sah sie bedient an und nahm einen Schluck Sekt.

„Und mit Kind?" Anna nickte wieder.

„Ja, auch mit Kind, da sind wir uns einig. Und Arvid wird bestimmt ein guter Papa, da bin ich mir sicher." Astrid schüttelte fassungslos den Kopf.

„Unsere taffe Anna wird Ehefrau und Mutter, wer hätte das jemals gedacht. Ole hat sich letztens bei mir gemeldet und nach dir gefragt", meinte sie vielsagend. Anna nickte und lächelte vor sich hin, doch dann winkte sie ab.

„Nur weil wir mal eine Nacht zusammen verbracht haben, nee der wäre der Letzte! Prahlt er immer noch von seinem guten Stück? Wie lang soll es sein? 25 cm? Habe ich damals nix davon gemerkt, oder ich war zu besoffen", lachte sie.

Spät in der Nacht erst verließen die beiden Frauen die Bar und strebten zu Annas Wohnung. Weil Astrid nicht mehr Auto fahren konnte, wollte sie bei Anna übernachten. Als sie die Treppe hochstiegen saß ein Mann vor Annas Tür und blinzelte die beiden verschlafen an.

„Na Gott sei Dank kommst du auch schon!", meinte er, gähnte und begrüßte dann Astrid. Anna feixte breit.

„Darf ich vorstellen, mein Kollege Arvid Ragnarson!" Astrid verdrehte die Augen.

„Na höre mal, den kenne ich doch schon diesen schönen Mann!" Anna sah Arvid etwas alkoholfreundlich an.

„Wo kommst du denn her, sag mal?" Er zuckte erst mit den Schultern und sah sie dabei etwas traurig an. Dann meinte er:

„In meiner Wohnung war es so einsam, da bin ich halt zu dir gefahren. Aber du warst ja nicht da. Also habe ich einfach hier gewartet. Du fehlst mir eben, ich hab mich nun mal so an dich gewöhnt!" Anna musste lachen, weil er so betröppelt dreinschaute und schloss die Tür auf.

„Na komm mit rein mein Prinz, dann hast du heute Nacht eben mal zwei Frauen!", ulkte sie, und zwinkerte dabei Astrid zu.

Am nächsten Morgen verabschiedete sich Astrid und fuhr nach Hause. Anna und Arvid verbrachten einen schönen Sonntag am Fjord. Doch Anna fühlte sich auch an diesem Morgen nicht unbedingt fit, ihr war eigentlich ziemlich schlecht.

„Ich glaube ich habe mir mit irgendwas auf der Fähre den Magen verdorben. Ich habe schon brechen müssen als wir oben in Honningsvag abgefahren sind. Ich muss morgen unbedingt mal zur Apotheke", resümierte sie vor sich hin. Arvid sah sie besorgt von der Seite an.

„Lasse uns lieber zu dir nach Hause gehen und du legst dich nochmal hin", meinte er besorgt, und Anna willigte ein.

Am Montag früh trafen sie pünktlich um 8.00 Uhr im Präsidium ein. Als sie Magnussons Büro betraten blieben sie erstaunt stehen. Auf dem Tisch stand ein großer Blumenstrauß, eine Flasche Sekt, Gläser und zwei Platten mit Häppchen. Kurz nach ihnen kam auch Magnusson zur Tür herein und grinste breit.

„Setzt euch doch!", war alles was er sagte. Doch dann setzte er eine feierliche Miene auf, und sah Arvid an.

„Mein lieber Ragnarson, ich habe die Ehre Sie heute im Auftrag des Polizeipräsidenten zum Kriminaloberkommissar zu befördern für Ihre außerordentlichen Verdienste im Fall Anderson und Co!" Als Arvid einen Einwand machen wollte, dass sie Anderson ja noch nicht geschnappt hätten, winkte Magnusson mit beiden Händen ab.

„Gleich, gleich, lieber Ragnarson, ich habe noch eine Entscheidung bekannt zu geben." Dann nahm er eine Urkunde aus seiner Mappe und bat Arvid aufzustehen.

„Kriminaloberkommissar Ragnarson, ich ernenne Sie hiermit ebenfalls im Auftrag des Polizeipräsidenten, zum neuen Leiter der Dienststelle Alta! Herzlichen Glückwunsch!"
Arvid sah zuerst Anna und dann Magnusson verdattert an. Doch der kam um seinen Schreibtisch herum und schüttelte ihm überschwänglich die Hände. Man sah Arvid an, dass ihm das Ganze höchst peinlich war, und er wollte es nun endlich was loswerden. Doch Magnusson zuckte mit den Schultern, weil er ja wusste was Arvid sagen wollte.

„Ich bin mir schon bewusst, dass diese Entscheidung einigermaßen unverständlich für Sie sein muss. Aber man hat mir im Ministerium vertraut, als ich unsere Anna Ohlson zu meiner Nachfolgerin machen wollte. Doch ihr habt euch offenbar dazu entschieden, in Zukunft euern Weg gemeinsam gehen zu wollen. Das ist mir nicht entgangen. Aber Ihre Beförderung mein lieber Ragnarson verlangt nach einer entsprechenden Dienststellung. Und da wir die hier in Alesund nicht haben, musste ich Sie für Alta vorschlagen, zumal Sie ja da oben zu Hause sind. Ich bin mir bewusst, dass unsere liebe Anna wohl mitgehen wird. Und so habe ich Sie zu ihrer Stellvertreterin vorgeschlagen, was man mir auch bewilligt hat. Ich bedauere es sehr, gleich beide meiner besten Kommissare abgeben zu müssen. Aber so ist eben nun das Leben!", schloss er seine kleine Ansprache.

Die ganze Zeit über hatte Anna dagesessen und gelächelt, was wiederum Arvid verwunderte. Praktisch von jetzt auf gleich, hatte sich das Blatt gewendet, und nun war er ihr Vorgesetzter. Doch Anna schien das nicht im Geringsten zu stören.

Als sie zwei Stunden später das Präsidium wieder verließen, blieb Arvid vor „seinem Dienstwagen" stehen, denn den BMW hatte er behalten dürfen.

„Sag mal Anna, warst du nicht enttäuscht, weil man mich nun befördert hat? Jetzt bin ich auf einmal dein Chef! Kommst du damit klar?" Anna trat dicht an ihn heran und fasste ihn mit beiden Händen an das Revier seiner Jacke und sah ich an.

„Zunächst mal, meinen Glückwunsch! Und nein ich bin nicht enttäuscht! Ich bin es deshalb nicht, weil du dir in ungefähr gut acht Monaten einen neuen Stellvertreter suchen musst, Herr Polizeichef!" Arvid war etwas bleich geworden und sah Anna erschrocken an.

„Aber warum denn das? Willst du dann wieder weg von Alta und von mir? Wird es nix mit uns beiden?" Als Anna sah wie sehr ihn diese Eröffnung getroffen hatte, musste sie lachen und schüttelte den Kopf.

„Nein! Natürlich bleiben wir zusammen. Aber was Magnusson noch nicht weiß, das verrate ich jetzt dir! Ich bin schwanger von dir Arvid Ragnarson, und muss dann in Schwangerschaftsurlaub gehen. Alles klar?"

Arvid schluckte mehrmals, stand da als ob ihn der Blitz getroffen hätte, umarmte Anna auf einmal und fing an mit ihr zu Tanzen. Dabei küsste er sie immer wieder. Plötzlich aber blieb er abrupt stehen, fiel vor Anna auf die Knie und meinte:

„Frau Oberkommissarin Anna Ohlson, wollen sie meine Frau werden?" Anna musste lauthals lachen.

„Natürlich du Kindskopf will ich das. Unser Kind braucht schließlich einen Vater! Und jetzt steh auf, die Kollegen schauen schon aus dem Fenstern."

Und tatsächlich standen einige am Fenster und schauten herunter auf die Szene im Hof, einer von ihnen war Magnusson. Und der grinste vor sich hin und dachte so bei sich:

„Na siehste, es hat doch geklappt!" Das kurze Gespräch am Vortag mit Ragnarson über dessen Zukunftspläne hatte ihn zu diesem Schritt veranlasst.

Und so fuhren sie in Annas Wohnung zurück. Sie sah sich um, und nickte dann.

„Also, ich werde meinen Vermieter anrufen und die Wohnung kündigen müssen. Und wo werden wir in Alta wohnen, dazu hat Magnusson aber nichts gesagt." Arvid musste lachen.

„Schon vergessen, wir haben doch ein kleines Haus bei meinen Eltern. Wenn wir uns das noch ein wenig herrichten, wird es ein wunderbares zu Hause für uns und unser Kind." Anna lächelte und nickte.

„Und wie praktisch, die Babysitter wohnen ja gleich nebenan." Eine Woche später rollte ein Möbelwagen Richtung Alta. Arvid und Anna waren vorausgefahren und wurden von den Eltern freudig begrüßt. Als man am Abend beisammensaß, holte Vater Ragnarson wieder seine Schnapsflasche aus dem Schrank.

„Trinken wir auf unsere neuen Mieter im Nachbarhaus!", meinte er lachend, und begann die Gläser zu füllen. Anna drehte ihr Glas schnell um und hielt die Hand darauf.

„Für mich nicht, Vater Ragnarson", und dabei schüttelte sie lächelnd den Kopf. Der alte Herr sah sie erstaunt an, doch seine Frau hatte sofort begriffen, warum Anna keinen Schnaps wollte. Sie nahm Annas Hand und lächelte sie liebevoll an.

„Man darf also gratulieren, Anna?" Die nickte.

„Ja, ihr werdet Großeltern!", erwiderte sie freudig strahlend. Vater Ragnarson nahm sein Glas und kippte den Schnaps mit einem Ruck hinunter, dann füllte er es wieder voll.

„Den habe ich jetzt gebraucht! Unser Sohn hat nicht nur endlich eine Frau, er hat auch gleich noch ein Kind dazu. Wenn das keine Leistung ist!", lachte er und sie stießen auf das Wohl des Babys an. Anna hatte ihr Glas mit Wasser gefüllt.

Da beide zwei Wochen Urlaub hatten, dauerte es nicht lange und mit vereinter Kraft hatte man das kleine Haus mit Garten richtig gemütlich hergerichtet. Eines Abends saßen sie beide auf der

Bank davor und sahen auf das Wasser des Fjords hinaus, welches zwischen den zahlreichen Bäumen hindurch schimmerte. Anna lauschte auf den Gesang der Vögel.

„Hör mal Arvid. Wie schön sie singen. Sowas ist mir unten in Alesund nie aufgefallen. So eine wunderbare Ruhe und so eine Gemütlichkeit, ich begreife nicht, wieso ich so lange darauf verzichten konnte." Arvid lächelte.

„Ich habe es schon lange vermisst, aber was man nicht kennt, fehlt einem auch nicht. Du fühlst dich also wohl in dieser Einsamkeit und der Weite?" Anna lehnte sich bequem an ihn und nickte.

„Ja Arvid, hier fühle ich mich hier wirklich pudelwohl."

Und noch jemand hatte endlich in Leirbotn sein Ziel am Fjord erreicht – Adam Anderson. Als er mit dem Motorrad den schmalen Waldweg hinunter zu dem Haus fuhr, stand eine junge Frau im Garten und hängte gerade Wäsche auf. Als sie das Motorrad kommen hörte, drehte sie sich um und schaute auf den Ankömmling. Erst als dieser den Helm abnahm, huschte ein Lächeln über ihr Gesicht. Sie strich sich die langen blonden Haare aus dem Gesicht und ging langsam auf den Mann zu, der sein Motorrad vor dem Haus abgestellt hatte.

„Adam! Mein Gott Mann, wo kommst du denn auf einmal her?", flüsterte sie und Tränen traten in ihre hellblauen Augen. Adam Anderson breitete die Arme aus. Und dann fielen sie sich in die Arme. Eine Weile standen sie wortlos vereint auf dem Weg und schwiegen. Nach einer Weile lösten sie sich voneinander, und Adam Anderson nahm das Gesicht seiner Lebensgefährtin in beide Hände.

„Britta, wo ist unsere Svenja?" Britta Lundgreen lächelte, und die Sonne beschien ihre Sommersprossen.

„Svenja kommt in einer Stunde mit dem Schulbus. Sie geht in die erste Klasse. Aber sage mir, wo warst du so lange? Du hast nichts mehr von dir hören lassen! Fast ein ganzes halbes Jahr lang habe ich nicht gewusst wo du bist!"

„Mein Job hatte mich ins Ausland verschlagen, Britta", log er ungerührt.

„Ich konnte nicht schreiben und anrufen, weil es verboten war. Es war ein geheimer Staatsauftrag", spann er seine Geschichte weiter, immer in der Hoffnung, dass Britta immer noch kein Fernsehen hatte. Aber da er keine Antenne sah, musste es wohl so sein. Britta führte ihn ins Haus, und Anderson sah sich um. Alles war sauber und aufgeräumt. Er setzte sich einstweilen an den Tisch. Britta trat an den Herd und legte Holz nach, dann rührte sie in dem Topf, der darauf stand. Sie sah Adam mit einer leisen Wehmut im Gesicht an.

„Nur gut, dass du uns immerhin ab und zu Geld geschickt hast, sonst wären wir manchmal recht klamm gewesen. Meine Arbeit in der Fischverarbeitung geht auch mal gut, und mal weniger gut. Diese Woche sind wir alle zu Hause und kein Schiff ist draußen. Die Firma hat Zahlungsschwierigkeiten." Anderson griff lächelnd in die Innentasche seiner Jacke und holte ein dickes Kuvert heraus. Dann öffnet er es und kippte den Inhalt auf den Tisch. Drei dicke Geldbündel zauberten Britta ein Lachen ins Gesicht.

„Das alles hast du gespart?", fragt sie erstaunt. Anderson nickte.

„Ja Britta, erarbeitet und gespart für uns drei. Ich suche mir hier eine neue Arbeit, und dann wird alles gut." Man sah wie glücklich Britta auf einmal war.

„Du bleibst jetzt für immer?", fragte sie ungläubig. Anderson nickte.

„Ja, ich will endlich sesshafte werden, und vielleicht heiraten wir ja doch noch." Britta war mit einem Satz auf seinem Schoß und küsste ihn. Plötzlich klingelte es an der Tür. Britta sah auf die Uhr.

„Das muss Svenja sein." Und schon stand sie auf und ging öffnen. Wenig später kam ein kleines Mädchen mit langen blonden Zöpfen zur Tür herein und schaute neugierig auf den fremden Mann.

„Hi! Guten Tag!", grüßte sie artig und sah den fremden Mann mit ihren blauen Augen an. Britta trat hinzu und legte der Kleinen, hinter ihr stehend, beiden Hände auf die kleinen Schultern.

„Svenja, das ist dein Papa, von dem ich dir schon erzählt habe. Geh bitte zu ihm und gib ihm einen Begrüßungskuss."
Zögerlich und mit ernstem Blick trat die Kleine näher an Anderson heran und musterte ihn. Dann spitzte sie den Mund und schloss die Augen. Er gab ihr einen Kuss und lachte.

„Sie macht es schon wie die Großen beim Küssen, sie macht die Augen zu. Machst du das auch, Britta?", fragte er sie etwas anzüglich. Britta Lindgreens Gesicht wurde um eine Nuance ernster. Da war etwas an diesem Mann, dass sie nicht erklären konnte, was ihr aber Bedenken machte. Doch um den Frieden nicht gleich zu Beginn zu stören, schwieg sie lieber.

Am Nachmittag gingen sie zu Dritt am Fjord spazieren, und diesmal war Lasse, ein mittelgroßer Golden Redriver mit dabei, der seit einem Jahr Svenjas Spielkamerad war.

Antritt im neuen Amt

Am Montagmorgen, pünktlich um 7.00 Uhr betraten Arvid Ragnarson und Anna Ohlson das Polizeirevier von Alta. Heute sollte die Amtsübernahme stattfinden, und Arvids Vorgänger Anders Groenewold ging in Pension und wollte sich von den Kollegen verabschieden. Dazu hatte er ein kleines Buffet aufbauen lassen. Anna und Arvid begrüßten auch die Kommissarin Emma Andresen und den Kommissar Smalle Johansson, die sie schon beim ersten Mal kennen gelernt hatten. Die Formalitäten waren schnell erledigt und Arvid nahm hinter seinem neuen Schreibtisch Platz, als es klopfte. "Herein", rief er und sah zur Tür, durch die Anna eintrat und dienstlich grüßte.

„Kriminaloberkommissarin Anna Ohlson meldet sich zum Dienst, Chef!", machte sie ordentlich Meldung. Arvid lachte lauthals und stand auf und wollte sie umarmen, doch Anna schob ihn leicht zurück. Arvid sah sie erstaunt an.

„Was ist?" Und Anna lächelte und meinte dann:

„Es gehört sich nicht im Dienst, dass man sich knutscht und drückt, Herr Oberkommissar! Was sollen die anderen Kollegen sagen." Arvid schüttelte etwas verdattert den Kopf.

„Na das fängt ja gut an! Ich hoffe, dass mit der Meldung war nur Spaß. Jeder weiß doch hier inzwischen, dass wir ein Paar sind, oder etwa nicht?" Anna nickte besänftigend.

„Schon klar Arvid, aber wir sollten uns zusammenreißen im Dienst, einverstanden?" Er nickte wieder beruhigt. So war sie halt seine Anna, immer korrekt! Dann kam Anders Groenewold nochmal und übergab Arvid die letzten Dienstberichte. Dabei deutete er auf einen roten Hefter obendrauf.

„Hier, Rot bedeutet der Fall ist neu, kam gestern erst rein, Ist aber nur Alltagskram wie ich gesehen habe. So, mein lieber Kollege Ragnarso, dann machen Sie mal schön Dienst, ich gehe jetzt wieder nach Hause. Sollte es irgendwelche Fragen geben, zögern Sie nicht mich anzurufen oder bei mir vorbei zu kommen. Viel Glück Ihnen und Ihrer zukünftigen Gattin im Dienst." Arvid sah erst Anna und dann seinen Vorgänger an und lachte.

„Wir sind noch nicht verheiratet, Anders! Vielleicht überlegt sie es sich ja nochmal", scherzte er, wobei Anna das Gesicht verzog und etwas nickte. Als Groenwold draußen war, meinte sie nur:

„Das merke ich mir, Chef!", und streckte Arvid die Zunge heraus, ehe sie in ihr Büro ging, dass nur zwei Türen weiter auf dem gleichen Flur war. Arvid nahm den roten Hefter vom Stapel und schlug ihn auf. Er las es einmal, dann noch einmal.

„Anzeige wegen Diebstahl eines Motorrades in Repvag. Am Freitag früh erschien der Bürger Haugland, geboren am. 01.07. 1981 und zeigte den Diebstahl seiner Yamaha MT-10 an. Die Maschine hatte in seiner Werkstatt gestanden und war über Nacht gestohlen worden. In der Werkstatt fand man Spuren eines Fremden, offenbar des Diebes. Diese Spuren werden jetzt verglichen und ausgewertet ..."

Automatisch griff Arvid zum Telefon und rief Anna zu sich herüber. Als sie überrascht eintrat schob er ihr den Hefter über den Tisch zu und sah sie fragend an. Anna überflog kurz die Anzeige und dann begann sie zu lächeln.

„Jetzt dürfte wohl klar sein, dass Anderson zur gleichen Zeit in Repvag war wie wir, und wie sich Anderson absetzen konnte. Querfeldein mit einem Motorrad. Dieser Haugland ist der, auf den uns der Hafenmeister damals aufmerksam gemacht hat, nur wir haben zu spät reagiert. Verdammt, wir müssen schnellstens die Maschine zur Fahndung rausgeben!" Arvid dachte einen Moment nach.

„Erinnerst du dich noch, dass an diesem Abend bevor wir abgefahren sind, uns bei unserem Spaziergang ein Motorrad überholt hat und losgerast ist?" Anna dachte kurz nach, denn nickte sie verstehend.

„Ich glaube, ich weiß was du meinst. Stimmt, da ist einer an uns vorbei geprescht! Und das könnte Anderson gewesen sein!

Und daher brannte auch noch Licht in Hauglands Werkstatt! Entsinnst du dich noch?" Arvid nickte. Das schüttelte er den Kopf. Hoffentlich nimmt diese endlose Geschichte mal ein Ende!"

Und so geschah es auch. Zwei Stunden später lief über alle Polizeiticker die Suchmeldung nach einer roten Yamaha MT-10.
Der Dienst in Alta schien sich schon nach kurzer Zeit eingespielt zu haben. Arvid kümmerte sich um das Neubaugebiet, wo zahlreiche kleine Einfamilienhäuser gebaut wurden, und Anna verbrachte die meiste Zeit im Innendienst. Am späten Nachmittag fuhr man dann gemeinsam nach Hause.
Bis zu dem Tag, als Anna am Morgen am Schreibtisch sitzend in der Zeitung eine Anzeige las. „Verkaufe Yamaha MT-10 Farbe Rot." Sofort ging sie in Arvids Büro und zeigte ihm die Anzeige. Der sah auf die Uhr und meinte dann:
„Wir müssen da rauffahren und sehen wer die Maschine verkauft. Komm, vergiss deine Pistole nicht!" Anna musste lachen und erwiderte:
„Ja, Chef, Pistole nicht vergessen!" Er hielt sie kurz am Ärmel fest, und sah ihr in die Augen.
„Und ziehe bitte deine schusssichere Weste an, mir zu Liebe, Anna!" Sie wollte etwas erwidern, unterließ es aber, er war schließlich jetzt ihr Chef. Und so wie sie bei ihm nichts hatte durchgehen lassen, so musste sie sich nun auch an seine Spielregeln halten. Auch wenn das noch etwas ungewohnt war.

Unter der angegebenen Adresse „Leirbotn Chaussee 2" trafen sie auf einen kleinen Shop, der nicht nur Anzeigen, sondern auch die Reinigung von Kleidern annahm und allerlei Dinge des Alltags verkaufte. Die Inhaberin zeigte sich sehr verwundert, weshalb sich die Polizei für dieses Inserat interessierte. Sie habe doch diese Anzeige per Telefon aufgenommen und so in die Zeitung gesetzt. Es sei die Telefonnummer von Frau Lindgreen, die unten am Fjord wohnte.
Und so fuhren die beiden Kommissare zu der angegebenen Adresse und trafen dort auf eine junge blonde Frau. Sie wiesen sich beide aus.

„Frau Lindgreen, Sie haben eine Annonce aufgegeben, weil Sie ein Motorrad verkaufen möchten. Gehört das Ihnen?" Britta Lindgreen schüttelte erst etwas verstört den Kopf.

„Das ist das Motorrad von meinem Lebensgefährten. Das steht jetzt schon eine Weile im Schuppen, und ich kann nicht damit fahren. Also habe ich mich entschlossen, es zu verkaufen", erklärte sie unsicher. Und Anna sah ihr an, dass sie sich Mühe gab unbefangen zu erscheinen.

„Können wir mal die Papiere der Maschine sehen?" Die Frau schüttelte den Kopf.

„Tut mir leid, die hat mein neuer Lebensgefährte, und ich weiß nicht, wo er sie hingeräumt hat. Er ist draußen zum Fischfang und kommt erst morgen früh wieder nach Hause." Arvid nickte.

„Na gut, können Sie uns die Maschine mal zeigen?" Auch da schüttelte die junge Frau den Kopf.

„Die Maschine hat mein neuer Freund mitgenommen und in einer Werkstatt abgestellt, aber fragen Sie mich nicht wo."
Langsam wurde es Arvid zu viel, Anna sah es an seinem Gesichtsausdruck und sprang sofort ein.

„Frau Lindgreen eine letzte Frage, heißt ihr Lebensgefährte zufällig Adam Anderson?" Britta Lindgreen setzte sich plötzlich an den Tisch und begann zu weinen. Sie schluchzte.

„Er hat mir versprochen keinen Mist mehr zu bauen und für mich und unsere Tochter Svenja zu sorgen! Und jetzt ist er kaum ein paar Tage da und da kommen Sie schon." Anna setzte sich neben Britta Lindgreen an den Tisch und versuchte sie zu trösten.

„Frau Lindgreen, ich weiß nicht was er Ihnen erzählt hat. Aber wir sind Ihrem Freund Anderson schon seit Wochen auf der Spur. Er hat in Alesund mit seinem Freund Lönnequist Joghurt vergiftet, vielleicht haben Sie davon gehört. Und er hat einen seiner Kumpane erschossen, Sie und Ihre Tochter sind beide hier in größter Gefahr! Wenn er sich in die Enge getrieben fühlt, kann es passieren, dass er Sie und Ihre Tochter als Geisel nimmt. Er ist rücksichtslos! Er wollte schon mich erschießen, nur konnte ich mich nach einigen Tagen befreien. Sie müssen ganz schnell hier weg! Wir könnten sie gleich mitnehmen." Britta Lindgreen sah Anna angstvoll an.

„Svenja kommt in einer halben Stunde mit dem Bus von der Schule. Könnten Sie hier noch warten? Ich kann zu meiner Freundin Anje in Alta, die kennt Adam nicht." Arvid nickte.

„Gut, Sie packen schnell ein paar Sachen zusammen und wir warten gemeinsam bis Ihre Tochter kommt. Die dürfen Sie aber die nächsten Tage auch nicht zur Schule bringen, bis wir ihn geschnappt haben!" Er sah Anna kurz an.

„Ich gehe jetzt einstweilen raus und fahre den Wagen hinter das Haus, für den Fall, dass er eher auftaucht."

Eine halbe Stunde später verließen sie zu viert und mit Hund Lasse das Haus am Fjord und fuhren nach Alta. Anna schärfte Britta Lindgreen ein, sich auf gar keinen Fall bei Anderson zu melden, auch nicht, wenn er sie über das Handy anrief.

„Frau Lindgreen, Sie müssen sich unbedingt damit abfinden, dass Anderson ein gefährlicher Verbrecher ist, der vor nichts zurückschreckt", erklärte sie der jungen Frau. Und so war das kurze Glück von Britta Lindgreen schon wieder zerbrochen. Mit der Ermahnung, die Tochter für ein paar Tage aus der Schule zu nehmen und nicht in die Stadt zu gehen, verabschiedeten sie sich wieder.

Am späten Nachmittag des folgenden Tages kam Anderson nach Hause zurück. Er hatte zwei seiner ehemaligen Freunde hier oben aufgesucht, um abzuklären, wie man noch zu Geld kommen könnte. Als er das Haus betrat wurde er unruhig, weil niemand zu sehen war. Wo waren Britta und Svenja hin? Er ging nach oben ins Schlafzimmer und sah sich um. Da entdeckte er einen Pulli von Britta auf dem Fußboden und öffnete die Schranktür. Anderson starrte auf die leeren Fächer, rannte in Svenjas Zimmer und riss die Schranktür auf. Auch hier waren die meisten Fächer leer. Schlagartig überkam ihn die Erkenntnis, dass beide wohl weg waren! Aber wie? Britta hatte kein Auto und mit dem Fahrrad war sie wohl kaum losgeradelt, mit Gepäck und mit Svenja. Was war hier los? Er rannte zu dem kleinen Schuppen hinter dem Haus im Wald. Die Yamaha stand noch da. Und dann fiel es ihm wie Schuppen von den Augen. Er hatte sie gebeten das Motorrad per Telefon in der Zeitung zum Verkauf anzubieten. Und die Maschine trug noch das Kennzeichen von Repvag. Ob Haugland ihn angezeigt hatte? Doch der hatte so viel Dreck am Stecken, da würde er sich ja selber ans Messer liefern!

Anderson stürmte zurück ins Haus und zog seine Kombi an, packte ein paar Sachen zusammen und verstaute sie in den beiden Boxen hinten an der Seite. Er wollte gerade losfahren, als er zwei Polizeiwagen mit Blaulicht durch die Bäume sah, die den Weg herunter zum Haus kamen. Blitzschnell gab er Gas und fuhr in den lichten Wald hinein. Er musste wieder weg von hier.

Also fuhr er zu seinem Kumpel nach Kvibi, der dort zwei Ausflugsboote besaß und Urlauber durch den Fjord fuhr. Und dort erfuhr er am Abend beim Fernsehen vom Wechsel an der Spitze der Polizei in Alta. Seine ärgsten Verfolger waren also nicht weit weg. Und da fasste Anderson einen aberwitzigen Plan, er musste diese beiden Bullen beseitigen und dann verschwinden. Aber bis das soweit war, musste er die Füße stillhalten. Britta und das Kind hatte er längst schon wieder abgeschrieben, Familie war auf Dauer wohl doch nichts für ihn.

Und so vergingen die Tage und Wochen, der August verging, und auch Annas Bauch wuchs langsam. Das Wetter war um diese Zeit mit 18-20 Grad am wärmsten, und die Sonne ging nie ganz unter am Horizont. Für Anna war das die schönste Zeit im Jahr. Und dieses Jahr bereitete sie sich auf die Mutterrolle vor, völlig ungewohnt und für sie auch manchmal schwierig. Doch Arvid brachte viel Geduld auf. Sie beschlossen mit dem Heiraten noch ein Jahr zu warten. Wenn dann immer noch alles so zwischen ihnen lief wie derzeit, dann wollten sie zum Standesamt gehen, und seinen Namen annehmen, schon dem Kind zuliebe. Anna und Arvid wussten inzwischen, dass es ein Mädchen werden sollte, und suchten schon eifrig nach einem Namen. Anna machte nur noch Innendienst und war oft unruhig, wenn Arvid ohne sie draußen im Einsatz war. Von Anderson hatten sie die ganze Zeit trotz intensiver Fahndung nichts gesehen und gehört. Britta Lindgreen und ihre Tochter hatte man unter Polizeischutz gestellt und mit einem anderen Namen einstweilen nach Oslo umgesiedelt. Das Haus am Fjord war von der Polizei zwar versiegelt worden, aber Arvid schickte immer wieder mal eine Funkstreife hinaus, um zu kontrollieren. Doch die Siegel waren unverletzt. Aber wo war Adam Anderson? Die Fahndung hatte auch nach vier Wochen noch keinen Erfolg gebracht und so geriet Adam Anderson langsam wieder in Vergessenheit.

Arvid und Anna hatten gemeinsam mit den Eltern das kleine Haus wohnlich hergerichtet, und Anna fühlte sich zum ersten Mal richtig zu Hause, zumal Mutter Ragnarson alles tat, dass Anna sich in die Familie aufgenommen fühlte. Und schon bald hatten die beiden Frauen ein herzliches Verhältnis zueinander. Wenige Wochen später tauchte überraschend Astrid Persson, Annas Freundin aus Ahlesund auf.

„Wenn ich es nicht sehen würde, ich hätte niemals geglaubt, dass du tatsächlich als werdende Mama das Haus hütest. Gefällt es dir so?" Anna nickte zustimmend.

„Ja, es gefällt mir Astrid. Außerdem ist es ja nicht für immer. Wenn die Kleine groß genug ist, übernimmt meine Schwiegermutter die Aufsicht bei Tage, und dann werden wir uns einen Platz in Alta in einem Kindergarten suchen. Also ist das, was ich jetzt mache, nur vorübergehend." Und so genossen die beiden Freundinnen die Tage in Raftsbotn.

In den frühen Morgenstunden des 18. September landete ein Boot im Fjord, nahe der kleinen Siedlung Altaneien. Der Kutter trug eine schwedische Flagge am Mast, und war mit fünf Personen besetzt. Alles junge Männer um die 25-30 Jahre mit Glatzköpfen, Springerstiefel und einer schwarzen Kombi, die auf dem Rücken das Zeichen der Rechtsradikalen führte – die Sichel mit Faust. Da es früh gegen 4.00 Uhr war, versteckte sich die Sonne noch nahe dem Horizont in den Wolken. Doch man hatte schon eine gute Sicht. Einer der Männer der an Land ging, trug ein Schnellfeuergewehr, genau wie sein Begleiter. Vorsichtig näherten sie sich dem verlassenen Haus, verharrten eine Weile, und als sich nichts rührte, gingen sie weiter. Am Hintereingang, der zum Keller führte, schloss der Mann auf. Zu zweit betraten sie den Keller und gingen hinauf in den Wohnbereich.

Im Nu waren beide damit beschäftigt alle Kisten und Kästen zu durchsuchen, solange, bis der ältere der beiden Männer einen Zettel hochhielt.

„Sie her Adam! Hier ist die Liste aller unserer Leute hier oben. Ich hatte sie damals mit einem Kuvert Britta übergeben, mit einem schönen Gruß von dir, und ihr das Geld beigelegt. Aber nun haben wir ja unsere Liste wieder. Ich glaube, wir können wieder verschwinden." Andersen schüttelte den Kopf.

„Ich muss erst noch in meine Garage im Wald. Da stehen noch zwei Kanister mit dem Zeug, dass wir noch benutzen könnten. Ich habe hier noch eine Rechnung offen!" Der Ältere der Männer sah Anderson an.

„Du meinst diesen Bullen und seine Frau, ja? Lass die Finger davon Adam! Was hast du davon, wenn du wieder auf deren Fahndungsliste stehst. Irgendwann schnappen sie dich auch in Schweden, wenn Interpol nach dir sucht!" Anderson winkte ab und lachte.

„Die kriegen mich nie, Smirre! Dafür sind die viel zu blöde. Und diese Alte muss ich noch kriegen, und wenn es das Letzte ist, was ich im Leben fertigbringe." Lennart winkte verzweifelt ab und versuchter Anderson umzustimmen.

„Mann Adam! Ihr Kerl ist jetzt Polizeichef von Alta! Der wird besser bewacht wie die Zentralbank. Höre auf mit diesem Mist! Was hast du davon, wenn du seine Alte besteigst und dann umbringst? Du hast einen Polizistenmord auf dem Hals, du Idiot! Du bringst uns alle in Gefahr, ich warne dich!", schimpfte Smirre und ging nach draußen. Anderson sah ihn einen Moment mit kleinen zusammen gekniffenen Augen hinterdrein und brummte:

„Ich mache immer noch das was ich will, du Idiot!" Dann nahm er seine Kalaschnikow wieder auf und verließ den Keller. Auf kürzesten Weg ging er durch das Unterholz zu seiner Garage. Die war so gut getarnt, dass man sie kaum noch ausmachen konnte. Also räumte er die Abdeckung ein Stück beiseite und kroch hinein. In der Ecke stand ein Schneemobil fein zugedeckt, daneben zwei Kanister mit einer braunen Flüssigkeit, man hätte es für Treibstoff halten können, zumal es auch so ähnlich roch. Zufrieden machte er wieder kehrt, deckte alles wieder ab und ging zurück zum Fjord. Doch als er dort ankam, war das Schiff weg. Anderson fluchte lautstark wie ein Berserker. Die hatten ihn einfach sitzen lassen, diese Schweine, diese Schweden! Was sollte er jetzt nur tun?

Und so machte sich Adam Anderson zu Fuß auf den Weg nach Alta, er musste ein gebrauchtes Auto kaufen, wenn er beweglich bleiben wollte. Die Yamaha hatte er in Schweden für 10.000 € verkauft, ohne Papiere. Der Käufer war einer aus der rechten Szene, der sich Papiere und Nummernschilder selbst besorgen konnte. Nach gut einer Stunde Fußmarsch kam ein Lieferwagen daher und Adam hielt ihn an. Kurze Zeit später war er in Alta angekommen und suchte nach einen Gebrauchtwagenhändler. Den fand er dann, es war ein VW-Händler. Und nach einer halben Stunde war er stolzer Besitzer eines VW-Van für 8.000 €. Ein gültiges Nummernschild stahl er in der Folgenacht auf einem Rastplatz an der E69. Jetzt war er wieder beweglich und konnte sogar im Auto schlafen. Dazu fuhr er zu einem der Campingplätze rund um Alta. Ab da begann seine Planung! Diesmal durfte nichts dazwischenkommen!

Zunächst stellte er fest, dass der neue Polizeichef von Alta immer noch diesen silbernen BMW X6M fuhr. Von der Bullenschlampe aber war nichts zu sehen. Waren die überhaupt noch zusammen? Was wenn die wieder in Alesund war. Anderson nahm sich vor, von nun an diesen Polizeichef zu beobachten. Jeden seiner Schritte würde er nachvollziehen. Wäre doch gelacht, wenn er damit nicht auch die Alte noch finden würde, er hatte ja viel Zeit. Zunächst aber quartierte er sich in ein ziemlich verfallenes ehemaliges Ferienhaus aus, welches am Waldrand über dem Fjord stand. Wie er durch Herumfragen erfahren hatte, gehörte es einer alten alleinstehenden Frau. Also kaufte Anderson einen Strauß Blumen und fuhr zu der alten Dame am Ortsrand. Die lebte dort mit zwei Hunden, einigen Schafen und Ziegen und einem jungen Elchkalb in einem Holzhaus mit angrenzendem Stall.

Höflich fragte er sie, ob er ihr nicht das alte Haus am Waldrand abkaufen könne. Doch die alte Dame wollte nicht verkaufen, warum auch immer. Aber sie erlaubte Anderson dort ein wenig aufzuräumen und einiges instandzusetzen, dafür durfte er dort eine Weile wohnen. Anderson hatte angegeben, er wollte in aller Ruhe sein Buch zu Ende schreiben. Als die alte Dame das hörte, dass er ein Schriftsteller sei, war sie sofort bereit ihn einziehen zu lassen.

Und so hatte er sich diesmal mit Freundlichkeit eine neue Unterkunft geschaffen. Das Thema Britta und Svenja hatte er längst abgeschlossen. Er hatte nur ein Ziel, und das war die Bestrafung dieser Bullenschlampe, die er für sein Scheitern verantwortlich machte. Dafür musste sie büßen!

Innerhalb von drei Tagen hatte er das alte Haus soweit dicht bekommen, dass er ohne Probleme darinnen wohnen konnte. Im Schuppen hatte er noch Holz für den Kamin gefunden, nur mit dem Licht war das so eine Sache, denn es gab keinen Strom da draußen. Also begab sich Anderson auf Erkundung. Nicht lange, und er hatte einen Elektromarkt gefunden. Bei einem Rundgang sah er mehrere Paneele für die Stromerzeugung unter einem Schleppdach im Hof stehen.

Schon in der folgenden Nacht machte er sich erneut auf den Weg zu diesem Elektromarkt. Die Sicherung des Geländes war, wie hier oben in dieser Gegend üblich, ziemlich nachlässig. Und so schnitt er ein Loch in den Drahtzaun, kroch hindurch und schleppte drei Teile heraus. Diese verlud er dann in seinen Wagen und fuhr zurück in sein Haus. Am nächsten Tag kaufte er einige Meter Kabel und was er sonst noch brauchte. Und dann baute er sich seine eigene Stromerzeugung, die immerhin ausreichte, das Handy zu laden, einen kleinen Kocher zu betreiben und am Abend stellte er Kerzen auf. In wenigen Tagen hatte er sich wohnlich eingerichtet.

Eine der Kleinigkeiten die Arvid immer wieder auf den Schreibtisch bekam und die er an seine Kollegen weiter reichte, waren unter anderem auch Diebstähle. Bei einer dieser Meldung ging es um drei Solar-Module, jedes von einem Wert von je 265 €. Er stand auf und ging ins Nebenzimmer zu Anna.

„Hallo, schöne schwangere Kollegin! Dein Herr und Gebieter hat einen Auftrag für dich. Diebstahl von drei Solar-Modulen. Fährst du mal raus und schaust nach? Da kommt ihr beiden wenigstens mal an die frische Luft und du hast Bewegung". Anna blies die Backen auf.

„Och nee Arvid, jetzt hängst du mir schon Ladendiebstahl auf! Das ist gemein! Ich habe das mit dir nie gemacht, auch wenn du mich manchmal genervt hast." Arvid grinste, sah kurz zur Tür, machte eine halbe Runde um ihren Schreibtisch und gab ihr einen Kuss.

„Reicht das als Ansporn?", fragte er sie dabei. Anna drohte ihm mit der Faust.

„Komm du mir nur heute Abend nach Hause! Aber dann!", meinte sie, schloss ihren Schreibtisch ab und wollte, die Jacke im Arm, ihm folgen. Doch Arvid schüttelte den Kopf und sah sie an.

„Hast du nicht deine Waffe vergessen?" Anna wollte schon loslachen, doch dann besann sie sich und machte wieder kehrt, um ihre Waffe aus dem Safe zu holen. Arvid nickte zufrieden.

„Braves Mädchen!" Zu Strafe bekam er einen Stups mit dem Knie in den Hintern. Arvid drehte sich um.

„Oberkommissarin Anna Ohlson, das war ein Dienstvergehen! Das darfst du heute Abend wieder gut machen!" Lachend verschwand Anna nach draußen.

Gemütlich fuhr sie mit dem BMW ihres Chefs zu diesem Elektro-Märket und meldete sich beim Chef.

„Ohlson, Kripo Alta! Sie haben einen Diebstahl gemeldet?" Der Chef des Ladens nickte erleichtert.

„Sowas gab es auch noch nie! Klaut uns doch einer mitten in der Nacht drei Solar-Module vom Hof. Es wird immer verrückter!", schimpfte er aufgebracht. Anna sah sich um.

„Und wo standen diese Solar-Module? Können Sie das mal zeigen?" Der junge Chef nickte und führte sie auf den Hof bis zu dem Schleppdach, und zeigte auf die beiden Holzpaletten wo noch Fünf von einst Acht standen.

„Was denn, hier bewahren Sie diese Sachen auf? Das ist ja leichtsinnig, besser gesagt, das ist Verleitung zum Diebstahl!", begehrte Anna auf. Der Marktleiter bekam einen roten Kopf und schaute ziemlich bedeppertt drein.

„Was kostet so ein Teil?", war ihre nächste Frage. Die Auskunft ließ sie erneut den Kopf schütteln.

„Also 795,00 € alle drei zusammen. Na, das kann ja noch heiter werden. Ich Chef wird sich freuen", meinte sie, und ging wieder zurück in den Markt. Plötzlich hatte sie eine Idee.

„Haben Sie da draußen eine Überwachungskamera?", fragte sie den Chef des Marktes. Der nickte und deutete auf die Technik in seinem Büro. Anna bat ihn mal einzuschalten und das Band abzuspielen. Wobei das ja kein Band im üblichen Sinne mehr war, sonders eine CD.

Anna hockte sich hin und starrte auf den Bildschirm. Lange Zeit kam nix, dann auf einmal hielt ein Auto am Zaun. Ein Mann mit Anorak und Kapuze stieg aus und machte sich am Zaun zu schaffen. Dann hatte er ein Loch geschnitten und stieg hindurch. Er ging in aller Ruhe quer über den Hof bis zum Schleppdach, und kam wenig später mit einem Solar-Modul unter dem Arm zurück. Diesen Weg machte er dreimal. Sie versuchte das Auto zu erkennen. Es war ein heller Kombi, offenbar ein VW-Kombi. Wie sie zu erkennen glaubte. Anna bat die Aufnahmen mitnehmen zu dürfen. Am Schluss hatte sie noch eine Frage.

„Können Sie nachkommen, wer seit gestern Zubehörteile gekauft hat?" Der Marktleiter sah sie erst erstaunt an, doch dann grinste er verstehend.

„Ach Sie glauben er könnte die Module geklaut, aber die Kabel und Schalter dazu gekauft haben? Ok. Wir schauen mal nach!" Nach einer Stunde hatte Anna einen Kunden herausgefunden, der allerdings bar bezahlt hatte. Die Verkäuferin war der Meinung, es war ein mittelgroßer Mann um die 30 Jahre mit einem Parka mit Kapuze. Anna bat sie in das Präsidium zu kommen, um ein Phantombild anzufertigen. Dann fuhr sie zurück. Wieder im Präsidium angekommen rief sie Arvid zu sich ins Zimmer und legte die CD ein.

„Schau dir das mal an! Erinnert dich das an jemand?", fragte sie ihn erregt. Arvid schaute zu, als die Sequenz zu Ende war, sah er Anna an.

„Du meinst, das ist jemand den wir gut kennen?" Anna nickte sofort, und ihre Augen sprühten förmlich.

„Die Verkäuferin kommt heute nach der Arbeit noch bei uns vorbei, um ein Phantombild zu machen." Arvid nickte anerkennend seiner Kollegin und Liebsten zu.

„Gute Arbeit, Schatz!", meinte er plötzlich zu Annas Überraschung, denn „Schatz" hatte er sie bisher nur selten genannt. Doch sie nahm es mit Genugtuung entgegen. Arvid kratzte sich am Kopf.

„Das heißt aber auch, Anderson muss hier in der Umgebung sein! Wozu braucht man Solarstrom? Doch dort wo es keinen Stromanschluss gibt! Also irgendwo da draußen in der Wildnis gibt es ein Haus ohne Strom! Wir versuchen von der KTU den

Wagen auf der CD noch genauer sichtbar machen zu lassen. Vielleicht bringt uns das weiter. Wenn die Verkäuferin da war, fahren wir nach Hause. Bis dann." Anna lächelte ihm zu.

„Bis später, Arvid – Schatz!" Er drehte sich nochmal in der Tür um und deutete mit dem Mund einen Kuss an.

Wieder in seinem Büro angekommen, überlegte Arvid, was als nächstes zu tun sei. Irgendwo da draußen trieb sich also dieser Andersson herum, und der war besonders für Anna eine Gefahr. Auch wenn sie das nicht wahrhaben wollte. Aber man war hier im hohen Norden, über dem Polarkreis. Hier gab es keine Polizeieinheiten, die man in kürzester Frist losschicken konnte. Hier oben gab es mehrere kleine Polizeiposten, oft nur mit zwei oder drei Beamten besetzt. Wollte man hier oben eine Großrazzia durchführen, bedurfte das erst Anträge und Genehmigungen der übergeordneten Dienststellen. Auch wenn er Raik Larson anrief, war nicht sicher, dass der so einfach mal mit fünfzig Mann hier eingreifen durfte. Denn auch er hatte ja einen übergeordneten Vorgesetzten. Er musste mit seinen Leuten diesen Anderson selbst schnappen! Mit Anna waren sie derzeit noch zu fünft. Das würde sich zwar noch ändern, aber keiner wusste genau wann. Und so löschte er an diesem Abend die Schreibtischlampe und verließ das Büro, um Anna abzuholen. Als er an ihrer Tür ankam, hing dort ein Zettel. Aufschrift: „Ich bin noch schnell unterwegs, komme gleich zurück! Anna"

Arvid sah auf seine Armbanduhr, es war 17.00 Uhr. Langsam ging er unruhig wieder zurück in sein Büro.

Oberkommissarin Ohlson war mit einem alten Fahndungsbild von Anderson nochmal zum Elektromarkt hinausgefahren. Sie erwischte die Verkäuferin noch im Umkleideraum.

„Hallo Frau Thorsen, schön Sie noch zu sehen. Vielleicht können Sie sich den Weg zum Präsidium sparen. Ich habe hier ein Bild von dem Mann, den wir suchen. Könnte er das sein?"

Sie zeigte das Bild der Verkäuferin. Die betrachtete es einen kurzen Augenblick, dann nickte sie sofort.

„Ja, Frau Kommissarin, das war der Mann, auch wenn er auf dem Bild etwas jünger aussieht. Aber ich bin mir sicher er war es. Und wenn ich mich so recht erinnere, macht er auch einen ziemlich unruhigen Eindruck. Mir war, als wenn er sich dauernd

297

umschauen würde. Ich dachte, er wartete vielleicht auf jemand. Dann kann ich wohl jetzt nach Hause fahren und meinen Sohn abholen?" Anna nickte.

„Ja, wir brauchen Sie jetzt nicht mehr. Aber ich gebe Ihnen mal meine Karte. Sollte er nochmal bei Ihnen im Markt auftauchen, oder sollten Sie ihn irgendwo in der Stadt wiedererkennen, bitte rufen Sie uns umgehend an. Der Mann ist sehr gefährlich, also geben Sie sich nicht zu erkennen."

Damit wusste Anna nun, dass man diesen Anderson vor der Nase hatte, die Frage war nur wo? Und so fuhr sie zurück ins Büro, wo Arvid schon ungeduldig auf sie wartete.

„Anna, wo warst du denn? Ich habe mir Sorgen gemacht!" Anna winkte ab.

„Jetzt übertreibst du aber! Ich bin immer noch Kommissarin, auch wenn ich schwanger bin. Ich bin also nicht krank! Also mache ich meinen Dienst wie früher auch. Du sorgst dich einfach umsonst!" Mit diesen Worten setzte sie sich in ihren Drehsessel. Sie sah Arvid eindringlich in die Augen.

„Erinnerst du dich noch, als wir uns eines Abends darüber unterhielten was passieren würde, wenn ich in Gefahr käme?"
Arvid nickte stumm.

„Siehst du, und genau das meinte ich! Jetzt haben wir so eine Situation. Aber ich bin auch nicht mehr in Gefahr als du selbst. Also höre auf verrückt zu spielen, Arvid! Das bringt nix! Ich bin und bleibe Polizistin, und ich werde immer irgendwann irgendwo in Gefahr sein, genau wie du. Das heißt aber auch nicht, dass man sich deswegen keine Gedanken machen darf. Die mache ich mir um dich ja auch, wenn du im Einsatz bist. Aber das darf unsere Arbeit nicht beeinflussen. Sonst können wir das nicht so weiter machen wie bisher, das ist mein Ernst, Arvid!"

Er hatte ihr die ganze Zeit während sie sprach stumm angehört und darüber nachgedacht, da sie ja im Grunde Recht hatte. Aber es fiel ihm schwer so rational zu sein wie Anna. In diesem Punkt war sie eine besondere Frau, und deswegen liebte er sie ja auch so. Er schwor sich, ab sofort das Private im Dienst heraus zu lassen. Er musste das schaffen, sonst war ihre Beziehung in Gefahr. Ihr letzter Satz war eindeutig genug gewesen. Und er wusste, sie würde es letztlich auch durchziehen. Aber er wollte sie nicht verlieren, zumal sie im Moment ein Kind von ihm unter dem Herzen trug. Er stand auf und umarmte sie einen Moment. Dabei sah er ihr tief in die Augen.

„Du hast ja Recht Anna, ab sofort ist Dienst eben Dienst, und Schnaps ist Schnaps. Ich hoffe, ich kann das durchhalten. Aber ich werde mir Mühe geben. Versprochen!"

Anna Ohlson atmete tief durch und streichelte seine Wangen mit beiden Händen. Dann gab sie ihm einen Kuss.

„Dann ist ja alles gut, Chef! Fahren wir nach Hause. Ich war nämlich nochmal im Elektromarkt mit einem Bild von Anderson. Frau Thorsen hat ihn wiedererkannt, es war Anderson!" Arvid nickte und meinte dann:

„Ich habe es schon vermutet, jetzt müssen wir was unternehmen, um den Hund zu fangen. Er muss hier irgendwo im Umkreis von Alta in den Wäldern hocken. Gleich morgen früh mache ich eine Abfrage im Katasteramt, nach alleinstehenden alten Häusern draußen in den Wäldern."

Schon am nächsten Morgen rief Arvid im Katasteramt von Alta an, und erklärte dem jungen Mann am Telefon was er suchte. Der aber bat ihn doch gleich selbst zu ihm zu kommen, so konnte man sich das hin und her schicken sparen und gleich noch über die Besitzer reden. Er sei ja Einheimischer und kenne hier oben fast jeden der ein Haus hat persönlich.

Arvid gab Anna Bescheid und begab sich zum Parkplatz, dabei fiel ihm allerdings der junge Mann, der gegenüber auf der anderen Straßen Seite auf einer Parkbank saß, nicht auf. Doch dieser Mann war Adam Anderson! Er erkannte Arvid sofort mit seiner roten Haarmähne und dem roten Bart. Er dachte nach, welche Chancen er hatte, wen er da jetzt reingehen würde. Über diesen Gedanken musste er dann lachen. Er hatte nicht mal eine Waffe bei sich. Und wie er aus Erfahrung wusste, war diese Bullenschlampe nicht gerade wehrlos, eher ganz im Gegenteil. Wer sich mit der anlegte, musste sich schon gut darauf vorbereiten. Er stand auf und verließ seinen Platz. In wenigen Minuten wollt er seinen neuen Freund Eduard Nygard, der drüben im Ortsteil Storbukt wohnte und eine Auto-Werkstatt betrieb, besuchen. Adam wusste, dass Nygard mit der rechten Szene sympathisierte, er musste ihn unbedingt anwerben, da richtig mit einzusteigen. Er musste hier oben um Alta herum eine neue Gruppe aufbauen.

Dieser Auftrag, den er bekommen hatte, war eindeutig. Dieser Peer Bakke war der oberste Chef der Rechten in Norwegen. Einerseits war er Politiker der Freiheitspartei und andererseits war er aber auch Bauunternehmer. Und sein Ziel war es, oberhalb von Alta große Wohnanlagen zu errichten, deren Wohnungen teils an betuchte Kunden als Eigentumswohnungen, aber auch einige als Sozialwohnungen vermietet werden sollten. Damit erhoffte er eine bessere Industrialisierung dieses Gebietes zu erreichen. Also genau das Gegenteil der Regierung, die das Gebiet oberhalb von Alta eher zu einem Naturschutzprojekt erklären wollte. Dazu aber auch in Alta kleinere Wohneinheiten bauen wollte, in denen die Mitarbeiter dann wohnen sollten. Und dazu wollte man Firmen ansiedeln, die im Bereich Elektronik und Naturschutz tätig waren.

Arvid betrat das Büro des Katasteramtes und wurde von Olaf Sandvig begrüßt. Der junge Mann bat Arvid vor seinem PC platz zu nehmen.

„So, jetzt suchen wir mal alle alten Häuser heraus, die entweder schon abgemeldet worden sind oder wo die Besitzer alte Leute sind, die ihre Häuser nur noch mühsam erhalten können."
Arvid nickte anerkennend, wieviel Gedanken sich der Mann schon gemacht hatte. Nach einer Stunde hatten sie insgesamt vier Häuser im Umkreis von Alta herausgefunden. Arvid ließ sich die Namen und Adressen ausdrucken, und verabschiedete sich wieder.
Im Büro zurück rief er Anna an, wenig später gingen sie die Namen und Adressen durch. Anna schaute auf das Blatt vor ihr auf dem Tisch.

„Also diese Ylva Nielsson und dieser Otto Solander wohnen beide nur knappe zehn km entfernt von Alta. Wir sollten da anfangen!" Und so geschah es dann auch.
Zu Mittag fuhren sie auf ein Grundstück im Wald zu, dessen Zufahrt von eigenwilligen, bunt angemalten Holzfiguren gesäumt wurde. Anna musste lachen als sie diese Figuren sah. Manche sahen furchtbar aus, andere wiederum lustig und bunt. Sie trafen im Hof auf den Eigentümer, der gerade dabei war, einen Holzblock zu bearbeiten. Er schien ein freundlicher Mensch zu sein,

denn er gab bereitwillig Auskunft. Bei der Frage nach dem Haus, musste er lachen.

„Na dann kommen Sie doch bitte mal mit!", meinte er, und ging um die Werkstatt herum in den großen Bauerngarten. Und dann deutete er auf eine Steinruine, die da stand.

„Das ist oder war mal die „Moltezia 5", mein Haus vorne ist die „4". Arvid und Anna sahen sich einen Moment an, und dann bedankten sie sich bei Peer Bakke und fuhren wieder weiter.

Am Nachmittag so gegen 14.00 Uhr erreichten sie in Gjisvaer 02 das Haus der älteren Dame Yilva Nielsson. Sie hatten schon dreimal geklingelt, doch nichts rührte sich im Haus. Anna war um das kleine Häuschen herumgelaufen und sah sich neugierig um, dann erreichte sie den Garten. Auch hier sah sie sich um, und wollte schon wieder gehen, als sie plötzlich in der Nähe eines großen Busches ein paar nackte Beine auf der Wiese liegen sah. Vorsichtig ging sie näher heran, und schaute dann hinter den dichten Busch.

Erschrocken prallte sie zurück! Auf dem Boden lag eine beinahe vollständig entkleidete ältere Frau um die Sechzig mit grauen kurz geschnittenen Haaren. So wie die Frau dalag, war Anna klar, dass sie vergewaltigt und anschließend wahrscheinlich getötet worden war. Sie rief laut nach Arvid. Als der zu ihr kam und das Ganze sah, griff er wortlos zum Telefon und orderte die KTU heran. Ihre Hauseigentümerin jedenfalls war tot.

Anna musste sich hinsetzen, weil ihr schlecht war, und Arvid holte ihr eine Flasche Wasser aus dem Auto.

„Hier mein Schatz, trink einen Schluck. Ich glaube, es ist besser, wenn du dich nach Hause fahren lässt", meinte er sorgenvoll. Doch Anna schüttelte den Kopf.

„Warum denn, mir geht es schon wieder gut. Das war nur der erste Schock. Wenn man schwanger ist, haut einen das wahrscheinlich eher um als sonst. Sie ist ja nicht die erste Leiche, die ich zu Gesicht bekommen habe." Arvid nickte nur stumm und strich ihr über die Schulter.

Er wusste nur zu gut, dass er lieber ruhig bleiben sollte. Sie hatte halt ihren Dickkopf, aber auch das liebte er ja eben so an ihr.

Während dieser Zeit saß Anderson bei einer Flasche „Wodka Gorbatschow" in seinem alten Haus und war schon reichlich angetrunken. Er musste das Geschehen der letzten drei Stunden erst einmal verdauen. Er war zu der Alten gefahren, um sie noch einmal zu bitten, ihm doch die alte Bude zu verkaufen. Er wollte ihr dafür 2000 Euro bar geben, doch die Alte hatte ihn zunächst rundweg ausgelacht. Und dann war sie damit herausgerückt, dass sie dieses alte Haus ihrer Tochter vermachen wollte, die als Malerin eine ruhige Bleibe suchte. Und dass, obwohl er ja schon die Solar-Module auf das Dach gebaut hatte und auch sonst diese Ruine bereits ziemlich wohnlich hergerichtet hatte. Doch die Alte hatte ihm kurz und bündig erklärt, dass sie ihm diese Arbeit gerne bezahlen würde, und ob 1000 € genug seien. Außerdem müsse er in den nächsten vier Wochen wieder ausziehen. Da war er einfach durchgedreht!

Er hatte sie mit dem Spaten, der neben ihren Füßen lag im Zorn bewusstlos geschlagen, und dann warum auch immer, hatte er sich auf sie gestürzt, sie ausgezogen und sich an ihr vergangen. Dann war er wieder davongefahren, nachdem er festgestellt hatte, dass die Alte tot war. Er war sich sicher, dass ihn dabei niemand beobachtet hatte. Rasch war er nach der Tat wieder durch den Wald davongefahren.

Nachdem die KTU alles untersucht hatte und zahlreiche Spuren gesammelt hatte, war das Haus versiegelt worden. Man musste erst einmal herausfinden, ob die alte Dame noch Angehörige hatte. Und von dieser Stunde an lief die Fahndung wieder auf Hochtouren.

Als Arvid Ragnarson am Morgen ins Büro kam, lag dort eine Meldung eines Streifenführers. In das kleine Haus von Yilva Nielsson war über Nacht eingebrochen worden, ein Siegel war erbrochen worden. Arvid bekam ein ungutes Gefühl in der Magen-gegend, griff zum Telefon und rief Anna an. Er erwischte sie bei der Arbeit im Garten, da sie frei hatte.

„Anna! Höre mir jetzt bitte gut zu! In das Haus von dieser Frau Nielsson ist eingebrochen worden, und alle Schubkästen wurden durchwühlt. Könntest du da nochmal rausfahren? Ich habe niemand hier, der das momentan machen kann. Vergiss aber nicht deine Waffe mitzunehmen." Anna musste lachen.

„Also sag mal Arvid, ich bin doch keine Anfängerin. Natürlich nehme ich meine Waffe mit, das ist doch klar. Was hast du denn schon wieder?" Arvid merkte, dass er seinem Vorsatz wiedermal untreu geworden war, und versuchte das Ganze jetzt herunter zu spielen.

„Ich sage das, weil du manchmal in letzter Zeit ziemlich vergesslich geworden bist, du schwangere Elchkuh! Ruf mich bitte an, wenn du dort bist! Ok, ich schicke dir jetzt einen Streifenwagen raus, der dich abholt! Tschüss!"
Anna steckte ihr Handy wieder ein und schüttelte den Kopf über diesen Mann, der jetzt ihr Chef war. Na ja, und so richtig war er ja noch nicht mal ihr Mann. Und musste man wegen einem Kind heiraten, eigentlich nein. Sie nahm sich vor, das mit dem Heiraten einmal gründlich zu überdenken. Aber „schwangere Elchkuh", das war stark! Na warte, mein lieber Arvid!
Als sie in dem Haus von Frau Nielsson ankamen und ausstiegen, sah Anna ein Papiertaschentuch am Wegesrand im Gras liegen. Es war voller Blut, und so hob sie es auf, steckte es in eine Plastiktüte und gab die dem Fahrer des Streifenwagens.

„Das bringen Sie bitte, wenn wir zurück sind, schnell zur KTU. Danach betraten sie das Haus durch die Haustür, welche offenstand. Das Polizei-Siegel war zerrissen. Anna zog ihre Pistole heraus und lud durch, dann gingen sie zu zweit hinein. Sich gegenseitig sichernd, erreichten sie das Wohnzimmer. Hier sah es wüst aus. Alle Kästen waren herausgerissen und durchwühlt. Was hatte der oder hatten die Einbrecher hier gesucht? Sie nahm ein Briefkuvert zur Hand und schaute auf die Adresse. Also wenn das hier Gjesvaer 02 war, dann musste das Haus, welches sie suchten, ja wo anders sein. Denn sie suchten nach Klubben 17. Da stimmte doch was nicht! Sie rief Arvid an, der sich sofort meldete und genauso verblüfft war. Er versprach ihr im Katasteramt anzurufen und sich zu erkundigen. Wenig später rief er wieder an und gab Bescheid, dass er den dortigen Kollegen nicht angetroffen hatte.

„Am besten du versiegelst die Tür nochmal und kommst wieder zurück. Dann schauen wir mal, wem dieses Taschentuch gehört, welches du gefunden hast. Also bis gleich!"
Und so beschlossen sie den folgenden Tag als Annas freien Tag zu nehmen, da sie ja den Vortag vertändelt hatte. Arvid wollte

am Vormittag noch etwas abklären, dann aber gegen Mittag wieder zu Hause sein. So hatten sie einen gemeinsamen freien Nachmittag. Arvid versprach ihr, sie mit zum Fjord runter zu nehmen und mit ihr eine Runde zu segeln. Ein Bekannter von ihm hatte da ein schönes Haus, und ein paar Boote für Urlauber zum Ausleihen.

Arvid war nach dem Frühstück nochmal kurz weggefahren, und Anna werkelte mit ihrer angehenden Schwiegermutter Agnes im Garten herum, als plötzlich ihr Handy zu summen begann. Sie sah das Arvid anrief und die Schwiegermutter lachte schon.

„Der Junge hat keine Ruhe, wenn er nicht bei dir ist!", scherzte sie. Anna nahm das Gespräch an. Am anderen Ende war Arvid, und dazu ziemlich aufgeregt.

„Anna! Höre bitte genau zu! Das Blut auf dem Taschentuch ist von Anderson! Er ist also in unserer unmittelbaren Nähe! Auf jeden Fall war dein Siegel von gestern schon wieder kaputt, und wir haben hier Fingerabdrücke genommen, auch die sind von unserem Freund Anderson! Ich weiß inzwischen aber wo dieses Klubben 17 ist. Also gehe du bitte sofort ins Haus und bleibe dort bis ich zurückkomme. Hast du mich verstanden!" Anna musste unwillkürlich lachen.

„Übertreibst du da nicht ein wenig? Das können doch genauso gut irgendwelche Jugendliche gewesen sein. Der wird sich hüten hier nochmal aufzukreuzen!" Doch Anna merkte, dass Arvid ungeduldig wurde und sich gleich fürchterlich aufregen würde. Also beschwichtigte sie ihn.

„Ist ja gut, Liebling! Ich pass ab sofort gut auf, und die Waffe nehme ich auch aus dem Kasten und stecke sie ein, wenn ich raus gehe. Zufrieden, alter Wüterich? Gut, bis später!"
Als sie wieder auflegte sah sie ihre Schwiegermutter an, und so erzählte sie was los war. Agnes wiegte den Kopf hin und her.

„Ich würde es nicht auf die leichte Schulter nehmen, Anna! Wenn Arvid so reagiert, dann ist meist was dran. Ich sage jetzt aber auch gleich Sören Bescheid. Er war einmal ein sehr guter Polizist, bei ihm bist du sicher. Komm, lass uns lieber reingehen!" Notgedrungen und etwas widerwillig folgte Anna ihrer Schwiegermutter dann ins Haus.

Als Arvid eine halbe Stunde später nach Hause kam, war das natürlich Gesprächsstoff, bis auf einmal ihr neuer Hund anschlug. Wicky, wie sie den Labrador getauft hatten, stand am Gartenzaun und bellte was das Zeug hielt, und Sören konnte ihn kaum noch beruhigen. Er streichelte ihn und redet gut zu. Arvid sah sich am Zaun um und sah plötzlich die Fußspuren.

„Grobes Sohlenprofil, eindeutig von Springerstiefeln!", meinte er und sah seinen Vater an. Der nickte zustimmend.

„Ich glaube, du hast Recht, Sohn! Was machen wir jetzt? Oder besser gefragt, was willst du jetzt tun?", meinte er und sah seinen Sohn fragend an.

„Ganz einfach - Wicky bleibt heute Nacht draußen, genau wie die Gänse! Wenn jemand kommt gibt es richtig Krach! Und wir beide schlafen heute Nacht bei euch oben im Gästezimmer. Also alle unter einem Dach. Man kann ja nie wissen." Er sah seinen Vater fragend an und lächelte etwas. Dann meinte er leise:

„Hast du noch dein Jagdgewehr mit dem Zielfernrohr?" Sören nickte.

„Habe ich, aber keinen Jagdschein mehr, Herr Polizeichef!", erwiderte Sören leise. Arvid winkte ab.

„Gibst du es mir heute Nacht?" Sören lächelte und nickte zustimmend.

„Was hast du vor?" Arvid zeigte hinauf zum Boden.

„Die heutige Nacht verbringe ich oben am Giebelfenster. Von da oben hat man zu zwei Seiten eine gute Sicht auf unser Haus." Als er seinen Plan Anna offenbarte, war sie sofort Feuer und Flamme.

„Ich komme mit hoch! Wir nächtigen zu zweit da oben!" Und da Widerrede bekanntlich bei Anna sinnlos war, gab Arvid einfach nach. Zur Zeit des Schlafengehens, verzogen sich die beiden mit Schlafsack auf den Oberboden. Anna lag auf der einen Seite, wo sie ihr Haus im Blick hatte, Arvid auf der anderen Seite, mit Blick auf den Gartenzaun am Waldrand. Denn wenn jemand kam, dann konnte er nur vom Wald herkommen, vorn an der Straße standen den ganzen Weg entlang einige Laternen.

Es war eine typische Mitsommernacht. Plötzlich glaubte Anna am Haus drüben einen Schatten gesehen zu haben. Sie nahm das Nachtglas zur Hand, und siehe da – zwei Gestalten tummelten sich in ihrem Garten. Es sah so aus, als ob sie brennbares Material sammelten und es am Schuppen aufstapeln wollten. Anna rief leise nach Arvid, doch der schlief. Doch dann, beim zweiten Ruf, schreckte er hoch. Sofort war er neben Anna und schaute ebenfalls aus dem Fenster. Kurz entschlossen legte er sich auf den Bauch, legte das Jagdgewehr auf dem Fensterrahmen auf und zielte sorgfältig.

Anderson hatte gerade mit seinem Freund Pelle einen schönen Stapel Feuerholzreisig neben den Schuppen aufgestapelt, und griff nach dem Kanister mit dem Benzin, um ihn hochzuheben und auszugießen, als es plötzlich laut knallte. Der Kanister in seiner Hand bekam einen gewaltigen Schlag, so dass es ihn aus Andersons Händen riss, und gleichzeitig ein Luftzug an seinem Gesicht vorbei zischte. Sein Freund Pelle, der direkt neben ihm gestanden hatte, fiel plötzlich um und sagte keinen Ton mehr. Und Adam Anderson begriff, dass hier jemand auf ihn geschossen hatte und er jetzt auch hätte tot sein können.
Im Zickzack lief er aus dem Garten, als es plötzlich neben ihm in einen Baum einschlug, und ihm die Holzsplitter um die Ohren flogen. Er rannte was das Zeug hielt bis zu seinem Wagen, sprang hinein und raste davon. Wütend schlug er auf das Lenkrad, er hatte wieder versagt. Und nun war Pelle wahrscheinlich tot. Sein letzter bester Freund aus Jugendtagen. Wenn sie ihn ausfindig machten, waren sie auch schnell bei ihm. Was sollte er tun? Aber aufgeben galt nicht. Er wollte die Alte vom Polizeichef erwischen und sich an ihr rächen!
Eine halbe Stunde später wimmelt es von Polizei rund um das Haus der Ragnarsons. Zwei Spürhunde nahmen die Arbeit auf, kamen aber auch nur bis dorthin, wo Andersons Auto gestanden hatte. Der Tote war Pelle Kristiansen, war aber nicht tot, sondern nur am Arm angeschossen und dann ohnmächtig geworden.
Arvid atmete auf als er das hörte, da es ihm unliebsame Fragen ersparte. Die Spurensucher kamen auch nicht sehr weit, bis auf Fußspuren und die beiden Benzinkanister war nicht viel zu finden. Auch die Fingerabdrücke auf den Kanistern erbrachten nicht viel – bis auf einen einzigen oben am Verschluss, und der war von Anderson. Also war er es gewesen, der da zündeln wollte.
Den Rest der Nacht verbrachten die Ragnarsons in ihren Betten. Früh beim Frühstück meinte Sören zu seiner Schwiegertochter:

„Also alles habe ich ja erwartet, aber dass ihr so einen Trubel in unser Leben bringt beileibe nicht! Was hatten wir doch einst als Polizisten früher für eine Ruhe hier oben in der Wildnis." Doch dabei streichelte seine Recht Annas Wange.

„Trotzdem freuen wir uns natürlich, dass ihr hier seid! Nur damit du es weißt, angehende Schwiegertochter." Anna gab dem alten Herrn einen Kuss auf die Wange und der verdrehte die Augen.

„Hast du das gesehen, Agnes! Ein Kuss von einer jungen Frau!" Agnes kam kurzerhand herbei und gab ihm einen Schmatz auf die andere Seite.

„So, du alter Lustmolch, hoffentlich bist du jetzt zufrieden!" Arvid war mit seinen Gedanken schon wieder bei diesem Anderson, den es zu fassen galt. So schnell wie möglich! Der Kerl war wie ein Phantom und musste einen siebten Sinn haben. Immer wenn man an ihm dran war, fand der Kerl noch ein Schlupfloch. Doch diese Sache mit dem Brandanschlag machte Arvid Sorgen. Er konnte nicht dauernd an Annas Seite sein. Also sprach er mit seinem Vater.

„Vater höre mal, der Anschlag letzte Nacht macht mir Sorgen. Nicht nur, dass Mama und du in Gefahr seid, ich mache mir auch Sorgen um Anna und das Kind. Wir müssen bei diesem Schweinehund auf alles gefasst sein. Ich muss dich daher bitten, dass du faktisch nochmal die Uniform anziehst. Ich werde dich als Hilfspolizist vereidigen. Hier ist meine zweite Pistole, die gebe ich dir, damit du die beiden Frauen besser schützen kannst. Ihr müsst ab sofort besser aufpassen was sich rund um euch abspielt. Ich bringe heute noch einen zweiten Hund vorbei, es ist ein Husky und sehr lieb. Er muss mit Wicky und mit dir ein Team werden. Lanny ist ein fünf Jahre alter, gut ausgebildeter Polizeihund. Wir lassen die beiden jetzt in der Nacht immer draußen, damit sie aufpassen. Außerdem kriegen wir heute noch eine Alarmanlage mit ein paar Scheinwerfern aufgebaut. Die Handwerker werden gleich kommen. Ich fahre jetzt in die Stadt und versuche bis 18.00 Uhr wieder da zu sein. Meine Handynummer hast du ja. Rufe bitte an, wenn es was Wichtiges gibt."

Die beiden Männer verabschiedeten sich mit einer kurzen Umarmung. Sören war froh, dass sein Sohn wieder so viel Vertrauen zu ihm hatte. Dann verabschiedete sich Arvid auch von Anna liebevoll und hielt sie einen Moment fest umarmt.

„Pass auf dich auf, Anna! Papa hat meine zweite Pistole, und du trägst deine bitte auch wenn du raus gehst, und wenn es zum Wäsche aufhängen ist, hörst du!" Anna nickte und gab Arvid einen Kuss.

„Mach dir nicht so viel Sorgen. Ich glaube nicht, dass er es nochmal versucht, nach der Pleite von heute Nacht."
Und so fuhr Arvid mit banger Unruhe nach Alta aufs Präsidium.

Adam Anderson hatte nach der Pleite in der vergangenen Nacht noch mehr Hass auf den neuen Polizeichef und seine Alte. Er saß mit zwei anderen Glatzköpfen in einem alten Bunker der Nazis, den sie sich eingerichtet hatten und plante weitere Schritte, um die Bevölkerung in Unruhe zu versetzen.
Als Erstes musste ein Handy-Funkmast dran glauben. Am helllichten Tage explodierte der Funkmast und brannte aus. Als die Spurensicherung ankam, fanden sie nur noch Trümmerteile vor. Der Sprengstoff war Semtex gewesen, das stand fest. Als diese Meldung bei Arvid im Büro einlief, hatte der genug und rief den Chef des Staatsschutzes an und verlangte nach Raik Larson und eine schlagkräftige Truppe. Und so dauerte es kaum einen halben Tag als Arvid einen Anruf bekam.

„Hi, alter Same! Du hast nach mir rufen lassen? Geht in Ordnung, ich habe mit meinem Vater gesprochen und der mit dem zuständigen im Innenministerium, du bekommst zeitweilig fünfzig Leute und dann räumen wir endlich auf! Wäre doch gelacht, wenn wir diesen Verrückten nicht endlich schnappen würden. Wir sind morgen früh bei euch draußen. Wir schlagen am besten unser Biwak neben deinem Gartenzaun auf", lachte Raik.

Der zweite Anschlag galt einem Umspannhaus außerhalb von Alta, welches die umliegenden Ortschaften mit Strom versorgte. Auch hier gab es einen ordentlichen Knall und dann gingen im Umkreis von Alta alle Lichter aus. Raik Larson hatte die Meldung erhalten, als seine Einheit schon im Höllentempo dorthin unterwegs war. Vor einer Furt die durch einen Gebirgsbach führte, wurden sie auf einmal beschossen. Es mussten drei oder vier Leute sein mit Maschinenpistolen. Raik verlor bei diesem

Einsatz drei Leute durch Verwundungen. Das kurze Feuergefecht dauerte zwanzig Minuten, dann waren die Angreifer plötzlich wie vom Erdboden verschwunden.

Nur einer von ihnen war gar nicht erst mitgekommen, er verfolgte seinen eigenen Plan, und sah die Attacke seiner Freunde nur als Ablenkungsmaßnahme.

Adam Anderson schlich sich geduckt am Zaun entlang, als er plötzlich Hunde bellen hörte. Lächelnd nahm er einen Beutel aus seiner Tasche und entnahm ihm zwei Fleischbällchen. Dann schlich er weiter. An einer alten Laube am Rand des Grundstückes ging er in Deckung. Plötzlich tauchte der erste Labrador auf, stutzte einen Augenblick und begann zu bellen. Mit Schwung warf Anderson ein Fleischbällchen, das mit einem Narkosemittel gefüllt war über den Zaun, genau vor den Hund hin. Der schnüffelte zunächst, dann wandte er sich ab, ohne das Fleisch zu fressen. Kaum war das geschehen, tauchte der Husky auf und fing sofort an auf Adam loszugehen. Roch aber auf einmal das Fleisch, schnüffelte daran, und fraß es. Dann lief er noch ein paar Schritte im Kreis und fiel einfach auf die Seite. Der Labrador kam wieder, schnüffelte an seinem Freund, und lief bellend zurück zum Haus. Jetzt war es Zeit für Anderson! Der grinste hinterhältig. So, diese Sicherung hatte er beseitigt, jetzt galt es den Zaun zu überwinden. Auch das ging rasch vonstatten und er war im Gelände des Hauses und schlich sich weiter.

Andersson wusste, dass der Polizeichef in dem zweiten kleinen Haus wohnte. Jetzt war es zwar wesentlich heller, immerhin hatten sie Mitsommernacht, aber es war keine Menschenseele auf dem Gelände zu sehen. Er wollte es erst noch eine Weile beobachten ehe er zuschlug. Er sah auf die Uhr, es war Mittag.

Arvid Ragnarson war kurz nach der Nachricht vom Stromausfall nach Hause gefahren. Er stand über Funk laufend mit Larson in Verbindung, ebenso mit dem Diensthabenden im Präsidium. Er wollte einfach Mittag zu Hause bei seinen Lieben sein.

Arvid sah in den Kühlschrank und verzog das Gesicht, denn der war so gut wie leer, sie hatten noch nichts eingekauft.

„Anna! He Anna! Wo bist du denn?", rief er laut, und sah in das kleine Wohnzimmer. Die liebe Anna lag auf der Couch und grinste ihn an.

„Was ist denn? Ich würde gerne einen kleinen Mittagsschlaf machen, Traumprinz!" Arvid lachte verlegen.

„Ok, dann geht Traumprinz jetzt kurz in den Shop im Ort und kauft was zu essen ein. Der Kühlschrank ist nämlich leer, und nur von Liebe werde ich nicht satt, Traumfrau! Schlaf du einstweilen eine Runde, ich bleibe nicht lange weg. Dann koche ich was."

Sprach`s und zog die Tür wieder zu. Und während Arvid das Haus verließ, schaute er nicht nach den Hunden, die sicher im Gelände unterwegs waren. Und so schaute er auch nicht auf den Mann, der am Zaun des Grundstückes sich gerade durch die Büsche schob. Der Mann aber sah Arvid, wie dieser das Tor schloss und zu Fuß wegging. Jetzt war es soweit! Er würde diese Bullenschlampe erst vögeln und dann erschießen! Zielsicher schlich er um das Haus herum, auf die hintere Tür zu, die in die Küche führte. Vorsichtig öffnet er sie und trat ein. Im Haus war nichts zu hören.

Anna hatte sich in ihre Decke eingerollt und schlummerte. Und so bemerkte sie auch nicht, dass die Hintertür der Küche aufgedrückt wurde, und jemand auf leisen Gummisohlen eintrat. Dort nahm der Kerl eines der großen Fleischmesser an sich, prüfte grinsend kurz die Klinge und schlich sich weiter. Durch die einen Spalt breit geöffnete Tür, sah er das Ziel seiner Begierde mit dem Rücken zu ihm daliegen, sie schien zu schlafen. Mit drei leisen Schritten war er bei ihr. Schwang sich auf sie, und setzte sich auf ihr Becken. Dabei bemerkte er auf einmal, dass sie einen dicken Bauch hatte. Seine linke Hand fuhr in ihren weiten V-Ausschnitt des Pullis und umfasste ihre nackte Braust, er bekam Gänsehaut. Seine Rechte drückte ihr die Messerspitze ins Genick, und er brummte vernehmlich:

„Zieh deine Hose aus Bullenschlampe, jetzt bist du endlich dran! Jetzt machen wir erst etwas Spaß und dann steche ich dich ab!"

Anna war plötzlich wach geworden, weil sie glaubte Arvids Hand auf ihrer linken Brust zu spüren, war für den ersten Moment etwas verwundert darüber und sagte gerade schlaftrunken:

„Aber Arvid was ist denn los mit dir?" In diesem Moment hörte sie die Stimme über ihr, die ihr befahl die Hose auszuziehen, und spürte die Messerspitze in ihrem Genick. Mit einem Schlag war sie hellwach, und ein Gedanke schoss ihr durch den Kopf: „Anderson!" Sie öffnete langsam die Augen und da sah sie ihn tatsächlich! Der blöde Kerl saß auf ihrem Becken, eine Hand steckte unter ihrem BH, und in der Rechten sah sie das Messer blinken. Sein Fuß drückte gegen ihren Bauch. Trotzdem lachte sie laut auf.

„Wie soll ich denn die Hose ausziehen, wenn du auf mir hockst, du Ochse!", fuhr sie ihn lauthals an, dabei schielte sie zu dem Stuhl am Tisch in der Zimmermitte, wo ihre Pistole an einem Gürtel hing. Sie musste Zeit gewinnen. Arvid würde bestimmt bald zurück sein. Aber bis dahin musste sie diesen Idiot, der da auf ihr saß, hinhalten! Irgendwie!
Ihre Kaltblütigkeit schien Anderson für den Augenblick doch zu verunsichern. Er starrte sie wütend an und fauchte wieder in höchster Erregung:

„Zieh verdammt noch mal deine Hose aus, Bullenschlampe! Ich will dich vögeln!"
Anna begann wieder laut zu lachen, diesmal noch etwas lauter.

„Was willst du halbe Portion? Da müssen schon Männer kommen und nicht solche Weicheier und Versager wie du! Du hast wohl schon vergessen, wie dir deine Bude im Wald um die Ohren geflogen ist!"
Anderson war in seiner grenzenlosen Wut gerade bei der Überlegung angelangt, ob er ihr nicht irgendwo mit dem Messer was rausschneiden sollte. Aber das würde eine Sauerei geben, und er wollte sie ja noch vögeln. Es gab nur eins, er musste die Alte eben einfach kurz K.O. schlagen, um an das Ziel seiner Wünsche zu gelangen.
Doch Andersons letzten Satz hatte auch Arvid gerade noch hören können, als er durch die geöffnete Hintertür der Küche eintrat, nachdem er festgestellt hatte, dass er keinen Haustürschlüssel mitgenommen hatte. Blitzartig erkannte er die Situation. Das war niemand anders als Anderson, der da im Wohnzimmer seine Anna aufforderte die Hose auszuziehen. Seinen Einkauf vorsich-

tig abstellend, die Jacke ausziehend, schlich er zur Wohnzimmertür. Und da sah er Anna auf der Seite liegen, Anderson auf ihr sitzend und das Messer langsam hochhebend.

Gerade als Anderson mit dem Knauf des Messers zuschlagen wollte, um Anna K.O. zu schlagen, stand Arvid auf einmal neben der Couch, und dann traf Anderson ein Schlag, wie von einem Pferd gegen seine rechte Gesichtshälfte. Dieser Schlag war so heftig, dass es Anderson aushob und ihn rücklings von der Couch fegte. Dabei segelte das Messer scheppernd zu Boden und rutschte zum Glück unter die Couch. Nun derart von ihrer Last befreit, stand Anna auch schon auf den Füßen, und entnahm dem Gürtel ihre Pistole und zielte auf Andersons Kopf. Laut und vor Wut zitternd schrie sie ihn an:

„Was sollte mich jetzt daran hindern, dir Schwein aus Notwehr eine Kugel in den Kopf zu schießen, he Anderson? Du Ausgeburt der Hölle!" Arvid sah wie Anna um Fassung ringend und vor Wut zitternd dastand, und drückte ihr dann sanft mit der Hand die Pistole nach unten.

„Anna, lass ihn, das wäre zu gnädig für diesen Verbrecher! Er soll lieber 20 Jahre im Knast darüber nachdenken können!"
Dann nahm er die Handschellen und fesselte den kampfunfähig auf dem Boden Liegenden die Hände.

„So Herr Anderson, ich verhafte Sie hiermit wegen mehrfachen Mordes, versuchter Vergewaltigung in mindestens zwei Fällen, Bandenbildung und Sprengstoffanschlägen."
Er zerrte das Häuflein Mensch auf die Füße, während Anna Raik Larson anrief.

„Hallo Raik! Könntest du Anderson hier bei uns abholen?" Der Mann vom Staatsschutz lachte befreit.

„Habt ihr ihn endlich!" Anna bejahte.

„Ja wir haben ihn! Er wollte unbedingt am hellen Tage mit mir einen Liebesakt vollführen, nur Arvid hatte halt was dagegen!", lachte sie.

Zwanzig Minuten später hielten drei Wagen des Staatsschutzes vor dem kleinen Haus. Anna und Arvid begleiteten Anderson nach draußen und übergaben ihn Larson.

„So, damit ist unsere Mitarbeit beendet, lieber Raik. Bring ihn sicher dahin wo er hingehört. Aber lasse ihn ja nicht wieder türmen!", ermahnte sie ihn lachend.

Als die drei Wagen wieder davonfuhren, standen Anna und ihr Chef Arvid am Tor und sahen ihnen nach. Arvid legte seinen Arm um ihre Schulter.

„So Frau Ohlson, und was machen wir jetzt als Nächstes?" meinte er. Anna sah ihn lächelnd an.

„Ich rufe jetzt Magnusson an, und du kochst uns was zu Mittag, ich habe nämlich Hunger!" Arvid nickte mit süßsaurer Miene.

„Na, das fängt ja gut an! Aber zu Hause bist du ja die Chefin!" Anna strahlte ihn an.

„Aber nicht vergessen, Herr Kriminaloberkommissar Ragnarson!" Dafür zwickte er sie dann mal etwas heftiger in ihren runden Knackpo, was Anna mit einem „Aua Aua", quittierte, und sicher bis rüber zu den Eltern zu hören war.

Wenig später kamen Sören und Agnes auch schon angelaufen. Sie hatten den Polizeiauflauf erst mitbekommen, weil Sören von seinem Mittagsschlaf aufgewacht war. Hastig hatte er seine Frau geweckt, die Pistole genommen, und sich auf den Weg gemacht. Doch als beide ankamen, war ja alles schon vorbei. Und Sören sah seine angehende Schwiegertochter von der Seite bewundernd an.

„Sag mal Anna, dich bringt wohl gar nix aus der Fassung? Jede andere Frau würde jetzt hier sitzen und wie Espenlaub zittern. Aber du stehst hier, als wenn nix passierte wäre." Anna lächelte ihren Schwiegervater in Spe an.

„Würde das was ändern, wenn ich jetzt hier die Heulsuse spielen würde?" Agnes umarmte Anna einfach nur und drückte sie fest an sich.

„Du bist ein tapferes Mädchen, wir sind beide richtig stolz auf dich, und das du jetzt zu unserer Familie gehörst", meinte sie gerührt. Gemeinsam gingen sie zurück zum Haus, und Anna wartete noch an der Tür auf Arvid, der noch das Haus verschlossen hatte.

„He, mein Retter! Lass dir Danke sagen, du hast mir schon wieder den Hintern gerettet." Arvid lächelte und meinte dann augenzwinkernd.

„Na, ich würde mal sagen, ich habe dir eher die Unschuld gerettet, oder? Aber Spaß beiseite Anna Ohlson, ich werde immer da sein, wenn du mich brauchst, bis ans Ende unserer Tage".

Anna lächelte. „Versprichst du mir das?" Er nickte nur und umarmte sie zärtlich. „Komm mit rein!"

Eine unerwartete Beförderung

Die Verhaftung von Adam Anderson war das Thema in den Zeitungen und natürlich auch im Fernsehen. Und so musste das Trio Anna Ohlson, Arvid Ragnarson und Raik Larson das eine oder auch andere Interview geben.

Bevor Anna und Arvid in Urlaub gingen, hatte der extra aus Oslo angereiste Innenminister noch eine ehrenvolle Aufgabe zu erfüllen. In einer Feierstunde wurde Anna Ohlson zur Kriminalhauptkommissarin ernannt, und hatte damit wieder einen Stern mehr als Arvid. Außerdem sollte Anna nach der Rückkehr aus dem Urlaub die neugebildete Abteilung „Verbrechensbekämpfung" im Norden übernehmen. Dafür baute man extra auf einem eingezäunten Areal mit Hubschrauberlandeplatz, Ausbildungseinrichtungen und mehreren Gebäuden für Ausbildung und Unterbringung eine neue Basis außerhalb von Alta. Als Arvid und Anna sich das Ganze ansahen und schon mal das neue noch leere Büro von Anna betraten, blieben sie erstaunt stehen. Es hatte eine fünf Meter lange Fensterfront mit Granitplatten für Blumen und andere Zierstücke. Anna sah ihren Künftigen an.

„Na, wie gefällt dir mein neues Büro? Es ist erheblich größer als deins, stimmts!" Arvid nickte erst stumm, dann sah er sie an.

„Und wann willst du das beziehen?" Anna lehnte sich an ihn an und schmunzelte.

„Wenn die Kleine groß genug ist und in eine KITA gehen kann, oder auch schon ein wenig eher, wenn ich nicht mehr stillen muss und sich die Oma um sie kümmern kann."

Damit war für Arvid klar, dass diese Frau niemals zu Hause bleiben und die Zeit mit Windeln waschen verbringen würde. Aber das hatte er ja eigentlich von Anfang an gewusst. Anna Ohlson war mit Leib und Seele Polizistin. Also was sollte er erst dagegenreden. Und so nickte er.

„Das habe ich mir schon gedacht, meine Liebe. Und jetzt wo du wieder einen Rang mehr hast als ich, wirst du mich dann bei meiner Arbeit gut unterstützen - oder ich dich!"

Dermaßen einig verließen sie den neuen Arbeitsplatz von Anna und fuhren nach Hause. Sie hatten sich entschlossen, jetzt nach all den Aufregungen, eine Woche Urlaub zu machen.

Am Montag früh fuhren sie gemeinsam mit einem gemieteten Wohnmobil in Richtung Norden. Ihr Ziel war Honningsvag, dort wo alles begonnen hatte, mit der Liebe. Und schon am Dienstagvormittag gaben sich zwei Kriminalisten das „Ja-Wort", und Anna Ohlson hieß ab sofort nun Anna Ragnarson.
Zur Mittagszeit klingelte im Hause Ragnarson in Raftsbodn plötzlich das Telefon, und Agnes nahm das Gespräch an.

„Hallo Mama! Ich bin es, Arvid. Wir wollten euch nur sagen, dass wir gerade hier auf dem Standesamt in Honningsvag geheiratet haben. Die richtige Feier holen wir dann nach, wenn wir wieder zu Hause sind. Grüße Papa und meine Schwester. Bis bald."
Halb lachend, halb weinend lief Agnes rasch in die Werkstatt, wo Sören dabei war eine Kinderwiege zu bauen.

„Sören, es gibt Neuigkeiten!", rief sie schon an der Tür ihrem Mann zu. Der legte das Schleifpapier zur Seite und sah von seiner Arbeit auf.

„Was denn für Neuigkeiten?" Agnes lachte und umarmte ihn überglücklich.

„Arvid hat gerade angerufen, die beiden haben heute Vormittag in Honningsvag standesamtlich geheiratet. Die Feier wollen sie nachholen, wenn sie zurück sind."
Sören schüttelte wortlos den Kopf, ging zu seinem Schrank, und entnahm diesem eine Flasche Aquavit und zwei Gläser und goss beide voll bis zum Rand.

„Na dann Oma Ragnarson, nun hast du eine Schwiegertochter und bald eine Enkelin. Sollen sie lange leben! Nun kommt Leben ins Haus! Aber ich wette mit dir, die gute Anna wird nicht länger zu Hause bleiben als unbedingt notwendig. Unsere Frau Hauptkommissarin. Mensch, bin ich stolz auf unsere beiden!" Und dann kippte er den Schnaps mit einem Ruck hinunter, um gleich nochmal nachzuschenken.

„Skol, Oma Ragnarson! Glück und Frieden sei dir beschieden, mein Prachtweib!" Agnes verdrehte die Augen.

„Übernimm dich nur nicht, alter Schwerenöter!"

Am Wochenende kamen die beiden Urlauber wieder zurück und trugen nun Eheringe. Als sie ihre Haustür aufschlossen, blieb Anna überrascht stehen. Es duftete so herrlich, und dann sah sie, dass der ganze Flur ausgeschmückt war. Doch sie durfte noch nicht eintreten, denn Arvids kleine Schwester Sylvia stand an der Tür mit einer wunderschönen Krone in der Hand. Sie überreichte sie Anna, die sie aufsetzte, und erst dann durfte sie das Haus betreten. Anna war den Tränen nahe, als sie sah, wie schön man alles geschmückt hatte. Ihr Bräutigam Arvid trug sie dann etwas schnaufend über die Schwelle des Hauses. Damit war sie ab sofort die Hausherrin, ein alter Brauch, den man auf dem Lande immer noch beibehielt.

Im Garten hatte man Bänke und Tische aufgestellt, und nach und nach erschienen Nachbarn, Freunde und Bekannte. Aber auch Annas Freundin, Astrid Petterson, war gekommen. Ganz erfreut war das Brautpaar als auch ihr ehemaliger Chef Magnusson eintraf, um zu gratulieren. Aber auch Raik Larson kam mit seiner neuen Freundin Laura und brachte die Grüße seiner Männer mit. Eine Dreimann-Kapelle spielte zum Tanz auf, den das Brautpaar eröffnete. Langsam drehten sich beide im Kreis, und Arvid sah seine Frau bewundernd an.

„Habe ich dir schon mal gesagt, dass du sehr schön bist, Frau Ragnarson?", fragte er sie leise. Anna musste lächeln.

„Ehrlich gestanden ist das heute das erste Mal, dass du das so sagst", erwiderte sie.

„Ich muss aber auch sagen, dass du mit deinem gestutzten Bart und der frisierten Haarpracht auch gut aussiehst, lieber Ehemann!" Dieses Kompliment brachte Arvid direkt aus dem Tritt, und er trat Anna auf den Fuß beim Tanzen. Sie sah ihn bittend an.

„Lass uns aufhören, mir geht die Puste aus. Ich komme mir vor wie ein schwangeres Nilpferd, oder nein, wie eine schwangere Elchkuh, wie du einmal gesagt hast!"

Und so feierten sie noch bis spät in die Nacht hinein, bis es dann die in Norwegen übliche heiße Erbsensuppe gab, und die Gäste damit zum Heimgehen aufgefordert wurden. So wie es nun einmal Brauch ist, im Land der Trolle im hohen Norden über dem Polarkreis.

Ende

Epilog

Liebe Leser/innen,

schon beim Schreiben dieses Romans, war ich selbst begeistert von der Aura, die diesen Landstrich im hohen Norden umgibt. Und so war mir klar, dass es eine Fortsetzung geben muss.
Was Anna und ihr Mann Arvid in ihrer Tätigkeit noch alles für aufregende Abenteuer erleben, erzähle ich Ihnen in einer weiteren Fortsetzung aus der Krimi-Serie „Nordlandgeschichten".

Ihr Autor

Bereits erschienene Bücher von Hans-Peter Ackermann

2007 bis 2008 (Nicht mehr im Handel erhältlich)   ISBN 978-3-8370-138

2009   2010   2011   2012
978-3-8391-1346-2   978-3-8391-8116-4   978-3-8685-8725-8   978-3-86858-894-1

2013   2014   2015   2017
978-3-86858-999-3   978-3-95631-167-3   978-3-7347-5602-3   978-3-7431-1874-4

2018   2019
978-3-7481-0762-0   978-3-7504-0940-8